Über das Buch:

»Ein spannender Politthriller ... eine echte Konkurrenz für Wallander & Co« *Handelsblatt*

»Provokanter Verschwörungskrimi« *Stuttgarter Zeitung*

»Ein packender Politkrimi ... Spannung bis zur letzten Seite« *Echo*

Am 1. April 1991 wird Carsten Detlef Rohwedder, Präsident der Treuhandgesellschaft, erschossen. Seinem Tod folgt eine drastische Kurskorrektur und der Ausverkauf des Ostens. Sechs Wochen nach dem Attentat stürzt eine vollbesetzte Boeing der Lauda-Air über dem Dschungel Thailands ab; 223 Menschen sterben. Im Juni 1993 wird das RAF-Mitglied Wolfgang Grams auf dem Bahnhof von Bad Kleinen erschossen. Fast zehn Jahre nach seinem Tod behauptet das Bundeskriminalamt, er sei am Tatort des Mordes an Rohwedder gewesen. Tatsächlich wurden alle drei »Geschehnisse« nie wirklich aufgeklärt. Privatdetektiv Georg Dengler, früher Zielfahnder beim BKA, ist einem Fall auf der Spur, der fast zu brisant für ihn wird und zurückführt in die Zeit der Wende und der großen Gier ...

»Wenn Polizei, Justiz und Politik versagt haben, muss es den Geschichtenerzählern erlaubt sein zu sagen: Es ist nur eine Geschichte, aber vielleicht war es so.«

Über den Autor:

Wolfgang Schorlau war Manager in der Computerindustrie. Er lebt und arbeitet heute als freier Autor in Stuttgart.

Weitere Titel:

»Sommer am Bosporus. Ein Istanbul-Roman«, KiWi 844, 2004.

Über das Buch

[illegible]

[illegible]

[illegible]

[illegible]

Wolfgang Schorlau

Die blaue Liste

Denglers erster Fall

Kiepenheuer & Witsch

Die Handlung des vorliegenden Romans ist fiktiv. Die Figuren, mit Ausnahme der Personen der Zeitgeschichte, sind erfunden. Sofern die Personen der Zeitgeschichte in diesem Buch handeln oder denken wie Romanfiguren, ist auch das erfunden (siehe auch das *Nachwort zu* diesem Buch).

Informationen zu diesem Buch:
www.schorlau.com

9. Auflage 2008

Umschlaggestaltung: Barbara Thoben, Köln, nach einer Idee von Philipp Starke, Hamburg
Umschlagphoto: © photonica / Katrin Thomas
Satz: Pinkuin Satz und Datentechnik, Berlin
Druck und Bindearbeiten: CPI – Clausen & Bosse, Leck
ISBN 978-3-462-03479-0

Für David

Leave your ego, play your music
and love the people.

Luther Allison

Dennoch hat der Schriftsteller vor allem zu befürchten,
dass er, wenn er nichts mehr zu sagen hat,
auf einmal geistreich wird.

Imre Kertész

Erster Teil

Düsseldorf, 1. April 1991

Eine halbe Stunde vor Mitternacht betrat der Präsident sein Arbeitszimmer im ersten Stock.

Er fühlte sich sicher, denn schließlich war er einer der bestbewachten Männer Deutschlands. Vor der Eingangstür seines Hauses stand ein Polizeifahrzeug mit vier bewaffneten Beamten, die halbstündlich um sein Haus patrouillierten. Kurz nach seinem Amtsantritt waren die Fenster des Erdgeschosses seines Privathauses mit kugelsicherem Glas ausgestattet worden. Morgen früh um sieben Uhr würde ihn eine Eskorte bewaffneter Polizisten der Einsatzgruppe Bonn des Bundeskriminalamtes in einem gepanzerten BMW zum Flughafen Lohhausen fahren, und bei seiner Ankunft in Tegel würde ihn direkt auf dem Rollfeld eine weitere Kolonne von zivilen Polizeifahrzeugen erwarten, die ihn sicher zu seinem Berliner Amtssitz bringen würde.

Niemand hatte ihm jedoch gesagt, dass die Sicherheitsstufe für sein Düsseldorfer Wohnhaus herabgesetzt worden war, von der höchsten Stufe »Eins« auf »Zwei«, während die Vorkehrungen an seinem Berliner Arbeitsplatz auf der höchsten Ebene beibehalten worden waren. Diese Anweisung, deren Urheber man nie feststellen würde, führte auf dem üblichen Dienstweg zu der geänderten Vorschrift an die Besatzung des Streifenwagens: In Zukunft sei auf Kontrollen des Schrebergartenviertels zu verzichten, das seiner Wohnung gegenüberlag.

Deshalb blieben die beiden Männer ungestört, die sich dort in einem der Kleingärten aufhielten. Der Jüngere spähte unentwegt durch ein Fernglas zum schräg gegenüberliegenden Haus und gab seine Beobachtungen an einen hageren, durchtrainiert wirkenden Mann mit fahlgelbem Bürstenhaar-

schnitt weiter, der noch einmal den Sitz des Zielfernrohrs auf dem militärischen Präzisionsgewehr prüfte.
Der Präsident setzte sich in den wuchtigen, mit dunkelblauem Leder bespannten Sessel und zog sich mit einer schnellen Bewegung an den Schreibtisch heran. Er fand in der Dunkelheit die beiden Schalter für die Schreibtischleuchte und für die hinter einer Holzblende verborgenen Lampen des Bücherregals. Der Raum erleuchtete sich.
Vor ihm lag noch immer das Dokument, über das er seit drei Wochen unentwegt grübelte. Er hatte den Text so oft gelesen, dass er ihn nahezu auswendig konnte. Es waren sechs eng beschriebene, auf blaues Papier gedruckte Seiten, auf denen der Verfasser weder rechts noch links einen Rand für Notizen gelassen hatte, so als würde seine Beweisführung jeden schriftlichen Kommentar erübrigen.
Der Präsident, ein kräftiger, hoch gewachsener Mann mit zurückfliehendem Haaransatz, lehnte sich in seinem Sessel zurück. In der rechten Hand hielt er die Blaue Liste, wie er das Dokument insgeheim nannte, und dachte nach.
Für Detlef Carsten Rohwedder war die Präsidentschaft der Berliner Treuhandgesellschaft das dritte wichtige Amt, das er ausfüllte. Lange Jahre hatte er unter Bundeskanzler Helmut Schmidt als Staatssekretär im Wirtschaftsministerium gearbeitet, bevor er sich hatte überreden lassen, den Chefposten im angeschlagenen Hösch-Konzern zu übernehmen. In wenigen Monaten gelang ihm die Sanierung des Stahlunternehmens, ohne dass ein Arbeiter entlassen werden musste. Diese Meisterleistung, verbunden mit seiner politischen Erfahrung, war der Grund, warum ihn Helmut Kohl auf den Chefposten der Treuhandgesellschaft berief.
Die letzte Regierung der DDR hatte beschlossen, das produktive Eigentum des Staates in einer einzigen Gesellschaft zusammenzufassen. Die Treuhandgesellschaft wurde zu einem Superkonzern, der alle staatlichen Betriebe der DDR besaß. Unmittelbar nach der Wiedervereinigung hatte die

Bundesregierung Rohwedder zu ihrem Präsidenten berufen. Anfänglich schwebte ihm eine ähnliche Lösung vor, wie er sie für den Hösch-Konzern angewandt hatte. Er plante, die maroden Betriebe zu sanieren, ohne die dort Beschäftigten zu Tausenden auf die Straße zu setzen. Als überzeugtem Sozialdemokraten widerstrebte ihm die Hau-Ruck-Methode mancher Manager, die mit möglichst wenig Arbeitern und Angestellten optimale Betriebsergebnisse erzielen wollten. Rohwedder war sich jedoch darüber im Klaren, dass er sich mit seiner Haltung angreifbar machte. Im Verwaltungsrat der Treuhand saßen etliche Vertreter von Firmen aus dem Westen, die ihre östlichen Konkurrenten aufkaufen wollten, um sich deren Märkte anzueignen. Sie befürchteten, durch Rohwedders Kurs würden im Ostteil Deutschlands neue Wettbewerber herangezüchtet. Keiner sagte dem Präsidenten ins Gesicht, dass man gegen seine Linie opponierte, aber Rohwedder spürte genau, wie sein Einfluss schwand.

Vor einigen Wochen hatte die Leipziger Bevölkerung die Montagsdemonstrationen wieder aufgenommen, mit denen sie vor zwei Jahren Erich Honecker vertrieben hatte. Nun verlangten die Menschen die schnelle Angleichung ihrer Lebensbedingungen an die der westlichen Bundesländer. Diese Aktionen lösten im Bonner Bundeskanzleramt eine Welle aufgeregter Aktivitäten aus. Fast täglich riefen hohe Ministerialbeamte aus Bonn an und forderten ihn auf, etwas gegen diese Demonstrationen zu unternehmen. Diese Leute, so sagte einer von ihnen, haben schon einmal eine Regierung gestürzt; sie werden vor uns nicht Halt machen.

Nachdenklich betrachtete der Präsident die Blaue Liste auf seinem Schreibtisch. Wenn er den Vorschlägen des Dokumentes folgen wollte, müsste er jetzt handeln. Noch konnte er sich im Verwaltungsrat durchsetzen. Sein Deutschlehrer hatte oft Shakespeare zitiert: »Der bessere Teil der Tapferkeit ist die Vorsicht.« – Er würde geschickt vorgehen müssen. Für eine flächendeckende Umsetzung des Konzeptes fände er

keine Mehrheit im Verwaltungsrat. Alle Vorgespräche, die er mit Wirtschaftsvertretern und Beamten aus dem Kanzleramt führte, hatten ihm signalisiert, dem Konzept der Blauen Liste würde entschiedener Widerstand entgegensetzt, selbst wenn dies der einzige Weg war, die Betriebe des Ostens zu erhalten. Er wollte dem Gremium einen Testlauf vorschlagen: Mit nur wenigen, vielleicht mit den dreißig Betrieben, die in der Blauen Liste vorgeschlagen wurden, würde die Treuhand ein Experiment starten. Wenn es gelänge – daran zweifelte er nicht –, würde er den Versuch ausdehnen können.
Nun atmete er freier. So könnte es funktionieren. Mit der Rechten nahm er die Liste und las den Text erneut aufmerksam. Als er das letzte Blatt zur Seite legte, war er sicher, er konnte Tausende von Beschäftigten vor Arbeitslosigkeit und Abwanderung bewahren.
Doch er musste sich beeilen. Jetzt gleich wollte er die Beschlussvorlage für die Sitzung diktieren. Während er in Gedanken die ersten Sätze formulierte, sah er sich nach seinem Diktiergerät um und entdeckte es auf dem metallenen Regal hinter sich.
Er stand auf, lächelnd und zuversichtlich; mit der Blauen Liste in der Hand trat er zu dem Bücherbord und wandte dem Fenster seines Arbeitszimmers den Rücken zu.
Die Attentäter warteten bereits seit vielen Stunden in einem umzäunten Schrebergarten kaum hundert Meter von Rohwedders Haus entfernt. Die beiden Männer waren am Nachmittag erschienen und hatten den Eindruck erweckt, als ob sie zu einem gemütlichen Samstag in die Kleingartenanlage schlenderten, ausgerüstet mit einigen Dosen Bier in den beiden Kühltaschen und in Erwartung einer Radioübertragung des Spiels von Borussia Dortmund.
In den Taschen trugen sie jedoch kein Bier, sondern ein NATO-Präzisionsgewehr und, in ein Handtuch eingeschlagen, das Zielfernrohr.
Der Jüngere der beiden, der aussah, als habe er die dreißig

noch nicht überschritten, legte das Bekennerschreiben, das er in eine Klarsichthülle gesteckt hatte, um es vor möglichem Frühjahrsregen zu schützen, neben den Campingstuhl, den er von der kleinen Terrasse des Gartenhäuschens geholt und wortlos aufgestellt hatte.
Der ältere, wesentlich sportlicher wirkende Mann hatte die Kühlboxen geöffnet und das Gewehr zusammengesetzt. Er sprach nur wenig. Er überwachte die Platzierung des Schreibens, ohne dass er es las, was den jüngeren irritierte, denn er hatte viele Stunden grübelnd über einem Schreibheft gehockt, bevor er mit dem Text zufrieden gewesen war. Jetzt befahl ihm der Ältere, das Fernglas zu nehmen und ihm seine Beobachtungen zuzuflüstern, während er selbst unbeweglich auf seinem Campingstuhl kauerte.
Erst als das Licht im Arbeitszimmer aufflammte, geriet der Fahlgelbe in Bewegung. Er stellte sich auf die Sitzfläche des Hockers und sah durch das Zielfernrohr hinüber zum Haus. Das körnige Licht des Zielfernrohrs schuf eine seltsame Intimität zwischen dem Präsidenten und seinem Attentäter. Er konnte die gestreifte Struktur von Rohwedders Hemd erkennen, sah, wie sich die Falten seiner Stirn beim Lesen eines Schriftstücks zusammenzogen und wieder entspannten.
Als der Mann am anderen Ende der Schussbahn aufstand, um zum Bücherregal zu gehen, zielte sein Mörder auf jene Stelle im Rücken, auf die zu zielen man ihn gelehrt hatte.
Das Geschoss zerriss Luft- und Speiseröhre des Präsidenten, zerfetzte seine Aorta und das Rückgrat. Er war tot, noch bevor sein Körper auf dem Boden des Arbeitszimmers aufschlug.
Der Mann blieb auf dem Campingstuhl stehen. Durch das Präzisionsobjektiv sah er die Frau des Präsidenten ins Zimmer stürmen und verletzte sie mit einem zweiten Schuss am Arm. Als sie aus dem Zimmer floh, hob er die Waffe noch einmal an, zielte und setzte einen dritten Schuss in das Bücherregal. Dann erst stieg er herunter. Der Jüngere sammel-

te die drei Patronenhülsen auf und deponierte sie säuberlich nebeneinander geordnet auf der Sitzfläche des Campinghockers. Nun verließen sie auf vorher geplantem Weg den Tatort.

1

Das erste Licht verwandelte den Tisch, der unter dem Fenster stand, allmählich aus einem Schatten in ein Möbelstück zurück. Georg Dengler lag bereits eine Stunde wach.
Die Zeit der Morgendämmerung gefiel ihm. Er fand es fair, dass der Tag der zurückweichenden Nacht gestattete, das Gesicht zu wahren, und nur behutsam das Regime über die Gegenstände des Raumes übernahm. Die zwei überlangen Schatten an der Wand schrumpften zu den beiden Flaschen Merlot, die er gestern Abend getrunken hatte, und die dunklen Inseln auf dem Fußboden entpuppten sich innerhalb weniger Minuten als die achtlos hingeworfenen Kleidungsstücke, derer er sich gestern Abend hastig entledigt hatte.
Kaum fanden die Dinge im Zimmer ihre ursprünglichen Konturen wieder, rollte er sich noch einmal auf die Seite. Das Federbett wärmte ihn, und Dengler schloss mit dem Fuß eine Lücke zwischen Decke und Leintuch, durch die für einen Augenblick irritierend kalte Luft eingedrungen war.
In diesen frühen Stunden vermisste er die Nähe eines weiblichen Körpers. Er sehnte sich danach, sich an den Rücken einer schlafenden Frau zu schmiegen, und stellte sich vor, wie er seine Hand um ihre Taille legen, ihre Haut spüren und ihrem Atem lauschen würde. Er blätterte in seiner Erinnerung wie in einer erotischen Kartei, fand aber kein Vorbild für die Frau, die er sich in diesem Augenblick wünschte.
Ich will mich verlieben – dieser Gedanke gefiel ihm nicht. Gestern Abend war er noch spät in die Weinstube *Fröhlich* gegangen, um seine neue Freiheit mit einem Glas Grauburgunder zu feiern. Doch berührte ihn das Lächeln der jungen Frau, die ihm das Glas an den Tisch brachte, so unerwartet, dass er für einen Augenblick glaubte, es habe ihm selbst gegolten und sei nicht eine professionelle Mimik für den späten Gast. Unauffällig und ein wenig eifersüchtig hatte er beob-

achtet, ob sie den drei Studenten am Nachbartisch ein ähnlich offenes Lächeln schenken würde. Als sie es nicht tat, leerte er sein Glas in zwei Schlucken und zahlte bei ihrem Kollegen an der Theke.
Inzwischen lärmte auf der Straße die Müllabfuhr.
Georg Dengler wartete einen Augenblick, ob der fast schon vertraute, schmerzende Stich im Kreuz einsetzen würde. Doch heute schmerzte sein Rücken nicht, und so warf er schnell die Decke zurück. In zwei Schritten stand er vor dem CD-Spieler, drückte die Play-Taste, reckte sich und registrierte ungeduldig das kurze Grummeln, mit dem die Maschine sich in Gang setzte. Dann endlich sang Junior Wells einen Willie-Dixon-Blues. Seine raue Stimme füllte Denglers kleines Zimmer, und die Pianosoli von Otis Spann plätscherten durch den Raum.

I don't want you
To be no slave
I don't want you
To work all day
I don't want you
'Cause I'm kind of sad and blue
I just want to make love to you

Dengler drehte den Ton lauter und begann mit den allmorgendlichen Liegestützen. Aus den Augenwinkeln sah er jedes Mal, wenn er sich vom Boden abstemmte, die Marienstatue an der Wand. Bald ist die Farbe völlig abgesprungen, dachte er, und tatsächlich war von dem ehemals blauen Umhang nur noch an wenigen Stellen die Farbe zu sehen. Dunkles Holz trat hervor, und der Heiligenschein war vollständig abgegriffen.
Nach der dreißigsten Liegestütze schwitzte er. Und als er sich nach der sechzigsten Übung erhob, beobachtete ihn die Madonna immer noch. Junior Well's Mundharmonika lieferte

sich ein Duell mit Buddy Guys Gitarre. Er drehte die Musik noch lauter und ging ins Bad.
Nach dem Duschen zog er sich an und benötigte wie üblich zwanzig Minuten dafür. Die einfarbigen, dunkelblauen Boxershorts sollten zu den neuen Jeans passen, er wählte ein helles, leicht ockerfarbenes Shirt. Es passte zu dem dunkelblauen Jackett, in das er nun mit einer schnellen Bewegung schlüpfte.
Noch ohne Schuhe ging er in seinen Büroraum und fuhr den Rechner hoch. Als die Eingabeaufforderung für das Kennwort aufleuchtete, drückte Dengler mit der Esc-Taste dieses Fenster fort. Er brauchte kein Passwort. Über den Netscape-Navigator loggte er sich ins Internet ein und rief die Seite der Citibank auf.
Sein Guthaben betrug 4578,34 Euro. Das Bundeskriminalamt hatte ihm sein letztes Gehalt immer noch nicht überwiesen. In einer Woche würden Miete, Nebenkosten und die monatliche Überweisung ans Jugendamt fällig werden. Hoffentlich traf bis dahin das Geld ein. Er überlegte: Zwei oder drei Monate würde er mit diesem Betrag über die Runden kommen. Er musste unbedingt Geld verdienen. Dengler verließ das Internet, startete Word und begann, die Anzeige zu entwerfen.

***

Kurz vor neun Uhr nickte er zufrieden. Er las den Text noch einmal sorgfältig durch, korrigierte zwei Schreibfehler und druckte ihn aus. Das Blatt steckte er in die Innentasche seines Jacketts. Er zog ein paar schwarze Slipper an und verließ die Wohnung.
Nach drei Minuten erreichte er das *Brenners*. Mario saß bereits an einem kleinen Tisch an der Fensterfront des Lokals und rührte in einem Milchkaffee. Er winkte ihm zu. Als

Dengler eintrat, nölte Bob Dylan mit ungewohnt engagierter Stimme aus den Lautsprechern:

You got gangsters in power
and lawbreakers making rules.
When you gonna wake up …

»Darf ich mich setzen?«
»Ich frühstücke nicht mit Bullen.«
»Ich bin kein Bulle mehr.«
»Einmal Bulle, immer Bulle.«
Beide lachten; dann lagen sie sich in den Armen.
Mario und Dengler stammten beide aus Altglashütten, einem kleinen Dorf im Südschwarzwald. Denglers Mutter bewirtschaftete nach dem Tod seines Vaters den kleinen Bauernhof alleine weiter, bis sie ihn vor einigen Jahren in eine Ferienpension umbauen ließ. Marios Mutter wohnte in einer Zweizimmerwohnung im ersten Stock des Dorfbahnhofes. Tagsüber arbeitete sie bei der Rhodia, einem Chemiewerk in Freiburg.
Sie hatte nie geheiratet, und niemand außer ihr wusste, wer Marios Vater war. Ein schöner Italiener – mehr gab sie nie preis.
Mario sah man seinen italienischen Vater sofort an. Er war nicht sonderlich groß gewachsen, maß sicherlich nur wenig über einen Meter siebzig. Die schwarzen Haare trug er schulterlang, streng nach hinten gekämmt und häufig mit einem Haarband mühsam gebändigt. Sein Vater hatte ihm das lebhafte Temperament vermacht, das Gestikulieren mit beiden Händen, das Argumentieren mit dem ganzen Körper.
Obwohl er drei Jahre jünger war als Dengler, wählte er sich damals den Älteren als Freund und ließ sich davon auch dann nicht abbringen, als Georg die Anhänglichkeit des Jüngeren unangenehm, ja ärgerlich wurde und er ihn fortschickte. Doch am nächsten Tag war Mario wieder da, als habe er das

sichere Gefühl, dass sie, die beiden vaterlosen Außenseiter der Dorfgemeinschaft, letztlich für eine Freundschaft bestimmt seien, die mehr als nur den Altersunterschied überstehen würde. Irgendwann kapitulierte Georg und akzeptierte die Gefolgschaft des Jüngeren, zunächst nur als eine Art Eleve, den er mit kleineren Aufträgen und Diensten demütigte, doch schon bald als seinen besten und einzigen Freund anerkannte.

Später trennten sich ihre Wege, doch die Verbindung riss nie ab. Mario begann in Freiburg eine Anstreicherlehre, die er bald wieder abbrach. Danach malte er Bilder, immer Vater-und-Sohn-Motive, alle entweder in einem toskanischen Ocker gehalten oder in einer Farbsinfonie von Rot, Blau und Gelb. Dengler wusste, dass ein Sammler ihm ein- oder zweimal im Jahr ein Bild abkaufte, doch wer dieser Käufer war, verriet Mario niemandem, nicht einmal Georg.

Mit der gleichen Besessenheit, mit der Mario die großen Leinwände füllte, erschuf er sich seine italienische Identität, wie eine zweite, selbst erwählte Haut. Er erlernte die Sprache seines unbekannten Vaters mit einer Verbissenheit und Energie, die der grüblerische Dengler nie aufgebracht hätte. Du weißt, ich werde nie damit zufrieden sein, antwortete Mario jedes Mal, wenn Georg sich nach dem Fortschritt seiner Sprachstudien erkundigte.

Ebenso stürzte er sich mit einer nie enden wollenden Begeisterung aufs Kochen. Zunächst erlangte er eine reife Meisterschaft in allem, was er für italienische Küche hielt: Pasta in allen Varianten, Schwertfisch, Kalbfleisch in Zitronensauce. Dann erschloss er sich die badische, später die französische Küche. Obwohl er gerne las, erfreute ihn ein neues Kochbuch mehr als ein guter Roman.

Als Mario sich in Sonja verliebte, dämpfte dies seine manische Art, sich in einen echten Italiener zu verwandeln. Ihr zuliebe zog er nach Stuttgart, in eine kleine Wohnung im obersten Stockwerk eines großen Hauses in der Mozartstra-

ße. Dort betrieb er nun in ihrem gemeinsamen Wohnzimmer ein Einzimmerrestaurant, das er halb Sonja, halb seinem Lieblings-Beaujolais zuliebe »St. Amour« nannte. Für siebzig Euro pro Person kochte er die besten Gerichte, die Dengler je aß, und die erlesensten Menüs, die in Stuttgart zu haben waren. Im Preis enthalten waren ausgewählter Wein und ein Glas besten Crèmants. Kein Wunder, Marios Wohnzimmer wurde bald zum Geheimtipp von Stuttgarts Künstlerszene.
»Es ist klasse, dass wir beide wieder in derselben Stadt wohnen«, sagte Mario, »warum hast du dir eigentlich Stuttgart ausgesucht?«
»Mein Sohn Jakob wohnt hier. Er ist jetzt bald alt genug zu entscheiden, wohin er nach Schulschluss geht. Und ich hoffe, er kommt hin und wieder zu mir.«
»Weißt du, Georg«, Mario wechselte rasch das Thema, als er sah, dass sein Freund nachdenklich auf die Tischdekoration starrte, »die Schwaben sind gar nicht so schlecht wie ihr Ruf.«
Sie wurden von der hübschen, rothaarigen Bedienung unterbrochen, die sie nach ihren Wünschen fragte. Mario empfahl Dengler Weißwürste. Bei *Brenners* gäbe es die besten der Stadt. Die Frau notierte ihre Bestellung.
»Als ich erst einige Wochen in Stuttgart wohnte, habe ich in der Straßenbahn das ganze Ausmaß der schwäbischen Subversivität kennen gelernt«, sagte Mario. »Interessiert es dich?«
Dengler nickte.
»Ich fuhr mit der Straßenbahn in die Stadt, um in dem kleinen Waschsalon am Hölderlinplatz meine Wäsche zu waschen. Sonja hatte mir einen Stapel Slips mitgegeben, die sie oben in die Tasche gelegt hatte. Da es nur ein paar Stationen waren, setzte ich mich nicht, sondern blieb an der Tür stehen und las in der neuen Ausgabe des *Feinschmecker* einen Artikel über die neue spanische Küche, von einem spanischen Superrestaurant bei Barcelona, heißt übrigens *El Bulli* – bei diesem Namen musste ich gleich an dich denken.«

Dengler seufzte nachsichtig; er hatte davon noch nie gehört.
»Plötzlich kippt meine Tasche um – und Sonjas Höschen purzeln durch die Straßenbahn. Ich musste sie vor aller Augen unter den Sitzen der Leute wieder aufsammeln.«
Mario nahm einen Schluck Kaffee und fuhr fort. »Und während ich zwischen den Sitzen umherkrieche und die Slips zusammensuche, fängt ein älterer Mann im Lodenmantel an, lautstark mich zu beschimpfen, ich sei ein perverses Schwein. Ich bin völlig verdutzt. Da springt mir eine Frau zur Hilfe. Sie legt ihre Hand auf meinen Arm und sagt in breitestem Schwäbisch: ›Sie müsset die Frauen wohl sehr lieben!‹«
Dengler lachte.
»Im gleichen Augenblick«, sagte Mario, »greift ein Typ in Anzug und Krawatte ganz nebenbei nach Sonjas String-Tanga und stopft ihn in die Innentasche seines Jacketts. Ich schreie ihn an, er solle das Höschen hergeben; wir hätten nicht so viel Kohle, um unsere Unterwäsche in der Straßenbahn zu verschenken. Und außerdem sieht Sonja in diesem Zeug ziemlich scharf aus. Als ich dann am Charlottenplatz aussteige, kommt plötzlich ein anderer Mann auf mich zu und flüstert im Verschwörerton: ›Hier, ich habe auch noch eines gefunden‹, und zieht einen weiteren Slip aus seiner Manteltasche und steckt ihn mir heimlich zu. – Und zum Schluss stellt sich heraus, dass immer noch zwei fehlten.«
Beide lachten, doch dann wurde Mario plötzlich ernst: »So, und jetzt erzähl, warum du kein Bulle mehr bist.«
»Weißt du«, Georg hielt einen Moment inne, »es hat mit einem Traum zu tun ...«
»Erzähl! Ich nehme Träume ernst.«
»Ich werde verhaftet und lande in einer großen weißen Zelle, völlig ausgeleuchtet, ganz hell, wie man sie eher in einer Irrenanstalt als in einem Gefängnis finden würde, eine Fledermaus hängt kopfunter am Türrahmen und schaut mir zu. Ich werde an Händen und Füßen an ein Bett gebunden. Plötzlich steht die gesamte Führungsriege des BKA um mich

herum. Der Präsident brüllt mich an: Sie haben heute noch nicht gelogen! Dann schreit der Abteilungsleiter: Sie haben heute noch nicht gelogen! Und zum Schluss grölen sie im Chor: Sie haben heute noch nicht gelogen! – so laut und so lange, bis ich aufwachte.«
Dengler fuhr fort: »Tatsache ist: Ich habe drei der meistgesuchten Terroristen verhaftet. Das ist nicht wenig für einen einzelnen Beamten. Aber bei den letzten Fällen wurde mir zunehmend unheimlich. Es gab immer wieder Hinweise, dass bestimmte Straftaten nur mit genauer Kenntnis der Polizeiarbeit begangen werden konnten. Doch jedes Mal, wenn ich in diese Richtung ermittelte, wurde ich zurückgepfiffen.«
»Warum?«
»Ermittlungsökonomie, wurde mir gesagt. Ich solle nicht Zeit und Geld in aussichtslose Ermittlungsstränge verschwenden. Jedes Mal, wenn sich die Dinge nicht in Richtung Terrorismus verdichteten, griffen die Vorgesetzten ein und stoppten die entsprechenden Projekte. Eine Zeit lang versuchte ich auf eigene Faust aufzuklären, aber das war schwer. Schließlich wurde mein direkter Chef, den ich eingeweiht hatte und der mir vertraute, in den Ruhestand versetzt. Dann verließ mich Hildegard mit dem Kleinen. Und dann kam dieser Traum.«
Beide schwiegen. Die Rothaarige brachte ihnen die Weißwürste. Sie aßen.
»Und nun willst du hinter untreuen Ehefrauen herjagen«, sagte Mario.
»Oder hinter untreuen Ehemännern.«
»Untreue Ehefrauen sind interessanter als untreue Ehemänner.«
»Das ist wahr.«
»Eigentlich ist das ungerecht. Wenn eine Frau fremdgeht, erntet sie Bewunderung: Sie verwirklicht sich selbst, bricht aus ihrem gewohnten Leben aus, ist eine Heldin. Betrügt jedoch ein Mann seine Frau, sagt jeder, das ist ein widerlicher

geiler Sack. Wieder so ein Fall, in dem wir Männer benachteiligt sind.«
Dengler sagte: »Wenn zwei das Gleiche tun, ist es noch lange nicht dasselbe.«
»Wie meinst du das?«
»Wenn ein Tyrann einen Sklaven erschlägt, sagen wir zu Recht, er ist ein Verbrecher. Erschlägt jedoch ein Sklave den Tyrannen, so gilt ihm unsere Sympathie. Dem gesellschaftlich Schwächeren gilt unser Mitgefühl, wenn er einen Reichen oder gar die Obrigkeit betrügt. Dann kann das Verbrechen als eine Art ausgleichende Gerechtigkeit erscheinen. Wenn der Bankräuber seine Beute mit den normalen, einfachen Leuten teilt, wird er zum Helden. Aber solche Fälle gibt es schon lange nicht mehr.«
»Und die ehebrechende Frau ist uns sympathischer als der untreue Mann, weil die Frauen immer noch nicht gleichberechtigt sind.«
»So ist es.«
»Dem Verbrecher nutzt die Sympathie nichts. Wenn er geschnappt wird, wird er trotzdem bestraft.«
»Na ja, so einfach ist es nicht. Mein früherer Chef erzählte mir, die oberen Chargen in den siebziger Jahren hatten eine höllische Furcht davor, dass Baader-Meinhof nach einem Bankraub Geld auf der Straße an Passanten verteilten. Oder dass sie bei Entführungen verlangten, alle Sozialhilfeempfänger sollten 500 Mark bekommen oder solche Sachen. Wenn ein Verbrecher Ansehen in der Öffentlichkeit genießt, hat das für die Polizeiarbeit weit reichende Folgen. Es kann nötig sein, diese Zustimmung zu zerstören.« Er strich sich mit einer schnellen Bewegung ein paar Haare aus der Stirn: »Aber diese Sachen habe ich alle hinter mir.«
Dann zog er den Computerausdruck aus der Tasche und schob ihn zu seinem Freund über den Tisch.
»Das ist der Text für die Anzeige, die ich in den *Stuttgarter Nachrichten* aufgeben will.«

»*Georg Dengler – Private Ermittlungen*«, las Mario, »das hört sich an wie in einem amerikanischen Film. Hoffentlich gibt es viele betrogene Ehemänner in Stuttgart. Sonst helfe ich gern ein bisschen nach.«
Dengler lachte nicht.
Mario sagte: »Entschuldige, du weißt, wir Italiener können nichts anderes als blöde Witze machen.«
»Mario, das stimmt nicht: Ihr könnt auch Opern singen und Spaghetti kochen.«
Sie lachten.
Die rothaarige Bedienung räumte ihre leeren Teller ab. Dengler bestellte für sich einen doppelten Espresso mit ein bisschen Milch. Mario nahm noch einen Milchkaffee. Als beides vor ihnen stand, wurde Mario plötzlich ernst.
»Georg, ich habe eine Bitte.«
»Schieß los.«
»Du weißt doch – meine Mutter lag zehn Tage in der Uniklinik in Freiburg.«
Dengler nickte.
»In dieser Zeit habe ich etwas getan, dessen ich mich schämen sollte. Ich habe in ihren Unterlagen nach Hinweisen auf meinen Vater gewühlt – und ich fand ein Foto. Ein Foto von meinem Vater. Und einen Brief von ihm. Ich weiß, wie er aussieht, und ich weiß, wie er heißt: Caiolo, Stefano Caiolo.«
»Und?«
»Ich will ihn suchen. Ich habe im Internet gesucht. Es gibt einen Stefano Caiolo. In einem kleinen Dorf am Comer See.«
Georg sah Mario an. Er spürte eine Unsicherheit an seinem Freund, wie er sie zuvor noch nie an ihm beobachtet hatte. Es schien, als würde Mario innerlich zittern, und er kam Georg plötzlich dünn und durchsichtig vor. Merkwürdig, dachte er, nun sind wir beide erwachsene Männer, die Liebe und Tod erlebt haben, und trotzdem gibt es Dinge, die uns wieder zu den ängstlichen Buben machen, die wir einmal waren.

»Ich mache dir einen Vorschlag. Du gehst jetzt mit mir zu den *Stuttgarter Nachrichten*, damit ich meine Anzeige aufgebe, und ich begleite dich an den Comer See.«
»Die Weißwürste gehen auf meine Rechnung«, sagte Mario. Er zahlte, und sie verließen das Lokal.

***

»Das macht dann ...«, die Frau am Schalter der *Stuttgarter Nachrichten* schob ihre Lesebrille, die an einer dünngliedrigen Messingkette um ihren Hals hing, auf die Nase, »513 Euro und 26 Cent.« Sie sah ihn über die Gläser hinweg an.
Mario stieß pfeifend die Luft aus.
Zum ersten Mal an diesem Tag peinigte Dengler sein Kreuz und schickte wellenförmig einen sanften Schmerz, den er bis zum Schulterblatt spürte. Sein Guthaben bei der Citibank schrumpfte.
»Wir nehmen auch die EC-Karte«, sagte die Frau, den Schock in seinem Gesichtsausdruck taxierend.
Dengler nickte, zog seine Karte aus dem Geldbeutel und reichte sie über die Theke zu der Frau. Sie zog die Plastikkarte mit dem Magnetstreifen nach unten durch einen kleinen blauen Apparat, der nach einer Sekunde Bedenkzeit zu rattern begann. Die Frau, deren Brille nun wieder vor ihrem Busen baumelte, rückte die Maschine vor Dengler zurecht, und Dengler tippte »1421« ein, seine Geheimzahl. Wieder schien die Maschine kurz nachzudenken, dann druckte sie einen kleinen Zettel aus, den die Frau ihm überreichte.
»Ich hoffe, die Anzeige bringt Ihnen Erfolg.«
»Das hoffe ich auch«, sagte Dengler und verließ den Tagblattturm, in dem sich die Anzeigenannahme der beiden großen Stuttgarter Zeitungen befand.
Am Freitag würde seine Annonce unter der Rubrik »Geschäftsverbindungen« erscheinen.

»Nun bist du die Hoffnung aller betrogenen Ehemänner«, sagte Mario.
Dengler fühlte sich nicht zu Scherzen aufgelegt.
»Komm am Samstagabend zu mir«, sagte Mario, »wir kochen etwas Besonderes.«
Dengler nickte, und dann verabschiedeten sie sich.
Er wartete, bis Mario im Verkehrsgewühl verschwand. Erst dann überquerte er die Rotebühlstraße und bog in die Fußgängerzone ein. Die Sonne kroch zwischen großen Wolkenbergen hervor und schuf die erste Frühlingsatmosphäre in der Stadt. Eine Amsel probte auf einem Verkehrsschild unsicher den ersten Gesang, und die Königstraße war belebt wie immer. Aus den umliegenden Büros und Ministerien drängten sich Angestellte und Beamte in die Mittagspause. Cafés und Restaurants servierten bereits im Freien.
Er ließ sich von dem Menschenstrom treiben. Er zog ihn mit sich, an dem kleinen Schlossplatz vorbei in Richtung Bahnhof.
Einer plötzlichen Eingebung folgend betrat er das Musikgeschäft *Lerche*. Dieser Laden unterhielt als Einziger ein eigenes Sortiment mit Bluesplatten, zwar nur im obersten Stockwerk und in der hintersten Ecke, aber immerhin. Er sah zunächst unter dem Buchstaben »W«, ob es eine neue Platte von Junior Wells gab, aber er fand nur die Aufnahme eines Chicagoer Live-Konzertes, die er schon besaß. Nun durchsuchte er systematisch das Regal und wurde unter »G« fündig. Von Buddy Guy gab es eine neue CD: »Sweet Tea« hieß sie. Er kaufte zwei Exemplare und ging wieder zurück auf die Königstraße.
Nur wenige Schritte weiter saugte der Kaufhof seine Kundschaft in zwei riesige Portale ein. Dengler brauchte einen Briefumschlag und fädelte sich in den Menschenstrom vor dem Warenhaus ein; doch dann überlegte er es sich anders, arbeitete sich aus der Menge heraus, bog in eine kleinere Gasse und dann nach links in die Lautenschlagerstraße. Nach

einigen Schritten erreichte er einen kleinen Schreibwarenladen. Ein älterer Mann, dessen Gesicht mit unzähligen Altersflecken übersät war, verkaufte ihm missmutig einen DIN-A-4-Briefumschlag. Noch im Laden schrieb Dengler die Adresse auf das Kuvert. Er kannte sie auswendig: Roman Greschbach, Justizvollzugsanstalt Stammheim, Hochsicherheitstrakt A, 70439 Stuttgart. Einen Absender vermerkte er nicht.

2

»Wir haben den Tyrannen getötet«, sagte Uwe Krems, »jetzt können sich die Demonstrationen in Leipzig entfalten, und die Arbeiter werden zur direkten Aktion übergehen.«
Der Ältere verzog das Gesicht, als könne er das Gequatsche nicht mehr ertragen. Er klopfte sich eine neue Reval aus der Packung und steckte sie an.
Sie saßen nun schon drei Tage in der geräumigen Wohnung in Derendorf auf der anderen Seite des Rheins. Uwe wunderte sich, dass Heinz den ursprünglichen Plan geändert hatte. Zunächst sollte er mit Kerstin allein in dieser Wohnung bleiben. Geplant war, dass Heinz in die Eifel fahren sollte, um die Waffe zu zerstören. Doch Uwe schien es, als habe Heinz nicht damit gerechnet, dass die Polizei so schnell Straßensperren aufbaute, Brücken sperrte und Düsseldorf in ein Meer von Blaulicht tauchte. Heinz sagte, die hektische Aktivität diene nicht der Fahndung, sondern solle die Bevölkerung beruhigen. Die Staatsmacht zeige, sie habe die Dinge im Griff – und in ein, zwei Tagen würde alles wieder so sein wie zuvor.
Kerstin versorgte sie mit Brot, Fertigsuppen und Eiern. Sie hatte vor drei Wochen die Wohnung gemietet und mimte nun die brave, berufstätige Frau, die morgens das Haus verließ und abends um sechs Uhr zurückkam. Tatsächlich fuhr sie tagsüber nach Köln, wo sie eine Dauerkarte für den Zoo gekauft hatte. Der heftige Streit gestern Abend zwischen ihr und dem Genossen Heinz bedrückte Uwe. Kerstin wollte wissen, wie Heinz sie gefunden hatte, denn sie hatten sich nach zwei Jahren im Untergrund von den anderen Kommandos und von der Unterstützerszene zurückgezogen. Aus dem Überfall auf die Volksbank in Hochdorf waren noch zwanzigtausend Mark übrig, und mit diesem Geld wollten sie sich eine Weile ausruhen.

Sie mieteten damals eine Wohnung im Koblenzer Stadtteil Lützel. Hier vermutet uns niemand, sagte Kerstin. Inmitten dieser riesigen Garnisonsstadt mit acht Kasernen und dreißigtausend Soldaten fahndet das BKA sicher nicht nach uns. Uwe hasste Koblenz vom ersten Tage an. Vielleicht hing das aber auch damit zusammen, dass er nun die Haare kurz tragen und dunkelbraun färben musste. Er schaute nur noch widerwillig in den Spiegel, aber Kerstin tat seine Bedenken mit einem Schulterzucken ab: Keine Ähnlichkeit mehr mit deinem Bild auf dem Fahndungsplakat.
Doch Heinz hatte sie trotzdem gefunden.
Er stand in der Bäckerei in der Löhrstraße plötzlich neben ihm und flüsterte ihm leise zu: »Nicht schießen – ich bin ein bewaffneter Kämpfer.« Trotzdem zuckte Uwes Hand zur 9mm-Walter, die in seinem Hosenbund steckte, aber er war viel zu langsam. Die Schrecksekunde dehnte sich endlos, und wären es Polizisten gewesen, die ihm hier auflauerten, läge er längst tot auf dem Boden neben den weggeworfenen Papiertüten im feinen Mehlstaub. So stockte seine Hand auf halbem Weg.
Der unbekannte Genosse deutete mit einer Kopfbewegung nach draußen. Mit einigem Abstand folgte ihm Uwe zu dem Parkplatz hinter dem Rhein-Mosel-Center.
Der Mann mit dem fahlgelben Haar stand neben einem Mercedes-Geländewagen und winkte ihn zu sich heran.
»Steig ein, wir fahren eine halbe Stunde durch die Gegend. Dann bringe ich dich wieder hierher.«
Uwe stieg ein, obwohl das allen abgesprochenen Vorsichtsregeln widersprach. Der Mann fuhr los und stellte sich als Heinz vor, ein Genosse aus Hamburg. Heinz trug einen blondgelben und trotzdem fahl wirkenden Bürstenschnitt, und Uwe wunderte sich, wie normal bei ihm diese militärische Frisur wirkte. Er hasste seine zur Tarnung kurz geschnittenen Haare und befürchtete insgeheim, irgendein Passant würde mit dem Finger auf ihn zeigen: Das da ist ein

Terrorist; ich habe ihn sofort erkannt, er hat sich nur die Haare abgeschnitten und braun gefärbt! Bei Heinz schien das anders. Er trug den Bürstenschnitt mit einer solchen Selbstverständlichkeit, als wäre dies die Frisur, die er auch dann tragen würde, wenn er nicht im Untergrund leben würde.
Uwe sah sich mehrmals um, fast schon instinktiv, ob ihnen nicht ein anderes Auto folgte. Ihm fiel auf, dass Heinz die Situation besser im Griff hatte. Er blickte nur selten in den Rückspiegel, sondern beobachtete stattdessen ihn. Immer wieder sah Heinz vom fließenden Verkehr weg und musterte ihn, nicht aufdringlich, sondern eher prüfend, als ob er darüber nachdachte, ob er ihm die anstehenden Aufgaben anvertrauen könnte. Er will mich testen, dachte Uwe.
Heinz wirkte durchtrainiert, kräftiger Oberkörper, schmale Hüften und unter dem hellblauen Jeanshemd dehnten sich beachtliche Oberarmmuskeln. Die Hüfte wirkte selbst in der sitzenden Haltung schmal, und der Stoff der Wranglerjeans spannte sich um seine Oberschenkel.
Der Genosse treibt viel Sport, dachte Uwe, er hat sich für den bewaffneten Kampf fit gemacht. Uwe mochte keine körperliche Anstrengung. Schon in der Schule hatte er den geisttötenden Drill gehasst, aus dem der Sportunterricht bestand.
Der Daimler fuhr über die Moselbrücke in Richtung Autobahn, als Heinz das Schweigen brach.
»Wir sind das Kommando ›Andreas Baader‹, und wir haben eine Aktion vorbereitet, die dem Schweinesystem einen Schlag versetzt, einen richtigen Schlag, verstehst du, was ich meine?«
Uwe zuckte unmerklich zusammen. Wenn die Genossen ihr Kommando nach Andreas Baader benannten, planten sie eine große Aktion. Bisher hatte noch kein Kommando der RAF den Mut aufgebracht, sich nach Baader zu benennen.
»Wir haben alles vorbereitet«, fuhr Heinz fort, »doch jetzt ist uns das BKA auf der Fährte, verstehst du, was ich meine?«

Uwe nickte.
»Wir haben einen Plan; wir haben genau die richtige Waffe; wir haben die Fluchtwege. Nur können wir uns nicht mehr so frei bewegen, wie wir das gerne hätten. Deshalb müssen wir die Operation an andere Genossen abgeben, verstehst du?«
Uwe nickte wieder.
»Es ist eine ziemlich massenfreundliche Sache. Wir schaffen ihnen einen Tyrannen vom Hals, gegen den sie in Massen demonstrieren, es ist eine politisch unheimlich wichtige Sache, und wir brauchen jetzt euer Kommando, das die Operation weiterführt. Seid ihr bereit?«
Uwe überlegte.
»Wir müssen das diskutieren, aber wenn die Sache die Massen mobilisiert, dann sind wir dabei. Wir wollen nur keine abgehobene Sache mehr machen.«
Heinz lachte leise.
»Das ist eine der wichtigsten Aktionen, die je stattgefunden haben.«
Sie befanden sich mittlerweile auf der Straße, die zum Bauplatz des Kernkraftwerkes Mühlheim-Kärlich führte. Heinz steuerte den schweren Mercedes auf eine Ausfahrt zu; sie verließen die Ausfallstraße an einem großen Möbelhaus, unterquerten sie und fuhren erneut, diesmal jedoch in Gegenrichtung, auf die große, sechsspurige Fahrbahn.
»Wir werden dich an der Waffe ausbilden«, sagte Heinz, »auch dazu haben wir einen idealen Platz organisiert. Wir wollen nicht, dass etwas schief geht.«
Uwe nickte.
Dieser Genosse wusste, was er wollte, und diese Bestimmtheit gefiel ihm. Drei Tage später gab ihm Heinz den ersten Schießunterricht.

3

Dengler verließ den Schreibwarenladen, überquerte die Bolzstraße und stand kurz danach vor dem Eingang der Hauptpost.
Der Briefmarkenautomat versteckte sich rechts neben dem zu groß geratenen Eingangsportal. Dengler zog eine Marke und ärgerte sich, als die Maschine das Wechselgeld in Form von weiteren Briefmarken zurückgab.
Er schob den Umschlag in den Briefkasten.
»Viel Spaß mit Buddy Guy!«
Jahrelang hatte das Foto von Roman Greschbach auf allen Fahndungsplakaten die Rangliste der gesuchten Terroristen angeführt. Mehr als eine Million Mal hing sein Bild an Plakatsäulen, Bahnhofshallen und Bankschaltern. Der Innenminister nannte ihn im Fernsehen einen Topgangster, den die Polizei unbedingt fassen müsse.
Georg Dengler jagte ihn zwei Jahre.
Greschbach wurde die Beteiligung an zwei Attentaten zur Last gelegt. In Heidelberg sprengten Unbekannte die Chrysler-Limousine des US-Generals Worst. Der General saß nicht im Wagen, als die ferngezündete Bombe hochging. Sein Fahrer, ein schwarzer Sergeant aus Seattle, starb am Tatort. Die zweite Bombe zündete nur einen Monat später auf dem Truppenübungsplatz Baumholder und zerfetzte während eines Manövers einen Jeep und dessen Insassen: den amerikanischen Panzergeneral Highcourt und seinen Adjutanten.
Beide Attentate riefen die amerikanische Regierung auf den Plan. Der US-Botschafter wurde im Kanzleramt vorstellig und verlangte ultimativ, die Schuldigen müssten umgehend gefasst werden. Die besten Fahnder sollten Roman Greschbach suchen, dessen Daumenabdruck in einer konspirativen Wohnung in Kaiserslautern gefunden wurde.

Die Leitung des Bundeskriminalamtes beauftragte Georg Dengler mit der Fahndung.
Diese Entscheidung erstaunte viele in der Wiesbadener Behörde. Zwar waren ihm mit den Festnahmen von Silke Meier-Kahn und Rolf Heisemann zwei spektakuläre Verhaftungen gelungen, aber jeder Fahnder wusste, Dengler war bei der Spitze des Amtes nicht sonderlich beliebt. Er galt als schwierig. Zu eigenbrötlerisch. Nicht kommunikationsfähig.
Als der Präsident das Amt mit Managementmethoden zu führen versuchte, wurden jährliche Personalgespräche eingeführt; sie waren bei den Beamten bald gründlich verhasst.
»Sie lassen sich nicht in eine einmal festgelegte Strategie einbinden«, erklärte Dr. Scheuerle, der Abteilungsleiter Terrorismus, gespreizt, ein ehrgeiziger Schwabe aus Pforzheim.
»Und Sie ändern die Strategie öfter, als sich irgendwer darauf einstellen könnte«, antwortete ihm Dengler.
Seitdem war er bei den Chefs unten durch.
Und doch brauchten sie ihn.
Dengler hatte Silke Meier-Kahn nach nur fünf Monaten Fahndung verhaftet. Scheuerle kam in die *Tagesschau* und gab Interviews. Er war selig. Aber nicht dankbar. Den schnellen Erfolg schob Dr. Scheuerle dem Glück des Anfängers zu. Er klopfte Dengler auf die Schulter und sagte ihm, ein Fahnder habe nur einmal im Leben solches Glück. Und am nächsten Vormittag rief er ihn in sein Büro und übertrug ihm die Fahndung nach Rolf Heisemann.
Damals mochte Dengler seinen Beruf. Er nahm ihn sportlich. Jedenfalls nannte er diese Zeit später so: meine sportliche Phase. In seinen Tagträumen sah er sich als Hochseefischer, auf der Pirsch nach einem seltenen und gefährlichen Hai. Oder er stellte sich als einsamen Jäger in der Savanne vor, der einen Menschen mordenden Leoparden zur Strecke bringen musste. Als eine Art Helden. Sein Wild war gefährlich – und ihm ebenbürtig. Und irgendwann würden sie sich

gegenüberstehen. Er wusste nicht, wo das war, aber er würde diesen Ort finden. Deshalb studierte er jede Information; er wollte alles über sein Opfer wissen.

Drei Monate las er alle Akten und Dossiers über Heisemann. Er gab sich als Rechercheur des *Spiegel* aus und führte mit dieser Tarnung Gespräche mit Heisemanns Eltern, seinen Kumpeln und seiner damaligen Freundin, die ihm nicht in den bewaffneten Kampf hatte folgen wollen.

Von ihr bekam er den entscheidenden Hinweis.

Er traf sie im *Café Starfisch* in der Heidelberger Innenstadt. Sie saß an einem Tisch vor dem Fenster zur Straße und schien verhangen von hellbraunen Haaren, die sie offen und schulterlang trug. Die randlose Brille gab ihr einen intellektuellen Anschein, der jedoch in krassem Gegensatz zu ihren vollen Lippen stand, ein Gegensatz, der Dengler während des Gesprächs immer wieder verwirrte. Sie bemerkte es nicht, sondern schien froh zu sein, mit jemandem über ihren früheren Freund reden zu können.

Ein halbes Jahr lang habe sie versucht, ihn vom Sprung in den Untergrund abzubringen. Doch nun hat er gewählt, sagte sie bitter. Gründe, zur Waffe zu greifen, gäbe es Deutschland genug, aber sie fände es aussichtslos, den Kampf auf militärischem Gebiet aufzunehmen.

»Man sollte einen übermächtigen Gegner nicht auf dem Gebiet bekämpfen, auf dem er tausendfach überlegen ist«, sagte sie nachdenklich und nahm einen Schluck Espresso, »man müsste eher seine Schwachstellen suchen.«

»Dann bräuchte Rolf sich jetzt nicht zu verstecken.«

»Ja – und wir wären noch zusammen«, sagte sie, »und wenn er Deutschland so hasst …«, sie ließ hilflos einen Arm auf die Lehne des Sessels fallen, »ich wäre mit ihm auch irgendwo anders hingegangen.«

»In ein anderes Land?«

»Ja.«

»Welches?«

»Bestimmt – Griechenland«, sagte sie.
»Warum?«
»Rolf reiste schon als Schüler nach Griechenland. Mit dem Rucksack. Er schwärmte von der Gastfreundschaft der griechischen Bauern, dem Meer und ...«
Sie zögerte einen Augenblick: »In Athen lernten wir uns kennen. Er führte mich zwei Tage durch die Stadt, von Kneipe zu Kneipe, und überall kannte er Leute.«
Dengler verband diese Information mit einer anderen, die er den Akten entnahm. Seine Zielperson las regelmäßig die *Süddeutsche Zeitung*. Ein Anruf beim Süddeutschen Verlag in München ergab, in 271 Läden und Kiosken wurde das Blatt in Griechenland verkauft.
Auf dem nächsten Meeting der Fahndungsgruppen verlangte er die Überwachung aller 271 Verkaufsstellen. Dr. Schweikert, sein unmittelbarer Vorgesetzter, votierte dafür, doch der Präsident und Dr. Scheuerle lehnten rundweg ab: zu teuer, unabsehbarer Ärger mit der griechischen Polizei, der Umfang der Operation mache eine Geheimhaltung unmöglich. Dengler verließ wütend die Sitzung.
Später kam Dr. Schweikert zu ihm und schloss die Tür.
»Dengler, vertrauen Sie mir?«
Georg sah ihn erstaunt an: »Sie sind der einzig Vernünftige in diesem Laden.«
»Dann geben Sie mir ein bisschen Zeit – und ärgern Sie sich nicht mehr.«
Drei Tage später gab es grünes Licht für die Operation, ohne dass Dengler die Gründe für den Sinneswandel seiner Vorgesetzten erfuhr. Er plante zwei Monate, besprach sich mit den griechischen Kollegen, erstellte Excel-Tabellen mit Einsatzplänen und kümmerte sich um die Hotelzimmer der an der Aktion beteiligten Kollegen.
Am dritten Tag der Überwachung schlenderte Rolf Heisemann mit einer schwarzen Ray-Ban-Sonnenbrille und einem weißen Leinenanzug an einen Kiosk am Hafen von Saloniki

und verlangte in holperigem Griechisch eine *Süddeutsche Zeitung* – vier Stunden später begleitete Dengler ihn zum Haftrichter in Karlsruhe.
Seither wurde er im BKA respektvoll »Dengler, der Denker« genannt. Dr. Scheuerle übertrug ihm nun den Fall Greschbach.
Dengler arbeitete sich systematisch durch zwölf Ordner Hintergrundmaterial, die das Bundeskriminalamt zusammengetragen hatte: Vernehmungsprotokolle der Eltern und der Schwester, der Lehrer und sogar seiner Kindergärtnerinnen. Es fanden sich Kopien seiner Schulaufsätze, lange Ausarbeitungen zweier V-Leute aus der Freiburger Szene, die Greschbach kannten, vier unterschiedliche psychologische Gutachten, die das BKA in Auftrag gegeben hatte, Abhörprotokolle von Telefonaten seiner Jugendfreunde, mit denen Greschbach fast zwei Jahre in einer Band spielte und die sich weigerten, gegenüber der Polizei auszusagen.
Lange studierte er die Kopien der Kontoauszüge: Sie sagen viel über den Menschen aus, dessen Leben man kennen lernen will. In Bankauszügen hinterlassen die Träume ihre Spuren – die verwirklichten, während sie über die unerfüllten freilich nichts aussagen. Dengler setzte zwei Beamte ein, die die Träume hinter den Zahlen dechiffrierten. Bei Hertie kaufte Greschbach sich eine Tauchausrüstung samt Schlauchboot und Harpune, vom vornehmen Herrenbekleider Bollerer stammten Jacketts – bis ins zweite Semester legte Greschbach Wert auf gute Kleidung und teuere Urlaube. Dann wurden die regelmäßigen Überweisungen der Eltern, die ihm pünktlich am Ersten eines jeden Monats gutgeschrieben wurden, am gleichen Tag abgehoben, und Dengler spürte das fühlbar Hektische, mit dem das Konto geplündert wurde.
Setz dich hin und denke nach.
Geld ist eine sichtbare und eine unsichtbare Größe, dachte er. Hinter jedem Gegenstand unseres Lebens steht eine un-

sichtbare Zahl. Hinter jeder Blume, die der Liebende seiner Geliebten bringt, steht eine Zahl. Hinter jedem Pullover und jeder Scheibe Brot – eine Zahl.

Denk weiter nach.

Was bedeuten diese unsichtbaren Zahlenreihen, die unser Leben begleiten? Sehen wir sie wirklich nicht oder nehmen wir sie nur unbewusst wahr, mit einem unbekannten Sinnesorgan? Sieht die Geliebte den verborgenen Preis der langstieligen Rose? Über was freut sie sich wirklich, wenn sie die Augen niederschlägt?

Vor seinem geistigen Auge verschwamm die Welt zu einer unendlichen Reihe von Skalen, von sichtbaren und unsichtbaren Preisen.

Denk weiter nach!

Auch die Polizei richtet sich nach diesen unsichtbaren Tabellen. Warum würde niemals eine Polizeistreife auf der Frankfurter Zeil ohne Grund von einem Mann in einem 2000-Euro-Anzug die Personalpapiere verlangen, während sie bei einem anderen, dessen Klamotten vom Roten Kreuz stammen könnten, sich geradezu zwingend zu einer Kontrolle veranlasst fühlt? Welche Bedeutung haben die unsichtbaren Preisschilder für unser Leben?

Seit diesem Abend, als er über den Fahndungsakten Roman Greschbachs gebrütet hatte, änderte Dengler seinen Kleidungsstil. Keine Jeans mehr oder Lederjacken aus der türkischen Boutique – niemand sollte seinen Status an seiner Kleidung erkennen. Seit diesem Tag trug er dunkelblaue Anzüge, und die erstaunten Blicke von Kollegen und Vorgesetzten überraschten ihn nicht.

Greschbach schien sich diesem System entziehen zu wollen. Sein Konto gab nun keine Hinweise mehr auf die unsichtbare Spur des Geldes.

Georg Dengler las die anderen Ordner, die speziell rot markierten Hefter mit den schrecklichen Fotos, mit den Berichten der Sprengstoffexperten und all die unzähligen techni-

schen Gutachten, studierte eingehend die Bilder aus der illegalen Wohnung in Kaiserslautern.
Dengler saß bis spät in der Nacht in dem riesigen Büro der Fahnder, las und dachte nach. Er überließ sich den aus den Akten aufsteigenden Bildern und vergaß, wie sehr ihm die graue Atmosphäre des Büros zuwider war. Grau. Aus grauem Plastik bestand die Resopalplatte seines Schreibtisches. Grau war das Gehäuse des Computers. Grau der Bildschirm. Grau der Drucker. Hellgrau der Teppich und die Jalousie. Grau die genormten Bürostühle mit Armlehnen und hohen Rückstützen (die Sekretärinnen saßen auf gleich grauen Stühlen, jedoch ohne Armlehnen). Selbst die blauen Jeans, die einige der anwesenden Kollegen trugen, wirkten grau.
Hell allein war der Gedanke, der sich in seinem Hirn formte. Hell und orange. Dengler kannte das Gefühl, wenn sich ein wichtiger Gedanke Bahn brach. Es war zunächst nur ein kleiner Druck im Hinterkopf, der sich ausdehnte, sich nach vorne arbeitete und schließlich zu einem Begriff wurde. Er konnte warten, bis es so weit war, oder er konnte den Druck verscheuchen.
Setz dich hin und denk nach.
Wenn er dachte, verschwamm, was er sah: die Buchstaben der Akten, die Bäume draußen im Hofe des Amtes und sogar das Deep-Purple-Poster, das irgendein Kollege der Nachtschicht an die Trennwand geheftet hatte.
Er lehnte sich zurück, schloss die Augen und überließ sich dem werdenden Gedanken. Einen Augenblick überlegte er, ob er die Füße auf den Schreibtisch legen sollte, aber er blieb ruhig sitzen.
Denk nach!
Greschbachs Leben. Und sein eigenes. Der Gegenentwurf. Greschbachs Leben, das ihm aus all den Ordnern entgegenquoll, las sich wie ein ausgedachter Gegenentwurf seines eigenen Lebens.
War das wichtig? Er wusste es nicht.

Dengler richtete sich auf und nahm den ersten Ordner noch einmal in die Hand.
Greschbach war nur vier Jahre jünger als er, war nur wenige Kilometer entfernt von ihm aufgewachsen – und doch lagen unüberbrückbare Gegensätze zwischen ihnen. Nie wären sie sich begegnet. Seine Zielperson wuchs in Freiburg auf, einer Großstadt mit über 200 000 Einwohnern. Dengler wurde in Altglashütten geboren, einem Dorf mit wenigen hundert Bewohnern, fast alle Bauern. Greschbachs Vater hatte erklärt, er habe seinem Sohn schon mit vier Jahren eine feste Summe als Taschengeld ausbezahlt, damit der Junge den Umgang mit Geld trainieren könne. Dengler las die Stelle noch einmal, da stand tatsächlich »trainieren«. Wie sollte das gehen? Heute üben wir, zehn Mark für Eis auszugeben?
Georg hatte nie Taschengeld bekommen. Vielleicht ist das der Grund, warum ich bis heute nicht mit Geld umgehen kann, dachte er.
Von klein auf hatte er auf dem Hof helfen müssen. Als kleiner Junge hütete er die Schweine der Mutter auf der Sommerwiese, nahe dem Dorf. Die Tiere suchten sich ihr Futter selbst, ernährten sich von Wurzeln oder dem Getier, das sie beim Aufwühlen der Wiese ans Tageslicht beförderten: Engerlinge, aber auch Mäuse, wenn sie nicht schnell genug flohen. Für die Mutter war es billiger, die Schweine auf eine Wiese zu führen, als sie im Stall zu füttern. Ein paar Pfennige verdiente er dazu, als er auch die Sauen des Birklerbauern mitnahm.
Es war eine einsame und anstrengende Arbeit gewesen, vor allem solange die Tiere Hunger hatten. Sie besaßen keinen ausgeprägten Herdeninstinkt, sondern jedes Schwein lief hierhin oder dorthin, und der kleine Georg, bewaffnet mit einer langen Gertenrute, rannte hinterher, um zu verhindern, dass sich eines aus dem Staub machte. Trotzdem gelang es hin und wieder einem Ferkel, seiner Aufsicht zu ent-

kommen. Meist liefen sie nicht weit, doch die Gefahr war groß, dass die Herde sich auflöste, wenn er nicht jederzeit aufpasste. Deshalb umkreiste er rennend unaufhörlich die Herde, bis die Tiere endlich genug gefressen hatten und sich ins Gras niederlegten.

Er wunderte sich damals, die Tiere fraßen buchstäblich alles. Einmal erwischte er zwei Sauen, die einen toten Fuchs unter einem großen Weißdornbusch hervorzerrten und sich in aller Ruhe über den Kadaver hermachten. Widerlich, das schmatzende Geräusch der Tiere, das Krachen der Knochen; er erinnerte sich deutlich an den Ekel, den er beim Anblick der fressenden Viecher empfand. Damals konnte er nicht anders, er übergab sich, und sofort interessierte sich eine große Muttersau für seine Kotze. Voller Panik prügelte er auf die überrascht quiekenden Schweine ein und trieb sie ein Stück die Wiese hinauf, wo sie sich beruhigten und schließlich wieder den Boden auf der Suche nach Wurzeln aufrissen.

Erst wenn die Herde satt war, konnte er seinen eigenen Gedanken nachhängen. Das gefiel ihm. War er einsam gewesen? Dengler wusste es nicht mehr, aber erinnerte sich daran, dass er seit diesen Tagen das Gefühl der Einsamkeit nie wieder ganz verlor. Auch schien es ihm, er müsse länger als andere nachdenken, bevor er etwas sagen könne. Er bewunderte seinen Klassenkameraden, den Sohn des Apothekers, der einfach losredete, scheinbar ohne nachzudenken. Vielleicht konnte der aber nur schneller begreifen. Dengler konnte nie gleichzeitig reden und denken. Das war in der Schule schon so gewesen, und er hatte sich in diesem Punkt nicht geändert.

Hätte er Greschbach damals gekannt, wäre ihm dessen Leben wie das eines Prinzen vorgekommen. Seine Familie bewohnte ein dreistöckiges Haus im vornehmen Freiburger Stadtteil Herdern, zu dem ein verwilderter Garten gehörte. Aus dem Vernehmungsprotokoll des Vaters erfuhr Dengler, dass zum Geburtstag stets ein Kinderfest veranstaltet wurde, zu dem die Kinder aus der Nachbarschaft und der Verwandtschaft kamen. Es gab Fangspiele, Limonade; und am Abend wurde jedes Kind mit einem kleinen Lampion-Umzug nach Hause gebracht.

In den Vernehmungsprotokollen der Kindergärtnerin las Dengler, dass der Vater die zentrale Figur in Greschbachs Kindheit war. Er sei als Kind altklug gewesen, und »Mein Papa hat gesagt ...« sei für Roman die höchste Form der Weisheit und Autorität gewesen, vergleichbar mit dem »Das hab ich im Fernsehen gesehen ...« der heutigen Kinder.

Dengler erinnerte sich kaum noch an den eigenen Vater. Einige wenige Bilder gab es, die er sich oft ins Gedächtnis rief, wie einen Schatz, der sich verflüchtigt, wenn er nicht regelmäßig betrachtet wird. Da saß der Vater ruhig am frühen Morgen, nachdem er die Kühe gefüttert hatte und die Mutter nun im Stall war und molk – da saß er in seiner Arbeitshose am Küchentisch, am Oberkörper nur ein geripptes Unterhemd, über das breite, braune Hosenträger liefen, und er trank den Kaffee, den die Mutter vorher gekocht und auf die Herdplatte gestellt hatte. Georg durfte auf seinen Knien sitzen. Um den Vater war immer ein Geruch von Tabak und Heu, von Milch und Kühen, den er still genoss. Vater und Sohn sprachen nicht, sondern sahen dem Dampf zu, der aus dem Becher stieg, um sich in immer neuen Mustern aufzulösen. Diese Minuten der schweigenden Zugehörigkeit waren die beglückendste Erinnerung an seine Kindheit.

Sicher, es gab noch einige unklare Bilder vom sonntäglichen Kirchgang, die Unbehaglichkeit des Vaters in dem groben schwarzen Anzug. Wie er ihn an die Hand nahm, sie dann hinüber zur Kirche gingen und Georg sich immer allein auf der rechten, der Männerseite, in einer der vorderen Kirchenbänke einen Platz suchen musste, während der Vater sich hinter ihn setzte, zu den Männern des Dorfes. Wenn Georg sich dann herumdrehte, manchmal schnell und für den Va-

ter unerwartet – immer ruhten dessen Augen auf ihm, und immer mit dem stillen Lachen, in dem er sich so zu Hause fühlte.
Sein Vater sprach nie über Gefühlsdinge, und doch hatte Georg von ihm die kleine Sprache der Liebe gelernt: den Blick, das Lächeln, die Geste, die Gewissheit.
Dann kam der Tag, den er vergessen möchte und den er manchmal, an glücklichen Tagen, tatsächlich vergaß. Aber schlimme Erinnerung lässt sich nicht tilgen, durch keine Anstrengung der Welt. Und die Erinnerung an das Unglück an jenem Tag beginnt mit dem warmen Geruch von Heu. Er kroch auf allen Vieren über die Tenne, spielte die grauweiße Katze, die sich regelmäßig auf den Scheunenboden zurückzieht, wenn sie Junge bekommt. Welch ein sicheres Gefühl das war, so hoch oben, wenn der Vater da war, der breitbeinig mit der Gabel das Heu für die Kühe aufspießte. Eine Drehung mit dem Oberkörper, sicher und elegant, dann warf er es durch eine der beiden offenen Dachluken hinunter auf den Scheunenboden. Ein Kindheitstraum. Georg rutschte auf dem Boden hin und her und wühlte sich durch das Heu, baute Gänge wie ein Maulwurf. Plötzlich schrie der Vater. Bleib stehen, schrie er, und rühr dich nicht! Und rannte zu ihm hin. Georg wusste nicht, warum er stehen bleiben sollte, deshalb blieb er nicht stehen, und der Vater rannte weiter und dachte nicht mehr an die zweite Luke.
Allein die Mutter beugte sich an jenem Abend über sein Bett, ganz dunkel wurde es über ihm und ihre Tränen trafen ihn wie Steine. Sie schmeckten bitter, er mochte das nicht, und später schämte er sich, weil er es nicht gemocht hatte.
Er schämte sich noch auf der Beerdigung. Er saß mit der Mutter in der ersten Reihe. Auf der Frauenseite. Er wollte nicht hier sein. Er spürte den harten Druck, weil die Mutter seine Hand nicht losließ. Er spürte Schmerz, aber nur in der Hand. Irgendwann zog sie ihn aus der Bank, und er stolperte. Gegen den Marienaltar im Seitenschiff der Kirche. Die

Madonna mit dem blauen Mantel wankte, und er griff nach ihr mit der linken Hand. Doch die Mutter zog ihn weiter. So hielt er die Madonna fest umklammert in seiner Linken. Er schob sie unter seinen Sonntagsmantel, quetschte sie unter den Hosengürtel, wo sie ihn den ganzen Tag drückte, bis er sie am Abend hervorzog und in der großen weißen Kiste versteckte, direkt unter dem Märklin-Baukasten.
In der gleichen Nacht schlich er durch den dunklen, nach Kühen riechenden Flur bis zur Küchentür und wartete unschlüssig, ob er zu seiner Mutter und ihren drei Schwestern in die Küche gehen sollte. An ihren Stimmen hörte er, dass sie Wein getrunken und viel geweint hatten, und dann hörte er seine Mutter sagen, sie wolle das Kind nicht mehr sehen – für eine Weile. In diesen Sekunden wurde seine Seele für immer verletzt. Er schlich ins Bett zurück und konnte immer noch nicht weinen, er fühlte sich leer, und er fühlte sich schuldig an allem, was über die Familie gekommen war, am Tod des Vaters, am Unglück der Mutter und, vielleicht am schlimmsten, dass er darüber nicht weinen konnte. Diese dreifache Schuld spürte er noch heute. Damals erinnerte er sich an die Madonna unter dem Märklin-Baukasten – und er beschloss, sie nie mehr herzugeben.
Schmerz und Scham setzten unvermittelt mit der Erinnerung ein, so frisch und unvermittelt wie damals. Dengler nahm schnell einen neuen Ordner zur Hand und blätterte in Greschbachs Zeugnissen des Kepler-Gymnasiums. Er schien ein Musterschüler gewesen zu sein, Einser, Zweier, nur in Physik eine Vier.
Georg dachte an seine eigene Schulzeit: Der alte Lehrer Scharach unterrichtete alle Kinder Altglashüttens in einem einzigen Raum im Rathaus, die oberen Klassen vormittags und die Schüler bis zur vierten Klasse nachmittags. Später wurde eine neue Schule mit zwei Klassenzimmern gebaut, was einige im Ort für unnötigen Luxus hielten. Georg erinnerte sich an den Stolz, mit dem er sich in die eigene Schul-

bank setzte, die nun kein anderer Schüler vormittags benutzte.
Dengler überlegte, ob Greschbach als Kind sich wohl jemals Sorgen um die Existenz seiner Eltern machen musste. Wahrscheinlich nicht. Sein Vater war Professor für mittelalterliche Geschichte an der Freiburger Universität und galt dort, so eine Stellungsnahme des Dekanats der Uni, die er in den Akten fand, als herausragender Wissenschaftler auf diesem Gebiet.
Als Denglers Vater starb, standen zwanzig Rinder im Stall. Seine Lieblingskuh war die verrückte Freya gewesen. Sie war hellbraun wie alle anderen, aber sie trug ein verkümmertes Horn, Dengler erinnerte sich nicht mehr, ob auf der rechten oder der linken Seite. Wenn Freya nach einem langen Winter zum ersten Mal ins Freie kam, lief sie in Bocksprüngen durch das Dorf, keilte nach hinten aus wie ein Pferd, blieb plötzlich stehen, schüttelte sich wie ein nasser Hund und rannte dann in Galoppsprüngen weiter. Georg konnte sie gut verstehen; er stellte sich oft vor, welch ein Gefühl es sei, den ganzen Winter angebunden im dunklen Stall zu stehen. Doch die Bauern schüttelten den Kopf – wilde Kühe geben wenig Milch.
Eines Abends kam Freya nicht mit den anderen Rindern von der Gemeindewiese zurück. Dengler erinnerte sich noch, wie er aufgeregt zur Mutter lief: Die Freya fehlt! Wie sie ihn ernst ansah und ihm sagte, dass sie Freya hatte verkaufen müssen. Wie er geheult hatte. Wie er sich schämte, als er zwei Tage später Freya auf der Wiese des Birklerbauern stehen sah. Wie die Last seiner Schuld größer wurde – nun noch um den Verlust der verrückten Kuh Freya.
Von da an verschwand immer wieder eine Kuh aus dem Stall und tauchte beim Birklerbauern oder auf dem Hof eines anderen Landwirts wieder auf. Die Mutter seufzte immer öfter, und Georg versteckte seinen Schmerz, damit sie es nicht noch schwerer hatte. Doch verborgen in einer unzugäng-

lichen Ecke des Heuschobers weinte er heimlich, nicht nur aus Trauer um die verlorenen Tiere, sondern auch aus Angst, was aus ihm würde, wenn die letzte Kuh vom Hof verschwand.
Mit Mario entwickelte er die unterschiedlichsten Pläne zur Rückeroberung der Kühe. Einmal wollten sie nachts in den Hof des Birklerbauern einbrechen. Sie planten, die Kühe seiner Mutter zu holen, um sie auf den Feldberg zu bringen, wo sich die beiden Freunde von Milch und Heidelbeeren ernähren wollten. Der Plan scheiterte, weil Mario in der Nacht verschlief. Georg wartete zwei Stunden lang vergeblich auf ihn, allein in der Kälte vor dem Hoftor des Birklerbauern.

Lieber Jesus im Himmel,
bitte mach, dass wir nicht noch mehr Kühe verkaufen müssen,
sorge dafür, dass wir unsere Kühe behalten und sie nicht zum Schluss alle dem Birklerbauern gehören.
Amen

Kindliche Gespräche über Religion.
Mit Mario.
Nicht nur über die verschwundenen Kühe.
Warum muss Abraham für den lieben Gott seinen Sohn erschlagen?
Weil er so zeigen will, dass er den lieben Gott ganz lieb hat.
Aber der will seinen Sohn gar nicht erschlagen, der liebe Gott muss ja erst böse werden, bevor er's macht. Warum verlangte der liebe Gott so was, grübelte Mario.
Grübelte Georg.
Man kann den Willen Gottes nicht verstehen, als kleiner Mensch nicht, und als kleiner Bub erst recht nicht, sagte der Pfarrer.
Aber wenn der Gott doch nur immer das Beste will für die Menschen – so Mario.

Stell dir mal vor, du wärst der Sohn vom Abraham. Gilt für den Sohn die Liebe Jesus' nicht? Denk mal nach: Du und ich, wir wären es doch, die geschlachtet würden.
Theologische Konfusionen.
Mir leuchtet auch nicht ein, dass der Gott die ganze Welt ersoffen hat mit der Sintflut, sagte Mario.
Weil die Menschen ihn nicht genug angebetet haben, erinnerte sich Georg.
Aber kann man sie deshalb ersäufen? Und was ist mit den Kindern und den Tieren?
Den Kühen zum Beispiel.
Später schlug Mario vor, die Tiere zurückzukaufen. Das Geld wollten sie von den merkwürdigen Kurgästen nehmen, die immer in der Bahnhofskneipe saßen. Auf halber Höhe des Berges, nahe der Straße nach Bärental, lag das Kurhotel der Knappschaftskasse. Viele Bergleute aus dem Ruhrgebiet wurden damals in die gesunde Luft des Südschwarzwaldes geschickt, damit sie sich hier einige Wochen einer Kur unterzogen. Zum Erstaunen des ganzen Dorfes verließen diese Männer jeden Mittag ihr Hotel (vormittags mussten sie Anwendungen durchführen, Dengler beobachtete sie beim Wassertreten, wobei sie laut fluchten). Sie zogen in einer langen schwarzen Prozession nach Altglashütten und besetzten die Bahnhofskneipe. Nach einer halben Stunde hingen so schwere Rauchwolken im Lokal, dass die beiden Buben sich nur hustend durch den Raum bewegen konnten. Die Bergleute rauchten, tranken riesige Mengen Bier und Schnaps, spielten Karten um Geld, und um fünf Uhr standen sie auf und torkelten durch die gesunde Schwarzwälder Luft zurück ins Sanatorium, um sich am nächsten Tag wieder im Bahnhofslokal zu betrinken.
Mario beobachtete, wie drei von ihnen um Geld wetteten, ob zwei Mädchen, die mit Kreide einige Quadrate auf das Pflaster vor dem Bahnhof gemalt hatten, auf einem Bein die Quadrate rauf- und runterhüpfen konnten. Am nächsten Tag

malte Mario ebenfalls einige Quadrate auf den Bahnhofsvorplatz, aber keiner der Bergleute wollte auch nur einen Groschen auf seine Hüpfkünste verwetten.
Schließlich kam Georg die zündende Idee, das Ganze mit einer Kuh aus dem Stall seiner Mutter aufzuführen. Mit Mist aus einer Schubkarre unterteilten sie das kleine Stückchen Wiese hinter dem Bahnhof in gleich große Quadrate und führten eine Kuh vom Dengler-Hof hinein. Dann rannten sie zu den Bergleuten und boten ihnen Wetten an. Jeder von ihnen könne fünf Pfennig oder einen Groschen auf ein Quadrat setzen. Gewinner sei derjenige, auf dessen Quadrat die Kuh den ersten Fladen ließ. Die Männer lachten, aber dann stand der erste auf, sein Kumpel folgte, und nach fünf Minuten standen alle Bergleute um die Kuh herum, setzten Geld, rauchten, lachten und warteten, dass die Kuh endlich den Schwanz hob.
Von jedem Groschen behielten sie einen Pfennig, und als Georg seinen Anteil der Mutter brachte, nahm sie ihn zum ersten Mal seit dem Tod des Vaters in die Arme, und er nahm sich erneut fest vor, die verlorenen Kühe zurückzuholen.
»Was willst du später einmal werden?«, fragte er Mario am nächsten Tag.
»Millionär«, sagte der sofort, »und du?«
»Polizist.«

***

Aber warum sprengt jemand, der all diese Nöte nicht kennt, andere Menschen in die Luft? Wo lag die Bruchstelle?
Einer plötzlichen Eingebung folgend, rief er Bernd Fuchs an, der als Schlagzeuger in Greschbachs früherer Band gespielt hatte. Da Fuchs sich schon früher geweigert hatte, der Polizei Auskünfte zu geben, brauchte Dengler eine Legende.
»Guten Tag, mein Name ist Herbert Gübler, ich recherchiere

für das Musikmagazin *Rolling Stone* über den Zusammenhang von Anarchismus und Musik.«
»Mmh, was kann ich dazu beitragen?«
»Sie haben doch mit Roman Greschbach zusammen in einer Band gespielt. Ich interessiere mich dafür, was für eine Art von Musiker Greschbach ist.«
»Wissen Sie, wir von der Band, von der ehemaligen Band, also wir haben eigentlich beschlossen – also wir wollen grundsätzlich keine Aussagen zu Roman machen – wir wurden so schon genug von den Bull … ich meine, von der Polizei unter Druck gesetzt.«
»Mir geht es ja auch nicht um das politische Ding, uns geht es um den Musiker – wie der so drauf war.«
»Na ja, eigentlich wollen wir dazu grundsätzlich gar nichts sagen. Das haben uns auch die Anwälte geraten.«
»O.K., das akzeptiere ich natürlich. Gibt es die Band noch?«
»Nein, schon lange nicht mehr. Wir haben ohne Roman eine Weile weitergemacht, aber als er überall gesucht wurde, wollte uns niemand mehr spielen lassen. Da haben wir uns aufgelöst, und jetzt macht keiner von uns mehr Musik – sind alle bürgerlich geworden.«
»Wie hieß denn eure Band?«
»Wir nannten uns The Scratch. Waren nicht mal schlecht. Kein Fall für den *Rolling Stone* – aber in Freiburg kannte man uns. Beim Wettbewerb im Haus der Jugend machten wir den zweiten Platz. Direkt hinter Sound Edge – die sind hier in der Gegend die große Nummer.«
Dengler atmete durch und fragte dann: »Und Roman, was spielte der?«
»Der war unser Gitarrist – spielte Leadgitarre. Noch nicht mal schlecht.«
»Und was für ein Repertoire hattet ihr drauf?«
»Am Anfang spielten wir so die Rock-Klassiker, Stones, Cream, Animals, das populäre Zeug eben. Dann merkten wir, die spielten selber nur nach.«

»Wie das?«
»Roman merkte es als Erster. Als Komponisten waren auf deren Platten immer die gleichen Namen angegeben: Willie Dixon, Robert Johnson, Muddy Waters oder Jimmy Reed. Erst dachten wir, das seien Typen, die für alle englischen Bands Lieder schrieben, bis Roman Platten von denen anschleppte und wir merkten, das waren selber Musiker. Deren Zeug spielten die großen Bands nur nach. Dann machten wir das auch so und hatten Erfolg damit – zumindest im Haus der Jugend.«
»Waren Romans Eltern eigentlich einverstanden, dass er in eurer Band mitspielte?«
Dengler hörte ein verhaltenes Lachen am anderen Ende der Leitung. »Nein, sein Alter wollte unbedingt, dass er Cello lernte – wie er selber. Sein Alter stand damals auf Klassik. Heute sitzt er im Vorstand des Jazzhauses. Roman schwänzte den Cellokurs, um mit uns zu üben. Später hatte er riesigen Streit mit seinen Alten – deshalb. Er ist sogar mal abgehauen und hat sich zwei Tage bei mir versteckt.«
»Und für diese Musiker schwärmte er?«
»Robert Johnson, Willie Dixon, Muddy Waters und so? Ja, wir haben nichts anderes mehr gespielt – bis er zu den Politischen überlief und dann aus der Band abhaute.«
»Na ja«, sagte Dengler, »das gibt für einen Artikel wirklich nicht viel her. Trotzdem: Danke fürs Gespräch.«
»Macht ja nichts«, sagte Bernd Fuchs und legte auf.
Es waren zwei Anrufe beim Zentralarchiv nötig, um zu erfahren, dass die musikalischen Vorbilder Greschbachs nicht mehr lebten. Eine blinde Spur. Dengler notierte sich die Namen, und fast hätte er die Sache vergessen.
Erst ein Jahr später las er in der *Frankfurter Rundschau* von dem bevorstehenden Konzert Eric Claptons in der Londoner Albert Hall. *»Muddy Waters' alte Kämpfer und sein bester Schüler«*, lautete die Überschrift. Clapton, der jährlich einmal ein Konzert in der ehrwürdigen Albert Hall gab, lud in die-

sem Jahr einige der noch lebenden Musiker aus Waters' Band zu einem gemeinsamen Auftritt ein. In einer Woche sollte das Konzert stattfinden.
Noch am selben Tag reichte Dengler bei Dr. Schweikert einen Dienstreiseantrag ein.

***

Die Royal Albert Hall wirkte auf Dengler wie ein königliches Schloss. Er nahm die Picadilly Line vom Terminal 4 des Flughafens Heathrow und stieg am Hyde Park aus, so wie es ihm die Abteilungssekretärin aufgeschrieben hatte. Dann durchquerte er den Park und stand plötzlich vor dem runden Bau, der wie ein Palast funkelte.
Die letzten Sonnenstrahlen des Tages brachen sich in der gläsernen Kuppel und tauchten den roten Stein mit den sandfarbenen Einfassungen, mit den beiden übereinander liegenden Fensterfronten in ein goldenes Licht. Ein Balkon umfasste das Gebäude auf halber Höhe, gesichert durch reliefartige Figuren, die sich wie ein Band unterhalb der Kuppel um das Bauwerk legten.
Dengler erwartete, dass sechsspännige Kutschen mit kostümierten Adeligen vorfuhren, aber es stand nur ein roter Doppeldeckerbus mit laufendem Motor vor dem Eingangsportal. Die Menschen, die in das Gebäude strömten, wirkten fremd vor der aristokratischen Architektur. Das Auge würde sich nicht über Herren im Abendanzug und Frauen mit Hüten und Cocktailkleidern empören, aber das gemischte Völkchen, das nun durch die Portale drang, sah das ehrwürdige Haus wohl selten. Eine Gruppe von Hippies in wallenden und bunt bedruckten Kleidern, bereits mit Altersflecken im Gesicht, pilgerte neben ihm zum Eingang, gefolgt von einigen schicken Jungs in dunkelblauen Zweireihern, die wohl in der Londoner Finanzwelt arbeiteten.

Dengler war früh genug erschienen, um als erster Besucher durch dic großen Flügeltüren eingelassen zu werden. Er blieb im Vorraum stehen und lehnte sich an einen großen Säulenbogen. Nun konnte er die Hereinströmenden beobachten.
Greschbach sah er nicht.
Als einer der Letzten betrat Dengler den Innenraum und hastete durch einen breiten Gang zu seinem Platz in der dreizehnten Reihe. Sein Blick suchte die Sitze nach Greschbach ab, aber er war nicht da. Mal wieder eine blinde Spur, dachte er und setzte sich.
Rechts neben ihm hockte ein dicker Brite in einer speckigen Lederjacke, mit einem über das Kinn hängenden Schnauzbart, der ihm eine entfernte Ähnlichkeit mit einem Walross gab. Er trug enge Jeans, und eine Bierwampe dehnte sich über einen breiten, schwarzen Ledergürtel. Mit der rechten Faust klopfte er einen nicht definierbaren Takt zu einer Musik, die niemand außer ihm hörte. Links neben ihn setzte sich eine groß gewachsene Blondine mit von unbekannten Exzessen geprägten Gesichtszügen. Tiefe Falten zogen sich um ihre Mundwinkel und zerwühlten ihre Stirn. Sie trug ein schwarzes langes Kleid, aus dem zwei dünne Füße mit geschnürten Sandalen ragten.
Die Bühne lag noch im Dunkeln, nur einige rote Lichter der Verstärker leuchteten herüber. Das Publikum war bester Laune, die Leute quatschten, lachten, hier und da kreiste eine Bierflasche, und Dengler schnupperte das Aroma von starkem Gras, das bald schwadenweise durch den Saal waberte. Er setze sich in seinem Sessel zurecht und streckte die Beine aus. Der Typ zu seiner Rechten öffnete eine neue Bierflasche, nahm einen Schluck und rülpste. Dann knuffte er Dengler an den Oberarm und hielt ihm freundlich grinsend die Flasche hin. Was soll's, dachte er, wenn die Reise ohne Festnahme endet, wollte er wenigstens das Konzert genießen. Er griff die Flasche am Hals und trank einen Schluck. Gott, das

Bier war lauwarm! Gerne hätte er es gleich wieder ausgespuckt, aber das ging in dieser königlichen Halle wohl kaum, also schluckte er es hinunter.
Nun verglommen die Lichter im Saal langsam, die Leute wurden leiser und schließlich völlig still. Als das Rund völlig dunkel und im Saal kein Laut mehr zu hören war, klang von der Bühne ein einzelner hoher Laut herüber, dann ein Schlagzeugintro, blaues Licht füllte die Bühne, und Dengler sah einen schwarzen, gelockten Musiker, der eine merkwürdige Gitarre im Arm hielt, schwarz lackiert, mit weißen Punkten verziert.
Der Typ rechts von ihm stieß ihn begeistert in die Seite. Dengler dachte, er wollte ihm erneut einen Schluck seines lauwarmen Bieres anbieten, aber stattdessen wies er mit der Flasche begeistert auf die Bühne.
»Stratocaster«, schrie er ihm ins Ohr, »a brandnew Fender Stratocaster!«
Dengler nickt und begreift: Es geht um die Typenbezeichnung der Gitarre.
Der Gitarrist erzeugt bislang nur diesen einen Ton, den er endlos reitet. Die rechte Hand liegt mit dem Plektrum auf der untersten Saite, die linke Hand lässt nun den Hals des Instruments los, sodass der Laut, der nun auf allen Zuhörern lastet, wie frei schwebend wirkt. Kurz bevor es unerträglich wird, prustet er entschuldigend ein jungenhaftes Lachen ins Publikum und zählt ins Mikrophon: One, two, three – und die Band setzt ein.
Es ist wunderbar. Dengler spürt förmlich, wie plötzlich Tausende Herzen im Bluestakt der Band mitschwingen. Der Musiker tritt ein paar Schritte zurück und scheint, wie alle im Saal, der Band zu lauschen. Dann schnellt er mit einem Satz zum Mikrophon und singt.
Dengler versteht nur einen Teil des Textes. Er handelt von einem Mann, der fünf lange Jahre in einem Stahlwerk arbeitet und jeden Freitag brav seiner Frau den Lohn abgibt. Und

nun hat sie den Nerv, ihn zu verlassen. Es ist aber nicht der Text, der Dengler sofort in Bann zieht. Es ist die Ausdruckskraft der Stimme, die diese kleine Geschichte mit einer Leidenschaft erzählt, wie sie Dengler noch nie zuvor gehört hat. Er hätte schwören können, diese Geschichte sei dem Musiker gerade eben, erst vor wenigen Minuten widerfahren.

Es reißt sie von den Stühlen. Alle. Wie eine einzige Bewegung eines zusammengehörigen Körpers. Auch Dengler zieht es nach vorne. Er steht da und applaudiert. Die Frau im schwarzen Kleid kniet neben ihm auf der Sitzfläche des Plüschsessels, der bedenklich schwankt, und ruft den Musikern etwas für Georg Unverständliches zu, ihre Worte gehen im Höllenlärm des Beifalls unter.

Der Gitarrist ist nun einige Schritte zurückgetreten und lächelt verlegen. Dann verbeugt er sich, bis der Beifall verebbt; die Menschen setzen sich wieder.

»Ladies and Gentlemen – Junior Wells!«

Er streckt die Hand einem kleineren Mann entgegen, ebenfalls ein Schwarzer, der die Bühne von rechts betritt. Dengler fällt das schillernde Weiß seines Anzugs auf. Junior Wells trägt einen weißen Seidenanzug und einen ebenfalls weißen Borsalino. Dengler ist nahe genug an der Bühne, um zu erkennen, dass er an fast jedem Finger einen Ring trägt. Es blitzt weiß und blau, wenn das Licht der Scheinwerfer auf seine Hände fällt. Was für ein kleiner Mann! Dengler schätzt ihn auf einen Meter fünfundsechzig.

Ein Roadie schraubt ihm das Mikrophon herunter. Dann wendet sich Junior Wells zur Band und zählt:

»One, two, one, two, three.«

Knapper, pulsierender Sound. Unkompliziert. Bass, Schlagzeug, Piano und zwei Gitarren, deutlich, kraftvoll, nicht zu laut und sehr warm. Nun zieht Junior Wells eine silbern glänzende Mundharmonika aus dem Gürtel, und als er sie an den Mund setzt, erhebt sich über dem fließenden, sich wiederholenden Geflecht ein einzelner Ton, laut und hell, dreht sich, noch vorsichtig, um mit zwei, drei Sprüngen höher zu klettern und eine Pirouette zu drehen. Dann – ein harter Schlag der *Snaredrum*, und die Band stoppt. Junior Wells tritt zum Mikrophon, die Augen geschlossen, er singt:

You got to help me, Baby,
I can't do it all by myself.
You know if you don't help me this mornin
I'll have to find myself somebody else.

Nun spielen sie erneut den pulsierenden Rhythmus, und wieder klettert und stürzt und steigt die Mundharmonika die Tonleiter hinauf, klar und einsam, bis sie ganz oben verharrt, ein einzelner unerschütterlicher Ton, der nun von der Gitarre eingeholt wird und mit ihr übereinstimmt. Dengler kann beide Instrumente nicht mehr unterscheiden. Dann wird das Solo vom Gitarristen übernommen, es wird schnell, und trotzdem hört Georg keinen überflüssigen Ton.

Es ist das alte Klagelied eines Machos, Eingeständnis der eigenen Ohnmacht und zugleich vergebliche Rebellion dagegen. In der königlichen Musikhalle hört Georg Dengler eine Musik, wie er sie noch nie vernahm. Er wird aufgerieben von dem treibenden Rhythmus und der Einsamkeit und dem Verlangen, das in dem Blues lebt.

Junior Wells und der Gitarrist singen abwechselnd eine Strophe.

Sie verständigen sich nur durch einen gegenseitigen Blick oder einen Zuruf, was sie als Nächstes tun werden. Junior Wells tritt ans Mikro:

Can I blow some

Und er bläst seine steigenden und fallenden Kaskaden in den Saal. Knapp. Gekonnt.

Der Gitarrist springt mitten in den gleißenden Lichtkegel:

Look and hear

Die Finger seiner linken Hand rasen den Gitarrenhals hinunter, pausieren auf einem lang gezogenen, sterbenden Ton, dehnen ihn schmerzlich, um dann, von unbekannter Choreographie geleitet, wieder hinaufzuhasten.
Sie scheinen diesen zweiten Song nicht mehr beenden zu wollen, und niemand im Saal will, dass sie aufhören. Sie treiben sich gegenseitig, stacheln sich zu immer neuen Improvisationen an; der Pianist zitiert Gershwin und einige Chet-Baker-Themen, bevor er sich wieder in den Kreis der anderen Instrumente zurückfallen lässt.
Doch dann stehen sie nass und lachend am Bühnenrand.
»Ladies and Gentlemen – Junior Wells«, sagt der Gitarrist und zeigt auf den kleinen Mann mit der Mundharmonika.
»Buddy Guy«, sagt Junior Wells und deutet auf den Gitarristen.
Dieses Konzert in der Königlichen Albert Hall in London ist Georg Denglers erstes Bluеskonzert. Ihm ist, als habe jemand ihm ein neues Fenster aufgestoßen. Was er bei der Musik der Stones vermisste, unbewusst sicherlich, die fehlende Abrundung oder die nötige Tiefe – bei diesem Konzert hört er es zum ersten Mal. Er ist nun ein Bekehrter.

4

Heinz erzählte ihnen nichts über die geplante Aktion, und Kerstin ging seine Heimlichtuerei auf die Nerven. Überhaupt fand sie, der Genosse Heinz behandelte sie schlecht, ja, fast kam es ihr vor, er interessierte sich ausschließlich für Uwe.

»Du wirst es schon rechtzeitig erfahren«, sagte Heinz, »aber erst müssen wir dafür sorgen, dass unser Rekrut schießen lernt.«

Sie hasste es, wenn er Uwe »unseren Rekruten« nannte, und noch mehr hasste sie es, dass Uwe diese Bezeichnung gefiel. Jedenfalls protestierte er nicht dagegen.

Ihr gefiel nicht, dass Uwe sich diesem Genossen gegenüber so unterwürfig verhielt, und dieser Widerwille rumorte in ihrem Magen, sobald Heinz die Wohnung betrat.

Sie sah ihn zum ersten Mal, als er Uwe früh morgens zum Schießtraining abholte. Er trug einen olivfarbenen Seesack in die Wohnung, den er mit einem Ruck von der Schulter warf, sodass er mit einem dunklen Geräusch auf die Holzdielen des Flurs klatschte.

»Anziehen«, sagte er zu Uwe, der noch geschlafen hatte und nun in seinem alten blauen Bademantel, sich die Augen reibend, aus dem Schlafzimmer trat.

Uwe bückte sich und zog einen Drillich aus dem Sack, Hose, Jacke, Hemd, ein paar Stiefel und ein Schiffchen.

»Tarnung«, sagte Heinz.

Er selbst trug Springerstiefel, schwarz glänzend, die Enden der beiden Schnürsenkel hingen gleich lang auf beiden Seiten herab. Die grüne Kampfhose war ein wenig verblichen, aber frisch gewaschen und gebügelt, ohne jede Falte, und die Hosenbeine unten so in die Stiefel gesteckt, dass sie zwei Zentimeter darüber hingen, rundherum, als wäre dieser Überwurf mit dem Lineal vermessen. Die Jacke, im gleichen

Farbton wie die Hose, saß eng und betonte den muskulösen Oberkörper. Am rechten Oberarm steckten vier Kugelschreiber in einer eigens dafür aufgenähten Tasche, und auf den Schulterklappen steckte ein Stoffüberzug mit einem silbernen Stern, der von stilisiertem Eichenlaub umfasst war.
»Tarnung«, wiederholte er, als er die Blicke der beiden bemerkte, und ihm entging nicht, dass in Uwes Blick Bewunderung, in dem von Kerstin jedoch Abscheu mitschwang.
»Zieh das an, dann gehen wir«, sagte er.

5

Claptons Auftritt blieb eigentümlich blass gegenüber den beiden Vormusikern, und Dengler begann zu begreifen, dass er an diesem Abend auch den großen Unterschied zwischen Original und Kopie erlebt hatte. Die Zuschauer klatschten drei Zugaben heraus, und dann zog ihn die Menge aus dem riesigen Rund zum Ausgang zurück.

Als er inmitten der euphorisierten Londoner zur Vorhalle trieb, erinnerte er sich: Als Kind hatte er selbst eine Mundharmonika besessen. Er brachte sich damals auf dem Instrument einige der Lieder bei, die im Radio der Mutter häufig zu hören waren: *In München steht ein Hofbräuhaus* gelang ihm ganz gut, aber am meisten Spaß machte es, auf dem Instrument die Töne rund um den Hof zu imitieren, Autohupen: auf den unteren beiden Löchern; Pferdeschnauben: Das war schon schwerer, er musste erst tief Luft holen, um dann mit aller Kraft in kurzen Intervallen auf dem zweiten und dritten Loch blasen; und das Blöken eines Kalbes gelang ihm so gut, dass sich die Kühe sogar nach ihm umdrehten, wenn er es auf dem mittleren Register blies.

Er würde wieder Mundharmonika spielen, nicht mehr die kindlichen Melodien, sondern so, wie er es eben gesehen und gehört hatte und nie mehr vergessen würde.

Die Besuchermenge zog immer noch hinaus in den Vorraum der riesigen Konzerthalle. Auf der rechten Seite verkauften fliegende Händler Platten und CDs. Vielleicht bekam er dort einige Aufnahmen von Junior Wells und Buddy Guy. Er drückte sich an den Rand, bis er vor den aufgestellten Tapeziertischen stand. Er deutete auf eine CD von Wells mit dem Titel »Southside Blues Jam«. Ein langhaariger dünner Typ mit einem schwarzen T-Shirt mit dem Aufdruck »Clapton Is God« kassierte das Geld. Eine Art kindlicher Vorfreude übermannte ihn.

Der Mann, der in der Schlange hinter ihm stand, verlangte die gleiche CD.
In besserem Englisch, aber mit dem gleichen deutschen Akzent.
Dengler drehte sich nach dem Gleichgesinnten um und erkannte Roman Greschbach.
Dengler folgte ihm.
Seine Zielperson schlenderte durch den Hyde Park zurück zur Underground und stieg in den hinteren Wagen der nächsten Bahn ein. Dengler setzte sich in den Waggon davor und behielt ihn im Auge.
Die Bahn schlängelte sich durch die Kurven der Innenstadt, dann fuhr sie nach Süden, überquerte die Themse, und in Brixton stieg Greschbach endlich aus.
Dengler verfolgte ihn durch die Läden der hier lebenden schwarzen Bevölkerung, blieb mit ihm an den Garküchen der Inder und Pakistani stehen. Schließlich verschwand Greschbach in einem kleinen Haus in der Callington Street.

***

Zwei Stunden später stürmte ein Spezialkommando der britischen Armee das kleine Zimmer, in dem Greschbach sich versteckte. Als drei Soldaten ihn routinemäßig und leidenschaftslos zusammenschlugen, wie sie es bei irischen Gefangenen gewohnt waren zu tun, zog Dengler einen der Männer von ihm weg. Dies war sein Gefangener. Er stellte sich Greschbach mit seinem wirklichen Namen vor; die englischen Polizisten würde dieses Dienstvergehen, begangen in deutscher Sprache, nicht verstehen.
»Darf ich mich vorstellen, ich bin Georg Dengler, Ihr Zielfahnder. Ich jage Sie seit über zwei Jahren.«
»Leck mich am Arsch«, sagte Greschbach und spuckte einen Zahn aus, den die Engländer ihm ausgeschlagen hatten.

***

Im Amt knallten die Korken. Es gab Sonderurlaub, kleine festliche Veranstaltungen, und Dengler schwebte auf der Super-Bullen-Wolke.

Er kaufte sich in Wiesbaden einen Satz Lee-Oscar-Harps und zwei Bücher mit Instruktionen sowie eine Doppel-CD mit den neunundzwanzig Originalaufnahmen, die von Robert Johnson erhalten geblieben waren und die er bisher nur als Coverversionen von einigen weißen Bands kannte: *Cross Roads* von den Cream, *Ramblin' On My Mind* und *Love In Vain* von den Stones, *Malted Milk* von Clapton und *Sweet Home Chicago*, nachgespielt von jeder Schülerband der achtziger Jahre, die etwas auf sich hielt.

Er nahm das Textbuch der CD mit ins Büro, und während er es las, verstand er allmählich: Die schwarze Bevölkerung sprach ihr eigenes Englisch, das sich von dem Mainstream-Englisch der Weißen grundlegend unterschied. Dengler leuchtete ein, was der Verfasser des Artikels in der *Frankfurter Rundschau* geschrieben hatte: Das *Black American English* sei die eigentliche Muttersprache der schwarzen Bevölkerung, die die Kinder in der frühesten Lebensphase lernen und nie wieder vergessen. Das Erlernen des Standard-English in der Schule sei für sie wie das Erlernen einer Fremdsprache, denn beide Sprachen unterschieden sich vollkommen in ihrer phonetischen, grammatikalischen und syntaktischen Struktur.

All dies war in den Texten von Robert Johnson greifbar, die Dengler mit angehaltenem Atem studierte. Die Grammatik des Blues: das Wegfallen des zweiten Konsonanten bei einem Doppelkonsonanten, das Ersetzen des *ing* durch das ökonomischere *in'*; *I'm goin'* statt *I'm going, mornin'* statt *morning.* Auch das Streichen der Anlautvokale – *round* statt *around* – sowie das Wegfallen der Nachsilben – *fol* statt *follow* – gaben dem Blues und später dem Jazz eine Sprachmelodie, ohne die man sich ihre Poesie nicht vorstellen kann.

Besonders faszinierte ihn die viel differenzierte Begrifflichkeit der Beziehungen zwischen Männern und Frauen. Verwendet Robert Johnson oder irgendein anderer Bluesman *woman* oder *my woman*, so spricht er von der Ehefrau, die er aber auch *mother* nennt, während *mama* die Nebenfrau meint oder besser: die feste Nebenfrau, mit der er vielleicht auch Kinder hat. *Baby* ist die Freundin, der man Geld gibt, und *girl* wiederum bezeichnet eine Freundin mit eigener Wohnung ohne finanzielle Zuwendungen.
Die schwarzen Sängerinnen, Koko Taylor oder Big Mama Thornton, verwenden den gleichen Code umgekehrt. *Man* oder *my man* ist der eigene Ehemann oder manchmal auch der *father*, während *sweet man* oder *other man* einen Nebenmann meint. Besteht zu diesem eine längere Beziehung oder hat man gar Kinder mit ihm, wird er zum *daddy*.
Niemals benutzen die schwarzen Musiker die typisch weißen Beziehungs- und Ehebegriffe wie *wife*, *husband*, *girlfriend*, *darling*, *sweetheart*, es sei denn zu ironischen Zwecken.
Es verblüffte Dengler, dass in dem Black American English offenbar eine ähnliche Wertschätzung vorherrschte, wie sie die Weißen auch pflegten: je heller die Hautfarbe, desto höher das soziale Prestige. In den Bluessongs, die Dengler nun auflegte, machte es einen enormen Unterschied, ob der Sänger von einem *yellow girl*, einer *brownskin woman* oder gar einer *black mama* sang.
Das Elend der Liebe nimmt bei einem Wandermusiker, wie Robert Johnson sein ganzes junges Leben lang einer war, andere Formen an. Er muss weiterziehen, wenn die Frau sich von ihm abwendet, bei der er unterschlüpfen konnte.

I got ramblin', I got ramblin' on my mind.
I got ramblin', I got ramblin' all on my mind.
Hate to leave my baby, but you treats me so unkind.

Dann las Dengler die Klageschrift der Bundesanwaltschaft, und er schob das Textbuch in die unterste Schublade seines Schreibtisches. Sie warfen Greschbach die Herstellung und Anbringung der beiden tödlichen Bomben vor. Er rief Dr. Kobl an, den zuständigen Bundesanwalt in Karlsruhe, und erklärte ihm, dass Greschbach das nicht getan haben konnte.
»Greschbach ist unfähig, eine Schweißnaht zu legen«, sagte er, »ich habe den Mann gejagt und kenne ihn besser als er sich selbst. Er ist vollkommen unpraktisch.«
Dr. Kobl bedankte sich für die Informationen und legte auf.
Ein paar Wochen später erfuhr Dengler, dass die Klageschrift ohne Änderung beim OLG Stuttgart verlesen wurde. Er rief erneut den Staatsanwalt Kobl an. Und der hörte erneut zu.
»Sie sind der Fahnder, der Greschbach verhaftet hat«, sagte er dann.
»Ja.«
»Sie haben erstklassige Arbeit geleistet. Das wissen wir hier. Aber Ihre Arbeit endet mit Ihrem Bericht. Jetzt sind wir am Zuge – und wir arbeiten nicht minder professionell als Sie.«
»Aber Greschbach kann mit der technischen Seite des Attentats nichts zu tun gehabt haben. Wo soll er denn die Fertigkeiten dazu erworben haben?«
Dr. Kobls Stimme wurde scharf, als stünde er vor Gericht.
»Kümmern Sie sich um Ihre Dinge und lassen Sie uns unsere Arbeit machen!«
»Aber …«
»Sie werden schon sehen. Er wird so verurteilt werden, wie es die Anklageschrift verlangt und das Verfahren es beweisen wird.«
Und legte auf.
Dengler fuhr am nächsten Tag nach Stuttgart-Stammheim und setzte sich in den Verhandlungssaal.

***

Als er nach Wiesbaden zurückkam, stieg er nicht die Treppe zu den Büros der Fahnder im ersten Stock hinauf, sondern blieb im Erdgeschoss. Betont unauffällig schlenderte er durch den langen Flur, blieb hin und wieder stehen, um ein Schild an einer der Türen zu studieren, hinter denen die zahlreichen Stabsstellen des Abteilungsleiters Terrorismus untergebracht waren. Bei einigen Dienststellen hatte er keine Vorstellung davon, was sie den ganzen Tag über taten.
Am Ende des Ganges befand sich das Büro von Dr. Schweikert, seinem Gruppenleiter. Dr. Schweikert lebte in einer Art interner Verbannung in diesem Büro. Er galt als ausgezeichneter Polizist, aber als jemand ohne jegliches politische Gespür. Aus diesem Grund war seine Karriere mit dem Titel Kriminaloberrat beendet, obwohl viele Beamte ihn für den fähigsten Ermittler im Amt hielten. Dr. Scheuerle hatte ihm diesen hintersten Raum – ein ehemaliges Materiallager – zugewiesen, um allen zu signalisieren, dass das Äußerste, was Dr. Schweikert noch zu erwarten habe, seine Rente sei.
Jeder, der Schweikerts Büro betrat, wurde immer wieder aufs Neue von den eigenartigen Disproportionen der Raumeinrichtung überrascht. Die genormten Dienstmöbel drängten sich in der hinteren Ecke des Zimmers zusammen, so als wollten sie jedem Besucher entgegenschreien, dass dies früher das Materiallager der Abteilung gewesen sei. Und jeder Besucher musste die sechs Meter in Richtung dieser zusammengedrängten Möbelgruppe zurücklegen, doch diese Wegstrecke und Raumaufteilung symbolisierten für niemanden Bedeutung oder Macht des hier Herrschenden, wie es im holzgetäfelten Büro des Abteilungsleiters der Fall war, sondern brachten jeden Besucher zu derselben Erkenntnis: Hier ist jemand nur provisorisch und vorübergehend untergebracht.
Tatsächlich jedoch arbeitete Dr. Schweikert schon über vier Jahre in diesem Büro. Viel lieber hätte er einen Stock höher in der Mitte seines Teams gearbeitet, und den entsprechenden

Umzugsantrag stellte er halbjährlich mit der gleichen regelmäßigen Beharrlichkeit, mit der Dr. Scheuerle ihn ablehnte. Trotz des fragwürdigen Charmes eines ständigen Provisoriums zählte Dr. Schweikerts Büro zu den wenigen Sehenswürdigkeiten auf den weitläufigen Fluren des Bundeskriminalamtes. Neu eingestellte Beamte galten erst dann als »richtig« dazugehörig, wenn sie es schafften, sich einmal in Schweikerts Büro umzusehen, und sei es nur für eine Minute. Die Klügeren und Mutigen unter den Anfängern suchten einen offiziellen Vorwand, um einen Termin bei ihm zu erhalten, oder unternahmen von vornherein einen Antrittsbesuch. Andere, weniger Mutige, trieben sich im Erdgeschoss herum, wenn Schweikert nicht im Amt war, und warfen dann scheu einen schnellen Blick in sein Büro. Als der Andrang im Erdgeschoss zu einigen Beschwerden führte, setzte das Personalamt einen Antrittsbesuch bei Dr. Schweikert offiziell auf den Laufzettel für alle neu eingestellten Beamten. Als Scheuerle schließlich registrierte, welchen Kultstatus der ehemalige Abstellraum erlangt hatte, tobte er und überlegte sogar, ob er den nächsten Antrag auf Versetzung in den ersten Stock bewilligen sollte. Aber er wollte sich nicht kleinkriegen lassen, und so entwickelte sich Dr. Schweikerts Büro ungestört zu einem der wichtigsten informellen Mittelpunkte der Behörde.

Die eigentliche Hauptattraktion des Raumes war das riesige, zwei mal zwei Meter große Ölbild von Josef Stalin. Es hing direkt hinter Schweikerts Schreibtisch, und zwar umgekehrt, als sei es ein Baselitz: Der Kopf des Diktators zeigte auf den Boden, als befände er sich im freien Fall. Jeder Besucher, der sich auf den Besuchersessel setzte, sah daher immer den Terrorismusbekämpfer und den auf den Kopf gestellten Staatsterroristen zugleich.

Natürlich kursierten über den umgekehrten Stalin die wildesten Spekulationen. Einfache Gemüter vertraten die Ansicht, das Bild zeige den Hauptfeind des Amtes, den Bolschewismus, den Kommunismus und überhaupt das Linke an sich, abstürzend unter der Wucht der Verfolgung durch das BKA. Andere sahen darin ein Symbol der Enttäuschung durch den Marxismus, denn schließlich sei Dr. Schweikert einer der Letzten aus der so genannten »Herold-Periode« des Amtes.

Horst Herold, SPD-Mitglied, Marx-Kenner und legendärer Präsident des Amtes in der dramatischen Zeit des RAF-Terrorismus, konnte spektakuläre und vor allem schnelle Erfolge erzielen. Und Dr. Schweikert war seit dieser Zeit im BKA. Später, als das Amt aufgebläht wurde und kaum noch vergleichbare Fahndungsergebnisse erzielte, erinnerte Schweikert durch seine bloße Anwesenheit an diese besseren Zeiten des Amtes. Und so wanderte sein Büro in dem langen Flur immer weiter nach hinten, bis Schweikert schließlich in dem ehemaligen Materiallager angekommen war. Und erst hier, in diesem Raum, hatte Schweikert den umgekehrten Stalin aufgehängt.

Auf die Bedeutung des Gemäldes angesprochen, zuckte Schweikert stets die Schultern und sagte, es sei halt Kunst. Jeder solle sich denken, was er wolle.

Als Dengler am Tag nach seinem Besuch in Stammheim das Büro seines Vorgesetzten betrat, stand ihm nicht der Sinn nach kunsttheoretischen Erörterungen.

»Ich möchte eine dienstliche Erklärung abgeben.«

Dr. Schweikert saß hinter seinem Schreibtisch und blätterte unglücklich in einem Stapel Postmappen. Er sah Dengler über seine Brille hinweg an, stand auf und deutete auf die kleine Sitzgruppe an der Wand.

Wieder einmal wurde Dengler bewusst, wie klein gewachsen sein Vorgesetzter war. Er schätzte ihn kaum größer als einen Meter siebzig. Schweikerts Haare waren bereits vollständig grau, und er trug sie um den einen entscheidenden Zentimeter zu lang, der sie im Nacken und an der Schläfe eine kleine Welle schlagen ließ. Die große, kantige graue Brille aus stabilem Material. Kariertes Baumwollhemd und braune Strickjacke. Und die unvermeidlichen Cordhosen, dieses Mal eine grüne, ausgebeult und an den Knien bereits deutlich heller.

»Um was geht es?«, fragte Schweikert.

»Greschbach kann die Bomben nicht selbst angebracht haben.«

»Wer behauptet das?«

»Die Bundesanwaltschaft. Ich komme gerade aus der Verhandlung in Stammheim.«

»Ihre Anhaltspunkte?«

»Wissen Sie«, Dengler zögerte, »ich kenne Greschbach, als wäre er mein eigener Bruder – obwohl ich ihn bei der Festnahme in London das erste Mal sah.«

Dr. Schweikert schwieg.

»Er ist unpraktisch«, sagte Dengler, »er kann nicht schweißen. Er hat zwei linke Hände. Die Qualität der Schweißnähte an den Behältern, die wir gefunden oder rekonstruiert haben, war erstklassig. Das muss man üben. Niemand kann das nebenbei machen. Schweißer ist ein Lehrberuf.«

Er macht eine kleine Pause.

»Greschbach hatte in Physik eine Vier, seine schlechteste Abiturnote. Er studierte Geisteswissenschaften. Wir wissen, dass er nicht einmal einen Fahrradschlauch selbst reparieren konnte. Das machte seine Schwester und später seine Freundin. Der einzige Zeitraum, den ich in seinem Leben nicht genau rekonstruieren kann, sind die wenigen Monate, die er in der Illegalität gelebt hat. Und ich glaube nicht, dass er in dieser Zeit einen Schweißerlehrgang bei einer Volkshochschule belegt hat.«

»Aber er war bei der RAF.«

»Das war er. Er wurde aus der Unterstützerszene des dritten Hungerstreiks rekrutiert. Zugehörigkeit zu einer kriminellen Vereinigung – klar. Wahrscheinlich war er Quartiermacher, aber eine unmittelbare Beteiligung an den beiden Attentaten – das kann man ausschließen.«

Es entstand eine Pause. Dr. Schweikert schob seine Brille hin und her.
»Wie sicher sind Sie sich?«, fragte er dann.
»Zu 95 Prozent.«
»Also sicher.«
»So gut wie sicher.«
»Und das wollen Sie in einer dienstlichen Erklärung mitteilen?«
»Ja.«
»Und Sie wollen damit Einfluss auf den Prozess in Stammheim nehmen?«
Dengler nickte.
Schweikert fragte: »Warum?«
»Nennen Sie es Gerechtigkeit.«
Dr. Schweikert nickte, langsam und nachdenklich.
»Verstehen Sie mich nicht falsch, Herr Dengler, ich will Sie nicht davon abhalten, für etwas einzutreten, das Sie für richtig halten …«
Er sah Dengler an.
»Im Gegenteil – das macht Sie mir sehr sympathisch. Aber ich möchte, dass Sie die Folgen genau kennen, die Ihre Erklärung möglicherweise nach sich ziehen wird. Für Sie. Hören Sie also zu und entscheiden Sie dann.«
Als Dengler nickte, fuhr er fort: »Die Beziehungen unserer Behörde zur Bundesanwaltschaft sind gut – und es ist wichtig, dass sie gut sind. Wenn wir ihre Klageschriften angreifen, werden sie getrübt. Ich glaube nicht, dass man es hier im BKA so weit kommen lassen wird.«
»Was heißt das?«
»Ihre Erklärung wird zu den Akten gelegt. Und Sie werden für den Prozess niemals eine Aussagegenehmigung bekommen.«
Dengler schwieg.
Schweikert fuhr fort: « Sie sollten auch wissen, dass alle eine Verurteilung in diesem Prozess brauchen. Es geht um Mord

und Mordversuch an zwei amerikanischen Generälen. Wenn wir, die Deutschen, den oder die Täter nicht verurteilen, werden die Amerikaner sich selbst an die Arbeit machen. Daran hat unsere Regierung nicht das geringste Interesse. Und – warum überlassen Sie das nicht alles der Verteidigung?«

»Ich saß gestern einen Tag lang im Verhandlungssaal in Stammheim. Greschbachs Verteidiger stellten dreiundzwanzig Beweisanträge. Was glauben Sie, wie viele abgelehnt wurden?«

»Sagen Sie es mir.«

»Alle. Alle dreiundzwanzig wurden abgelehnt. Ich beobachtete den Vorsitzenden Richter, wie er zur Bank der Bundesanwälte hinüberschielte, bevor er irgendetwas entschied.«

Es entstand eine Pause.

Dann sagte Dr. Schweikert: »Und Sie glauben, Ihre Aufgabe sei es, der Bundesanwaltschaft ein Bein zu stellen?«

»Geht es nicht um die Wahrheit?«

Erneute Gesprächspause.

Schweikert seufzte.

»Sollte es gehen, Dengler, sollte es wirklich gehen.«

Und dann: »Tun Sie, was Sie für richtig halten. Ich habe Sie lediglich auf die möglichen Folgen hingewiesen. Und«, er sah Dengler ernst an, »wie auch immer Sie sich entscheiden: Ich werde Sie unterstützen, soweit ich kann.«

Er hob die Hände und ließ sie wieder in den Schoß fallen. Die Audienz war beendet.

In seinem Büro im ersten Stock fuhr Dengler den Rechner hoch, lehnte sich zurück und dachte nach.

Der Tag in Stuttgart-Stammheim, die Verhandlung hatte ihn zutiefst aufgewühlt. Sollte er warten, bis er sich beruhigt hatte? Doch es war kein faires Verfahren. Die Bundesanwälte hatten das große Wort im Verhandlungssaal geführt; das Gericht war ihnen gefolgt wie eine Herde Lämmer. Greschbach verbarg seine revolutionäre Gesinnung keineswegs, aber er

bestritt vehement die Beteiligung an den Attentaten. Man ließ ihn reden, aber Georg spürte, das Gericht hörte ihm nicht mehr zu.
Plötzlich wusste Dengler, dass seine sportliche Phase vorbei war. Er war nicht länger der einsame Kämpfer für Gerechtigkeit, in den er sich manchmal hineinfantasierte.
Sicher, sein Opfer war zur Strecke gebracht. Doch was geschah mit dem Wild, wenn der Jäger es erlegt hatte? Dann folgten die, die ihm das Fell abziehen, die große Stunde der Handwerker, der Metzger und Abdecker. Gestern, so schien es Dengler, hatte er ihnen für einen Tag bei der Arbeit zugeschaut.
Ihm war schlecht, als er die ersten Buchstaben in den Computer tippte.

***

Dr. Schweikert nahm die beiden Blätter seiner dienstlichen Erklärung schweigend entgegen. Dengler glaubte, ein kleines Lächeln versteckt in seinen Mundwinkeln gesehen zu haben.
Dann hörte er mehrere Wochen nichts mehr von seiner Erklärung. Er nahm an einem Computerlehrgang über die Überwachung von E-Mails und fremden Rechnern teil. Zu seiner Überraschung schien dies einfacher zu sein, als er angenommen hatte. Der Referent stellte gerade die Version 5 der Software *Look That* vor, als ihn Marlies anrief, die rothaarige Sekretärin von Dr. Scheuerle.
»Heute Abend hast du noch einen dienstlichen Termin. Du bist hiermit zur Verabschiedung von Dr. Kleiner eingeladen«, sagte sie.
Dengler unterbrach sie: »Ich kann heute wirklich nicht, ich habe Hildegard versprochen …«
»Georg, keine Ausflüchte. Das ist eine dienstliche Anwei-

sung. Scheuerle will mit dir reden. Es scheint wichtig zu sein. Sei um acht drüben im Kasino.«
»Marlies, was soll ich dort? Du weißt, wie ich offizielle Anlässe …«
»Quatsch, Scheuerle hat deine Anwesenheit extra angeordnet. Also zieh dich hübsch an, sei pünktlich und erzähl mir morgen, wie das Essen war.«
Dengler seufzte und legte auf.
Es ging los.

***

Zur Verabschiedung von Dr. Kleiner hatte das Personal den hinteren Teil des Kasinos geräumt. Die Veranstaltung verlief farblos und beschämend routiniert. Der Chef des BKA sprach ein paar launige Worte, Dr. Scheuerle bedankte sich für die gute Zusammenarbeit, und zwei Kollegen, die Dengler nicht kannte, sprachen ebenfalls. Dr. Kleiner war der Einzige, der der Feier seiner Verabschiedung eine persönliche Note gab. Er erzählte von den Fehlern der Software, die aufgrund eines mit den Landeskriminalämtern in einem mehrmonatigen Arbeitskreis erarbeiteten Kriterienkataloges die gesamte deutsche Bevölkerung für terrorismusanfällig erklärte. Also auch uns, meine Herren, sagte Kleiner, aber wer sollte uns festnehmen? Allgemeines Schmunzeln, und Kleiner berichtete von den folgenden Sitzungen, auf denen die Kriminalisten unwillig die Rasterkriterien entschärfen mussten, um zu halbwegs akzeptablen Ergebnissen zu kommen.
Langsam schien sich die Atmosphäre zu lockern, und doch spürte Dengler an der verkniffenen Heiterkeit der Chefs, ihren verstohlenen Blicken auf die Uhr, wie erleichtert sie waren, endlich einen weiteren Veteranen aus der Herold-Zeit loszuwerden.
Dengler stand mit einem Glas Rüdesheimer Burgweg in ei-

ner Ecke, hörte den Rednern zu und langweilte sich. Er wunderte sich wieder einmal über den hässlichen blaugrauen Wandteppich, der die Wände des Kasinos verunstaltete, und er war froh, als der Chef endlich das Büfett eröffnete. Er wartete nur wenige Minuten, bis er sich in die Schlange einreihte. Plötzlich stand Dr. Scheuerle neben ihm und legte einen Arm um ihn.

»Dengler, Sie sind ja auch da«, rief er, als sei er überrascht, ihn hier anzutreffen. »Das trifft sich gut. Ich wollte etwas mit Ihnen bereden.«

Sein rechter Arm drückte Dengler aus der Reihe der hungrigen Beamten.

»Ich wollte mit Ihnen reden, lieber Herr Dengler«, wiederholte Scheuerle und lenkte ihn auf die Ausgangstür des Saales zu. Dengler balancierte in der rechten Hand immer noch das Weinglas mit dem Rüdesheimer Burgweg. Sie erreichten die Tür, ohne dass er den Wein verschüttete.

Sie betraten den Flur, und Scheuerle öffnete die Tür zu einem benachbarten Seminarraum. Scheuerle schloss die Tür vorsichtig hinter ihnen.

Acht Tische waren zu einem großen U zusammengestellt. Vorne standen das unvermeidliche Flipchart und eine große weiße Tafel.

Scheuerle ließ sich auf einen Stuhl am vordersten Tisch fallen. Dengler setzte sich ihm gegenüber und war froh, das Weinglas abstellen zu können.

»Ich muss mit Ihnen über Ihre dienstliche Erklärung sprechen«, sagte Scheuerle.

»Es besteht die Gefahr eines Justizirrtums«, sagte Dengler.

Scheuerle starrte Dengler an.

»Es gibt keine Justizirrtümer in Terroristenprozessen«, sagte er drohend.

Dengler sagte: »Dann könnte dies der erste Fall werden.«

»Es gibt keinen Justizirrtum in Terroristenprozessen«, wiederholte Scheuerle.

Dengler sagte nichts, sondern wartete ab.
Einen Augenblick herrschte Stille zwischen den beiden Männern.
»Sie sind doch katholisch, Dengler, oder?«
Dengler sah überrascht auf. Scheuerle blickte ihn unverwandt an und schien durch ihn hindurchzusehen.
Scheuerle hob eine Hand in das Dämmerlicht des Raumes: »Jeden Sonntag geschieht das Wunder. In jedem Gottesdienst. Der Priester nimmt die Hostie – und das Brot verwandelt sich in den Leib des Herrn. Der Priester nimmt den Wein – und der Wein verwandelt sich in das Blut des Herrn. Dieses Wunder jeden Sonntag, jeden Tag – an unvorstellbar vielen Orten auf der Welt.«
Aus dem Nebenraum hörte Dengler gedämpfte Rufe, dann Applaus. Scheuerle schien nichts zu hören; er senkte seine Stimme und flüsterte fast.
»Und, Dengler, wissen Sie, warum das Wunder sich immer wieder wiederholen kann?«
Georg schüttelte den Kopf.
»Weil der Priester gesalbt ist«, murmelte Scheuerle.
Seine Augen waren nun geschlossen, als würde er einer inneren Stimme lauschen. Seine Ellbogen stützte er auf den Tisch, und das Kinn wurde von den gefalteten Händen gehalten.
»Vielleicht ist der Priester ein Sünder«, flüstere er weiter, »vielleicht vergreift er sich in der Sakristei sogar an den Messdienern. Trotzdem bringt er Sonntag für Sonntag dieses Wunder zustande. Warum? Weil er gesalbt ist.«
Dengler überlegte, ob Scheuerle ihm Theater vorspielte oder ob er tatsächlich von seiner eigenen Rede ergriffen war.
Aus dem Nebenraum wehte das schrille Lachen einer Frau herüber. Scheuerle schien es nicht zu hören. Er saß an dem Tisch und hielt die Augen immer noch geschlossen.
Dengler spürte, wie er sich von der beunruhigenden Atmo-

sphäre des Gesprächs anstecken ließ. Er wollte einen klaren Kopf behalten. Das, was Scheuerle von ihm wollte, würde noch kommen. Er musste wachsam sein.
Scheuerle öffnete nun die Augen, als habe er Denglers nachlassende Aufmerksamkeit bemerkt.
»Sehen Sie, Dengler«, fuhr er mit einer nun heiser werdenden Stimme fort, »so ist es auch vor Gericht. Der höchste Richter ist wie ein Priester. Er ist gesalbt. Wenn er ein ›schuldig‹ gesprochen hat, dann ist der Angeklagte schuldig. Nun gibt es keinen Zweifel mehr. Ihm bleibt nur noch die Strafe.« Wieder legte er eine Pause ein, um dann fortzufahren: »Jeder, der die Hand gegen die Ordnung erhebt, ist schuldig, Dengler.«
»Ich glaube nicht, dass Greschbach die Bombe angebracht hat«, sagte Dengler.
Dr. Scheuerle sprang auf und hob die Hände.
»Sehen Sie denn nicht, dass diese ganze Generation schuldig ist?«, rief er.
Dengler beobachtete seinen Chef, der sich nun zu ihm herunterbeugte. Sein Atem roch nach Essen und nach Weißwein, Dengler zog den Kopf zurück.
Scheuerle sagte: »Eine ganze Generation verschwor sich gegen die Ordnung. In den siebziger Jahren! Eine ganze Generation. Eine ganze schuldige Generation! Sie war nicht mehr zu retten. Unsere Aufgabe war es, dafür zu sorgen, dass die Fäulnis nicht auf die nachfolgenden Altersgruppen übergriff. Wir haben sie gewarnt. Was glauben Sie, für wen wir die Razzien gemacht haben? Hunderte, Tausende von Razzien! Kontrollen an jeder Ausfahrtstraße! Für wen, Dengler, glauben Sie, haben wir das alles gemacht? Jeden unter 35 haben wir kontrolliert. Jeder von ihnen musste in die Mündung einer Maschinenpistole sehen. Jeder dieser verdorbenen Generation. Jeder von den Jüngeren. Jeder unter 35 sollte mindestens drei Mal spüren, wie das ist, wenn eine Maschinenpistole auf ihn gerichtet wird.«

Scheuerle ließ sich wieder auf den Stuhl fallen. Er atmete heftig. Plötzlich wandelte sich sein Gesicht in eine blöde Fratze. Er grinst, dachte Dengler, so sieht bei ihm ein Grinsen aus. Ihn fror.
»Und sie haben es ja auch alle begriffen. Wir haben ihnen die Instrumente gezeigt, und sie haben pariert. Es sollte nicht ›Deutscher Herbst‹ heißen, sondern ›Deutscher Frühling‹. In einer großen Aktion haben wir, die Polizei, die Gesellschaft gerettet. Danach haben sie sich wieder an die Ordnung gehalten. Und wir haben die nachrückenden Altersgruppen von der verdorbenen Generation getrennt.«
Er machte eine wegwerfende Handbewegung: »Aber auch von der verdorbenen Generation sind ein paar vernünftig geworden. Sind heute ja sogar Minister!«
Dengler sah, wie sich ein Schweißtropfen von Scheuerles Stirn löste und sich seinen Weg über das Gesicht des obersten Terroristenjägers suchte.
»Es gibt keine Unschuldigen in dieser Generation«, flüsterte er, »die meisten sind nur eingeschüchtert.«
Dann fixierte er Dengler.
»Wir können niemanden laufen lassen, den wir wegen Mordes angeklagt haben. Wir ermutigen sie bloß wieder.«
»Greschbach kann die Bombe nicht angebracht haben«, wiederholte Dengler.
»Sie sind einer unserer erfolgreichsten Fahnder. Ich mache Ihnen einen Vorschlag: Der Präsident wird Ihre dienstliche Erklärung persönlich der Bundesanwaltschaft vortragen. Auf höchster Ebene. Aber wir, das heißt: Sie – Sie werden akzeptieren, was die damit machen.«
Das war mehr, als Dengler erwartet hatte.
Trotzdem zögerte er mit einer Antwort.
Scheuerle sprang auf und klopfte ihm auf die Schulter.
»Sie sind ein einsichtiger Mensch, Dengler. Ich wusste, dass man mit Ihnen reden kann.«
Dann wandte er sich ab und schritt mit steifen Schritten zur

Tür. Er hatte die rechte Hand schon auf dem Türknauf liegen, als er sich noch einmal umdrehte.
»Wir werden Sie befördern, Dengler.«
Stille. Scheuerle schmeckte seinem Satz nach.
»Die Kommission Düsseldorf schmort nun schon ein paar Jahre im eigenen Saft und bringt keine Ergebnisse. Wir wollen, dass Sie dort frischen Wind reinbringen.«
Dann verließ er den Raum und ließ die Tür offen stehen.
Zwei Tage später erhielt Georg Dengler mit der Hauspost die Nachricht, der Chef des BKA werde seine dienstliche Erklärung in zwei Wochen dem Generalbundesanwalt zur Kenntnis bringen. Eine Woche später wurde er zum neuen Leiter der Kommission Düsseldorf ernannt. Von seiner Erklärung hörte er nie wieder etwas.
Vielleicht fing mein Unglück an diesem Tag an, dachte Dengler, als durch die Stuttgarter Innenstadt ging. Ich hätte nein sagen müssen.

6

»Was soll ich nur schreiben?«
»Ich weiß auch nicht genau. Wir wissen ja noch nicht immer nicht, gegen wen sich die Aktion richtet!«
Uwe Krems kniete mehr auf dem Küchenstuhl, als dass er darauf saß. Kerstin hatte drei Stühle bei IKEA gekauft und mit einer Öllackfarbe hellblau gestrichen. Den linken Fuß mit den schwarz-roten Ringelsocken versteckte er unter der Kniekehle des rechten Beines. Seine Kurzsichtigkeit zwang ihn, den Oberkörper weit über die Tischplatte zu beugen, sodass seine Augen direkt über dem Papier schwebten, eine Haltung, für die ihn seine Deutschlehrerin oft genug gerügt hatte. Er kaute auf dem billigen Kugelschreiber herum, den Kerstin bei Lidl gekauft hatte. Vier leere weiße Blätter lagen vor ihm auf dem Tisch.
»Man muss auf jeden Fall betonen, dass man kämpfen muss, Kerstin, verstehst du, dass die Leute an unserem Beispiel sehen, dass es sich lohnt zu kämpfen.«
»Weißt du, was mir nicht gefällt?«
»So 'ne Aktion muss auch ein Beispiel geben für andere. Sie müssen sehen, dass man was machen kann gegen den Staat.«
»Den Namen finde ich problematisch.«
»Aber man darf den Imperialismus nicht verniedlichen. Es muss schon zum Ausdruck kommen, dass wir einen großen Gegner haben, eine Bestie, genau: die imperialistische Bestie.«
So schrieb er es auf: *Imperialistische Bestie.*
»Wir müssen den Namen noch einmal ausführlich diskutieren«, sagte Kerstin. Sie stand an die Wand neben dem kleinen Küchenfenster gelehnt, die Hände hinter dem Kreuz verschränkt.
Uwe kratzte sich mit dem Kugelschreiber hinter dem rechten Ohr.
»Und unsere Ziele müssen wir auch reinschreiben – damit

die Massen sehen, für was wir kämpfen, dass sie sich damit identifizieren können«, sagte er.
Wieder beugte er sich über das Papier und schrieb: *Für ein menschenwürdiges und selbstbestimmtes Leben.* Dann überlegte er eine Weile und fügte hinzu: *Wer nicht kämpft, der stirbt.*
»Wir können uns nicht nach Andreas Baader nennen«, flüsterte Kerstin.
Jetzt sah Uwe auf: »Warum nicht?«
»Das ist zu groß, der Name; wir wissen noch nicht, um was es bei der Aktion eigentlich geht.«
»Da wird Heinz nicht einverstanden sein«, sagte Uwe und beugte sich wieder über sein Blatt.
»Warum nennen wir uns nicht ›Kommando Ulrich Wessel‹?«
»Wer ist denn das?«
»Der Genosse, der in Stockholm bei der Besetzung der deutschen Botschaft erschossen wurde.«
»Ich glaube nicht, dass Heinz damit einverstanden ist.«
Kerstin stieß sich von der Wand ab.
»Ich mache dir einen Vorschlag«, sagte sie, »du redest morgen mit dem Genossen Heinz, und ich helfe dir jetzt bei dem Text.«
»Na gut«, knurrte er.
Sie trat neben ihn und gab ihm einen leichten Knuff in die Seite.
»Rück mal ein Stück.«
Dann saßen sie nebeneinander auf dem Stuhl und dachten sich einen Text aus.
Als Uwe am nächsten Tag mit Heinz zum Schießstand auf Schmitten Höhe fuhr, erzählte er ihm, dass er den Brief geschrieben habe, aber den Namen des Kommandos in »Rote Armee Fraktion Kommando Ulrich Wessel« geändert habe. Er war erleichtert, als Genosse Heinz ein kurzes »Meinetwegen« knurrte.

7

Dengler schien es, dass Stuttgart sich des kleinen Viertels schämt, das jenseits der großen mehrspurigen Straße liegt und das durch zwei große Parkhäuser, die wie Sichtblenden wirken, vor dem besseren Teil der Stadt versteckt wird.
Wer die große Hauptstätterstraße beim noblen Kaufhaus Breuninger unterquert, steht auf der anderen Seite im Bohnenviertel auf einem kleinen belebten Platz, auf dem Geschäfte getätigt werden, deren Umsätze hinter denen der vornehmen Boutiquen in der Eberhardstraße nicht zurückstehen. Hier wird jedoch nicht mit edlem Tuch, sondern mit harten Stoffen gehandelt. Ein vorsichtiges Brummen liegt über dem Platz, jederzeit können die Geschäfte abgebrochen werden, sei es durch einen auftauchenden Polizeiwagen oder durch einen plötzlichen Regenguss.
Über mehrere Jahre hatte die Polizei die Junkies der Stadt verfolgt, die sich ursprünglich am oberen Ende der Königstraße versammelt hatten, trieb sie auseinander, verteilte Aufenthaltsverbote in der Stadt, fuhr ortsfremde Süchtige außerhalb der Stadtgrenzen in den Wald und ließ sie dort wieder laufen. Langsam verlagerte sich die Szene von der Innenstadt in die bürgerlichen Viertel und rief die Proteste besorgter und gut betuchter Eltern hervor. Dieses für alle Seiten unangenehme und für die Stadt teuere Spiel versuchte der Polizeipräsident zu beenden, indem er öffentlich erklärte, er komme der Drogenszene mit polizeilichen Maßnahmen nicht mehr bei. Sofort erhob sich großes Geschrei in der Stadt, und er wurde mehr oder weniger unverhohlen der Komplizenschaft mit den Dealern bezichtigt. Die Bürger aus den besseren Vierteln verlangten, die Polizei solle ihnen das Problem der unansehnlichen Drogenabhängigen aus den Augen schaffen. Der Polizeipräsident wurde abberufen und erhielt einen Schreibtischjob im Innenministerium. Ein neu-

er Polizeipräsident, dem ein noch härterer Ruf vorausging als dem alten, wurde ernannt. Doch war er klug genug zu wissen, dass sein Vorgänger Recht hatte – mit der Verfolgung der Drogenabhängigen war das Suchtproblem der Stadt nicht zu lösen. Deshalb gestattete er in dem von zwei Parkhäusern abgeschirmten Viertel einen Umschlagplatz für Aufputsch- und Betäubungsmittel aller Art.
Im Bohnenviertel wohnen viele ärmere Menschen, Alte und Ausländer; alles Leute, die nicht über Verbindungen verfügen und von denen lauter Protest nicht zu erwarten ist. So regelte sich die Sache.
Dengler blieb stehen. Die Unterführung lag hinter ihm und gab den Blick auf den *Güler Kebab* frei, dessen Ladentheke, durch einen grünen Baldachin mehr verunziert als geschmückt, mit einer riesigen Blechschere aus dem Erdgeschoss eines vierstöckigen Hauses mit einer braunen Metallfassade herausgeschnitten schien. Die beiden oberen Stockwerke trugen deutliche Rostspuren, und die Tag und Nacht heruntergelassenen Rollläden deuteten auf die illegalen Pokerrunden hin, in denen eine Truppe türkischer Spieler Deutschen und Griechen viel Geld abnahm. Links daneben drückte sich ein unscheinbarer Bau, in dem sich eine Kunstaugenpraxis, eine Import-Export-Firma für Naturhaare und ein Zentrum für ambulantes Operieren befanden. Neben einem Outlet-Geschäft, das den ersten Stock in Anspruch nahm, befand sich der 2001-Laden, wie immer gut besucht, in dem Dengler die Regale einmal in der Woche nach Blues- und Jazzplatten durchstöberte.
Dengler beobachtete einen Typ in kariertem Hemd und einer Hose aus derbem dunklen Stoff, der über den Platz schlurfte. In der rechten Hand hielt er ein goldenes Saxophon und in der linken eine Flasche Schnaps. Der Mann wankte wie ein überladener Kahn, schaute abwechselnd auf das Instrument und die Flasche, überfordert mit der Entscheidung, was er zuerst in den Mund stecken sollte.

Dengler bog nach links ab, kam an dem *Buddhistischen Zentrum Stuttgart* der Karma Kagyü Linie e.V. vorbei, das sich ein Stockwerk mit dem Optima-Finanzservice teilte, und blieb vor einem Kerzenladen stehen. Er las ein mit Tesafilm an der Glastür befestigtes Flugblatt:

Spüren, was uns trägt …
Seit einem Jahr trifft sich die Entspannungs- und Meditationsgruppe Stuttgart Mitte immer mittwochs von 19 – 20 Uhr im Stadtteilhaus Mitte.
Wir sitzen und liegen je 20 Minuten mit Anleitung.
Einschlafen ist erlaubt. Ein- und Ausstieg jederzeit möglich.
Näheres unter:

Es folgte eine Telefonnummer.
Wenige Schritte weiter bog er in die Wagnerstraße ein, die besser Wagnergasse heißen sollte, mit ihren glänzenden Pflastersteinen und den beiden engen Bürgersteigen. Die Häuser stehen nah, und die Sonnenstrahlen müssen jede List anwenden, um zum Grund der Gasse zu gelangen; sie nutzen die Lücken zwischen Häusern, sogar offen stehende Fenster, doch nur mittags, wenn die Sonne senkrecht über Stuttgart steht, dürfen sie sich für kurze Zeit ohne Umschweife auf den Boden fallen lassen.
Auf dieser kurzen Strecke leben noch die Überreste einer untergehenden Welt und stemmen sich mutig, aber ohne viel Hoffnung der Gleichmacherei der Moderne entgegen, wie der meisterhafte Restaurator alter Möbel, zu dem die wohlhabenden Bürger von weit her ihre Truhen tragen, ihre Tische und Stühle. Als habe er heilende Hände, fügt er gleichartiges Holz – oft auf schwierigem Weg beschafft – in die künstlichen Risse, pflegt alte Bilderrahmen gesund, doch darf die Kundschaft keinen Liefertermin verlangen; es ist erst fertig, wenn es fertig ist.
Um diesen kleinen Laden sammeln sich einige Antiquitäten-

geschäfte und eine helle Galerie für afrikanische Kunst, deren Exponate so wunderbar sind, dass die türkischen Kinder aus der Nachbarschaft oft ehrfurchtsvoll staunend und einander die Hand haltend vor dem großen Schaufenster zu finden sind.
Dazwischen auf halber Höhe das *Basta*, Bar und Restaurant gleichzeitig.
Es ist leicht zu erkennen an den beiden großen Glasscheiben zur Straße hin, dazwischen die Eingangstür, innen eine Bar aus rotem Holz und ein bis zur halben Höhe getäfelter Speiseraum. Ein paar Quadratmeter Paris mitten in Stuttgart, fand Georg Dengler, als er hier zum ersten Mal einen Grauen Burgunder trank, und sagte das zu der Frau, die neben ihm an der Theke stand. Sie stellte sich als Helga Lehnard vor, als Eigentümerin des *Basta* und des dazugehörigen Hauses. Als sie erfuhr, dass Dengler eine Wohnung in Stuttgart suchte, bot sie ihm die frei gewordene Wohnung im ersten Stock an. Seitdem wohnte er hier.
Auf der Höhe der Bar angekommen, winkte er Helga Lehnard zu, die an einem der Tische vor dem Restaurant saß. Sie unterhielt sich mit einem älteren Mann, den Dengler nicht kannte. Dieser Gast trug eine helle Leinenjacke, die ebenso zerknittert wirkte wie sein Gesicht, und darunter ein schwarzes T-Shirt, über dem er ein ebenfalls schwarzes Baumwollhemd trug. Eine schwarze Stoffhose, in den Hüften etwas füllig geschnitten, nicht neu, aber doch modern. Der Dreitagebart und die ovale Brille, hinter der zwei fröhliche und neugierige Augen glänzten, gaben dem Mann etwas Künstlerisches. Aus seinen Ohren lugte ein freches Büschel grauer Borsten, und auch aus seiner Nase winkten zwei, drei vorwitzige Haare.
Die Vermieterin rief Dengler an den Tisch.
»Ich möchte Ihnen Ihren Nachbarn vorstellen.«
»Das hier«, sie deutete auf den älteren Mann »ist Martin Klein, der in der Wohnung neben ihnen wohnt.«

Und zu Klein gewandt sagte sie: »Wie erwähnt, wir haben jetzt einen Polizisten im Haus. Darf ich vorstellen, Georg Dengler.«
»Ein ehemaliger Polizist«, korrigierte Dengler und gab Klein die Hand. Er ging dann aber zur Haustür und stieg durch den schmalen Flur eine Treppe hinauf in seine Wohnung.
Noch immer waren seine drei Räume nicht komplett. Das erste Zimmer sollte sein Büro werden. Den Schreibtisch, bestehend aus zwei Böcken und einer grauen Arbeitsplatte, hatte er vor einigen Tagen bei IKEA gekauft, ebenso einen dunkelblauen Schreibtischstuhl sowie einen Ablageschrank und einen Computertisch. In der hinteren Ecke und vom Schreibtisch leicht zu erreichen, montierte er den kleinen Tresor an die Wand, in dem er seine Waffe aufbewahrte, eine Smith & Wesson 357 Magnum mit einem 4-Zoll-Lauf. Die Pistole lag schon über zwei Jahre unberührt im Tresor, und er würde sie auch nicht ohne zwingenden Grund dort herausholen.
Eine Sitzecke fehlte ihm noch, wo er sich mit Klienten beraten konnte.
Das zweite Zimmer bestand aus noch kaum mehr als seinem schwarzen Metallbett, das er aus Wiesbaden mitgebracht hatte, und einem langen Schanktisch aus Holz, von dem der Verkäufer behauptet hatte, er stamme aus dem 17. Jahrhundert. Dazu passend erwarb er bei dem gleichen Händler sechs unterschiedliche Holzstühle. In der Ecke neben dem Fenster hatte er die Plattform für die Madonna angebracht. In dem kleinen Raum links von seinem Wohn- und Schlafzimmer stapelten sich die noch unausgepackten Umzugskartons. Eine kleine Küche und ein noch kleineres Bad vervollständigten seine neue Wohnung.
Sich seiner Finanzen erinnernd, fuhr er seinen Rechner hoch und überprüfte seinen Kontostand. Die Kosten für die Anzeige waren bereits abgebucht, das ausstehende Gehalt vom BKA war immer noch nicht überwiesen.
Instinktiv räumte er die Wohnung auf. Die beiden Flaschen

Merlot standen noch auf dem Tisch. Er griff die erste, doch bei der zweiten stutzte er. Die Flasche stand zehn Zentimeter neben dem Ring aus eingetrocknetem Wein. Er konnte sich nicht erinnern, dass er die Flasche am Morgen verrückt hatte, wusste jedoch genau, dass er sich das letzte Glas gestern Abend eingeschenkt hatte, als er schon im Bett lag. Merkwürdig, dachte er, so wie die Flasche jetzt steht, kann ich sie doch vom Bett aus nicht erreichen. In zwei Schritten war er um den Tisch herum, legte sich auf das Bett und griff nach der Flasche – und erreichte sie nicht.
Dengler kniff die Augen zusammen und dachte nach, aber er konnte sich nicht erinnern, den Standort der Merlot-Flasche verändert zu haben. Er stand auf und ging noch einmal um den Tisch herum. Aber es war kein Zweifel möglich – jemand hatte die Flasche verrückt.
Vorsichtig ging er in das kleine Zimmer. Er überblickte die gestapelten Kartons. Selbst wenn jemand in diesem Chaos die Kartons durchsucht hätte, es wäre ihm nicht aufgefallen. Jetzt schnellte er in seinen Büroraum. Der Tresor sah aus wie immer. Er öffnete ihn und stieß erleichtert die Luft aus, als er die Smith & Wesson unberührt an ihrem Platz fand.
Der Computer! Ob sich jemand an dem Rechner zu schaffen gemacht hatte? Das gab irgendwie keinen Sinn, die Klamotten und die Bücher in den Kartons hatten nur Wert für ihn, und der Rechner war so neu, dass sich nur der Text seiner Anzeige auf der Festplatte befand.
Trotzdem: Er setzte sich wieder vor den Computer und öffnete den Windows Explorer durch einen Klick mit der rechten Maustaste auf das Startsymbol. Der Rechner zeigte ihm dienstfertig sein Inneres. Die Datei, die er Anzeige.doc genannt hatte, zeigte das Datum von heute und die Uhrzeit 8:56. Um diese Uhrzeit hatte er heute Morgen die Datei abgespeichert. Würde sich die Uhrzeit verändern, wenn er die Datei öffnen, lesen und wieder schließen würde? Dengler klickte auf das Icon, Word öffnete sich und sein Anzeigetext

erschien auf den Bildschirm. Sofort schloss er die Datei wieder und untersuchte den Eintrag im Explorer. Die Uhrzeit blieb unverändert: 8:56 Uhr.
Offensichtlich ändert der Rechner Datum und Uhrzeit nur dann, wenn die Datei verändert wird. Dies war also der falsche Weg, um festzustellen, ob jemand den Rechner manipuliert hatte.
Aber wer sollte sich für einen neuen Rechner interessieren? Es musste einen logischen Grund für den Platzwechsel der Weinflasche geben. Vielleicht war er in der Nacht noch einmal aufgestanden?
Einem plötzlichen Einfall folgend, rief er die Datensicherungssoftware auf und prüfte die Einträge der automatischen *Back-ups*. Eine Tabelle zeigte die Sicherung von heute Morgen, kurz nach sieben Uhr, als er den Rechner hochgefahren hatte, und den nächsten Eintrag um 8:59, als er ihn ausschaltete. Doch dann: 10:43 und 10:51, zwei Sicherungen. Zu dieser Zeit, während er mit Mario frühstückte, war jemand an seinem Rechner gewesen.
Wer?
Vielleicht der Typ im Leinenjackett unten im *Basta?* Dengler nahm sein blaues Jackett, warf es über die Schulter. Dem Burschen wollte er auf den Zahn fühlen, und morgen würde er ein neues Schloss besorgen.
Der Bildschirmschoner hatte eine Mondlandschaft auf den Bildschirm gezaubert. Dengler startete *google.de*, dann tippte er den Namen *Martin Klein* ein; die Suchmaschine warf ihm 5190 Adressen aus. Er änderte den Sucheintrag in *»Martin Klein« Stuttgart*; immerhin noch 237 Einträge, einer war ein Rechtsanwalt, ein Kontrabassspieler, ein Doktorand, der seine Arbeit über die Entwicklung eines Neutronendetektors veröffentlichte, ein siebzehnjähriger Student mit einer eigenen Homepage, ein Zahnarzt, der sich mit einigen Kollegen zu einer AG Kiefer zusammengeschlossen hatte, ein anderer schrieb Kriminalromane, die nicht mehr gedruckt wurden;

Dengler las: *Der Einbruch um Mitternacht (vergriffen)* und *Mord im Schlosspark (vergriffen)*, dann gab es noch einen Professor für Ornithologie an der Uni Hohenheim – vielleicht war das der Mann, der dort unten saß.
Der ältere Mann im weißen Leinenjackett sah ihn aus der Tür treten und winkte ihm zu.
»Trinken Sie ein Glas mit mir?«
»Warum nicht«, sagte Dengler und setzte sich an den Tisch.
»Rot oder weiß?«
»Immer gerne einen Grauen Burgunder.«
Der Mann winkte einem gut aussehenden jungen Kellner mit Glatze und bestellte für Dengler.
»Nun sind wir also Nachbarn«, wandte er sich wieder ihm zu.
»Wie lange wohnen Sie schon in diesem Haus?«, fragte Dengler.
»Ich wohne schon über zwei Jahre hier. Zusammen mit der schönen Olga bilden wir eine Hausgemeinschaft.«
Der Kellner brachte Dengler den Burgunder.
Er entschied sich für die indirekte Methode der Befragung.
»Wie gefällt es Ihnen im Bohnenviertel?«, fragte er Martin Klein.
»Ich lebe schon lange hier. Gestern widerfuhr mir die große Ehre, dass der Junggesellenpool mir eine Mitgliedschaft anbot.«
»Der Junggesellenpool?«
»Ja, für Sie ist das noch nichts; Sie sind zu jung dafür. Er besteht aus einer Reihe von Herren, die die sechzig schon weit hinter sich gelassen haben und sich regelmäßig drüben in der Weinstube *Stetter* treffen, alle geschieden, einige mehrmals, einige verwitwet; sie gründeten dort ein Stammtisch.«
»Und alle noch heiratswillig?«
»Ja, aber nur in gewissem Sinne. Alle haben oder hatten gute Jobs und erwarten daher relativ hohe Pensionen. Einer von ihnen ist ein Versicherungsmathematiker. Der rechnete ihnen vor, dass sie ihre Renten verschleudern. Wenn sie ster-

ben, ohne verheiratet zu sein, wird ihre Rente oder Pension eingestellt. Einer kam dann auf die Idee, daraus sei doch ein schönes Geschäft zu machen. Wenn eine Frau einen dieser Herren heiraten würde, hätte sie eine Rente für viele Jahre zu erwarten. Die Herren erwarten von ihr weder Zärtlichkeit noch Sex. Sagen sie jedenfalls.«

»Sondern?«

»Sie wollten 20 Prozent der Summe, welche die Frau als Rentenzahlung zu erwarten hat. Sie haben das zusammengerechnet und stellten sich vor, auf Mallorca einem Lebensabend in Saus und Braus entgegenzufeiern.«

»Und fand sich schon jemand für dieses gute Angebot?«

»Nein, nicht eine Einzige. In der letzten Woche senkten sie nun die Quote von 20 auf 10 Prozent, aber die Frauen scheinen doch romantischer veranlagt zu sein, als die Herren meinen. Und so sitzen sie nun jede Woche zusammen und feilen an dem Konzept und haben eine Menge Spaß dabei. Es ist natürlich eine Ehre, dass sie mich aufgefordert haben, ihrem Club beizutreten.«

»Haben Sie denn auch eine so große Rente?«

»Nein, leider gar nicht. Ich werde arbeiten müssen, bis ich umfalle.«

»Was machen Sie?«

»Nun«, er atmete einmal durch, »ich verfasse Horoskope.«

»Horoskope?«

»Ja, ich bin spezialisiert auf Horoskope für Tageszeitungen und Frauenzeitschriften.«

Er nahm einen Schluck Wein und fuhr fort: »Auf dem Markt für Männermagazine konnte ich bisher nicht landen. Ich eigne mich wohl nur dazu, den Frauen die Zukunft vorherzusagen. Einfühlsamkeit ist da verlangt, wissen Sie. Und ich bin so einfühlsam wie Freud, Adler und Jung zusammengenommen.«

»Und davon können Sie leben?«

»Ich habe noch nie in meinem Leben so viel Geld verdient

wie mit den Horoskopen. In der hellsten Phase meines Lebens schloss ich einen Vertrag mit dem Holzträger-Konzern, wissen Sie, der sitzt hier in Stuttgart, und ich schreibe für alle seine Blätter die Horoskope, mit Ausnahme der Männer- und Wirtschaftsmagazine, acht Horoskope pro Tag. Da habe ich was zu tun; überlegen Sie mal, acht Horoskope mal zwölf Sternzeichen macht 96 Einzelhoroskope pro Tag. Und es kann ja nicht überall das Gleiche drinstehen. Da muss mir schon immer wieder was einfallen.«
Dengler pfiff durch die Zähne.
»Da müssen Sie bestimmt früh aufstehen«, sagte er und versuchte sich vorzustellen, wie Martin Klein sein Zimmer und seinen Computer nach Horoskopen durchsuchte.
»Quatsch, ich bin ein Nachtmensch. Vor elf stehe ich nicht auf. Dann schreibe ich drei Horoskope, um warm zu werden, und gehe dann frühstücken.«
»Heute Morgen auch?«
Klein blinzelte ihn irritiert an. »Heute auch, gestern auch, vorgestern auch, vorvorgestern auch und morgen wieder. Stehe spät auf, schreibe ein wenig, und am Mittag schreibe ich den Rest und schicke alles an die Redaktionen.«
»Per Post?«
Klein lachte.
»Nein, per E-Mail. Das geht wunderbar. Die schöne Olga kennt sich mit Computern aus, die hat mir das ganze Zeug eingerichtet. Übrigens, kennen Sie sie?«
»Die schöne Olga? Leider nein.«
»Na, Sie werden sie noch kennen lernen. Sie bewohnt die Wohnung einen Stock über uns. Sie und wir beide bilden die Hausgemeinschaft.«
Er hob das Glas. Dengler tat ihm nach. Beide tranken.
»Und Sie sind Polizist?«
»Ich war Polizist. Habe gekündigt und bin nun freier Ermittler. Morgen werde ich ein Schild an der Tür anbringen.«
Der Mann richtete sich abrupt auf.

»Privatdetektiv? Schnüffler? Das wird nicht gut gehen! Wissen Sie«, Klein beugte sich über den Tisch, »ein Privatdetektiv hat mein Leben ruiniert.«
Dengler lachte: »Hat er Sie beim Ehebruch fotografiert?«
Martin Klein winkte ab und rückte ein Stück näher heran: »Ich schrieb nicht mein ganzes Leben lang Horoskope. Eigentlich bin ich Schriftsteller.«
»*Der Einbruch um Mitternacht*«, sagte Dengler.
»Sie kennen das Buch?« Klein nahm überrascht einen Schluck Wein. »Das war meine beste Geschichte. Wann haben Sie es gelesen?«
»Warum wird es nicht wieder aufgelegt?« fragte Dengler.
»Ach«, Klein machte eine wegwerfende Handbewegung, »die Deutschen mögen keine Privatdetektive.«
»Schlecht für mich«, sagte Dengler; Klein hörte ihm nicht zu, sein Blick verfing sich irgendwo in der Dämmerung, während seine rechte Hand nervös über das Tischtuch strich, und Dengler schien es, als spiele ein bitterer und enttäuschter Zug um seinen Mund.
Klein sagte: »Überall in Europa, in England und in Frankreich, in den USA sowieso, gibt es private Ermittler, die sowohl auf dem Buchmarkt als auch im Kino erfolgreich sind.« Er sah Dengler an und fasste sich wieder: «Denken Sie an den überheblichen und trotzdem intelligenten Sherlock Holmes, der sich am liebsten dem Opiumrausch hingibt und der mit seinen Fällen nur das Geld für den nächsten Rausch verdient. Oder die altjüngferliche Miss Jane Marple, die die blasierten Scotland-Yard-Typen an der Nase herumführt. Und der große Philip Marlowe, der in Los Angeles dem Verbrechen hoffnungslos unterlegen ist, immer knapp mit dem Leben davonkommt und nie weiß, wie er seine nächste Miete bezahlen soll. In Deutschland funktionieren solche Typen nicht.«
Seine Stimme verlor den höheren, enttäuschten Ton; jetzt klang sie wieder tiefer – er sprach nun schneller und engagierter.

»Schauen Sie, Dengler«, sagte er, »in Deutschland muss die Bekämpfung des Bösen immer hoheitlicher Akt sein, die Suche nach der Wahrheit darf nie Sache des mündigen Bürgers werden, nur ein Staatsbeamter findet die Wahrheit und schafft damit Ordnung – und Ordnung lieben wir. Deshalb gibt es bei uns keine Privatdetektive, sondern nur Kommissare oder Kommissarinnen, so weit das Auge reicht.«
Klein starrte ihn an: »Das Böse kommt bei uns immer von außen. Es ist undenkbar, dass es mitten unter uns sitzt, dass der Staat es selbst ist, der Verbrechen ausführt; selbst die kleine Spielart, der korrupte Bulle, kommt nicht vor – in keinem *Tatort*, in keinem der SAT-1-Filmchen, nur in der Wirklichkeit, na, das wissen Sie wahrscheinlich besser als ich.«
Dengler sagte nichts, ihm wurde der Horoskopschreiber immer sympathischer; er konnte sich nicht vorstellen, dass dieser Mann sein Zimmer durchsucht hatte.
»Na ja, nun wissen Sie, warum ich Horoskope schreibe und keine Romane mehr«, sagte Klein und zwinkerte ihm zu. Dann beugte er sich zu ihm und sagte: »Wenn Sie also jemals einen Kriminalroman schreiben, wählen Sie nie einen *private eye* als Helden.«
»Mir genügt es, wenn ich ein gutes Buch *lesen* kann«, sagte Dengler.

***

»Aha, jetzt betrinkst du dich schon mit der Polizei!«
Neben Klein tauchte eine Frau aus dem Dunkel auf, knallte einen Autoschlüssel auf den Tisch und sagte: »Danke schön auch. Ich habe die Sachen weggefahren.«
Und wandte sich wieder ab.
»Olga, bleib doch mal stehen. Setz dich und trink mit uns ein Glas. Das ist Georg Dengler, unser neuer Nachbar. Er wohnt unter dir und neben mir.«

»Ich trinke nicht mit der Polizei«, sagte sie.
Sie stand neben der Tür. Im Licht der Bar und der Dunkelheit der Straße erschien ihr Gesicht wie ein Mosaik aus Schatten und Licht. Zwei schwarze Augen leuchteten Dengler spöttisch an, und auf ihrem Kopf loderte rotes Haar.
Wenn sie meine Wohnung durchsucht hat, hätte ich besser aufräumen sollen.
»Er ist doch kein Polizist mehr«, hörte er Martin Klein sagen, und er sah, wie Olga langsam und misstrauisch aus dem Zwielicht trat.
Denglers Blick erfasste ihre Figur, ihre Schlankheit, die hochmütigen Brauen, den Pulli, der ihren Bauch, und die Jeans, die einen Teil der Hüften freigab. Obwohl er nur ihre Haut vom unteren Rand des oliven Pullis bis zum Gürtel ihrer Jeans sah, bestürzte ihn diese Nacktheit.
Der Wunsch hinzusehen und der Wunsch, die Augen zu senken, bekämpften sich. Schließlich wandte er den Blick ab, wie ein Eindringling in ihrem privaten Raum, und sah doch wieder zu ihr, staunend, im Geist die Linien weiterdenkend, die an Olgas Hüfte ihren Ausgang nahmen. Das Bedürfnis hinzusehen und das Bedürfnis wegzusehen verwickelten sich heillos ineinander, verwirrten ihn und erzeugten in seinem Hirn ein eigentümliches Vakuum. Seine Blicke suchten ihren Bauchnabel, aber seine Wirrsal war so groß, dass er sich nicht entscheiden konnte, ob er von ihrem Pulli oder den Jeans verdeckt wurde.
Nun erst registrierte er einen Verband an ihrer rechten Hand, der den Zeige- und den Mittelfinger verhüllte. Mit der linken Hand zog sie an dem verbundenen Zeigefinger, als wolle sie ihn in die Länge strecken.
»Was haben Sie denn mit der Hand gemacht?«, fragte er, nur um irgendetwas zu sagen.
»Ist das ein Verhör?«, fragte sie, und Dengler ärgerte sich, dass er überhaupt den Mund aufgemacht hatte.
Statt ihrer antwortete ihm Klein: »Böse Sache. Gicht an ei-

nem Finger; jetzt muss sie umschulen. Arbeitet sich gerade in die Computersachen ein.«
»Ich bin übrigens kein Polizist«, sagte Dengler.
»Und ist ein Privatdetektiv etwas Besseres?«, fragte sie.
In diesem Augenblick wusste Dengler, dass es Olga gewesen war, die seine Wohnung durchsucht hatte. Zu seinem Erstaunen spürte er keine Empörung.
»Es ist etwas anderes«, sagte er.

8

Der nächste Tag verlief ohne besondere Ereignisse. Dengler kaufte sich ein neues Telefon und eine Espressomaschine, und er hörte sich mehrmals die neue Platte von Buddy Guy an. Um vier Uhr nachmittags kam ein Handwerker und wechselte das Schloss aus.

Am nächsten Morgen saß er bereits um sieben Uhr an seinem neuen Schreibtisch. Auf der rechten Seite der Arbeitsplatte rückte er das tragbare Telefon zurecht, sonst war die Fläche leer.

Er war um sechs Uhr aufgestanden, hatte aufs Duschen verzichtet, um sich sofort den ersten Espresso mit der neuen Maschine zuzubereiten. Dies erwies sich schwieriger als erwartet.

Er würde wohl noch einige Tage üben müssen.

Er saß eine Stunde regungslos und starrte auf die Holzimitation der grauen Plastikoberfläche.

Dann schaltete er das Radio ein. Das erste Programm des Südwestrundfunks sendete Hits der sechziger Jahre. *You Really Got Me* hämmerten die Kinks aus den beiden kleinen Boxen. Dengler wollte seine Konzentration nicht unterbrechen, und Rockmusik störte ihn. Er drehte an dem größten der schwarzen Knöpfe und fand einen neuen Sender. Eine aufdringliche Stimme forderte ihn auf, sich ein Seitenbacher-Müsli anzurühren. Dengler drückte den kleinen »Aus«-Knopf. Er schaltete den kleinen betagten Fernseher an. Ein älterer Mann erschien, den die Einblendung des Frühstücksfernsehens als Sprecher der German Global Trust Bank auswies. Die deutschen Unternehmen, sagte er, können nur dann wieder profitabel arbeiten, wenn die Politik Mut zu Reformen habe. Dazu gehöre die Zusammenlegung von Arbeitslosen- und Sozialhilfe, und zwar auf dem Niveau der Sozialhilfe. Nun erschien eine Frau auf dem Bildschirm, der

Untertitel stellte sie als die Stuttgarter Abgeordnete Siegrid Berger vor. Dengler blickte für einen Augenblick interessiert zum Gerät. Sie redete von Sozialabbau, der mit der Sozialdemokratie nicht zu machen sei. Dengler schaltete ab. Radio wieder an. Musik. Dann ein Beitrag über die Bedeutung des unbezahlten Ehrenamtes. Eine junge Journalistin berichtete, dass viele Institutionen ohne die Hilfe ehrenamtlicher Helfer nicht überleben könnten. Sie seien die modernen Helden, sagte die Frau. Musik. Nachrichten. Die erste Meldung unterrichtete von den Ermittlungen der Staatsanwaltschaft gegen den Vorsitzenden des Deutschen Fußballbundes und früheren Chef des Stuttgarter VfB. Gerhard Mayer-Vorfelder wurde vorgeworfen, einen Teil der sechsstelligen Summe, die er vom VfB für das Ehrenamt des Vorsitzenden erhalten hatte, nicht versteuert zu haben. Dengler schaltete das Radio aus.
Das Telefon schwieg.
Eigentlich müsste ich meine Mutter anrufen, dachte er. Sie ist bestimmt schon lange auf. Auf dem Dengler-Hof gab es nun schon seit vielen Jahren keine Kühe mehr. Seine Mutter hatte vor drei Jahren Hof und Stall in eine Pension umgebaut. Mittlerweile fand sich ein Stammpublikum von Wanderern ein, die den Dengler-Hof als Ausgangspunkt für Schwarzwaldwanderungen wählten. In einer halben Stunde erreichten sie bei Bärental den Westweg, auf dem sie über den Feldberg bis nach Basel laufen konnten. Andere nahmen die Route zum Schluchsee, um in einem Rundweg am Abend wieder im Dengler-Hof mit Badischen Schäufele mit Kartoffelsalat, Mamas Spezialität, bewirtet zu werden.
Es würde ein unangenehmes Telefonat werden. Er hatte seiner Mutter immer noch nicht gesagt, dass er das BKA verlassen hatte. Sie wusste auch noch nicht, dass er nun in Stuttgart wohnte. Er erinnerte sich genau, wie sie weinte und vor Freude die Hände zusammenschlug, als er ihr erzählte, er werde Polizist werden. Seit diesem Gespräch sah sie ihren Sohn im Öffentlichen Dienst versorgt, und nie werde er sich

mit den Geldsorgen einer kleinen Bauernfamilie beschäftigen müssen.
Er wusste, er sollte seine Mutter anrufen, aber als er an die unvermeidlichen Vorwürfe dachte, rührte er sich nicht. Er saß still vor dem Telefon.
Nach einer Weile sah er auf die Uhr: halb neun. Vielleicht hat die Zeitung die falsche Telefonnummer abgedruckt. Leise ging er durch den Flur des immer noch schlafenden Hauses und fischte sich die *Stuttgarter Nachrichten* aus dem Briefkasten. Noch auf dem Flur blätterte er durch den Anzeigenteil, bis er auf Seite 46 seine Anzeige fand. »Private Ermittlungen« las er, die Telefonnummer stimmte.
Er erinnerte sich an ein Seminar, das alle Zielfahnder des BKA absolvieren mussten, als die Führung der Behörde ihnen Managementmethoden beibringen wollte. Ein Typ mit Fönfrisur und der Gesichtsfarbe eines Mehlwurms stand im Seminarraum II und schrieb auf das Flipchart: *»Professionelles Telefonieren für Kriminalbeamte.«*
Niemand war gerne in diese Veranstaltung gegangen. Zwei seiner ehemaligen Kollegen terminierten sogar eine völlig überflüssige Festnahme auf den ersten Seminartag. Sie verhafteten ohne richterliche Anordnung einen ehemaligen Mitbewohner der Terroristin Silke Meier-Kahn, die in Stammheim einsaß. Der völlig überraschte Mann, der sich als freier Programmierer durchschlug, wurde vom Haftrichter sofort wieder freigelassen, doch die beiden Kollegen hatten ihr Ziel erreicht: Sie fehlten entschuldigt bei dem Seminar. Sie hatten Georg sogar aufgefordert, sich an der Aktion zu beteiligen; schließlich war Silke Meier-Kahn früher sein Fall gewesen. Doch er hatte abgelehnt. Georg Dengler erinnerte sich, dass er während des Vortrags des geföhnten Seminarleiters ständig darüber nachdachte, ob er nun an der Verhaftung eines Unschuldigen Mitschuld trage. Jetzt, als er nach vielen Jahren wieder an dieses Ereignis dachte, überfiel ihn die Scham so frisch wie damals.

Irgendwo mussten die Unterlagen aus diesem Seminar noch sein. Wahrscheinlich in einem der noch unausgepackten Umzugskartons. Er ging ins Schlafzimmer und wuchtete den obersten Karton auf den Fußboden, dann kippte er zwei Bücherkartons aus und fand den grauen Pappbehälter mit der Aufschrift »Bürosachen«. Mit einer schnellen Bewegung riss er das Klebeband ab. Ein Locher, ein Tesaroller, zwei alte Notizbücher und eine gebrauchte Plastiktasse zog er hervor und warf alles auf den Boden. Endlich hielt er den Ordner mit der Überschrift »Kriminalpolizeiliche Praxis – Erfolgreich telefonieren« vor sich. Er nahm den Ordner, ging zurück ins Wohnzimmer, setzte sich an den Tisch und schlug ihn auf.

Merksatz 1: Bereiten Sie sich auf das Telefonat vor. Notieren Sie vor dem Anruf alle Fragen, die Sie stellen möchten. Auf diese Art vergessen Sie vor Aufregung nichts.

Dieser Merksatz hatte bei einigen Polizisten im Seminarraum bittere Heiterkeit hervorgerufen, die der Föntyp nicht verstand. Schließlich erbarmte sich jemand und wies ihn darauf hin, dass jeder Beamte im Raum wesentlich aufregendere Situationen kenne, als ein Telefonat zu führen.

Merksatz 2: Legen Sie sich Papier und Schreibgerät bereit. Hektisches Suchen nach Schreibmaterial wirkt unprofessionell und fördert Ihre Nervosität.

Es stimmte, er war nervös. Er suchte in den Innentaschen seines Jacketts und fand den blauen Kugelschreiber, den er dort vermutet hatte. Einen Notizblock trug er immer bei sich. Er legte ihn neben den Kugelschreiber auf den Tisch und wartete.
Das Telefon rührte sich nicht. Georg Dengler bemühte sich, nicht mehr an den Kurs zu denken.

»Melden Sie sich immer mit Ihrem Dienstgrad«, hatte der geföhnte Trainer gesagt, »und mit dem Vor- und Zunamen, und sagen Sie: ›Was kann ich für Sie tun?‹ Das schafft schon zu Beginn gute Laune, und Sie bringen auch sich in gute Laune.«
»So ein Quatsch«, knurrte er.
In diesem Augenblick klingelte das Telefon. Er riss den Hörer an sich.
»Georg Dengler, private Ermittlungen. Was kann ich für Sie tun?«
»Georg, bist du das?«
Es war Hildegard.
»Ja, ich bin's.«
»Mein Gott, ich glaub's nicht. Ich habe die Anzeige in der Zeitung gelesen. Hast du deinen Job bei den Bullen geschmissen?«
»Ja.«
»Und warum, wenn ich fragen darf?«
Der altbekannte spitze, aggressive Tonfall.
»Ich wollte nicht für den Rest meines Lebens Junkies und kleine Dealer verhaften; das ist für mich nicht gerade der Sinn des Lebens.«
Sie war sofort auf hundertachtzig.
»Und ich? Meinst du, jemand fragt mich, ob ich den Sinn meines Lebens irgendwann einmal finden werde? Ich war schon seit Monaten nicht mehr aus. Ich konnte nicht hin, in den Film, der letzte Woche über BAP lief. Meinst du, mich fragt jemand nach dem Sinn meines Lebens? Und alles nur, weil ich ausgerechnet von dir ein Kind habe.«
Sie fing an zu schluchzen.
»Hildegard«, Dengler bemühte sich, den Ekel, der in ihm hochstieg, nicht in seiner Stimme hörbar zu machen, »ich nehme den Kleinen sofort. Für eine Nacht, wenn du ausgehen willst, genauso wie für immer.«
Ihre Stimme zog sofort wieder an: »Das würde dir so passen – damit du das Kind in deine Weibergeschichten hinein-

ziehst. Damit er einmal genauso ein Macho wird, wie du heute einer bist ...«
»Hildegard, was willst du?«
»Wie willst du deinen Unterhalt bezahlen, wenn du kein Beamter mehr bist – das will ich von dir wissen.«
»Hildegard, du hast mich verlassen, *weil* ich Bulle bin. Und du hast diesen schlauen Busverkäufer von Daimler vorgezogen.«
Dass der Kerl schon zehn lange Jahre verheiratet war, erwähnte er lieber nicht. Hildegard hatte es erst ein Jahr, nachdem sie mit ihm zusammen war, erfahren.
»Das war früher«, sagte sie nun in ruhigerem Ton. »Mich interessiert nur, dass du deine Alimente rechtzeitig bezahlst. Wie willst du das machen, wenn du dich selbstständig machst? In so einer schwierigen Zeit.«
»Nun, ich hoffe, dass noch ein paar Leute anrufen und mir Aufträge geben. Deshalb habe ich die Anzeige geschaltet.«
»Wie kann man sich in der heutigen Zeit nur selbstständig machen?«
Ihre Stimme klang plötzlich kalt. »Wenn die Kohle nur ein paar Tage zu spät auf meinem Konto ist, schicke ich dir den Gerichtsvollzieher auf den Hals.«
»Hildegard«, Dengler zerbrach den Kugelschreiber, den er in der Hand hielt, »ich versuche mir eine neue Existenz aufzubauen. Du bekommst dein Geld, wie du es immer bekommen hast.«
Er wartete einen Moment.
»Ist der Kleine da?«, fragte er dann.
»Nein, er ist mit einem Schulfreund unterwegs.«
Dengler spürte, dass sie log, legte auf und atmete tief ein, um die Beklemmung abzuschütteln, die ihm das Gespräch mit seiner Ex-Frau auferlegt hatte. Sie hatte Recht. In einem, spätestens in zwei Monaten würde sein Geld aufgebraucht sein, was dann? Was wird mit dem Kind werden? Panikgefühl setzte ein. Das hat sie wieder gut hingekriegt, dachte er. Das Telefon klingelte erneut.

Mit einer heftigen Bewegung riss er den Hörer vom Apparat.
»Was willst du denn noch?«
Stille am anderen Ende. Hatte er sie verblüfft? Am besten legte er noch einmal nach: »Ich bin deine Scheißart leid«, brüllte er. Es tat ihm gut.
»Hallo«, hörte er eine männliche Stimme, »bin ich mit Georg Dengler, Private Ermittlungen, verbunden?«
»Ja, Georg Dengler am Apparat. Tut mir Leid; ich habe Sie mit jemand anderem verwechselt.« Er klang immer noch wütend.
Der Mann am anderen Ende kicherte.
»Das muss ja ein aufdringlicher Klient gewesen sein.«
»Nein, das war meine Ex-Frau.«
Sein Blick fiel auf den Ordner »Kriminalpolizeiliche Praxis – Erfolgreich telefonieren«.
Ich mache es falsch, dachte er. Ich vermassele meinen ersten Kunden.
»Was gibt's?«, entfuhr es ihm.
Das klang auch nicht gerade höflich. Er probiert es noch einmal.
»Was kann ich für Sie tun?«
Am anderen Ende der Leitung herrschte einen Augenblick Pause. Ich hab's versaut, dachte Dengler.
Die Pause hielt an. Immerhin legte der andere nicht auf. Jetzt müsste ich was sagen, dachte er, aber sein Kopf war leer.
Endlich sprach der Anrufer: »Es betrifft meine Freundin. Ihr Vater stürzte vor zehn Jahren mit einem Flugzeug ab und wurde für tot erklärt. Und sie kann sich nicht damit abfinden.«
»Ich bin kein Psychologe.« Das klang schroffer, als er sein wollte. Warum kann ich nicht einfach hell und freundlich sein?
»Sicher, ich weiß«, sagte der Mann, »aber es gibt bei der ganzen Sache ein paar Ungereimtheiten. Angeblich rief ihr Vater sie nach dem Abflug der Maschine an und teilte ihr mit,

dass er den Flieger verpasst habe und deshalb mit dem nächsten komme.«
»Er saß nicht in der Maschine?«
»Nein, das heißt doch; das ist ja das Unklare, und das macht meine Freundin so fertig. Sie hat Albträume, und irgendwann bekommt sie einen Nervenzusammenbruch.«
»Soll ich herausfinden, ob der Vater Ihrer Freundin in der Maschine saß?«
»Na ja, mir geht es hauptsächlich darum, dass sie wieder zu sich kommt, verstehen Sie? Und dass ich wieder ruhig schlafen kann. Ihr Vater muss ja in der Maschine gesessen haben, sonst hätten ihn die Behörden nicht für tot erklärt.«
»Wurde er identifiziert?«
»Schon, was von ihm übrig blieb. Das war wohl nicht mehr viel.«
Eine kleine Pause entstand. Dengler spürte, dass sein Gesprächspartner Mut sammelte, um zum Kern des Anrufes zu kommen.
»Herr Dengler, können Sie nicht ein bisschen herumermitteln und dann einen schlüssigen Bericht schreiben, dass ihr Vater tot ist, damit meine Freundin von ihren Albträumen erlöst wird? Wissen Sie, was ich meine?«
Dengler verstand. Sein erster Auftrag sollte eine Luftnummer werden. Enttäuschung kroch seine Magengrube entlang. Aber immerhin würde er Hildegard den monatlichen Betrag von 353 Euro bezahlen können, wenn er diese Als-ob-Ermittlung annahm.
Er schlug sein Notizbuch auf.
Wo ist der Kugelschreiber? Er sah die Reste auf dem Boden liegen und ihm fiel ein, dass er ihn vor ein paar Minuten im Zorn über Hildegards Anruf zerbrochen hatte. Er bat seinen Gesprächspartner, einen Augenblick zu warten, und zog die Miene aus den Resten des Schreibgeräts.
»Wann stürzte die Maschine ab?«
»Vor zwölf Jahren.«

Dengler pfiff durch die Zähne: »Das ist lange her.«
»Ich weiß, aber so ist es nun mal.«
»Wo stürzte die Maschine ab?«
»Über Thailand, im Norden von Thailand.«
»Welche Route?«
»Von Bangkok nach Wien.«
»Lufthansa?«
»Nein, es war eine Boeing der Lauda-Air. Der Absturz löste damals viel Wirbel aus. Vielleicht erinnern Sie sich. Das linke Triebwerk schaltete plötzlich um, Schubumkehr. Das hielt die Maschine nicht aus.«
Dengler erinnerte sich dunkel. »Kommt mir bekannt vor.«
»Ja, Christiane, so heißt meine Freundin, hat sich mit diesem Absturz genauestens befasst. Sie erklärte es mir so, dass durch einen technischen Fehler mitten im Flug die Schubrichtung des Triebwerks geändert wurde. Als würde jemand mit zweihundert auf der Autobahn fahren und plötzlich den Rückwärtsgang einlegen.«
»Kann nicht gut gehen.«
»Nein, das ging auch nicht gut. Das Verwirrende ist, Christianes Vater rief an und teilte ihr mit, er habe soeben das Flugzeug verpasst. Und dann wurde seine Leiche doch in dem Flugzeug gefunden.«
Dengler fiel wieder der geföhnte Seminarleiter des Telefonseminars ein. »Ein Lächeln muss in Ihrer Stimme liegen«, hatte der den BKA-Profis erklärt. Er hatte keine Lust, ein Lächeln in seine Stimme zu legen; außerdem wusste er nicht, wie das geht.
Stattdessen fragte er: »Wer hat die Leiche identifiziert?«
»Christiane erhielt eine Nachricht vom Außenministerium, dem österreichischen. Aber die Untersuchung vor Ort führte, soweit ich weiß, das Bundeskriminalamt.«
Dengler war plötzlich hellwach.
»Das BKA! Beim Absturz einer österreichischen Maschine. Merkwürdig. Vor zwölf Jahren, sagten Sie?«

»Jetzt fangen Sie nicht auch mit den Merkwürdigkeiten an. Ja, es passierte vor zwölf Jahren.«
»Ich habe über zehn Jahre beim BKA in Wiesbaden gearbeitet«, sagte Georg Dengler nachdenklich, »da müsste ich etwas herausfinden.«
Sein Gegenüber schien erfreut.
»Sie waren beim BKA! Dann sind Sie der Richtige. Übernehmen Sie den Auftrag?«
Dengler dachte einen Augenblick nach, blätterte in dem Ordner.

Merksatz 5: Versichern Sie sich, dass Sie mit dem richtigen Gesprächspartner verbunden sind. Fragen Sie, ob er oder sie für Ihr Anliegen zuständig ist. Schreiben Sie den Namen der Person auf. Haben Sie diesen am Anfang nicht verstanden, so fragen Sie am Ende des Telefonats noch einmal nach.

»Wie heißen Sie?«
»Hans-Jörg Mittler«, antwortete die Stimme, »ich gebe Ihnen meine Telefonnummern.«
Georg Dengler notierte den Namen und drei Telefonnummern, eine private, eine berufliche bei der Investmentabteilung der German Global Trust Bank sowie eine Funktelefonnummer.
Sie verabredeten sich für den nächsten Tag im *Oggi* zum Mittagessen. Dengler war bereits entschlossen, den Auftrag anzunehmen.
Er dachte, es würde leicht verdientes Geld werden.

***

Der Anfang war gemacht. Es war nicht gerade das, was er erwartet hatte, aber immerhin doch ein Anfang. Er lehnte sich in seinem Sessel zurück und war zufrieden.

Vielleicht würde er sich demnächst wieder einen Saab leisten können und eine größere Wohnung, in der er ein Zimmer für seinen Sohn einrichten konnte. Wie es Jakob wohl ging in diesem Augenblick? Er saß bestimmt auf einer Schulbank, in der Grundschule in der Lange Straße. Er würde ihn einfach nach der Schule abholen, und dann würde man sehen. Unklare Träume von gemeinsamem Angeln, von Fahrradtouren überflogen ihn; es waren angenehme Träume, in die sich keine Fledermaus verirrte.

9

Es war zum Verzweifeln. Uwe lag auf dem Boden des verlassenen Schießstandes und hob das Gewehr. Ruhig halten. Kimme und Korn in eine Linie mit dem Ziel bringen. Nicht verkanten. Ruhig weiteratmen. Durch die Nase ein- und durch den Mund ausatmen.

»Halt das Scheißgewehr ruhig«, zischte Heinz, und seine kurzen, gelben Haare erschienen Uwe fahler denn je.

Krems' Handflächen klebten vom Schweiß. Eine kalte Brühe lief in kleinen Strömen seinen Rücken hinunter, respektierten nicht einmal die Grenze der Unterhose. Er musste sich dringend kratzen und traute sich nicht.

Er nahm das Gewehr fester und verkantete es erst recht. Kimme, Korn, Ziel. Ruhig atmen. Die linke Hand, die unter dem Lauf den Handschutz aus Kunststoff festhielt, schmerzte. Jetzt den Zeigefinger anziehen, den Haltepunkt finden. Da ist er. Der Abzugsbügel leistet Widerstand. Gut, das ist richtig. Den Finger nicht mehr bewegen, sondern sich jetzt aufs Atmen konzentrieren. Noch einmal ausatmen und dann die Luft anhalten. Ich kenne die Regeln.

Er hielt die Luft an. Jetzt musste er schießen. Er spürte den Widerstand des Abzugsbügels an seinem rechten Zeigefinger. Noch einmal alles überprüfen, Kimme und Korn und Ziel. Alarmsignale der Lungen. Bald würde er nach Luft schnappen, so eine Schmach. Du musst jetzt schießen, sonst hechelst du gleich. Jetzt. Er drückte den Abzugsbügel durch, und durch den Rückstoß versetzte ihm das G3 erneut eine schmerzhafte Ohrfeige.

»Völlig verrissen«, sagte Heinz, »nicht mal in die Nähe des Pappkameraden«.

»Scheiße.«

»Kann man wohl sagen.«

Uwe blickte zu dem älteren Genossen, ob er noch Geduld

mit ihm hatte, aber Heinz schien das alles nichts auszumachen. Er steckte sich eine seiner schrecklichen Revals an und sah auf die Uhr.
»Ich weiß, wie es geht«, sagte Krems, »aber ich krieg die Sachen nicht alle gleichzeitig hin.«
»Wir üben das, bis es dir in Fleisch und Blut übergeht«, sagte Heinz.
Aber es klang nicht überzeugt.

10

Der zweite Anruf kam um 14:05 Uhr. Der Personalleiter der IPEX-Werke erkundigte sich nach Denglers Stundensätzen. Wir arbeiteten mit der Agentur Super-Argus zusammen, um den Krankenstand zu senken, erklärte er, aber Super-Argus verhalte sich wie der Einzelhandel und habe die Umstellung auf den Euro genutzt, um seine Stundensätze ohne Absprache anzuheben.

»Ich nehme 75 Euro pro Stunde plus Spesen und Steuer«, sagte Dengler.

»Das hört sich ja nicht schlecht an«, sagte der Mann und legte auf.

***

»Es geht um meine Frau«, sagte der Anrufer um halb drei.

»Ich höre«, sagte Dengler.

»Sie soll eine Anzeige aufgegeben haben.«

Der Mann schwieg.

»Bekanntschaftsanzeige?«, fragte Dengler.

»Ja, so etwas soll sie gemacht haben.«

»Aber Sie wissen es nicht genau?«

»Nein.«

»Und den Verdacht, woher nehmen Sie den Verdacht?«

Der Mann sprach breites Schwäbisch, bemühte sich aber, Hochdeutsch zu sprechen.

Er sagte: »Eine Freundin von ihrer Freundin, verstehen Sie, die brachte mir die Anzeige und sagte, dass die von meiner Frau stamme. Sie fände das nicht gut, dass verheiratete Frauen so etwas machen, und dass ihre Freundin die Post entgegennähme, die auf die Anzeige hin käme, fände sie auch nicht gut.«

»Haben Sie Ihre Frau gefragt?«

»Noi, wie stehe ich denn dann da, wenn das nicht stimmt – wie ein Dackel!«
»Und ich soll rausfinden, ob das Ihre Frau war.«
»Ja. Können Sie das denn?«
»Klar«, sagte Dengler.
»Und was tät das kosten?«
»Ich nehme 75 Euro pro Stunde plus Spesen und Steuer«, sagte Dengler. Er fand diesen Satz mittlerweile sehr professionell.
»Und wie viele Stunden täten Sie brauchen?«
»Das weiß ich nicht im Vorhinein. Aber Sie müssen auf jeden Fall schon einmal vier Stunden anzahlen.«
»Das tät gehen«, sagte der Mann.
»Und 100 Euro für Spesen«, schob Dengler sofort nach.
»Isch gut.«
»Können Sie mir die Anzeige vorlesen?«
»Lieber nicht; die ist ziemlich schlimm.«
»Also gut, können wir uns heute noch treffen?«
Der Mann versprach, in einer Stunde im *Basta* zu sein, die Anzeige und Fotos von seiner Frau wollte er mitbringen.
Dengler legte auf.

***

»Hier, lesen Sie das«, der Mann schob ihm die ausgeschnittene, auf ein weißes DIN-A4-Blatt geklebte Annonce über den Tisch.
Aus der *Pinwand*, dem Kleinanzeigenteil einer Beilage der *Stuttgarter Zeitung*, war eine Anzeige mit einem gelben Leuchtstift markiert.

***Vernachlässigte Hausfrau** sucht neuen Liebhaber, am liebsten ebenfalls gebunden. Interessenten melden sich unter Chiffre A267478 oder unter Nachholbedarf@yahoo.de*

Habe ich mir schlimmer vorgestellt, dachte Dengler.
Er sagte: »Liest sich eindeutig.«
Der Mann, der ihm gegenübersaß, schwitzte. Er trug eine dunkelbraune Wildlederjacke, die einen enormen Bauch nicht verstecken konnte. Der Kopf des Mannes wirkte wuchtig, fast quadratisch, und seine Augen wirkten klein und lagen zurückgezogen in den Augenhöhlen. Er hat schmale Lippen, dachte Dengler und erinnerte sich daran, wie Hildegard ihm einst eine Lehrstunde über männliche erotische Ausstrahlung gegeben hatte. Männer mit dünnen Lippen, hatte sie gesagt, als sie in seiner Wiesbadener Wohnung vor dem Spiegel im Bad stand und ihre Lippen mit einem grellroten Stift nachzog, Männer mit dünnen Lippen wären schlecht im Bett, machtbewusst und unsinnlich.
»Was möchten Sie trinken?«, fragte der kahlköpfige Ober.
Dengler bestellte einen doppelten Espresso mit etwas Milch; der Mann wollte ein Pils.
»Geht auf meine Rechnung«, sagte er.
Er stellt sich als Anton Föll vor, vierundvierzig Jahre alt, arbeitete auf dem Bauamt der Stadt Esslingen und koordinierte dort den Fahrzeugpark und den Personaleinsatz. Seit seinem zweiundzwanzigsten Lebensjahr verheiratet, Susanne hieß seine Frau, drei schulpflichtige Kinder. Er lebte auf den Fildern in einem Einfamilienhaus, das er bis zu seiner Rente abzahlen würde.
Der Mann rutschte unruhig hin und her.
»Und können Sie sich vorstellen, dass Ihre Frau diese Anzeige aufgegeben hat – in diesem Ton, mit diesem Inhalt?«
»Ich dachte, es wäre alles normal bei uns, auch mit dem Sex, meistens fängt sie an, mit dem Sex. Aber ich mache immer gerne mit. Es ist ja nicht so, dass ich dagegen bin.«
Er beugte sich zu Dengler über den Tisch, und sein schweißnasses Gesicht war nur noch einen halben Meter von Dengler entfernt.
»Sie ist sprunghaft«, fuhr er fort, »manchmal ist bei uns Sen-

depause, einen Monat, zwei oder sogar noch länger, und dann ist sie wieder ganz aufgedreht.«

»Reden Sie mit ihr?«

»Darüber? Lieber nicht.«

Dengler ließ sich Fotos geben und sah eine mittelgroße, dunkelhaarige Frau mit drei Kindern vor einem Affenkäfig in der Wilhelma in die Kamera blicken. Sie lächelte ein wenig, aber Dengler konnte sich nicht entscheiden, ob dieses Lächeln einen glücklichen oder einen gelangweilten Eindruck machte. Sie trug enge, schwarze Jeans, die sie besser nicht tragen sollte, und ein dunkles Sweatshirt, dessen Muster er auf dem Foto nicht erkannte. Ein anderes Bild zeigte sie im Bikini an einem Strand, mit einem ruhigen Meer im Hintergrund und inmitten unzähliger Sonnenschirme mit Marlboro-Aufdrucken.

»Unser Urlaub in Alicante«, sagte Anton Föll.

Die Frau war nicht hässlich, sie war aber auch nicht schön, sie neigte zur Fülligkeit, ohne dick zu sein – wenn eine Frau durchschnittlich aussah, dann diese.

»Arbeitet Ihre Frau?«

»Sie ist Beamtin«, sagte der Mann, und ein wenig Stolz klang in seiner Stimme mit, »beim Kreiswehrersatzamt, hier in Stuttgart. Sie hat medizinisch-technische Assistentin gelernt. Und ist nun für die Einberufungsbescheide an die jungen Männer zuständig, die gemustert werden. Und muss die Ergebnisse verwalten und so.«

»Ich werde Ihnen bald sagen, ob Ihre Frau diese Anzeige aufgegeben hat«, sagte Dengler.

Er notierte sich die Adresse der Freundin, und Föll gab ihm 400 Euro.

»Wenn Sie eine Quittung brauchen, muss ich 16 Prozent Mehrwertsteuer berechnen«, sagte Dengler.

»Ich brauche keine Quittung«, sagte der Mann.

»Umso besser«, sagte Dengler und stand auf.

11

»Sie müssen Georg Dengler sein!«
Ein baumlanger Kerl in schwarzem Designeranzug kam in raumgreifenden Schritten auf ihn zu, weißes Hemd, schwarze Krawatte; mit einer Sonnenbrille sähe er aus wie der dritte *Man in Black*, volles Haar, dunkelbraun, nach hinten gekämmt, interessantes Gesicht, erinnerte ihn an einen schlauen Fuchs, sehr freundlich, wie ein Bankier, der einen Kunden empfängt, an dem er sehr viel Geld verdienen will. Als er vor ihm steht, sieht Dengler, dass der Jackettkragen Mittlers weiß gesprenkelt von abgefallenen Haarschuppen ist.
Er reicht Dengler die Rechte, während er ihn mit der Linken an der Schulter in den großen Saal des *Oggi* zieht, an einen kleinen Tisch im hinteren Teil des Raumes. Dengler sieht von weitem das »Reserviert«-Schild auf dem Tisch, ein Ober ist da, bevor sie sitzen.
»Champagner!« Ehe Dengler etwas sagen kann, schnippt Mittler mit dem Finger, und der Kellner ist wieder verschwunden.
Mit einer großen Geste nimmt er die Serviette und lüftet sie, sodass sie für einen Augenblick wie ein kleines Segel neben dem Tisch schwebt, um sie dann mit einer hastigen Bewegung unter den Hemdkragen zu stopfen. Er ordnet das Besteck mit einer überflüssigen Bewegung, sieht Dengler an und sagt: »Lassen Sie uns erst über das Geschäftliche reden.«
»Ich nehme 75 Euro pro Stunde plus Spesen und Steuer«, sagte Dengler. Wirklich, ein toller Satz.
»Das ist nicht wenig«, sagte der Mann, »kann man da noch etwas machen?«
»Nein«, sagte Dengler; der Mann hätte diese Frage auch gestellt, wenn er *umsonst* arbeitete.
»Ach so.« Hans-Jörg Mittler schob seinen Stuhl ein Stück zurück.

»Sie waren also beim BKA«, fragte er, »haben Sie ein Zeugnis oder eine Bestätigung oder irgendetwas?«
»Nein, rufen Sie in Wiesbaden an. Man kennt mich dort.«
»Na ja, schon gut. Sehr entgegenkommend sind Sie nicht«, sagte Hans-Jörg Mittler.
»Erzählen Sie mir noch einmal die Geschichte mit dem Absturz Ihres Schwiegervaters.«
»Des Vaters meiner Lebensgefährtin – wir sind nicht verheiratet«.
Der Kellner goss Champagner ein, die Männer prosteten sich zu.
»Wie werden Sie vorgehen, was ist Ihr Plan?«, fragte Mittler.
»Ich muss zunächst alles erfahren, was Sie über den Absturz wissen, ich muss alles über den Vater Ihrer Lebensgefährtin wissen und werde mit allen Leuten reden, die ihn gut kannten.«
»Auch mit Christiane?«
»Sicher.«
»Lassen Sie uns bestellen«, sagte der Mann, »ich kann Ihnen im *Oggi* besonders die Fischgerichte empfehlen.« Er beugte sich weit zu Dengler über den Tisch und verströmte den frischen Duft eines nach Frühling riechenden teueren Herrenparfüms.

12

Aus ihm würde nie ein Scharfschütze werden. Er wusste es. Er brachte einfach die verschiedenen Abläufe nicht zusammen. Ihm fehlte die Kraft, das Gewehr ruhig zu halten. Er verriss. Außerdem hatte er Angst, verdammte Angst. Sein Steckbrief hing überall in Koblenz, er musste die Banken meiden, die Plakatwände und den Bahnhof. Er wäre gerne ein guter Schütze geworden, er würde auch Heinz gerne gefallen, er wollte ihn nicht enttäuschen, aber er wusste, diese Enttäuschung war unausweichlich.

Der muss doch irgendwann merken, dass ich das nicht bringe. Er wird es irgendwann mit mir aufgeben. Wird sich abwenden.

Heinz zu enttäuschen – davor hatte Uwe Krems Angst, und diese Angst überwog bei weitem die Angst, erkannt zu werden als einer der meistgesuchten Männer des Landes, der jeden Morgen mit einem wahrscheinlich gestohlenen Jeep mitten in einen Truppenübungsplatz fährt und Schießübungen veranstaltet. Aber diese erste Angst, zu versagen und zu enttäuschen, die kennt er nur zu gut, die ist ihm vertraut. Wenn er sich die Mühe machen würde, sich zu erinnern, woher er diese Angst kennt wie einen alten Freund, würde er bemerken: Es ist die gleiche Angst, die er vor seinem Vater hatte, schon vor vielen Jahren, als der Vater den Sohn marschieren ließ, obwohl dieser noch nicht einmal zur Schule ging.

»Komandoooo, links um«, schrie der Vater, und der Junge bemühte sich, es richtig zu machen; erst den linken Fuß drehen und dann den rechten Fuß in einem Bogen, nicht zu weit, folgen lassen.

»Los, Komandoooo«, brüllte der Vater, und der Junge fiel um.

»Und links, zwei, drei, nicht stampfen, marschieren, die Arme schwenken.«

»Das kann doch nicht so schwer sein«, schrie der Vater, lief rot an, und Uwe schämte sich, weil er *noch nicht einmal marschieren* konnte.
Der Vater machte es vor, und der Junge stolperte.
»Lass doch den Bub, der ist doch viel zu klein«, sagte die Mutter und ging wieder in die Küche.
Irgendwann spielte Uwe mit den kleineren Kindern aus dem Haus nebenan und beschimpfte sie, weil sie nicht marschieren konnten und weder »Komandoooo, links um« noch »die Augen links« hinbekamen, und schließlich liefen die Kinder heulend nach Hause. Als der Nachbar zu seinem Vater kam, um sich über Uwe zu beschweren, weil er mit den kleinen Kindern exerzierte, bekam Uwe die übliche Ration mit dem Gürtel.
Später wurden seine halbjährlichen Zeugnisse eine regelmäßige Quelle der Scham. »Ausreichend« in Sport, für diese Note schämte er sich zutiefst, das »Gut« in Mathe und die besondere Belobigung in Musik und Deutsch konnten diese Vier nicht wettmachen. Er sah, dass sein Vater sich die Enttäuschung nicht anmerken lassen wollte, er gab ihm das Zeugnis mit künstlich unbeteiligtem Gesicht zurück, doch Uwe hatte den Weg seiner Augen genau verfolgt, die die beiden Spalten mit Zensuren nach der Sportnote absuchten, dann das unmerkliche Zucken. Er sah, wie der Vater sich zusammennahm und das Blatt auf den Küchentisch legte, um es kommentarlos zu unterschreiben.
Und mit fünfzehn riss Uwe für zwei Tage aus, als er die Worte hörte, die er nicht hören sollte, weil sie allein für die Mutter bestimmt waren. Er glaubte ihnen sofort: »Er taugt nix, der Bub«, sagte der Vater in der Küche, und an dem dunklen Blupp hörte er, wie der Vater eine weitere Flasche Bier öffnete. Und er hörte seine Mutter seufzen.
Ein Jahr später ließ ihn der Vater abends immer noch nicht aus dem Haus. Uwe wollte zum Rhein, nur runter zum Rhein, wo manchmal auch die Mädchen hinkamen. Und

wieder stellte sich der Alte in dem dunklen Flur in den Weg und drohte mit Schlägen. Und da sagte Uwe ihm, dass er zurückschlagen werde. Der Alte lachte und schlug ihm ins Gesicht. Uwe aber rannte nicht mehr in sein Zimmer, wie all die Jahre, sondern schlug mit der Rechten, blind vor Wut und Aufregung, seinem Vater in den Solarplexus. Obwohl er nicht sonderlich gut gezielt hatte, traf er genau. Der Alte klappte zusammen und gab die Tür frei.

Es war ein unvergesslicher warmer Altweibersommertag. Die Luft seidig und so leicht, dass er zum Rhein nicht hinunterrannte: Er schwebte – eingehüllt in ein unbekanntes Glück; und unten am Rhein erzählte er den Mädchen von seinen Plänen, dass er Musiker werden würde, zeigte ein Paar Riffs auf der Luftgitarre, und die Jungs lachten zustimmend und verlegen. Es war sein Abend. Nie wieder Sport.

Seit diesem Tag zahlte er zurück.

Er lässt sich die Haare stehen. Sie wachsen lang und länger, und mit jedem Zentimeter regt sich der Vater mehr auf. Als er schließlich akzeptiert, dass sein Sohn wie viele andere auch aussieht, schneidet sich Uwe die Frisur radikal kurz und lässt sich stattdessen einen Bart stehen. Die Musik aus seinem Zimmer ist für den Vater unerträglich: Pink Floyds *Umma Gumma* und die Endlosfassung von *In-A-Gadda-Da-Vida*. Er lernt Gitarre spielen und raucht hin und wieder einen Joint.

Als der Musterungsbescheid eintrifft, versetzt er dem Vater den entscheidenden Schlag. Beiläufig erzählt er beim Abendessen, dass er den Kriegsdienst verweigern wolle. Zum ersten Mal verlässt der Vater den Familientisch. Ein süßer Sieg.

Was würde der Vater sagen, wenn er ihn jetzt sehen würde: in Uniform, auf dem Boden liegend, mit dem verfluchten Gewehr in der Hand, wie er zielt, Kimme, Korn und Ziel in eine Linie bringt, die Atmung kontrolliert, den Haltepunkt sucht – und es nicht schafft. Und da war sie wieder, seine

Stimme, wie damals, als er die Eltern in der Küche belauschte: »Er taugt nix, der Bub.«
»Das wird nichts mit dir«, sagte Heinz, und Uwe schoss das Blut ins Gesicht.

13

Es war schon dunkel, als Dengler sich über den Ordner mit Presseberichten beugte, den Hans-Jörg Mittler ihm mitgegeben hatte. Es war ein überraschend angenehmer Abend geworden, mit einem 1996er Brunello und einem Scheck über 2000 Euro Vorschuss, wobei Mittler durchblicken ließ, es wäre ihm am liebsten, wenn damit die ganze Sache bezahlt wäre. Der Brunello schmeckte nach Johannisbeere, und Mittler meinte, er habe einen »schattigen Abgang«. Dengler ließ ihn reden.

Der Wein und noch mehr der Scheck beschwingten Dengler, sodass er auf dem Nachhauseweg nicht mehr ins *Basta* ging, sondern sich noch einmal an den Schreibtisch setzte und sich aus den Zeitungsartikeln das Wesentliche herausschrieb.

Das Flugzeug stürzte am Sonntag, dem 26. Mai 1991, um 23:30 Uhr Ortszeit im Dschungelgebiet der thailändischen Provinz Suphanburi ab, 170 Kilometer nördlich von Bangkok. Die Maschine sollte um 5:10 Uhr morgens Wien erreichen. Niki Lauda, Eigentümer der Maschine und Betreiber der Fluglinie, erklärte, die Boeing sei erst achtzehn Monate in Betrieb. Sie sei bereits zwanzig Minuten in der Luft gewesen und hatte die Reisehöhe erreicht. »Das ist die Phase, in der das Flugzeug am sichersten unterwegs ist«, sagte er.

Die *Süddeutsche* zitierte einen Bauern aus der Region: »Es gab eine Explosion im Vorderteil des Flugzeugs, und die Kanzel stürzte ab wie ein Feuerball.« In einem Winkel von 45 Grad sei die Maschine in einen hügeligen Bambuswald gerast. Die Toten und die Trümmer verstoben auf einer Fläche von mehr als fünf Quadratkilometern im Urwald. Den Piloten, einen US-Bürger, fand man tot, aber immer noch angeschnallt in seinem Sitz, das Cockpit war auf gespenstische Weise nahezu unversehrt zwei Kilometer von den ersten Rumpfteilen entfernt gefunden worden.

Zum Zeitpunkt des Absturzes herrschte leichter Nieselregen. Sofort nach dem Unglück eilten Hunderte von Bewohnern aus den umliegenden Dörfern ins Absturzgebiet und plünderten, was sie brauchen konnten.
Es starben 223 Menschen, davon 17 Besatzungsmitglieder, die Opfer kamen aus achtzehn Ländern, aus Deutschland vier, aus Österreich 74 Personen.
An Bord der Maschine befand sich Don McIntosh, ein hochrangiger Rauschgiftfahnder der UNO, was in einigen Zeitungen zu Spekulationen führte, die Maschine sei von thailändischen Rauschgiftbanden abgeschossen worden.
Es befand sich auch eine Arbeitsgruppe der Universität Innsbruck in der Maschine. Dengler nahm an, dass Paul Stein Mitglied dieser Delegation gewesen war.
In den Artikeln, die Wochen später veröffentlicht wurden, schien man sich als Absturzursache auf einen technischen Defekt zu einigen.
Das linke Triebwerk der Boeing schaltete urplötzlich die Schubumkehr ein, legte mitten im Flug den Rückwärtsgang ein.

***

Setz dich hin und denk nach!
Er griff sich ein Blatt Papier aus dem Vorratsbehälter des Druckers. Aus der Innenseite des Jacketts zog er seinen Lamy und schrieb mittig auf den weißen Bogen:
War Paul Stein in dem Flugzeug?
Angenommen, der Mann starb in der Maschine und hatte trotzdem vorher seine Tochter angerufen – welche Ursachen konnte es für diese Möglichkeit geben?
Er nahm den Füller und schrieb linksbündig:
Stein war in der Maschine
Grund: Das Flugzeug hatte Verspätung.

Dengler lehnte sich zurück und schloss die Augen. Dies war die einfachste und wahrscheinlichste Lösung. Er stellte sich einen Geschäftsreisenden vor, der mit dem Taxi auf dem Flughafen ankommt, er schwitzt und ist in Eile, weil der Fahrer in einem Stau stand, eine Panne hatte oder sich verfuhr. Jetzt ist die Abflugzeit vorbei. Der Mann hastet zum nächsten Telefon, um seine Tochter anzurufen, er teilt ihr mit, dass er eine Maschine später in Wien ankommen wird, kaum hat er jedoch den Hörer aufgelegt, wird er ausgerufen: Letzter Aufruf für Herrn Paul Stein – Sie werden gebeten, sich sofort zum Gate Soundso zu begeben. Keine Zeit mehr, seine Tochter erneut zu informieren, er hastet zum Gate, wird vielleicht als Letzter alleine in einem Bus zum Flugzeug gebracht, steigt in letzter Minute ein, alle sitzen schon drin und warten auf ihn, großes Hallo, hast du es auch noch geschafft – die Stewardess hilft ihm, das Handgepäck zu verstauen, er lässt sich in den Sitz fallen, ist froh, dass er es doch noch geschafft hat, und dann fliegt er in den Tod.

Denk weiter nach!

War die Boeing verspätet?

Er nimmt sich noch einmal die Ordner vor. Es gibt keinen Anhaltspunkt für eine Verspätung. Keine Zeitung berichtet über diesen Punkt. Was bedeutet das? Nichts.

Er nimmt ein zweites Blatt Papier aus dem Drucker und schreibt:

Aufgaben

- *Hatte die Maschine Verspätung?*

Aber selbst angenommen, die Maschine war verspätet: Würde ein Mann so reagieren? Dengler stellte sich vor, wie er selbst abgehetzt mit zwei schweren Koffern aus dem Taxi stürmt. Er würde sofort den Flugschalter suchen oder zur nächstgelegenen Abflugtafel stürzen und erst dann, wenn er sicher wäre, dass die Maschine bereits gestartet war, würde er die Tochter anrufen.

Nächste Möglichkeit: Vielleicht war es aber auch so, dass

man ihm am Flugschalter sagte, die Maschine sei schon weg, aber diese Auskunft war falsch, denn kaum hängte er den Hörer in die Gabel, hörte er den Lautsprecher: »Letzter Aufruf für Herrn Stein.«
Er nahm noch einmal das Blatt mit der Überschrift *Aufgaben* und schrieb:

- *Ist der Flughaften Bangkok gut organisiert?*

Er würde Mario fragen. Mario war schon oft nach Thailand geflogen, um auf einer der Inseln im Süden seinen Urlaub zu verbringen.
Denk weiter nach!
Spuren! Wenn Stein nicht in dem Flugzeug saß, würde das auch Spuren hinterlassen. Ein leerer Flugsitz. Eine entsprechende Buchung in der Passagierliste. Aufrufe, an die sich das Personal oder andere Flugreisende möglicherweise noch erinnern. Auch nach so vielen Jahren?
Er nahm das zweite Stück Papier und notierte unter Aufgaben:

- *Was sagt die Passagierliste?*

Dann nahm er das erste Blatt zur Hand und notierte die zweite Möglichkeit:
Stein war nicht in der Maschine, er hat sie tatsächlich verpasst.
Er meldet sich nicht mehr bei seiner Familie, weil:

- *Er wurde überfallen.*

Dengler stellte sich vor, wie er selbst nach dem Telefonat in ein Taxi oder einen Bus oder einen Zug steigt, um nach Bangkok Downtown zurückzufahren. Das Taxi hält in einer dunklen Ecke, zwei Männer springen herein, ziehen ihn aus dem Wagen, ein Messer, ein Schlag mit einem schweren Gegenstand. Welche Spuren würde ein solcher Überfall zurücklassen? Keine, möglicherweise.

- *Er nutzte die Gelegenheit, die Familie zu verlassen und ein neues Leben anzufangen.*

Auch dieses Szenario konnte man sich denken. Ein Mann sagt zu seiner Frau, er gehe Zigaretten holen, nur eben mal

um die Ecke, und kommt dann nicht mehr zurück, verschwindet dann für zehn Jahre oder für immer. In diesem Fall nimmt Stein eine Gelegenheit wahr: den Absturz des Flugzeugs. Er kommt zu spät zum Flughafen. Die Maschine ist schon weg. Dann trifft die Nachricht von dem Absturz ein.
Dengler schließt die Augen: Er stellt sich den Mann vor, wie er in einer Ecke des Flughafens steht, Chaos um ihn herum, Menschen weinen, die eben noch ihre Verwandten zum Abflug gebracht haben; der Mann überlegt, das ist seine Chance, jetzt kann er verschwinden, jeder wird ihn für tot halten. Er sieht ein Fernsehteam, das Kamera und Scheinwerfer aufbaut. Es wird Zeit; der Mann, der in Denglers Vorstellung merkwürdigerweise einen hellgrünen Regenmantel trägt, dreht sich um und geht vorsichtig durch die Glastüre zum Taxistand zurück.
Aber wenn es so wäre, ginge der Mann zwei Risiken ein: das Telefonat mit seiner Tochter. Sie wüsste, dass er überlebt hat. Und zum Zweiten wäre Stein auf die Flucht in sein zweites Leben nicht vorbereitet. Er müsste Geld abheben und all jene Planung nachholen, die der Mann, der angeblich eben mal Zigaretten kaufen geht, längst abgeschlossen hat. Die Frage nach dem Wohin, wie kommt er unbemerkt aus Thailand fort – oder ist er dort geblieben? Die nachgeholte Planung müsste Spuren hinterlassen haben.
Das Blatt mit der Überschrift *Aufgaben* erweitert er um drei Einträge:

- *Geldbewegung*
- *Ticket, um das Land zu verlassen (Visa)*
- *Unterkunft in der Nacht nach dem Absturz (Kreditkarte)*

Wie auch immer: Wenn Stein in der Maschine saß, hätte er Spuren hinterlassen. Ganz sicher seine Leiche. Und Dengler trägt in seinen Aufgabenzettel ein:

- *Identifizierung der Leiche? Wer? Sicher?*

Er musste mit Christiane Stein sprechen.
Und er musste beim BKA anrufen.

***

Dengler sah auf die Uhr, es war mittlerweile fast elf geworden – und er hatte Lust auf ein Glas Rotwein. In der Küche lag noch eine Flasche Merlot. Plötzlich dachte er an Olga. Wie alt mochte sie sein? Ob sie einen Freund hat?
Sie war abweisend, trotzdem hatte sie ihm gefallen. Es ist unwahrscheinlich, dass eine so schöne Frau keinen Liebhaber hat. Er mochte den Kerl jetzt schon nicht.
Er würde hinunter ins *Basta* gehen. Vielleicht traf er Klein, der konnte ihm einen Tipp geben für seinen zweiten Fall, die untreue Ehefrau – schließlich behauptete er doch, so einfühlsam zu sein, als wäre er Freud persönlich.
Dengler legte Lamy und Papier zur Seite und stand auf. Sein Rücken schmerzte.

14

Zur selben Zeit stand Hans-Jörg Mittler unter der Dusche. Er nahm die Honigseife aus der Halterung und suchte den Handschuh aus Naturhanf, mit dem er sich jeden Abend abrubbelte, um die abgestorbenen Hautschuppen loszuwerden, wie er zu Christiane sagte, aber in Wirklichkeit genoss er den leicht sengenden Schmerz, den er sich auf Bauch, Rücken und Gesäß beibrachte. Jede Woche kaufte er sich einen neuen Handschuh. In dem kleinen Reformhaus in der Klettpassage hielten sie ihn vorrätig, seit er die Besitzer, ein älteres Ehepaar, schmallippig vom Pietismus, darum gebeten hatte. Er mochte gesunde Sachen. Er mochte auch das große geräumige Bad mit der Ganzkörperdusche, die ihn jetzt aus sechzehn individuell einstellbaren Düsen anspritzte. Nur auf der Brust ertrug er den festen Strahl nicht, er sorgte sich um seinen Herzrhythmus, es war ihm zu gefährlich, wenn die drei vorderen Düsen um mehr als ein Viertel aufgedreht waren, es erzeugte ein Gefühl der Beklemmung, wenn die Wasserstrahlen zu fest gegen seine Brust rasten. Deshalb stellte er diese Düsen kleiner, mit nur einer Handbewegung konnte man diese Dusche einstellen. Dagegen waren harte, klare Strahlen auf den Rücken einfach wunderbar, diese Düsen dreht er ganz weit nach links, bis zum Anschlag. Er kam sich dann vor wie ein Bär, der sich an einem Baum schubberte. Genüsslich reckte er sich dem Strahl entgegen.

Schade, Christiane fehlte jedes Verständnis für diese kleinen Schwelgereien. Geh du dich nur wieder abpissen lassen, sagte sie, wenn es ihn abends pünktlich um halb elf zu seiner Luxusdusche zog.

Ihr Ton war überhaupt unangemessen härter geworden, seit sie diesen Dokumentarfilm über einen schwäbischen Puff gedreht hatte. Dabei hatte er ihr doch gesagt, dass er noch nie in einem Puff war. Das stimmte zwar nicht, aber sie hatte

ihm geglaubt – also war es wahr, in ihren Augen jedenfalls, und deshalb fühlte er sich von diesem rauer werdenden Ton in ihrer Beziehung ungerecht behandelt, verdammt ungerecht, fand er, während er seinen Hintern zwei auf volle Kraft eingestellten Düsen entgegenhielt.
Ihr Männer seid merkwürdige Wesen, sagte sie, als sie ihm den Rohschnitt ihres Films vorführte. Eine kleine Videokassette, harmlos sah sie aus, saugte der Rekorder ein, und schwupp! liefen die fatalen Bilder über den Schirm.

Nähen in der dritten Generation
Handarbeit in schwäbischen Bordellen
Dokumentarfilm von Christiane Stein

Christiane übertrug das Tüftlerische, das den Schwaben nachgesagt wird, auf die Bordellszene und förderte einige erstaunliche Fakten zutage. So filmte sie eine kleine Manufaktur bei Tuttlingen, die Ausstattungen für Dominastudios herstellte. Ein kleiner, runder Mann in einem blauen Arbeitskittel stand mit seiner Frau (in geblümter Kittelschürze, man fasst es nicht, sagte Christiane) in einer Werkstatt und erläuterte fachmännisch die Fesselung auf einem Streckbett und führte einen Galgen vor, der über dem Gerät – Typ »Späte Freude« – ausgefahren werden kann und der an einem Drahtseil eine Penishalterung auf den Kunden herablassen konnte. Mit »nur zwei Handbewegungen« sei diese Vorrichtung perfekt befestigt, und dann könne die Domina das Seil anziehen. »Das kann man dann so weit 'naufziehe, wie man will«, sagte der Mann, und der Stolz über seine Erfindung stand ihm ins Gesicht geschrieben. »Wer's halt mag«, sagte seine Frau.
Das Merkwürdigste war jedoch die Werkstatt, die drei Frauen in einem Dorf auf der Schwäbischen Alb betrieben. Christiane filmte einen Mann, einen Schweden, aus Stockholm angereist, der nackt auf einer Liege im ausgebauten

Keller ihres Hauses lag, eine Sauna war im Hintergrund zu sehen, Ruheliegen mit scheußlichen braunen Blumenmustern, Plastikblümchen an den Wänden. Dann kam die jüngste der drei Frauen ins Bild, kaum älter als fünfundzwanzig, mit einem Bastkörbchen, auf dem kleine rote Herzchen aus Filz aufgeklebt waren. Sie lächelte in die Kamera, ein bisschen scheu, vielleicht sogar verlegen, dann öffnete sie das Körbchen und zog Nadel und Faden heraus. Sie hob beides dem Aufnahmegerät entgegen, wie ein Zauberer, der dem Publikum seinen Zylinder zeigt, damit sich jedermann überzeugt, hier ist kein Platz für ein Kaninchen oder eine weiße Taube.

Dann ging sie langsam zu dem liegenden Mann hinüber und setzte sich auf einen Stuhl neben ihn, eine braune Flasche kam ins Blickfeld.

»Alkohol«, sagte Christiane.

Die Frau hielt die Flasche in der rechten Hand, schüttete mit drei kräftigen Bewegungen etwas davon in die linke und rieb den Schwanz des Mannes damit ein.

»Desinfizierung«, sagte Christiane.

Dann nahm sie die Nadel in ihre rechte Hand und den Schwanz des Schweden in die linke und begann zu nähen, Christiane zoomte den Vorgang näher heran, kein Zweifel, sie nähte diesem Typen die Vorhaut zusammen. Und während der Kerl stöhnte, wuchs sein Schwanz, es war merkwürdig, er bekam davon einen Steifen. Die Öffnung wurde immer kleiner, es fehlten noch ein oder zwei Stiche, dann kam er, er spritzte durch den verbliebenen Spalt wie Moby Dick, der weiße Wal.

Hans-Jörg Mittler sah dem Video fasziniert zu, und erst jetzt zum Schluss bemerkte er, Christiane schaute nicht auf den Fernseher, sondern beobachtete ihn. Es irritierte ihn, und er verpasste das Schlussinterview mit der älteren Frau, einem richtig gutmütigen Omatyp, die stolz in die Kamera verkündete: »Mir nähet scho in de dritte Generation und aus de gan-

ze Welt kommt Kundschaft.« Er wollte lachen, aber als er Christianes Blick sah, blieb er lieber stumm.
»Auch alles so Managertypen«, sagte sie, »kommen aus der ganzen Welt, hast du ja gehört. Ist ein richtiger Exportartikel, das Nähen, obwohl es doch der heimischen Textilindustrie so schlecht geht.«
»Was heißt denn ›auch‹?«, fragte er ärgerlich und stand auf.
Sie griff blitzschnell zu, ein prüfender Griff zwischen seine Beine, und – verdammt nochmal – er hatte auch einen Steifen; nicht gerade hammerhart, aber doch eine spürbare Erektion, jedenfalls eine für Christianes forschende Hand deutlich spürbare Schwellung.
Er ärgerte sich, denn der Film machte ihn nicht an, nicht wirklich. Er konnte es sich nicht erklären, aber sein Schwanz war groß geworden. Schnell verdrückte er sich ins Bad und verschwand unter seiner Luxusdusche.
Sie sprachen nie mehr über die Sache, aber Christianes Ton war anders geworden seitdem, desillusionierter. Daran musste er denken, als er unter der Dusche stand. Er fühlte sich schuldig. Er musste es gutmachen, irgendwie.
Deshalb hatte er diesen Privatdetektiv engagiert. Es war sein Wiedergutmachungsgeschenk. Nun stand er unter der Dusche und wusste nicht, wie er es überreichen sollte.

15

Das warme Frühlingswetter ging gerade zu Ende. Im März ist das Wetter normalerweise unbeständig, und es wechseln die regnerischen mit den sonnigen Phasen. Zwei Tage gab es nun Hoffnung auf Frühling, laue Luft und Wärme, doch nun folgte ein Wolkenbruch und machte alles zunichte.
Der Weg vom Hauseingang bis zur Tür des *Basta* zählte nur wenige Schritte, aber Dengler betrat völlig durchnässt das Lokal und wischte sich mit dem Ärmel das Wasser aus dem Gesicht, um etwas zu sehen. Sein Hemd klebte am Körper, und die nassen Jeans klammerten sich kalt um seine Beine.
Er wollte sich gerade umdrehen, wollte wieder hinaufgehen, um sich trockene Sachen anzuziehen und vielleicht sogar einen Pullover aus einer der unausgepackten Kisten zu holen, als ihn eine Hand am Arm packte und in den hinteren Teil des Raumes zog.
»Wollen Sie Ihr aktuelles Horoskop für den morgigen Tag hören?«, fragte ihn Martin Klein, nachdem er sich zu ihm an einen runden Holztisch gesetzt hatte, »ich habe mir die Horoskope erst vor einer halben Stunde ausgedacht, sind noch druckfrisch.«
»Ich kenne meinen morgigen Tag bereits. Schwere Grippe, Fieber und schlechte Laune tagsüber und am Abend ein sensationelles Essen bei meinem Freund Mario.«
»Welches Sternzeichen sind Sie?«
»Widder.«
»Na, mal sehen«, sagte er und blätterte in einem Stapel Computerausdrucke. »Widder, da haben wir ihn. Fangen wir mit dem Wichtigsten an: In Liebesdingen sollten Sie unbedingt die Augen offen halten. Es begegnet Ihnen Ihre Wunschpartnerin, aber es ist nicht sicher, dass Sie sie auch wirklich erkennen. Seien Sie aufmerksam und lassen Sie sich nicht durch Ihre alltäglichen Sorgen den Blick verstellen.«

In diesem Augenblick betrat Olga das *Basta*.
»Soll ich weiterlesen?«, fragte Klein, aber Dengler hörte ihn nicht mehr.
Olga schloss einen schwarzen Herrenschirm und quetschte ihn in den Ständer neben dem Eingang. Sie trug eine dunkelgrüne Öljacke, die vom Regen glänzte und in der sich schwer das Licht des Restaurants brach, während sich in ihren Haaren einzelne Regentropfen verfangen hatten, die glitzerten und funkelten, als seien sie kostbare Diamanten, die ihr ein unbekannter Verehrer geschenkt hatte.
»Und, wie gefällt es Ihnen?«, fragte Klein. »Wollen Sie noch etwas über Ihre finanziellen Möglichkeiten hören?«
»Lieber nicht«, sagte er und starrte in Olgas Richtung.
»Da sieht es auch gar nicht gut aus«, murmelte Klein.
Olga stand an der Bar und sprach mit einem hoch gewachsenen Mann, der schulterlange schwarze Haare hatte und eine glänzende schwarze Lederhose trug.
Er mochte den Kerl nicht.
Stopp. Denk nach!
Es ist unsinnig, auf einen Mann eifersüchtig zu sein, den man gar nicht kennt – wegen einer Frau, die gar nichts von dir will. Du hast dich nicht unter Kontrolle. Es kam ihm vor, als habe sich in seinem Leib eine Sehnsucht aufgebaut, die sich nun *irgendwie* Bahn brechen wollte – die sich an irgendeine Frau heften wollte.
Eine vagabundierende Sehnsucht!
Eine Sehnsucht, die ihn wieder einmal unglücklich machen würde.
Er wollte das nicht mehr.
Dreh dich jetzt nicht um, sieh nicht nach, ob sie noch mit dem Kerl am Tresen spricht.
Sie stand immer noch an der Theke, plaudernd mit der Lederhose; sie lachte, hob ein Glas Rotwein an die Lippen, und sofort stellte Georg sich vor, wie er diesen Mund küssen würde.

Schluss.
Er wandte sich um, zu Klein, der neben ihm saß und in seinen Horoskopen las.
»Sagen Sie, vorgestern haben Sie mir doch erzählt, dass Sie einfühlsam seien wie ein Psychologenkongress.«
Klein nickte und blätterte weiter in seinen Unterlagen.
»Vielleicht können Sie mir einen Rat geben«, sagte Dengler.
Klein legte die Papiere zur Seite und sah ihn über den Rand seiner Brille hinweg an.
»Stellen Sie sich eine Ehefrau vor«, sagte Dengler, »Anfang vierzig, nicht sehr schön, aber auch nicht hässlich, sondern völlig normal, verheiratet mit einem dicken Mann, kein schlechter Typ, die Ehe mit ihm auch völlig normal. Dann will diese Frau etwas Besonderes erleben, mehr Erotik, und sie gibt eine eindeutige Anzeige auf. Wahrscheinlich bekommt diese Frau hundert oder zweihundert Antworten. Was meinen Sie, welchem Typ von Mann würde eine solche Frau auf jeden Fall antworten?«
Bevor Klein antworten konnte, warf Dengler einen kurzen Blick über die Schulter. Olga stand immer noch an der Bar, sie winkte zu ihrem Tisch, zu Martin Klein, aber als der sie nicht sah, zuckte sie mit der Schulter und wandte sich wieder dem Typ in der Lederhose zu.
»Einem Arzt würde sie auf jeden Fall antworten«, sagte Klein.
»Warum einem Arzt?«
»Ich weiß auch nicht, warum. Aber Ärzte wirken unwiderstehlich auf Frauen. In meinem nächsten Leben werde ich auch einer. Wissen Sie das Sternzeichen der Dame?«
»Nein, das weiß ich nicht.«
»Guten Abend, die Herren.«
Olga setzte sich zu ihnen an den Tisch.
Denglers Herz trommelte unvermittelt wie das Schlagzeug einer Heavy-Metal-Band.
»Unser Freund hier ist in eine romantische Angelegenheit verwickelt und braucht unseren Rat«, sagte Martin Klein.

»Ach nein«, sagte Olga. Sie sah Dengler an, spöttisch, die linke Braue hob sich.
Er verfluchte Klein und wollte etwas sagen. Sein Herz pumpte jeden Tropfen Blut aus seinem Kopf und pochte dabei so laut, dass es den Kneipenlärm übertönte. Sein Mund war trocken wie die Sahara und das Hirn leer.
Ein sinnvoller Satz! Er müsste jetzt einen sinnvollen Satz sagen. Im fiel keiner ein. Sein Hirn war leer wie das Universum vor dem Urknall.
Ich brauche einen sinnvollen Satz!
Er kramte noch danach, als Klein alles noch schlimmer machte.
»Er will auf eine Kontaktanzeige antworten.«
Olga sah ihn an, ihre linke Augenbraue rutschte noch weiter nach oben, und Dengler wünschte sich an einen anderen Ort, irgendeinen – Wüste Gobi angenehm.
»Jetzt braucht er ein paar Tipps von uns, wie er das anstellen soll«, fuhr Klein fort, und Dengler überlegte, ob er ihn an seinem Knitter-Leinen-Jackett schnappen und über den Tisch ziehen sollte.
»Ach was, das war eine berufliche Frage«, brachte er hervor und stand auf. Er sah noch, wie Olgas spöttischer Blick ihm folgte, und er war sich sicher, dass dieser Blick ihn noch Jahre verfolgen würde. Sein Herz klopfte, aber er wusste aus früherer Erfahrung, von seinem inneren Sturm sah niemand etwas. Äußerlich wirkte er ruhig, vielleicht sogar arrogant, während sein Inneres in Flammen stand. Die wenigen Schritte zur Tür schienen ihm unerträglich – so musste das Fegefeuer sein.
Als er sich in seinem Arbeitszimmer in den Sessel vor dem Computer fallen ließ, atmete er immer noch schwer.
Vagabundierende Sehnsucht.
Pass auf dich auf.

16

»Liebling, ich habe heute einen Privatdetektiv beauftragt. Wir sprachen darüber, du erinnerst dich bestimmt«, rief er durch die geschlossene Badezimmertür.
Mittler stellte für einen Moment das Wasser ab und lauschte durch die Tür. Er wusste nicht, wie Christiane reagieren würde – und wusste es doch ganz genau.
Die beiden kannten sich seit anderthalb Jahren, und das hieß, ihre Begegnung war an jenem kritischen Punkt angekommen, an dem eine Liebe ein neues, auf jeden Fall aber ein festeres Fundament braucht oder stirbt. Es war ihnen gelungen, die sexuelle Obsession, die bei den meisten Paaren kaum sechs Monate dauert, nun über ein Jahr zu halten, was beide erstaunte und ihre Überzeugung verdichtete, endlich den Partner fürs Leben gefunden zu haben. Tatsächlich führte jedoch Christianes Abwesenheit – als Dokumentarfilmerin war sie oft wochenlang unterwegs – zu jener Verlängerung der sexuellen Gier, die beide in Erstaunen versetzte.
Hans-Jörg faszinierte die unschuldige Schamlosigkeit, mit der Christiane seinen Wünschen folgte. Er bat sie um Dinge, die er sich bei seinen ersten Puffbesuchen nicht einmal die Huren zu fragen traute. Es fiel ihm schwer, anfangs, überhaupt irgendwelche Wünsche zu äußern, selbst ein harmloses »Dreh dich um« verursachte ihm zu Beginn ihres Kennenlernens regelrechtes Herzrasen und verlangte die Überwindung seiner diffusen Angst, in einer solch intimen Situation zurückgewiesen zu werden. Doch dann wurde er mutiger und wollte die Grenze kennen lernen, bis zu der Christiane zu gehen bereit war. Als ihm klar wurde, dass die einzige Grenze die seiner Fantasie und Wünsche war, vertiefte gerade dies ihre Raserei. Ähnliches hatte Mittler noch nie erlebt.
Christiane erschauerte vor dem fast heiligen Ernst, der Aufmerksamkeit und Konzentration, mit der Hans-Jörg mit ihr

schlief. Die Anspannung, ja dieses konzentrierte Interesse, allein auf sie bezogen, kannte sie nicht. Bei ihren bisherigen Liebesgeschichten (meist Redakteure oder Kameramänner des SWR) spürte sie immer, dass die Männer sie insgeheim mit ihrer Vorgängerin oder ihren Vorvorgängerinnen verglichen, und sie entwickelte ein inneres Sensorium für die Frauen, die unsichtbar mit ihr im selben Bett lagen. Hans-Jörgs Hingabe begeisterte sie, und sie nahm sich fest vor, diesen Mann nicht zu enttäuschen.

Doch seit einigen Monaten bemerkte sie, wie der sexuelle Taumel abklang, ihr Blick auf ihn wurde ungewollt wieder schärfer, und sie nahm seine nichtsexuellen Eigenschaften deutlicher wahr. Wie eine leichte Irritation störten sie nun Dinge, die sie vorher nicht bemerkt oder die sie in Kauf genommen, vielleicht auch als unwesentlich abgetan hatte. Da war zum Beispiel Hans-Jörgs umfassende, zunehmend erdrückend wirkende Fürsorge. Im ersten Jahr verwechselte sie diese Eigenschaft mit Ritterlichkeit und Anteilnahme, und natürlich beneideten sie alle Freundinnen und Kolleginnen, denen sie Hans-Jörg vorführte. Wenn sie abends essen gingen, reservierte er immer einen Tisch. Ihr Lieblingswein, ein Chianti classico aus Gambassi Terme, ging in seiner Küche nie aus, er kaufte alle Van-Morrison-CDs, als sie einmal mitten auf der Königstraße mit ihm tanzte, weil ein irischer Straßensänger *Moondance* spielte – ihren Morrison-Lieblingssong. Er kümmerte sich um sie. Er weinte, als sie ihm die Geschichte von dem Absturz ihres Vaters erzählte, und zwei Tage später legte er ihr eine Liste mit fünf Therapeuten vor, die sich auf Traumata spezialisiert hatten, wie er ihr sagte, und die auch Frauen aus Bosnien behandelten.

Vielleicht hätte sie an diesem Punkt schon vorsichtig werden sollten, aber wegen des Abklingens ihrer Verliebtheit fühlte sie sich merkwürdig schuldig, und so beschloss sie, diese Liste rührend zu finden. Aus dieser Mischung von schlechtem Gewissen und Sentimentalität umarmte sie ihn und zog ihn

ins Schlafzimmer. Dabei wusste sie, sie benötigte keine Therapie. Sicher, sie träumte oft von ihrem Vater und wachte schweißgebadet auf, und das Geheimnis seines Anrufes beunruhigte sie noch immer, aber alles in allem, glaubte sie, hatte sie die Sache im Griff.
Bedauerlicherweise ließ sich Hans-Jörg davon nicht überzeugen. Er schien geradezu besessen von der neuen Aufgabe zu sein. Als sie keinen Therapeuten aufsuchte, vereinbarte er für sie einen Termin, und sie ärgerte sich zum ersten Mal über ihn. Natürlich ging sie nicht hin, er aber dachte, sie wolle einen anderen Arzt, und vereinbarte einen weiteren Termin mit einem neuen Psychotherapeuten.
Vor drei Tagen hatte sie abends beim Zubettgehen seinen Kopf in beide Hände genommen und ihn so gezwungen, ihr in die Augen zu sehen. Sie erklärte ihm in ruhigem Ton, dass sie keine therapeutische Hilfe benötige, dass sie seine Fürsorge schätze, dass diese manchmal aber zu viel sei, dass er sich um sie keine Sorgen machen solle, auch wenn sie sich natürlich wünsche, dass sie sich erklären könne, wie ihr Vater sie nach dem Start des Flugzeugs anrufen konnte, um dann doch in dem abgestürzten Flugzeug zu sterben.
Sie dachte, die Sache sei nun ausgestanden.
Deshalb schien es ihr, als habe sie sich verhört, als sie seine Stimme aus dem Bad vernahm, eine Stimmlage höher, in diesem unangenehmen, unterwürfigen Ton. Er hatte das Gespräch, bei dem sie sich so bemüht hatte, offensichtlich völlig ignoriert.
Er nahm sie nicht ernst.
Wie konnte er es wagen, sich derart grob in ihr persönlichstes Problem zu mischen?
Einen Privatdetektiv zu engagieren!
Das war doch lachhaft.
Und unverschämt.
Er tickt nicht mehr richtig!
»Liebling, hast du verstanden, was ich eben gesagt habe?«

Die Stimme – noch eine Tonlage höher.
Widerlich!
Mit wenigen großen Schritten stand sie vor der Badezimmertür und riss sie auf.
Sie brüllte ihn an.
Zum ersten Mal.
Als sie fertig war und ihn ansah, mit dem verrutschten Badetuch um die Hüfte, und in ein Gesicht voller Unverständnis starrte, in diese Ich-hab-ja-nur-Dein-Bestes-gewollt-Miene, wusste sie, dass er nichts begriffen hatte.
»Du sagst ihm morgen wieder ab«, sagte sie.
»Aber ich hab ihn schon bezahlt.«
Er würde diese Komödie nicht beenden.
»Gib mir die Telefonnummer. Ich mach's selbst.«
Hans-Jörg taumelte aus dem Bad, das Handtuch verfing sich an der Türklinke, und er tappte nackt in die Küche, wo er seinen rotledernen Pilotenkoffer abgestellt hatte. Er nahm den Filofix heraus und schrieb Denglers Telefonnummer auf ein leeres Blatt, das er Christiane reichte, die schweigend im Wohnzimmer wartete. Sie nahm es, ging immer noch schweigend zur Garderobe, wo sie den Regenmantel überzog, und verließ die Wohnung.
Die Tür knallte.
Morgen sage ich als Erstes dem Detektiv ab.
Und für diese Nacht suche ich mir ein Hotel.

17

Dengler schaltete den Rechner ein und rief die Seite von Yahoo auf. Langsam normalisierte sich seine Atmung. Nach diesem Erlebnis kann ich mir die geringste Hoffnung auf Olga ersparen.
Es dauerte eine Weile, bis er sich eine neue E-Mail-Adresse angelegt hatte. Sie hieß: *Kranker_Doktor@yahoo.de.*

An: *Nachholbedarf@yahoo.de*
Liebe Unbekannte, ich glaube, dass wir seelenverwandt sind. Ein Ihnen noch unbekannter Arzt fühlt wie Sie, und er glaubt, dass wir zu zweit die richtige Therapie finden können.
Ihr Kranker_Doktor@yahoo.de

Er drückte den Senden-Knopf, und weg war sie, die Nachricht an die unbekannte Frau.
Er stand auf. Plötzlich spürte er wieder das nasse Hemd. Ihm war kalt. Er fühlte sich einsam. Langsam ging er ins Schlafzimmer. Er zog sich aus. Irgendwo mussten noch die schwarzen Baumwollstrümpfe sein, die Hildegards Mutter ihm bei seinem einzigen Besuch in Hermeskeil geschenkt hatte. Neue Jeans. Der schwarze Pullover. Und ein Rotwein. Da war noch die eine Flasche Merlot. Er schlurfte zur Küche und öffnete die Flasche, goss sich ein Glas ein, trank einen Schluck und wusste nicht, was er jetzt tun sollte.
Meist half dann Junior Wells. Er zog eine ältere CD aus dem Ständer. Wells als junger Mann auf dem Cover, mit einem Glas Schlitz-Bier hinter der Theke in *Theresa's Lounge* in Chicago. Er legte die Scheibe in das Abspielgerät, und Juniors kleine Mundharmonika füllte den Raum. Lang und silbern lag der Ton in der Luft, bevor er sich an den Abstieg machte, aber Junior ließ sich Zeit, verweilte auf verschiedenen Absätzen; dann sang er:

Oh, Hoodoo man
I'm just tryin' t'make her understand

Er ging ins Nebenzimmer und wühlte in seinen unausgepackten Kartons. Irgendwo mussten doch seine Mundharmonikas sein, die Mississippi–Saxofones. Er fand sie in einer alten dunkelblauen Pappschachtel und wählte eine Lee Oscar in D, setzte sich aufs Bett und spielte mit Junior im Duett. Es tat ihm gut.

Das Klopfen an der Tür überhörte er fast. Beschwerte sich jemand, weil die Musik zu laut war? Er drehte den Ton leiser und öffnete.

Vor der Tür stand Olga.

»Was für eine schöne Musik«, sagte sie.

»Chicago Blues«, sagte Dengler.

»Darf ich eine Weile zuhören?«, fragte sie und trat ein, als er nickte.

Er brachte ihr ein Glas Merlot, und sie dankte es mit einem Kopfnicken.

»Spielen Sie bitte weiter«, sagte sie zu ihm und sah auf seine Lee, die er immer noch in der rechten Hand hielt.

Merkwürdigerweise tat er, was sie wollte. Er lehnte sich gegen die Wand und blies, lang und klagend.

»Waren Sie schon einmal in Chicago?«, fragte sie nach einer Weile.

»Leider nein«, sagte Dengler und setzte die blues harp ab.

»Und, würden Sie gerne einmal hinfahren?«

»Ja. Das würde ich sehr gerne.«

Olga nickte und schwieg. Er setzte das Instrument wieder an die Lippen und spielte.

Als die CD zu Ende war, sagte Olga: »Das war wunderschön.«

Sie stand auf und ging. Dengler rührte sich nicht.

18

»Bundeskriminalamt Wiesbaden, guten Morgen«, sagte eine männliche Pförtnerstimme.
»Bitte geben Sie mir Hauptkommissar Jürgen Engel von der Identifizierungskommission«.
»Wie ist Ihr Name?«
»Georg Dengler.«
»Einen Augenblick bitte.«
Hauptkommissar Engel hob den Hörer nach dem dritten Klingeln ab. Er schien sich zu freuen, Denglers Stimme zu hören. Vor vier Jahren hatten sie zusammen an dem Bericht über das Kaiserslauterer Attentat gearbeitet. Engel war damals zu der Ermittlungsgruppe der Amerikaner delegiert worden, die die Identifizierungsarbeiten an den Überresten von General Highcourt und seinem Fahrer durchführten. Die beiden Hauptkommissare fanden sich sympathisch, und jeder von ihnen nahm sich vor, nach Abschluss der gemeinsamen Arbeit das gute Verhältnis in einer Männerfreundschaft weiterzuführen, aber als der Bericht geschrieben war, übernahm jeder von ihnen neue Aufgaben, und sie verloren sich aus den Augen, doch blieb jedem eine angenehme Erinnerung an den anderen.
Nun, da beide einen Augenblick lang mit einem Anflug von Trauer der verpassten Freundschaft gedachten, entstand eine kleine Pause.
»Du hast deine Angewohnheit beibehalten, samstagmorgens deine liegen gebliebenen Sachen aufzuarbeiten«, sagte Dengler schließlich.
»Du scheinbar auch«, sagte Engel.
»Ich möchte dir ein paar Fragen zu dem Absturz der Lauda-Air am 26. Mai 1991 stellen«, sagte Dengler.
Engel zog hörbar die Luft ein: »Der schlimmste Einsatz meines Lebens.«

»Wie schlimm?«
»Ich kündigte danach. Fristlos. Ging einfach nach Hause zu meiner Familie. Saß nur rum. Trank. Soff wirklich alles, was mir unter die Finger kam, sogar Jägermeister. Nach vierzehn Tagen kam mein Chef und brachte mir die Kündigung zurück. Wäre er nicht gekommen, hätte mich meine Frau rausgeschmissen. Dann würde ich heute als irrer Obdachloser durch Wiesbaden schleichen und für einen Wermut Dienstgeheimnisse ausplaudern.«
Dengler fragte sich plötzlich, ob Engel wusste, dass er nicht mehr beim BKA arbeitete. Er beschloss, nichts dazu zu sagen.
»Was war so schlimm an dem Einsatz?«, fragte er stattdessen.
»Georg, ich weiß nicht, ob du dir das vorstellen kannst. 223 Leichen oder die Reste davon – über ein Gebiet von fünf Quadratkilometern zerstreut. Im Dschungel. Keine Gegend wie hier in unserem kultivierten Taunus. Da leben Tiere, große Tiere und kleine Tiere. Für die war das wie eine unverhoffte Eiweißspeisung.«
Er schwieg. Dengler hörte seinen Beinahe-Freund am anderen Ende der Leitung schwer atmen.
»Und überall lagen Sachen aus dem Flugzeug. Ich wurde von einem Offizier der thailändischen Armee zum Absturzort gebracht, in einem Jeep holperten wir über unbefestigte Fußwege, erst Reisfelder, dann wurde die Gegend hügeliger, und es gab keine Felder mehr, nur noch Dschungel. Zuerst sahen wir kleine Sachen, fingergroße Blechteile, aber auch Löffel oder Messer, Cateringsachen, oder einzelne Sitzpolster; und je näher wir der eigentlichen Absturzstelle kamen, desto größer wurden die Teile, die am Boden lagen, wir fanden Container, verbogene Armlehnen, Blechteile. Dann kamen wir zu dem Heck des Flugzeugs, zertrümmert, und überall waren schon Presseteams, Fernsehen, Blitzlichter. Plötzlich sah ich einen eleganten, hochhackigen Damenschuh, aus dem Knochen und abgerissenes Fleisch ragten. Man führte mich

herum, und ich stolperte über etwas Weiches und fuhr herum. Es war die Leiche eines Passagiers, einer Frau, ohne Arme und Beine. Weißt du, wie Leichengeruch riecht?«

»Ja.«

»Süßlich. Dieser Geruch waberte überall herum. Und dann waren da die Bewohner der umliegenden Orte, Frauen und Kinder, zu Hunderten, Georg, sie kamen und zogen durch die Gegend und nahmen alles mit, was sie brauchen konnten: Uhren, Ringe, Kleider, Schuhe, ich sah einige Jungs, die auf Bäume kletterten, diese Leute verbreiteten eine merkwürdige Stimmung, eine gedämpft fröhliche Atmosphäre, plauderten, und überall, wirklich überall streiften sie herum und sammelten irgendwelche Dinge ein, während die thailändischen Soldaten und Helfer Leichen aus dem Gebüsch bargen, mit unzureichenden Hilfsmitteln, am Anfang mit bloßen Händen.«

»Und dann Bangkok«, fuhr Engel fort, »die thailändischen Behörden waren natürlich nicht auf eine solche Situation vorbereitet. Es gab keine Möglichkeit, die Leichen zu kühlen. Nach vier Tagen war unsere Kommission vollzählig. Es waren drei zusätzliche Dentisten dabei. Die kotzten den ganzen Tag. Es war die Hölle, glaub mir.«

»Wie habt ihr die Leichen identifiziert?«

»Nun, das übliche Handwerk. Wichtig sind die Fingerabdrücke, soweit das möglich ist. Zahnstatus. Personenbeschreibungen, die wir miteinander vergleichen, Fotos, wenn vorhanden und dann Knochenuntersuchungen, um Alters- und Geschlechtsbestimmungen vorzunehmen.«

»Keine DNA-Analysen?«

»Nein, konnten wir 1991 noch nicht machen. Gab's erst in den Anfängen. Viel zu aufwendig.«

»Und ihr habt alle Leichen eindeutig identifiziert?«

»Nein, 27 Leichen konnten wir nicht mehr identifizieren. Drei Monate haben die Kommandos geschuftet. Es hat gedauert, aber wir hatten die Passagierliste. Wir wussten, wer

in der Maschine saß. Wir mussten die Leichen und die Leichenteile zuordnen.«
»Ihr fandet genauso viele Tote wie Passagiere?«
»Ja.«
»Jürgen«, Dengler zögerte einen Augenblick, »könnte es sein, dass einer der Passagiere jemand anders war als der, der auf der Passagierliste stand, irgendeiner?«
Der Mann am anderen Ende der Leitung schwieg.
Nach einer Weile fragte er: »Georg, du bist nicht mehr bei der Firma, oder?«
»Nein, ich bin selbstständig.«
»Und gebe ich jetzt gerade eine dienstliche Erklärung ab?«
»Nein, das tust du nicht. Dieses Gespräch bleibt unter uns.«
Engel schwieg.
Er sagte dann: »Wir haben unseren Job gemacht, so gut wir konnten. Es war der schwierigste meines Lebens.«
Er schwieg.
Dengler auch.
»Die Möglichkeit, die du gerade genannt hast, war für uns nicht relevant. Es ist unwahrscheinlich – aber ich kann es nicht ausschließen.«
»Erinnerst du dich an einen Passagier namens Paul Stein? Weißt du noch, ob man ihn zweifelsfrei identifizieren konnte?«
»An den Namen erinnere ich mich noch. Dunkel. Aber ich weiß nicht mehr, wie …«, er zögerte eine Weile, »… wie er ausgesehen hat.«
»Ich danke dir.«
»Saß ein falscher Mann in der Maschine?«
»Ich weiß es nicht. Wahrscheinlich nicht.«
»Sag mir Bescheid, wenn du etwas weißt.«
»Sicher«, sagte Dengler und legte auf.
Es war zwanzig nach acht.

19

Am Dienstag brachte Kerstin die ersten Zeitungen in die Wohnung. »So eine Scheiße«, rief sie und feuerte die *Süddeutsche* in den Papierkorb, »die schreiben, die Mafia sei am Werk gewesen. Oder die Stasi. Die denken nur an Geheimdienste. Wo verdammt nochmal hast du das Bulletin hingelegt?«
»Direkt neben den Campingstuhl.«
»Wieso haben sie das nicht gefunden? Wieso denken die, dass die Mafia oder die Stasi geschossen hat? Das war die RAF, die RAF, die RAF, verdammt nochmal.«
»Der Brief liegt bestimmt bei der Polizei, sie werden schon was drüber schreiben«, sagte Heinz und zog eine neue Packung Reval aus der Brusttasche seines Hemdes.
Die Stimmung sank auf den absoluten Tiefpunkt.
Die Abendnachrichten brachten endlich die Erlösung. Die Rote Armee Fraktion bekenne sich zu dem Attentat, war die erste Meldung der *Tagesschau*. Kerstin und Uwe rollten sich vor dem Fernseher zusammen, Heinz zog sich in das hintere Zimmer zurück. Dort blieb er zwei Tage, und Uwe und Kerstin bemerkten seine Anwesenheit in der Wohnung nur an dem gelegentlichen Rauschen der Toilettenspülung und an dem drückenden Gestank seiner Revals, der trotz geschlossener Tür in die anderen Räume drang.
»Was sagen die Leute in Leipzig und im Osten, dass der Tyrann tot ist?«, wollte Uwe wissen. Es gab keine Interviews aus Leipzig.
Am dritten Tag verließ Heinz sein Zimmer und erklärte, dass er nun fahren würde.
»Wir bleiben in Verbindung«, sagte er und gab Kerstin einen Zettel mit einer Telefonnummer, »das ist die Nummer von Klaus Steinmetz, der ist auch aus Wiesbaden. Kennt ihr ihn?«
Sie schüttelten die Köpfe.
»Er ist ein zuverlässiger Genosse. Die Nummer ist sauber.

Nehmt zu ihm Kontakt auf. Wir bleiben über ihn in Verbindung.«
Heinz nahm den Anglersack, in dem das Gewehr versteckt war, und steckte sich eine neue Reval an.
»Ich bring dich noch runter«, sagte Uwe.
»Sei vorsichtig«, sagte Kerstin.
Die beiden gingen die Treppen hinunter.
Als sie im Hausflur im Erdgeschoss standen, sagte Uwe: »Tut mir echt Leid, dass ich das mit dem Schießen nicht gepackt habe. Ich meine«, er stockte einen Augenblick, »dass du das selbst machen musstest.« Der Fahlgelbe knurrte irgendetwas zwischen den Zähnen hervor, das Uwe irrtümlich als Freundschaftsgeste deutete. Er ging auf ihn zu und wollte ihn in den Arm nehmen.
Heinz zuckte zurück, als habe ihn ein giftiges Insekt gestochen.
Er starrte Uwe an und dachte: Wir müssen ihn umlegen. Wenn wir dieses kleine Arschloch eines Tages hochnehmen, müssen wir ihn umlegen.
Dann ging er.

20

Bei dem zweiten Gespräch des Tages hörte er Marios verquollene Stimme am anderen Ende der Leitung.

»Georg, um Himmels willen, warum rufst du mitten in der Nacht an? Du willst doch nicht unser Essen heute Abend absagen?«

»Nein, entschuldige, ich wusste nicht, dass du noch schläfst. Es geht nur um eine Frage.«

»Ich hatte Gäste bis um vier in der Früh, im St. Amour. Bin noch voll fertig. Eine schwierige Frage?«

»Nein. Ganz kurz: Du bist doch oft nach Thailand geflogen. Wie ist der Flughafen in Bangkok organisiert, funktioniert er, ist er pünktlich?«

»Bangkok? Pünktlich? Machst du Witze? Ich bin von dort höchstens ein oder zwei Mal pünktlich abgeflogen.«

»Was machen die, wenn ein Flugpassagier nicht erscheint?«

»Früher haben sie Stand-by Leute an Bord geholt. Ich bin auch oft so geflogen. Du gehst an den Flughafen und wartest, dass ein Platz nicht besetzt ist, der Passagier nicht erscheint. Dann nimmst du den Platz und bezahlst nur den Bruchteil des Flugtickets. Früher bin ich oft einfach an den Stuttgarter Flughafen gegangen, und dann bin ich gerade dorthin geflogen, wo ein Platz in irgendeiner Maschine frei war. Aber ob es das heute noch gibt, weiß ich nicht.«

»Danke Mario, du hast mir geholfen, tut mir Leid, dass ich dich geweckt habe.«

»Sei heut Abend um sechs da«, sagte Mario und legte auf.

***

Nach dem Gespräch mit Mario schaltete er seinen Rechner ein und fuhr das Betriebssystem hoch. Er loggte sich ins Netz ein und rief die Google-Suchmaschine auf, mit der er die Homepage des Internationalen Roten Kreuzes in der Schweiz fand. Mit wenigen Mausklicks fand er die Seiten mit vermissten Personen.

Seit er die Anwendung das letzte Mal benutzt hatte, 1995 im BKA, als er einen untergetauchten Bauunternehmer suchte, hatte sich die Homepage des IRK zu ihrem Vorteil verändert. Er brauchte nun nicht mehr Seite für Seite zu blättern, sondern es gab eine bequeme Suchmaschine, in der er das Jahr eingeben konnte und auch den Ort oder das Land, von dem er die Vermisstenanzeigen sehen wollte. Er tippte »1991« ein und »Bangkok«, und sein Rechner listete ihm acht vermisste Personen auf, darunter jedoch nur zwei Europäer, ein Spanier und ein Brite, der erste 18 und der zweite 32 Jahre alt. Kein Deutscher oder Österreicher.

Er klickte sich zurück zur Eingabemaske und tippte »1991« und »Thailand« ein. Jetzt meldete ihm das Internationale Rote Kreuz 35 vermisste Personen, darunter neun Europäer.

Dengler lehnte sich in seinem Sessel zurück. Die Uhr zeigte schon halb neun, und dieser Tag schien nicht hell zu werden. Schwere schwarze Wolken hingen über der Stadt und entließen Schwaden kalter Feuchtigkeit, die die Menschen frösteln ließen. Sie vermummten sich und wappneten sich innerlich gegen die gebrochenen Versprechen des Frühlings.

Dengler sah zum Fenster hinaus auf das feuchte Pflaster der Straße und dachte nach. War er nun klüger? Er nahm die beiden Blätter und las seine Aufzeichnungen.

War Paul Stein in dem Flugzeug?

Er fügte eine weitere Möglichkeit hinzu:

Es war jemand anderes in der Maschine?

Könnte Paul Stein sein Ticket an jemanden abgegeben haben?

Er müsste mehr über Paul Stein erfahren.

In diesem Augenblick klingelt das Telefon.

»Hier spricht Christiane Stein«, sagte eine selbstbewusste weibliche Stimme.

»Guten Morgen«, sagte Dengler, »ich arbeite gerade an dem Fall Ihres Vaters.«
»Es gibt keinen Fall meines Vaters. Wir ziehen unseren Auftrag zurück und möchten die 2000 Euro zurück.«
»Ich habe den Auftrag von Ihrem Freund und nicht von Ihnen.«
»So, hat er irgendwas unterschrieben?«
Ihre Stimme klang kühl und klar.
»Nein«, sagte Dengler, »aber eine mündliche Vereinbarung gilt genauso wie eine schriftliche.«
»Haben Sie einen Zeugen dafür, dass es eine mündliche Vereinbarung gibt?«, fragte die Frau.
»Nein.«
»Sehen Sie, es gibt keinen Auftrag. Ich komme jetzt zu Ihnen und hole das Geld wieder ab. Wo ist Ihr Büro?«
»Kennen Sie das *Basta* in der Wagnerstraße?«
»Klar.«
»Dort bin ich in einer halben Stunde.«
»Fein«, sagte die Frau, »vergessen Sie das Geld nicht.«
»Hatte die Maschine in Bangkok Verspätung?«
»Bitte?«
»Die Frage ist doch nicht so schwer zu verstehen: Ihr Freund sagte mir, dass Sie alle Informationen über den Absturz gesammelt haben. Es wäre wichtig zu wissen, ob die Boeing mit Verspätung aus Bangkok abflog.«
»Das weiß ich nicht. Warum soll das wichtig sein?«
»Es gibt eine Möglichkeit«, sagte Dengler. Er kratzte sich am Kinn, und dabei fiel ihm auf, dass er sich noch nicht rasiert hatte.
Er sagte: »Ich bin mir noch nicht darüber im Klaren, wie hoch diese Möglichkeit einzuschätzen ist, aber es könnte jemand anderes in der Maschine gesessen haben.«
»Ich komme sofort«, sagte die Frau und hängte auf.
Dengler ging ins Bad. Er nahm seinen alten Philishave, dessen Klingen er längst hätte erneuern müssen, denn neuer-

dings rissen sie ihm eher die Barthaare heraus, als dass sie sie abschnitten, und fuhr sich mit dem alten Gerät vorsichtig die rechte Wange entlang.
Wollte er den Auftrag wieder abgeben? Dies war sein erster Fall, er versprach interessanter zu werden, als er ursprünglich angenommen hatte. Mittlerweile interessiert es mich, ob dieser Typ in dem Flugzeug gesessen hat oder nicht. Wahrscheinlich ist die Lösung ganz banal, der Kerl kam zu spät, und das Flugzeug flog auch verspätet ab, sodass alles wieder zusammenpasst. Aber man sollte es schon genau wissen. Ob ich Engel noch einmal anrufen und ihn fragen soll, ob er mir eine Kopie des Abschlussberichtes schickt? Das wird er sicherlich nicht machen, aber ich könnte ihn bitten, zu recherchieren, wie die Leiche von Paul Stein aussah. Andererseits müsste die Tochter das auch wissen, vielleicht hat sie ihn ja identifiziert. Wenn nicht sie, dann irgendjemand anderes.
Andererseits, wenn Christiane Stein genauso kurz angebunden bleibt wie am Telefon, werde ich nicht um den Fall betteln, dann ziehe ich eine Stunde Aufwand ab, und die Sache ist erledigt.
Aber schade wäre es schon.
Um das Geld.
Und um die ungeklärte Frage.
Der alte Philipsrasierer fräste sich an der rechten Kinnhälfte durch seinen Drei-oder-doch-schon-ein-paar-Tage-älteren-Bart und gab unvermittelt einen Pfeifton von sich und raste dann im Leerlauf weiter. Die Schneidköpfe rührten sich jedoch nicht mehr, aber hingen in seinen Barthaaren fest. Dengler fluchte und entfernte die runden Scherköpfe von dem Gerät, sodass sie an seinem Kinn hingen wie glitzernde Blutegel. Mit der Nagelschere schnitt er nun die Bartstoppeln ab, die sich in dem silbernen Gehäuse verfangen hatten. Er sah in den Spiegel. In dem dunklen Gesichtsschatten führte eine breitere Spur vom Kinn bis zum rechten Ohr.
Dengler setzte die Schneiden erneut auf das Gerät und

schaltete es an. Ohne Erfolg, der Motor lief, aber er trieb die Scherköpfe nicht mehr an. Mist! Sein Nassrasierzeug war in einer der Umzugskisten. Also ging er in den kleinen Raum und machte sich auf die Suche. Bis er das Notwendige gefunden und sich rasiert hatte, war mehr als eine halbe Stunde vorbei. Er ging hinunter ins *Basta*.
An den kleinen Tischen hinter dem Fenster saßen nur wenige Personen. Ein jüngerer Mann, um die zwanzig, hockte trübsinnig vor einem Glas Weizenbier. Er hatte kurze stoppelige Haare, deren Spitzen mit Gel zu pfeilartigen Borsten geformt waren, und er trug ein weißes T-Shirt mit dem Aufdruck »Ich möchte Teil einer Jugendbewegung sein«. Am Tisch daneben erklärten zwei Männer in Anzügen um die dreißig einem dritten, wie er seinen Lexmark-Drucker anschließen könne.
Christiane Stein saß an dem kleinen Tisch am Fenster und rührte in einem Milchkaffee. Sie trug einen braunen Hosenanzug und einen beigen Rollkragenpullover. Blonde, offene Haare fielen ihr bis auf die Schulter. Sie hatte schmale, fast zarte Augen und etwas zu flächige Wangen. Als sie Dengler auf sich zukommen sah, zerknüllte sie eine Papierserviette und warf sie mit einer achtlosen Bewegung auf den Tisch. Dann stand sie auf und reichte Dengler die Hand. Sie fühlte sich weich und warm an.
Dengler bestellte einen doppelten Espresso mit etwas Milch.
»Mein Freund gab Ihnen einen Ermittlungsauftrag, ohne dies vorher mit mir zu besprechen. Er wollte mir einen Gefallen tun, sicher – aber das Letzte, was ich möchte, ist, dass jemand Fremdes in meinen Angelegenheiten herumstochert.«
»Ein Privatdetektiv, zum Beispiel.«
»Zum Beispiel.«
»Mm.«
»Ich bemühe mich«, sagte sie, »in dieses Unglück, das mich immer noch sehr belastet, niemanden hineinzuziehen. Es

geht nur mich etwas an. Meinem Partner, also Hans-Jörg, erzählte ich davon, vielleicht zu viel.«
Sie sah ihn an und Dengler bemerkte, dass sie dunkelblaue Augen hatte. Was für ein merkwürdiges Wort »Partner« doch ist, für einen Menschen, den man liebt. Es klingt nach einer Gesellschaft, die eine Firma gründet. Vielleicht sind die meisten Ehen so etwas Ähnliches. Hatte er Hildegard jemals seine Partnerin genannt, als sie sich noch liebten? Er wusste es nicht, aber er hoffte, dass er es nicht getan hatte. Er sah Christiane an und ertappte sich bei der Frage, ob sie wohl gefärbte Kontaktlinsen trug. Ich habe noch nie jemanden mit einer solchen Augenfarbe gesehen, dachte er.
»Wissen Sie, ob das Flugzeug pünktlich gestartet ist?«, fragte er.
»Die Maschine startete um 23:30 Uhr Ortszeit in Bangkok und sollte um 5:10 Ortszeit in Wien landen«, sagte sie. Es klang mechanisch, wie auswendig gelernt.
»War dies auch der offizielle Abflugtermin?«
Sie blickte ihn an: »Wie meinen Sie das?«
»Na, das ist doch nicht so schwer. War die Maschine pünktlich? Stand 23:30 Uhr auf dem Flugplan? Anhand der Zeitungsausschnitte, die Ihr …, äh, Ihr Partner mir mitgab, konnte ich diese Frage nicht klären.«
»Es ist merkwürdig«, sagte sie und sah ihn verwundert an, »ich habe alle Informationen über den Absturz gesammelt, aber diese Frage kann ich Ihnen nicht beantworten. Ist sie wichtig?«
»Ja, wenn die Maschine Verspätung hatte, dann bestände die Möglichkeit, dass Ihr Vater in dem Flugzeug saß, obwohl er Sie vorher angerufen hat. Stellen Sie sich vor: Er ist spät dran, denkt, dass die Maschine schon weg ist, und ruft Sie an. Dann hört er, wie sein Name aufgerufen wird, und sprintet zum Flugzeug. War jedoch die Maschine pünktlich, so ist es sehr viel wahrscheinlicher, dass er sie wirklich verpasste, aber dann stellen sich andere Fragen.«

Als sie schwieg, fragte er: »Ihren Vater – wer identifizierte ihn? Sie?«
»Ja, meine Mutter und ich. Lauda Air brachte uns nach Bangkok. Ein gespenstischer Flug, beladen nur mit den Angehörigen der Toten, einem Gerichtsmediziner und zwei Terroristenjägern aus Wien, die sich im Flugzeug betranken.«
»Und – haben Sie die Leiche identifiziert?«
»Wir waren noch völlig übernächtigt von dem langen Flug, mehrere hundert blasse Menschen, die sich bemühten, gefasst zu sein, vor dem, was jetzt gleich auf sie zukommen würde. Landung. Bustransfer. Dann brachten uns einige Polizisten in eine Halle im gerichtsmedizinischen Institut in Bangkok, und dort wurden wir zunächst von einem österreichischen Beamten der Staatsanwaltschaft belehrt, warum die folgende Prozedur sein müsse, dass ohne Identifizierung der Staat nicht ...«
Sie starrte auf den Tisch.
Dann fuhr sie fort: »Danach führten uns Beamte des thailändischen Innenministeriums zu einer Wand und dort ...«
Christiane Stein atmete einmal kräftig ein: »Dort hingen Fotos, von Leichen ... viele bis zur Unkenntlichkeit verstümmelt oder völlig verbrannt, entsetzliche Bilder, mit Reißnägeln an dieser Wand festgemacht. Und sie gaben uns Listen. Da stand dann drauf: ›Ein Ehering mit der Gravierung *Für Magda*‹ oder ›Ein Schuh, Marke Salamander, braun, Größe 44‹. Wir fanden die Reste seines grünen Stoffkoffers. An einer Seite verkohlt. Den Inhalt hatten sich wahrscheinlich Plünderer geholt, nur für eine braune Mappe hatten sie keine Verwendung, dort hob mein Vater Fotos auf, Fotos von meiner Mutter ... und von meiner Schwester und mir.« Sie sah ihn an.
»Die Fotos waren vollkommen unversehrt«, sagte sie, »ich ... ich war gerade sechzehn geworden.« Sie schluckte und bemühte sich, die aufkommenden Tränen zu unterdrücken: »Es waren meine Geburtstagsfotos.«

»Und die Leiche selbst sahen Sie nicht?«
Sie schüttelte den Kopf.
»Und auf den Fotos? Haben Sie Ihren Vater erkannt?«
Sie schüttelte wieder den Kopf.
Dengler sagte: »Ich weiß, dass nicht alle Leichen zweifelsfrei identifiziert wurden, und es kann sein, dass jemand anderes, der Stand-by von Thailand nach Wien flog, auf dem Platz Ihres Vaters saß. Es gibt einige Europäer, die in Thailand um dieses Datum herum vermisst werden. Diese Möglichkeit kommt nur in Betracht, wenn die Maschine pünktlich war. Verstehen Sie nun meine Frage?«
Sie sah zum Fenster hinaus. Es regnete mittlerweile, erstaunlich aufgedunsene Tropfen zerplatzten auf dem Pflaster. Kleine Bäche bildeten sich am Rand der Straße und flossen irgendwo hin. Immer noch war es dunkel.
»Vielleicht habe ich ihm unrecht getan«, sagte sie.
»Ihrem Vater?«
»Nein. Hans-Jörg. Dafür, dass Sie noch keine vierundzwanzig Stunden über die Sache Bescheid wissen, haben Sie viel herausbekommen.«
Sie zögerte einen Augenblick: »Glauben Sie, dass es eine Chance gibt, dass mein Vater nicht in dem Flugzeug saß?«
»Eins zu tausend.«
Sie stand auf und sagte: »Dann machen Sie weiter. Ich nehme den Auftrag nicht zurück.«
»Gut, aber dann muss ich viel mehr wissen, als in den Unterlagen steht, die Herr Mittler mir gab.«
Sie setzte sich wieder.
»Was wollen Sie wissen?«
»Alles über Ihren Vater. Alles, was Sie über ihn wissen und noch viel mehr.«
»Fragen Sie!«
Dengler nahm sein Notizbuch aus der Innentasche seines Jacketts.
»Wie alt war Ihr Vater beim Absturz der Maschine?«

»Fünfundfünfzig.«
»Was machte er?«
»Beruflich?«
»Ja.«
»Er arbeitete für die Treuhand.«
Dengler sah sie überrascht an.

21

Vor dem Fernseher zusammengekauert, wohnten Kerstin und Uwe der großen Bewusstseinsoperation bei. Alle Politiker, die zu dem Attentat befragt wurden, sprachen sofort über die Demonstrationen in Leipzig.
Die *Tagesthemen* brachten ein Interview mit dem sächsischen Innenminister. Er blickte ernst in die Kamera und erklärte, dass man nicht für die Ziele der Mörder demonstrieren dürfe, und verlangte, dass die Montagsdemonstrationen in Leipzig ausgesetzt werden. Dezenter, aber in die gleiche Richtung sprach der brandenburgische Ministerpräsident Stolpe: »Politische Schaukämpfe, Schuldzuweisungen und das Aufbauen von Buhmännern lösen keine Probleme.«
Der CSU-Generalsekretär Huber forderte die Kritiker der Treuhand auf, keine weiteren Emotionen wegen der schlechten sozialen Lage zu schüren. In der *Frankfurter Rundschau* lasen sie, der Chef der Industriegewerkschaft Chemie fordere, vorerst nicht mehr auf die Straße zu gehen.
Kerstin versäumte keine Nachrichtensendung. Sie kaufte alle Zeitungen, und um die *WELT* zu erstehen, wagte sie sich sogar an den Düsseldorfer Hauptbahnhof. Je mehr Sendungen sie sah und je mehr Zeitungen sie las, desto schweigsamer wurde sie.
»Was ist eigentlich los mit dir?«, wollte Uwe eines Abends wissen, als sie bereits auf den Matratzen lagen.
Sie flüsterte: »Wir haben der Sache den Todeskuss gegeben.«
Am nächsten Tag meldete die *Tagesschau*, dass sich an der größten geplanten Demonstration, die die Proteste zusammenfassen sollte, immer weniger Leute beteiligen wollten. Die IG Metall hatte neunhundert Busse bestellt und bekam nur hundertvierundachtzig voll.
»Uwe«, flüsterte Kerstin in der Nacht, »weißt du, was ich manchmal denke?«

Uwe schwieg.
»Alle Welt dachte am Anfang, unsere Aktion sei von den Resten der Stasi durchgeführt worden.«
Nun schwiegen beide.
»Wenn die aufgelöste Stasi zu einer solchen Aktion fähig wäre, dann müsste es doch ein westlicher Geheimdienst erst recht sein«, flüsterte sie.
»Das darfst du nicht einmal *denken*«, murmelte Uwe.
»Hast du noch die Telefonnummer von dem Genossen Steinmetz, die Heinz dir gegeben hat?«
Uwe nickte still, und das Schweigen gesellte sich zu ihnen wie ein ungebetener Gast. Sie hielten einander fest und fühlten sich verloren wie noch nie.
Am nächsten Tag kaufte Kerstin bei Saturn einen Computer und einen Nadeldrucker.
Sie studierte alle Nachrufe auf den Präsidenten. Aus einem Artikel der *WELT* erfuhr sie zum ersten Mal, dass er Sanierer des Hösch-Konzerns gewesen war. »Brutaler Sanierer«, tippte sie in den Rechner.
Sie fühlte sich elend.
Und wütend.
Uwe lag den ganzen Tag auf der Matratze und schob eine Depression. Kerstin dagegen musste sich ihre elende Lage vom Leib schreiben. Der Präsident habe »bei Hösch innerhalb von wenigen Jahren mehr als zwei Drittel aller ArbeitnehmerInnen rausgeschmissen und den bankrotten Konzern zu neuen Profitraten geführt«, hämmerte sie in die Tastatur, obwohl viele Medien erwähnten, dass er keinen einzigen Arbeiter »rausgeschmissen« habe, sondern in Zusammenarbeit mit Betriebsräten und IG Metall einen Sozialplan entwickelte, der zum Ausscheiden älterer Mitarbeiter führte, denen 90 Prozent ihres Nettoeinkommens bis zur Rente garantiert wurden.
»Kapitalstrategen wie ihm geht es darum, auch die Bedingungen für den Angriff auf die Seele der Menschen und ihre

tiefe Deformierung, die sie voneinander isoliert und scheinbar unüberwindliche Mauern zwischen ihnen aufbaut, zu schaffen«, schrieb sie. Dann legte sie sich zu dem zitternden Krems.

Am nächsten Morgen schickte sie ihren Brief an *dpa Düsseldorf.*

Etwas anderes entging ihrer Aufmerksamkeit. Bereits am Dienstag traf sich, wie vom Präsidenten einberufen, der Verwaltungsrat der Treuhand. Er veröffentlichte ein Dokument, das als »Testament Rohwedders« durch die Medien kursierte und das vor allem den Satz »Privatisierung ist die beste Sanierung« herausstellte. Es war dies zwar das genaue Gegenteil der Absicht des Präsidenten, aber es gab die neue Richtung der Treuhand an.

Das große Fressen begann, der Osten wurde zerstückelt – ernst zu nehmenden Widerstand gab es nicht mehr.

22

»Na ja, nicht richtig für die Treuhand«, sagte Christiane Stein, »eigentlich war er immer an der Uni tätig, in Innsbruck. Er war Wissenschaftler, Professor für Politische Ökonomie, und beschäftigte sich mit Wirtschaftsfragen. Er war von der Uni an die Treuhand nach Berlin gewissermaßen ausgeliehen worden. Er hatte wohl einen Zeitvertrag dort.«
»Was machte er in Bangkok?«
»Er traf dort seinen früheren Institutsleiter. Zusammen wollten sie nach Wien zurückfliegen.« Sie sah ihn an, und er beobachtete, wie sich Tränen in den tiefblauen Augen sammelten. Sie wandte den Blick nicht ab.
»Wie finden wir heraus, ob die Unglücksmaschine pünktlich startete?«, fragte sie ihn.
»Wir finden es heraus«, sagte Dengler, und er bemühte sich, Wärme in seine Stimme zu legen.
»Was für ein Mensch war Ihr Vater?«, fragte er, um sie abzulenken.
Mit einer schnellen Handbewegung wischte sie die Tränen aus den Augen.
»Herzensgut war er. Ein Idol – für mich, so etwas in dieser Richtung. Obwohl er nicht viel Zeit für uns hatte. Er wusste immer etwas Kluges, etwas Bedeutendes zu sagen, ohne dass es belehrend klang, verstehen Sie? Gebildet war er und sehr katholisch.«
»Katholisch?«
»Ja, katholisch, aus Überzeugung. Nicht diese Art von engstirnigem und engherzigem Katholischsein, wenn Sie wissen, was ich meine.«
»Ich weiß nicht«, sagte Dengler, »ich war selber katholisch. Aber ich befürchte, ich kenne nur die engherzige Version.«
»Sind Sie es noch?«, fragte sie.
»Katholisch? Nein.«

»Ich auch nicht mehr. Aber mein Vater war es auf eine aufgeschlossene Art. Er liebte meine Mutter wie ein junger Mann, über all die Jahre, und wir, meine Schwester und ich, wir waren der Mittelpunkt der Familie, wir waren ihr Sinn, irgendwie, verstehen Sie, was ich ausdrücken will – die Nachricht von seinem Tod war wie ein böses Erwachen aus einem schönen Traum.«

»Erzählen Sie mir von seinem Anruf.«

»Ich wollte ihn morgens um fünf Uhr in Wien auf dem Flughafen abholen. Meine Mutter stammt aus Hamburg, sie besitzt dort die Wohnung ihrer Eltern. Ich lebte damals in einem Internat in Wien. Mutter wollte mit dem ersten Flug nach Wien kommen. Es war geplant, dass sie ein paar Tage dort blieben, dann wollte Vater wieder nach Berlin.«

»Zur Treuhand.«

»Ja, zu seinem Büro in der Treuhand – abends, frühabends rief er an und sagte mir, dass er zu spät auf dem Flughafen angekommen sei, die Maschine sei schon weg, er würde die nächste nehmen und noch einmal anrufen. In der Nacht rief meine Mutter an und berichtete von dem Unglück, und ich beruhigte sie, dass Vater nicht in der Maschine gesessen habe. Aber schlafen konnte ich nicht mehr. Sie rief dann am Morgen wieder bei mir an und sagte, dass Vater doch in der Maschine gewesen wäre. Ich hab's nicht geglaubt, und vielleicht ist es mein Fehler, dass ich es immer noch nicht glaube.«

»Wissen Sie die exakte Uhrzeit des Anrufs? Sind Sie sicher, dass Ihr Vater tatsächlich nach Abflug der Maschine anrief?«

»Sie meinen die Uhrzeit – auf die Minute genau?«

»Ja, auf die Minute genau.«

»Nein, ich weiß nur noch, dass es etwa sechs Uhr war, vielleicht aber auch sieben Uhr.«

»Eine unangenehme Frage, trotzdem: Können Sie sich vorstellen, dass Ihr Vater seine Familie, seine Frau verlassen wollte?«

Er erwartete empörten Protest, aber sie schaute ihn müde an.
»Glauben Sie, das hätten wir uns nicht auch gefragt? Nicht nur einmal, hundert Mal, tausend Mal!«
»Und?«
»Undenkbar.«
»Undenkbar?«
»Ja, wirklich undenkbar.«
»Ich werde herausfinden, ob die Maschine Verspätung hatte. Dann rufe ich Sie an.«
Christiane Stein nickte und stand dann auf. Jetzt konnte sie die Tränen nicht mehr aufhalten. Er legte seine Hand auf ihren Arm und wartete.

***

Dengler ließ sich von der Auskunft die Telefonnummer der Lauda Air in Wien geben. Er stellte seine Frage. Wurde mit der Pressestelle verbunden. Eine weibliche junge österreichische Stimme vibrierte vor Misstrauen. Warum er das wissen wolle. Er erklärte ihr es knapp. Das könne sie nicht sagen. Ob sie ihn am Montag zurückrufen könne. Oder – er habe doch sicher ein Fax. Sicher. Dengler gab ihr seine Telefon- und Faxnummer.
Anruf beim Flughafen Bangkok. Wieder landete er in der Pressestelle. Man weiß es nicht mehr. Es ist doch so viel Zeit vergangen seither, oder? Rufen Sie mich zurück, wenn Sie etwas in Erfahrung bringen.
Internet. Google.de. Die Suchmaschine kann ihm bei dieser Frage auch nicht helfen.
Noch ein Anruf beim BKA. Jürgen nahm nicht ab. Er war wohl schon nach Hause gegangen. Dengler hinterließ auf seinem Anrufbeantworter die Bitte um Rückruf und seine Telefonnummer.

Vielleicht sollte er nicht mehr so oft im Amt anrufen. Dengler spürte, die Erinnerung kehrte zurück wie ein böser Traum. Er hatte den Mord an dem Präsidenten nicht aufklären können. Im Grunde, dachte er, seit Scheuerle mir die Kommission Düsseldorf übergab, habe ich keine einzige der grundlegenden Fragen klären können.

Plötzlich griffen die tausend Mal gedachten Gedanken erneut nach ihm: Warum feuerte der Mörder drei Mal? Der erste Schuss war ein Profischuss. Absolut tödlich – über sechzig Meter in den Rücken des Präsidenten gesetzt und genau die Stelle getroffen, die vier Lebensstränge zerstörte: das Rückgrat, die Aorta, die Speise- und die Luftröhre. Es war ein Schuss, der Erfahrung, Training und umfassende anatomische Kenntnisse voraussetzte.

Wo konnten die Terroristen diese Fertigkeiten erworben haben?

Als der Präsident zu Boden fiel, setzte der Attentäter die Waffe nicht ab, sondern wartete. Er sah durch das Zielfernrohr die Frau seines Opfers ins Zimmer stürmen und verletzte sie mit einem zweiten Schuss am Ellenbogen.

Warum?

Als die verletzte Frau aus dem Zimmer floh, schoss der Täter noch einmal und setzte das dritte Geschoss ins Bücherregal.

Warum?

Was sagen die beiden letzten »sinnlosen« Schüsse? War der Täter nervös? Schießwütig? Dem widersprach das stundenlange geduldige Warten, bis der Präsident ihm endlich den Rücken zuwandte. Der präzise erste Schuss. Beides deutete – und wieder stockte Denglers Atem, wie damals, als er den Gedanken zum ersten Mal dachte: Beides deutete auf eine langjährige militärische Ausbildung hin.

Aber die beiden folgenden amateurhaften Schüsse. Sie passen nicht zu einem Profi! Irgendwann nahm die Lösung von seinem Hirn Besitz wie ein bösartiges Virus: Sollten die beiden sinnlosen Schüsse den professionellen, ja militärischen Charakter des ersten Schusses vertuschen?

Überprüfen!
Gab es in den einschlägigen Dateien Reserveoffiziere mit Einzelkämpferausbildung? Hatten einige bei den Fallschirmspringern in Calw gedient? Keine positiven Ergebnisse.
Nächste Spur.
Warum setzte jemand die Sicherheitsstufe in Düsseldorf herab? Dengler begann damit, Beamte des Landeskriminalamtes zu befragen, und wurde innerhalb des gleichen Tages von Scheuerle zurückgepfiffen.
Nächste Spur.
Warum stand in dem Bekennerschreiben am Tatort nicht der Name des Opfers? Stattdessen nur allgemeines, schwer verständliches Zeug über die Notwendigkeit des Kampfes gegen den Imperialismus? Die nahe liegende Antwort: Kannten der oder die Schreiber den Namen ihres Opfers noch nicht, als sie den Text schrieben?
Weiter!
Warum warteten die Mörder, bis der Präsident im oberen Stockwerk am Fenster zu sehen war? Wussten sie, dass in den Fenstern des Erdgeschosses kugelsicheres Glas montiert war? Und im Stock darüber nicht? Wie können sie dies erfahren haben?
Nächste Spur.
Warum traf ein konkreteres Bekennerschreiben erst einige Tage nach dem Attentat ein? Doch auch dieses Schreiben wimmelte von Fehlern. Konnte es sein, dass die Täter trotz der sorgfältigen Planung des Mordes es »versäumt« hatten, sich einfache, öffentlich zugängliche Informationen über den Präsidenten zu beschaffen?
Er konnte es sich nicht vorstellen.
Damals nicht und heute nicht.
Dengler stand auf und strich sich mit einer schnellen Geste einige Haare aus der Stirn. Es war vorbei. Niemand würde diese Fragen je beantworten!

Das Schrillen des Telefons erlöste ihn von seinen Gedanken.
»Dengler.«
»Hier spricht Anton Föll.«
»Wer?«
»Anton Föll. Erinnern Sie sich nicht? Wir haben uns gestern gesehen. Wegen meiner Frau. Und der Anzeige. Ich wollte nur wissen, ob Sie schon etwas unternommen haben?«
»Ja, aber ich habe noch kein Ergebnis, Herr Föll. Ich rufe Sie an, wenn ich etwas weiß.«
»Isch gut.« Der Mann zögerte.
»Es ist nur so«, sagte er dann, »man merkt ihr gar nichts an. Wenn sie diese Anzeige aufgegeben hätte, müsste man ihr doch irgendetwas anmerken, oder?«
»Merkt man Ihnen denn an, dass Sie einen Privatdetektiv beauftragt haben, Herr Föll?«
»Ich bin schon ziemlich aufgeregt. Und die Susanne hat das auch gemerkt. Ob ich was habe, hat sie gefragt, ich sei so nervös!«
»Ich hoffe, dass ich bald etwas weiß.«
Dann legte er auf.
An die untreue Susanne hatte er nicht mehr gedacht. Er loggte sich in Yahoo ein, gab den Namen *Kranker_Doktor* ein und das Passwort *Altglashütten.*
Sie hatte noch nicht geantwortet.
»Jürgen Engel hier, ich habe gerade meinen Anrufbeantworter im Amt abgehört. Ich soll dich zurückrufen.«
»Ich habe zwei Fragen an dich. Darf ich sie stellen?«
»Klar.«
»Die erste Frage ist fast schon beantwortet, aber ich stelle sie dir trotzdem: Konntet ihr den Passagier Paul Stein identifizieren?«
»Und die zweite Frage?«
»Weißt du, ob die Lauda Air beim Abflug aus Bangkok Verspätung hatte?«
»Für die erste Frage muss ich in unserem Abschlussbericht

nachgucken. Der liegt im Archiv. Das kann also ein, zwei Tage dauern. Und die Antwort auf die zweite Frage weiß ich nicht.«
»Du rufst mich wieder an, wenn du im Archiv warst?«
»Ja, mach ich – aber du hängst unsere Telefonate nicht an die große Glocke?«
»Quatsch – sicher nicht.«
»Bis dann.«
»Bis dann.«

***

»Christiane Stein, guten Tag«
»Hier spricht Georg Dengler, guten Tag.«
»Oh, hallo, wie geht es Ihnen?«
»Gut. Danke. Ich muss Sie zwei Dinge fragen.«
»Fragen Sie.«
»Haben Sie oder Ihre Mutter noch die Kontoauszüge Ihres Vaters? Hat er auf dem Bangkoker Flughafen Geld von seinem Konto abgehoben? Oder kurz vor oder kurz nach dem Absturz?«
»Da muss ich Mutter anrufen. Ich glaube, sie hat die meisten Unterlagen weggeworfen. Wie lautet die zweite Frage?«
»Besaß Ihr Vater Kreditkarten oder Travellerschecks?«
»Auch das muss ich meine Mutter fragen. Ich rufe Sie zurück, so schnell ich kann.«
»Ich danke Ihnen.«
»Ich danke Ihnen auch.«
Es klopfte an der Tür.
»Herein?«
Martin Klein steckte den Kopf durch die Tür.
»Darf ich hereinkommen?«
»Ja, bitte!«
Klein betrat vorsichtig die Wohnung. In der Hand hielt er ein Blatt Papier, das er Dengler entgegenschwenkte.

»Ich habe gute Nachrichten für Sie«, sagt er zu ihm.
Dengler sah ihn fragend an.
»Ab morgen wird sich Ihre finanzielle Situation deutlich verbessern. Es wird in den meisten Horoskopen so stehen.«
»Aber nur in den Frauenzeitschriften.«
»Ja, leider nur in den Frauenzeitschriften, aber vergessen Sie die Tageszeitungen nicht.«
Er kam zu Denglers Schreibtisch und ließ sich in den blauen Sessel fallen.
»Ich hatte das Gefühl, ich bin Ihnen noch etwas schuldig. Deshalb schrieb ich Nettes in die Widder-Horoskope für morgen. Es war wohl nicht richtig, dass ich Olga von der Sache mit der Kontaktanzeige erzählt habe. Jeder konnte merken, dass Ihnen das nicht recht war. Es tut mir Leid. Manchmal bin ich zu schwatzhaft. Das ist mein größter Fehler.«
Er hob die Arme und ließ sie wieder fallen, dabei blinzelte er Dengler über seine Brille hinweg an, um den Erfolg dieser Geste zu prüfen. Dengler lachte; Klein konnte er nicht böse sein, zumindest nicht lange.
»Was hat Olga eigentlich an ihrer Hand?«
»Böse Sache«, sagte Klein, »ihr Zeigefinger ist so gestreckt worden, dass das mittlere Gelenk kaputt ist.«
»Kaputt?«
»Ja, der Finger springt aus dem Gelenk. Sie erträgt große Schmerzen, die Arme. Ihr Arzt will sie operieren, aber sie schiebt es vor sich her.«
»Wer streckte ihren Zeigefinger?«
»Ich weiß es auch nicht. Rumänische Gepflogenheiten. Man möchte die als Mitteleuropäer gar nicht alle kennen lernen.«
»Seltsam.«
»Genau – seltsam.«
»Ich möchte Sie etwas fragen«, sagte Dengler, »aber ich muss sicher sein, dass Sie es für sich behalten.«
Klein beugte sich vor, seine Augen schienen größer geworden zu sein.

»Sicher, sicher – ich kann auch verschwiegen sein.«
»Wie ein Grab?«
»Nein«, Klein imitierte ein angeekeltes Gesicht, »schweigsam wie ein Grab – das ist ein abgegriffenes Klischee, das würde ich weder in einem Kriminalroman noch in einem Horoskop verwenden.«
Er lehnte sich in dem Sessel zurück und zog sein Gesicht in Falten.
»Ich würde sagen … schweigsam wie …«
Er lehnte sich noch weiter im Sessel zurück, sodass die Stuhlbeine sich gefährlich weit vom Boden hoben, gleichzeitig kratzte er sich fest am Hinterkopf.
»Meine Wohnung wurde durchsucht«, sagte Dengler.
»Nein!« Klein sprang auf, der Sessel fiel hintenüber.
»Das dumme Ding«, rief Klein und rannte zum Fenster, blieb dort stehen und schaute auf die Straße. Er atmete heftig.
»Das dumme Ding …«, wiederholte er.
»Also war es Olga?«
»Sie fürchtete sich vor Ihnen.«
»Vor mir?«
»Ja, als sie hörte, dass ein Polizist hier einziehen sollte, geriet sie in Panik. Sie wollte ausziehen.«
Das Telefon klingelte. Dengler nahm ab.
Christiane Stein meldete sich. Ihre Mutter hätte alle Kontoauszüge vernichtet. Sie könnte sich auch nicht mehr erinnern, ob Paul Stein am Unfalltag noch Geld abgehoben hatte. Ja, er besaß eine Kreditkarte von American Express.
Dengler bedankte sich für die Informationen und legte auf.
Er wandte sich wieder an Klein.
»Warum fürchtet sie sich vor der Polizei?«
»Na ja, das können Sie vielleicht nicht verstehen, aber wer will schon wirklich mit einem Polizisten unter einem Dach zusammenleben.«
»Ich bin kein Polizist.«
»Das wissen wir ja jetzt alle. Aber vorher wussten wir das

nicht. Machen Sie sich keine Sorgen. Sogar Olga findet Sie mittlerweile ganz nett.«
»Tatsächlich?«
»Na, gestern Abend schalt sie mich – weil ich die Sache mit der Kontaktanzeige am Tisch erzählt habe. Sie fand das sehr indiskret von mir.«
»Das war es auch. Aber wenn Ihre Horoskope zutreffen, vergessen wir die Sache.«
»Meine Horoskope treffen zu!«
Dengler lachte: »Na, dann habe ich ja Glück.«
Klein schüttelte den Kopf, winkte einmal kurz und verließ Denglers Wohnung.
Als er allein zurückblieb, wusste er einen Augenblick lang nicht, an was er zuerst denken sollte. An Olga oder an die Informationen von Christiane Stein. Er entschied sich, die beruflichen Dinge ernster zu nehmen als die Herzenssachen, aber es gelang ihm nicht. Zu nahe war ihm noch die intime Situation des gestrigen Abends, als Olga still auf seinem Bett gesessen und Junior und ihm zugehört hatte.
Was bedeutete es, wenn Olga ihn *ganz nett* findet? Das hörte sich irgendwie nicht besonders gut an. Andererseits, was würde er zu Klein sagen, wenn der ihn fragen würde, wie er Olga fände? Ganz nett, würde er sagen. Was bedeutet das nun alles, fragte er sich und entschied, dass es nichts bedeutete.
Viel interessanter fand er die Frage, warum Olga solche Angst vor der Polizei hatte, dass sie seine Wohnung durchsuchte. Was glaubte sie denn zu finden? Abhörgeräte für ihre Wohnung?
Er beschloss sie zu fragen.
Er trat absichtlich fest auf, als er die Treppe zu Olgas Wohnung hinaufging, als sollte man ihn hören. Zu seinem großen Ärger fing das Herz wieder an zu pochen, mit jeder Stufe wurde es lauter. Vielleicht sollte er lieber umkehren?
Endlich stand er vor ihrer Tür, nahm seinen Mut zusammen und klopfte, aber Olga öffnete nicht.

23

»Schöne Frauen ficken schlecht.«
Mario zog vorsichtig den Korken aus einer Flasche Weißwein. »Such dir lieber eine Mittlere, eine Mittelschöne, und fürs Bett ist eine Hässliche allemal besser als eine schöne.«
Er nahm zwei Weinkelche aus dem Regal und goss ein wenig von dem Weißwein in eines der Gläser. Dann schwenkte er das Glas dreimal, steckte seine Nase hinein und trank es schließlich aus.
»Sehr gut«, sagte er, »ein wunderbarer Aligoté aus dem Burgund, furztrocken. Mit einem Tropfen Cassis würde er auch zu einem fabelhaften Kir.«
Dann schenkte er beide Gläser voll, und die Freunde tranken. In der Küche kämpfte sich der Duft von Ossobuco alla milanese aus dem Backofen und durch den Flur.
Mario hatte schon einige Stunden harter Arbeit hinter sich. Nachdem ihn Georgs Anruf geweckt hatte, war er aufgestanden, um in der Markthalle die Zutaten für das geplante Essen zu kaufen. Am Nachmittag schnitt er Möhren, Staudensellerie, drei Zwiebeln und drei Knoblauchzehen in kleine Würfel, zerließ im Bräter bei mäßiger Hitze vier Esslöffel Butter, und mischte, sobald das Fett klar war, drei Gemüsewürfel unter ständigem Rühren hinzu. Dann legte er vier Scheiben Kalbshaxen hinein, rührte den Saft so lange um, bis das Fleisch leicht anbräunte. Nun konnte er den Bräter vom Herd nehmen und die Kalbshaxen mit Küchengarn rund binden, sie salzen und pfeffern, in Mehl wenden und das überschüssige Mehl wieder abklopfen, das Fleisch in einer Pfanne mit sechs Esslöffeln Olivenöl von beiden Seiten hellbraun braten und es dann wieder in den Bräter auf das angebratene Gemüse setzen.
Das Öl aus der Pfanne goss er ab und füllte sie stattdessen mit einem Esslöffel Bratenfond und einem Viertelliter Weißwein.

Beides ließ er zusammen aufkochen; dabei rührte er ununterbrochen, bis sich der Satz des Fonds auflöste, der Wein einkochte und nur noch wenige Esslöffel davon übrig blieben.
Nun bearbeitete er die Tomaten, überbrühte sie mit kochendem Wasser, häutete sie, halbierte sie, griff mit den Fingern in ihr Inneres, zog die Kerne heraus und schnitt das Fruchtfleisch klein.
Petersilie samt Stängel grob hacken.
Er ergänzte den Pfannenfond mit einem Liter Fleischbrühe, gab die gehackte Petersilie und je einen halben Teelöffel Thymian und Oregano, zwei Lorbeerblätter und die Tomatenstücke dazu.
Aufkochen, mit Salz und Pfeffer würzen.
Die Soße über die Fleischstücke gießen. Auf dem Herd aufkochen. Deckel auflegen und in den Ofen schieben.
Dies alles geschah in zwei Stunden, bevor Dengler bei ihm in der Wohnung auftauchte und ihm von Olga erzählte, von ihrer Figur, der Schönheit ihrer Augen, dem nackten Bauch, der sonderbaren Abwesenheit ihres Bauchnabels, dem Höherrutschen einer Augenbraue, wenn sie spöttisch guckte.
Hin und wieder ging Mario in die Küche, um die Haxen mit etwas Brühe zu begießen, und es beunruhigte ihn, dass sein Freund in dieser Zeit einfach weitersprach, ohne sich darum zu kümmern, ob er zuhören konnte. Aber er schien nichts verpasst zu haben, denn als er wieder ins Wohnzimmer zurückkam, sprach Dengler gerade von Olgas Haaren, wie sie glänzten, von ihrem Mund: »Und, Mario: Lippen wie eine Schauspielerin!«
Der Freund fand, er müsse etwas unternehmen.
Mario stellte eine große Schüssel mit Austern auf den Tisch. Aus dem Schrank, auf dessen Tür er Josef Beuys in Schwarzweiß gemalt hatte, entnahm er ein Austernmesser und einen Kettenhandschuh, den er sich über die linke Hand zog.
Er legte eine Auster auf den Tisch, hielt sie mit der gepanzerten Linken fest, stemmte das Messer in das Scharnier am

Ende der Muschel, drehte das Messer, sobald es eingedrungen war, und sprengte sie in zwei Teile.
Mario öffnete für jeden zwölf Austern.
Sie gaben Zitronensaft darüber, ein bisschen schwarzen Pfeffer, und Dengler nahm einen Spritzer Tabasco, um den harten Salzgeschmack zu dämpfen.
Sie saßen eine Weile schweigend, tranken den Aligoté und schlürften die Austern.
»Weißt du«, nahm Mario den Gesprächsfaden wieder auf, »schöne Frauen mögen keine anderen Leute. Sie hassen sie nicht gerade, aber sie mögen sie nicht.«
Dengler nahm die letzte Auster und führte sie an den Mund, sie schmeckte nach Meer, Salz, nach Freiheit, wie ein Schuss Urnatur öffnete sie ihm die Augen, öffnete überhaupt alles, und es fiel ihm leichter zu atmen. Er sah zu Mario. Auch ihm schien die Vorspeise Kraft zu geben und Mut. Frauen denken oft an Sperma, wenn sie Austern schlürfen, sagte einer von beiden.
Mario öffnete eine neue Flasche Aligoté.
»Jetzt müssen wir den Nachtisch zubereiten«, sagte Mario, »denn er muss noch eine Weile kalt gestellt werden und ziehen.«
Dengler folgte ihm in die Küche. Mario hatte bereits alles vorbereitet. In einer italienischen Schale lagen eine Gewürznelke, eine halbe Vanilleschote, ein halber Sternanis, sechs Eier und einige Zimtstangen.
Mario wirbelte in der Küche umher, kochte die Zutaten zusammen mit einer Hand voll Zucker auf, ließ dann das Ergebnis durch ein Sieb fließen und stellte den so gewonnenen Sirup zum Abkühlen auf den Balkon.
Nun setzten sie sich wieder an den Tisch. Mario zog zwei Orangen aus einem Einkaufsnetz. Er nahm die erste und schnitt oben und unten die Kappen ab. Dengler nahm die zweite Apfelsine und tat es ihm nach.
»Fahre mit dem Messer so an der Haut entlang, dass die Scha-

le abgeht und dir das Fleisch entgegentritt. Du siehst dann, wo die Trennhäute und das Fruchtfleisch sind.«
Sie trennten die Filets heraus, indem sie mit dem Messer die Trennwände der Orange entlangfuhren. Den auslaufenden Saft fingen sie in zwei Schalen auf.
Während Dengler noch an seiner Apfelsine schnitt, ging Mario zurück in die Küche und erwärmte in der Pfanne Zucker, bis er karamellisierte, hellbraun und flüssig wurde. Dengler brachte nun die restlichen Orangenfilets. Sie legten sie in die Pfanne und rührten den Saft hinzu. Sofort kristallisierte die Flüssigkeit, aber Mario rührte weiter, und bald wurde die Masse wieder weich, ein Schluck Weißwein zum Ablöschen, ein bisschen Grand Marnier, dann das Ganze aus der Pfanne in einen Topf und hinaus auf den Balkon zum Abkühlen.
»Das wird wunderbar«, sagte Mario und drehte den Korkenzieher in die dritte Flasche Aligoté.
»Die schlimmste Art von Schönheit ist die unnahbare Schönheit«, nahm Mario erneut den Faden auf, »diese Art von unnahbarer Eleganz – ist nur ein anderer Ausdruck für Entwurzelung. Stammt leider nicht von mir, hab' ich irgendwo gelesen.«
Er schlug Georg leicht auf die Schulter. Sie gingen in die Küche. Während Mario den Teig für die Ravioli alla Genovese ausrollte, bereitete Dengler die Füllung vor. Er kochte Mangold- und Basilikumblätter drei Minuten in Salzwasser und brauste sie dann kalt ab und ließ sie in einem Sieb abtropfen. Dann legte er Kalbsbries in das kochende Wasser, fünf Minuten, und schreckte es kalt ab, nahm ein Messer und schnitt Häute und Gefäße heraus. Dann das Fleisch würfeln, Basilikum und den Mangold schneiden und dazugeben.
»Hast du ein altes Brötchen?«
Brösel erzeugen. Den Rest in Kalbsfonds einweichen.
Sie arbeiteten schweigsam vor sich hin. Zum Abschluss würzte Dengler die Füllung mit je einem halben Teelöffel Majoran, Salz und Pfeffer.

Dann verteilten sie mit einem Teelöffel das Gemisch auf den Teig. Mario fuhr mit einem Teigrädchen hin und her und schnitt Streifen aus dem Teig, nicht länger als fünf Zentimeter. Sie drückten die Ränder über der Füllung zusammen. Dengler sammelte die Ravioli ein, während Mario bereits Wasser aufgesetzt hatte.
Sie warfen die Ravioli in das sprudelnde Wasser und ließen sie nach dem Aufwallen drei bis vier Minuten ziehen.
In dem größten Raum der Wohnung befand sich Marios Ein-Zimmer-Restaurant »St. Amour«. Am Vorabend hatte er den langen Tisch gedeckt, zunächst mit einem weißen Leinentischtuch, das Sonja ihm aus Frankreich mitgebracht hatte. Die Teller hatte er selbst bei einer alternativen Töpferei in Endingen am Kaiserstuhl in Auftrag gegeben. Auf dem Boden eines jeden Tellers fand sich ein literarisches, philosophisches oder künstlerisches Zitat. Es überraschte seine Gäste immer wieder, wenn sie die Suppe auslöffelten und vom Grund des Suppentellers ihnen ein Aphorismus von Karl Kraus entgegenschien: *Das Christentum hat die erotische Mahlzeit um die Vorspeise der Neugier bereichert und durch die Nachspeise der Reue verdorben.* Aber auch das Zitat von James Joyce gefiel den meisten Gästen: *Das Essen schuf Gott, die Köche der Teufel.*
Nie vergaß Mario zwei Dinge: eine einzelne rote Rose in einer langstieligen Vase auf den Tisch zu stellen – die Rose sei bei Beuys das Symbol der Revolution, behauptete er und konnte lange Monologe darüber halten – und eine Mappe mit Fotografien seiner letzten Gemälde.
Als sie zusammen am Tisch saßen, schien es, dass Mario das Thema »Die schöne Frau als schlechte Liebhaberin« wieder aufnehmen wollte.
»Aber Mario, Sonja ist doch auch eine schöne Frau. Gilt das denn auch für sie?«
»Quatsch, Sonja ist eine Ausnahme. Deshalb trage ich sie ja auf Händen durch die Gegend.«

»Vielleicht ist Olga ja auch eine Ausnahme. Sie hat zumindest ein Handikap.«
Mario fragte, ob er noch Weißwein wolle, denn jetzt sei eigentlich ein Rotwein besser. Sie beschlossen, beim Aligoté zu bleiben, und Mario öffnete eine neue Flasche.
»Was für eine Art von Handikap hat sie denn, deine Olga?«, fragte er spöttisch, nachdem sie den ersten Schluck getrunken hatten.
»Eine Verletzung am Zeigefinger. Er wurde wohl gestreckt, als sie ein Kind war. Sie zieht immer noch an dem Finger, aber sie muss aufpassen, denn dann springt er aus dem Gelenk.«
Plötzlich fing Mario an zu lachen. Georg schaute ihn irritiert an, aber Mario lachte weiter.
Schließlich fragte er Georg, die Tränen standen noch in seinen Augen: »Du weißt nicht, was das bedeutet? Du als ehemaliger Polizist weißt das nicht?«
»Nein. Was soll ich denn wissen?«
»Schau her, streck mal den Zeige- und den Mittelfinger vor – so.« Er machte es vor, Georg tat es ihm nach.
»Siehst du«, sagte Mario, «bei dir und mir, wie bei jedem normalen Menschen, ist der Mittelfinger länger als der Zeigefinger.«
Sie verglichen ihre Hände.
»Gut zwei Zentimeter«, sagte Dengler.
»Wenn aber beide Finger gleich lang sind, hast du einen entscheidenden Vorteil, wenn du jemandem in die Tasche langst.«
»Du meinst …«
»Klar, deine Olga ist eine Taschendiebin. Wahrscheinlich wurde ihr bereits als Kind der Finger gestreckt. Ich wundere mich, dass du nicht selbst drauf gekommen bist.«
Dann wechselten sie das Thema. Sie sprachen nun von der bevorstehenden Reise zu Marios Vater.

24

Sonntag, 27. Juni 1993

Der Fahlgelbe lenkte lässig nur mit dem Zeigefinger den schweren 7-er-BMW durch eine bepflasterte Allee, deren Ulmenbestand die Straße überwölbte und die Fahrbahn in einen eigentümlichen Dämmerzustand versetzte. Hin und wieder huschte ein Ort vorbei, bestehend aus wenigen Häusern, hundert Meter abseits davon meist ein Dorfteich. Und zweimal kreuzte eine Herde weißer Gänse ihren Weg.
Es ist wie eine Zeitreise, dachte er, wie eine Zeitreise in meine Kindheit, und er spürte die Unbehaglichkeit des Hirns, das die gesendeten Bilder am liebsten zurückgewiesen hätte, da sie aus einer ganz anderen Zeit stammten, einer Zeit, die er unwiderruflich verloren hatte.
In Innern des Wagens hörte man die Motorgeräusche nur als leises katzenartiges Schnurren, sodass der Mann auf dem Beifahrersitz in seinem Schlaf nicht gestört wurde. Er lehnte den Kopf rechts gegen die Fensterscheibe, und die leichte Vibration des Doppelglases übertrug sich in seinen Schädel, beruhigte den Rhythmus seiner Gehirnströme und nahm seinen Träumen ihre psychedelische Färbung.
Beide Männer trugen Sonnenbrillen, Heinz eine große schwarze Ray Ban, der schlafende Mann bevorzugte Porsche Design mit verspiegelten Gläsern, die seinem Gesicht das Aussehen eines gefährlichen Insekts verliehen. Sie trugen schwarze Uniformhosen aus reißfestem Stoff mit breiten Koppeln und enge Jacken aus dem gleichen Material. Ihre Springerstiefel glänzten, denn beide hatten sie heute Morgen, unmittelbar nach dem Aufstehen, frisch geputzt.
Auf der Rückbank lagen zwei schusssichere Westen und zwei Wollmasken, die vom Gesicht nur einen Sichtschlitz freiließen.

»Wo sind wir?«, fragte der Mann, der nun erwachte.
»Wir haben Wismar verlassen. Bald sind wird da.«
Der Mann auf dem Beifahrersitz nickte und reckte die Arme.
»Was meinst du, wird es gut gehen?«, fragte er.
»Alles vorbereitet. Alles abgesprochen. Wir gehen da rein, machen den Job und verschwinden sofort wieder.«
»Na dann«, sagte der Mann auf dem Beifahrersitz, schob die Sonnenbrille zurecht und schloss noch einmal die Augen, »du bist der Chef.«
Bevor sie eine halbe Stunde später in den Hof des kleinen Gutes in der Nähe des Bahnhofs, aber uneinsehbar von dort, fuhren, setzten sie die schwarzen Wollmasken auf. Sie öffneten den Kofferraum. Der Beifahrer wählte eine Heckler & Koch P7, während Heinz eine österreichische Glock 17, seine Lieblingspistole, aus einer wattierten Holzkiste nahm und in den Gürtel steckte. Dann gingen sie ins Haus. Hinter der Tür standen zwei Wachen, in der gleichen Uniform, aber noch ohne Maske.
Heinz zeigte seinen Ausweis, einer der Männer salutierte und führte sie in einen Raum im ersten Stock, in dem zwei Männer saßen und rauchten. Heinz steckte sich eine Reval an.
»Wie viele Leute seid ihr?«, fragte er und ließ sich in einen Sessel fallen.
»36 von uns und 19 vom MEK und drei beschissene Besserwisser vom BKA«, sagte der Mann, der einen dunkelgrünen Anzug trug, »24 sind für den Zugriff vorgesehen, nur unsere Leute; die Weicheier vom MEK dürfen die Absicherung übernehmen. Gestern hatten wir einen Riesenstreit mit ihnen, weil nicht genügend kugelsichere Westen da sind. Jetzt müssen ein paar von ihnen ohne die Dinger rumlaufen.«
»Machen die BKA-Fritzen uns Ärger?«
Der Mann im grünen Anzug machte eine abwehrende Handbewegung.
»Die lesen noch ihre Handbücher«, sagte er.

»Wichtig ist, dass ihr richtig viel Lärm macht. Ihr müsst schreien und ihr müsst schießen – ballert in der Gegend rum, dass sich jeder aufregt und keiner auf uns achtet.«
»Ich weiß«, sagte der Mann.
»Keine Funkprotokolle. Hast du verstanden?«
Der Mann nickte.
»Lass anschließend sofort alle Waffen einsammeln, reinigen und neu beschießen. Niemand darf rekonstruieren, aus welcher Waffe geschossen wurde und aus welcher nicht.«
»Es lebe die Dienstvorschrift«, sagte der grüne Anzug.
»Für den Rest wird schon gesorgt werden«, sagte Heinz. »Euch wird hinterher keiner etwas tun.«
»Wir wissen von nichts.«
»Genau, das BKA hat die Verantwortung.«
Beide lachten.
»Jetzt zeigt uns mal die Gegend, und dann besprechen wir noch einmal die Aktion.«
Die vier Männer gingen zu Fuß hinüber zum Bahnhof und kletterten auf die Aussichtsplattform des Stellwerkes. Hier hatten sie einen guten Überblick über den Bahnhof.
»Scheiß Kaff«, sagte der Mann in dem grünen Anzug.
»Scheiß Kaff«, bestätigte Heinz.
Dann gingen sie zurück und warteten.

***

Kerstin erreichte den Ort mit dem Zug um 14:00 Uhr. Sie kam aus Wismar, wo sie in einer kleinen Pension unter der Aufsicht von zwei Polizeimikrophonen die Nacht mit Klaus Steinmetz verbracht hatte. Als die beiden am nächsten Tag zum Wismarer Bahnhof gingen, folgte ihnen ein Mercedes-Kastenwagen, vollgestopft mit Tonbändern und elektronischem Gerät, das jedes Wort ihrer knappen Unterhaltung festhielt.

Im Zug benutzten sie verschiedene Waggons. Kerstin sah Klaus daher nicht, als sie ausstieg, aber sie beachtete auch nicht die vier jungen Männer, die mit Jeans und Turnschuhen oder Mokassins bekleidet auf den beiden Bahnsteigen standen. Sie ging hinüber in das ehemalige Mitropa-Restaurant zwischen den Gleisen Zwei und Drei, das jetzt Billard-Café hieß, und setzte sich an einen Tisch nahe am Ausgang. Außer einer jungen Frau war sie der einzige Gast, aber auch das fiel ihr nicht weiter auf.
Es dauerte nicht lange, bis eine alte Frau in geblümter Kittelschürze erschien und sie nach ihren Wünschen fragte.
»Ich warte noch auf jemanden«, sagte Kerstin, »aber bringen Sie mir bitte schon eine Tasse Kaffee.«
»Ja«, sagte die alte Frau und sah sie nicht an. Sie drehte sich um und schlurfte zur Theke zurück.
Nach ein paar Minuten kehrte sie zurück und stellte eine weiße Tasse mit grünem Blumenmuster auf den Tisch. Auf dem Unterteller hatte sich bereits eine Lache von verschüttetem Kaffee gebildet. Kerstin nahm das Milchkännchen, goss einen kräftigen Strahl ein und rührte um. Die alte Frau war schon wieder in der Küche verschwunden.
Nach einer halben Stunde erschien Klaus und setzte sich schweigend zu ihr an den Tisch. Auch er bestellte eine Tasse Kaffee. Beide sprachen nicht; Kerstin rührte nachdenklich im kalten Rest ihres Kaffees.
»Berührt es dich sehr, ihn jetzt zu sehen?«, fragte Klaus mit der samtenen Stimme des routinierten Liebhabers.
»Ich freue mich so«, sagte sie und schaute hinaus auf das Bahngleis.
Zwanzig Minuten später traf Uwe ein. Kerstin holte ihn am Bahnsteig ab. Untergehakt gingen sie in das Billard-Café und setzten sich an den Tisch am Eingang.
Obwohl seine Bewegungen vorsichtig und verhalten wirkten – er sah sich oft um –, mischte sich in seine Furcht die Freude über das Wiedersehen. Er war lebhaft und rief die

alte Frau an den Tisch, und sie bestellten sich eine Kleinigkeit zu essen, gebackenen Camembert, Würzfleisch und einmal Wiener Würstchen. Er zahlte für alle.

***

Um 15:15 Uhr verlassen sie das Lokal und gehen hinaus auf den Bahnsteig. Es ist lächerlich, denkt er, trotzdem gehen sie einzeln, im Abstand von zehn Metern, Uwe zuerst, dann Kerstin – und Klaus als Letzter. Sie gehen 29 Meter vom Café zur Bahnhofstreppe. Uwe schaut sich immer wieder um, Kerstin auch, Klaus nicht. Uwe hat nun die Treppe zur Bahnunterführung erreicht und sieht hinunter: 10 Treppenstufen hat er zu gehen, dann folgt ein Absatz von einem Meter Breite; dann sind es noch einmal 23 Stufen bis zur Unterführung. Es sind bloß 23 Stufen und ein Absatz. Niemand ist zu sehen. Er bemerkt nicht die bleierne Stille über dem Bahnhof.
Bevor er die erste Treppe hinabsteigt, sieht er noch einmal zu Kerstin, doch sie sieht gerade zurück; er kann ihren Blick nicht mehr erreichen, er schaut den schmalen Treppenabgang hinab. Er geht hinunter, Kerstin folgt ihm in gleich bleibendem Abstand.
Unten wendet er sich nach rechts. Am Ende des Tunnels steht ein jüngerer Mann und liest den Fahrplan, der in einem Kasten an der Wand des Tunnels hängt. Er sieht bereits den Lichteinfall aus dem Aufgang zu den Gleisen Drei und Vier. Er geht vorsichtig weiter. Schaut sich noch einmal um und sieht, dass Kerstin nun die Unterführung erreicht hat.
Dann geht alles sehr schnell. Kerstin schreit: »Polizei, Polizei!« Er dreht sich um. Sie ist umringt von drei oder vier schwarz gekleideten Männern mit Masken. Er sieht, wie sie zu Boden geht. Zwei Männer beugen sich über sie. Er dreht sich um. Aus der Gegenrichtung laufen ihm schwarze Männer entgegen. Sie zielen auf ihn.

»Halt, stehen bleiben, Polizei! Werfen Sie, halt, stehen bleiben, die Waffe weg! Polizei! Halt, stehen bleiben, werfen Sie die Waffe weg! Polizei! Halt! Die Waffe weg! Stehen bleiben! Polizei! Werfen Sie! Halt! Die Waffe! Weg! Polizei! Stehen bleiben! Stehen bleiben!«

Es gibt nur einen Ausweg. Der Aufgang zu Gleis Drei und Vier! Sommerlich warm strahlt das Licht aus dem einzig möglichen Ausweg. Er hastet die Treppe hinauf und zerrt im Laufen die tschechische Bruenner unter dem Hosenbund hervor, für einen Moment verheddert sich die Waffe im Gürtel seiner Hose.

Auf dem Bahnsteig ist kein Mensch. Kein Polizist. Aber auf den anderen Gleisseiten sind Unzählige davon. Rechts und links. Nur hier nicht. Ist das noch eine Chance? Seine einzige! Sie rufen von allen Seiten. Halt, stehen bleiben! Sie schießen. Es dröhnt, und er hört die heulenden Querschläger. Wie im Film, denkt er noch. Aber hier auf dem Gleis ist er allein. Noch haben sie ihn nicht. Er hört das Getrappel vieler Stiefel unten in der Unterführung. Sie rufen. Sie schreien. Von allen Seiten. Sie schießen. Es knallt um ihn herum. Krems sieht die Polizisten die Treppe hinaufstürmen, und links von ihm, auf dem anderen Bahnsteig, wird auch geschossen. Er dreht sich um die eigene Achse, um sich ein Bild zu machen. Den Hebel umlegen, die Pistole ist entsichert. Sie wollen aus dem Ausgang stürmen. Auf den Bahnsteig. Seinen Bahnsteig. Er hebt den Arm. Schießt. Einmal. Noch einmal. Ein Polizist bricht zusammen. War ich das, denkt er. In den späteren Berichten werden einige Polizisten zu Protokoll geben, dass er mit offensichtlichen Koordinationsproblemen zu kämpfen hatte und merkwürdigerweise das linke Gleis entlang schießt, wo niemand ist.

Er sieht nicht die beiden vermummten Männer in schwarzer Uniform, die in seinem Rücken vom Nebengleis her bereits auf seinem Bahnsteig angelangt sind. Die Polizisten, die die Treppe hinaufstürmen, schreien und schießen. Sie sind nicht

aufzuhalten. Sie bleiben einfach nicht stehen. Sie schreien und schießen.
Dann der Schmerz an der Hüfte. Die Kraft, die ihn herumwirbelt. Er dreht sich. Es dreht sich. Verliert das Gleichgewicht und stürzt auf das Gleis und bleibt liegen. Gleis Vier, denkt er noch. Die Pistole hat er verloren.
Es ist aus, denkt Krems. Sie haben mich.
Er liegt da, seitwärts, auf der linken Seite und wartet auf die Erleichterung, die nach einer Festnahme einsetzt. Mit Kerstin sprach er oft darüber, ob das möglich sein könne, eine Erleichterung zu empfinden, wenn die anderen gewinnen, die anderen, die ihn schon lange jagen. Nun haben sie ihn, und tatsächlich spürt er einen Frieden wie schon lange nicht mehr, die Schüsse scheinen leiser geworden zu sein. Er denkt an Kerstin.
Aber dann sind zwei schwarze Gestalten über ihm. Einer reißt ihn herum und setzt sich auf seine Brust, die Knie auf seinen Armen. Warum machen die das, denkt Krems, es ist doch vorbei. Er sieht die Pistolenmündung größer werden und sieht die Augen des Mannes, der auf ihm kniet. Die Augen – woher kenne ich diese Augen, denkt Krems. Nur die Augen sieht er und die Wollmaske, aber diese Augen hat er schon einmal gesehen.
Der kniende Mann sieht zu ihm hinunter, und mit der linken Hand zieht er in einer triumphierenden Geste die Maske vom Gesicht, nur kurz, für einen Augenblick, nur so lange, bis er das Erkennen in Krems' Augen sieht, dem ein maßloses Entsetzen folgt. Ein Verstehen. Dann zieht er die Maske zurück, setzt die Waffe an Krems' Schläfe und drückt ab.
Der zweite Mann schießt Krems in den Bauch. Überall wird immer noch geschrien, aber es fallen kaum noch Schüsse. Der getroffene Polizist liegt auf dem Bahnsteig und schreit, dass er sterben werde. Einige der schwarz Uniformierten bücken sich zu ihm hinab, andere wissen nicht, ob alles schon vorbei ist. Die beiden Männer auf dem Gleisbett stehen auf

und springen auf den Bahnsteig. Heinz sieht hinter den Fensterscheiben eines Kiosks die angstgeweiteten Augen der Verkäuferin. Doch das schert ihn nicht mehr. Die beiden Männer gehen ruhig an dem sterbenden Polizisten vorbei, die Treppen hinab, links zum Ausgang, finden ihren BMW und verlassen Bad Kleinen.

25

Verwandelt Erkenntnis den Menschen? Erheitert sie ihn oder erleichtert sie ihn nur dann, wenn er betrunken ist, so betrunken wie Dengler, der nun die einundachtzig Stufen hinuntergeht zur Straße, bemüht würdevoll, eine Hand auf dem Geländer, nicht nur sicherheitshalber, sondern weil es ihn eigentlich treibt, die Treppe hinabzurennen, ja sogar zu hüpfen, da er nun das Geheimnis kennt, das Olga hütet und das sie so ablehnend macht, verständlicherweise, denn einem Polizisten oder auch nur einem ehemaligen Polizisten gegenüber muss eine Diebin vorsichtig sein und misstrauisch; auch vor einem *private eye*, wie Martin Klein sagt, muss sie sich in Acht nehmen, denn von Klein erfährt sie bestimmt nichts Gutes über einen Ermittler, und das ist genau der Punkt, der ihn so heiter stimmt, denn wenn sie erst weiß, dass er keine Gefahr für sie darstellt, dann benötigt sie diese Feindseligkeit nicht mehr, mehr noch, dann teilen sie ein Geheimnis.
Hoppla.
Da ist die Tür.
Und hier die Straße. Bleib nur auf dem Bürgersteig.
Eine Diebin, eine Trickdiebin – wer hätte das gedacht?
Am Leonhardsplatz stehen einige Polizeiwagen mit eingeschaltetem Blaulicht, aber die Polizisten sitzen in ihren Wagen und lassen die Süchtigen in Ruhe. Die Szene hat sich in etwas weiterem Abstand versammelt, aber immer noch in Sichtweite der Streifenwagen; die Junkies stehen rum und dealen weiter, einige sind mit ihren unvermeidlichen Hunden da; über dem Ganzen liegt eine Erwartungsstimmung, als würde gleich die ganz große Lieferung eintreffen, die für alle ausreichend Stoff bringt – für die Junkies und für die Polizei.
Erwartungsgemäß schlief das *Basta* schon, die Stühle standen nicht mehr vor dem Eingang, und die herabgelassenen Rollläden verdunkelten die Straße noch mehr.

Der Alkohol hatte seine Stimmung aufgehellt, aber er fühlte sich nicht wirklich betrunken. Er sieht den schmalen Lichtstreifen unter Olgas Tür. Er würde gerne klopfen und traut sich erst, als er sie in einer unbekannten Sprache fluchen hört: Mâ … du-te-n pizda mâti!!
Klopf, klopf – ganz leise.
Sofort ist es still hinter der Tür, es geschieht nichts; und er hat sich schon wieder umgedreht, als die Tür einen Spalt geöffnet wird, die gelbe Wärme einer Wandleuchte strömt in den dunklen Flur, und er sieht ihr Gesicht, in dem sich wieder Licht und Schatten spiegeln.
»Ach, Sie sind es.«
»Ich habe keinen besonderen Grund … ich sah das Licht an Ihrer Tür und …«
»Und hörten mich fluchen«, half sie ihm.
»Genau«, sagte er, erleichtert.
»Kommen Sie rein – wenn Sie wollen.«
Sie ging in den Raum zurück und ließ die Türe offen.
Er folgte ihr.
Wie sollte er es ihr sagen? Ich kenne Ihr Geheimnis. Sie sind eine Diebin, aber machen Sie sich deswegen keine Sorgen.
Wie sagt man so etwas?
»Was möchten Sie hören?«, fragte sie aus dem Nebenzimmer.
»Irgendetwas mit Saxophon.«
»Coltrane?«
»Perfekt!«
Olga kam mit zwei Gläsern Rotwein aus der Küche zurück, er sah, dass sie keinen Verband trug. Er nahm ihr beide Gläser ab, stellte sie aufs Fensterbrett und nahm ihre rechte Hand.
»Sind Sie auch als Handleser tätig?«
»Nur in meinem Zweitjob.«
Er fuhr mit der Kuppe seines Zeigefingers ihren Mittelfinger entlang, bis er neben ihrem Zeigefinger auf seiner linken Handfläche lag. Beide waren gleich lang.

»Sie müssen die Hand umdrehen, wenn Sie mir wahrsagen wollen«, sagte sie.
»Nein, ich weiß schon genug.«
»Was wissen Sie?«
Er fuhr mit dem Finger über das mittlere Gelenk ihres Zeigefingers; es war knotig ausgebuchtet.
»Schmerzt es sehr?«
Sie nickte.
»Ihr zweiter Finger ist genauso lang wie Ihr Mittelfinger«, sagte er sanft, »ab welchem Alter wurde er gedehnt?«
Sie lehnte sich an ihn, ganz leicht, und er hörte auf zu atmen, um sie nicht zu verscheuchen.
»Seit ich denken kann«, sagte sie.
»Und nun können Sie keine Diebin mehr sein?«, fragte er.
Sie schüttelte den Kopf.
»Ich führte ein wunderbares Leben. Immer, wenn ich Geld brauchte, lief ich durch die Lobby eines großen Hotels, einmal hin und einmal zurück, und das brachte genug ein, um zwei oder drei Monate in Ruhe zu leben. Und wenn mein Geldbeutel leer war, suchte ich mir ein neues Luxushotel.«
»Und Sie sind nie erwischt worden.«
Sie schüttelte noch einmal den Kopf.
»Ich bedenke vorher immer einen Fluchtweg, aber ich musste noch nie fliehen. Meine rechte Hand ist darauf spezialisiert, schnell in fremde Jacketttaschen zu schlüpfen und unbemerkt die Brieftasche herauszunehmen. Etwas anders habe ich in meinem Leben nicht gelernt.«
»Und nun?«
»Nun kann ich es kaum mehr machen. Der Zeigefinger schmerzt so sehr, wenn ich eine Brieftasche … Sie wissen schon …, dass ich am liebsten laut schreien möchte. Ich werde immer langsamer, und bestimmt werde ich nun irgendwann geschnappt.«
Dengler nickte. »Deshalb schulen Sie nun auf Computer um? Hat mir Martin Klein erzählt.«

»Ach, Martin, er ist ein großes Klatschmaul, aber ein netter Kerl. Ja, ich beschäftige mich mit Computern und Software und diesen Sachen. Ich habe einen guten Lehrer, der an der Uni in Hohenheim Informatik unterrichtet.«
»Der Typ mit der schwarzen Lederkleidung und den langen Haaren?«
»Genau, Sie haben ihn im *Basta* gesehen.«
»Und ich mochte ihn nicht.«
»Nein, warum nicht?«
»Ich glaube, ich war eifersüchtig.«
Sie lachte leise und nippte an dem Glas.
»Das ist die Nacht der Geständnisse, scheint mir.«
Dengler nahm einen Schluck Rotwein. Seine Trunkenheit stand ihm im Weg. Er sah sie vor sich, wie sie ihn anschaute, und er wusste, dass er sie in den Arm nehmen konnte, wenn er die wenigen Schritte zu ihr schaffte. Vorsichtig setzte er den rechten Fuß nach vorne.
»Kommen Sie, ich helfe Ihnen«, sagte Olga. Sie lächelte, als sie auf ihn zuging.

***

Als er aufwachte, wusste er sofort, dass sich etwas Wichtiges geändert hatte, aber ihm fehlte die genaue Vorstellung darüber, was es war. Der Raum, in dem er sich befand, war völlig dunkel, doch wenn er nach links sah, erkannte er ein winziges grünes und etwas darüber ein ebenso kleines rotes Licht.
Er konnte noch nicht nachdenken. Die Kopfschmerzen zogen von der linken Schläfe eine hämmernde Spur zum Hinterkopf. Er horchte auf die bohrenden Intervalle und rührte sich nicht. Sein Mund war ausgedörrt wie ein afrikanisches Flussbett in der Trockenzeit.
Seine Füße froren. Deshalb war er aufgewacht. Ohne sich zu

regen, spürte er, dass die Decke nur bis zu den Knöcheln reichte. Nicht nur die Decke, sondern auch das Bett war zu kurz.
Wo war er überhaupt?
Er setzte sich im Dunkeln auf, und das Hämmern in seinem Kopf steigerte sich zu einem Auftritt einer afrikanischen Rhythmusgruppe. Er wartete, bis sich zumindest die größeren Trommeln beruhigten, und stand auf.
Er tappte im Dunkeln an der Wand entlang, endlos, wie es ihm schien, mit den Händen suchte er einen Lichtschalter, und als er ihn schließlich ertastete, kehrte auch seine Erinnerung zurück. Ein gelber Strahler erleuchtete ein Zimmer mittlerer Größe, die Couch, auf der er gelegen hatte, stand unter dem Fenster, eine breite Schreibplatte mit zwei Monitoren befand sich auf der gegenüberliegenden Seite, daneben stand ein großes Bücherregal aus Stahl, gefüllt mit CD-ROMs und zwei Reihen Büchern. Ein Rechner stand darunter – die grüne Lichtquelle –, daneben ein Scanner, die mit dem roten Licht. Wo waren seine Schuhe? Er trug noch seine Jeans und den schwarzen Pulli, den er gestern anzogen hatte, bevor er zu Mario ging, sein Jackett fehlte auch. Beides hatte ihm wohl Olga gestern Abend ausgezogen, aber er erinnerte sich nicht mehr daran.
Die Schuhe standen vor dem Bücherregal.
Mit einer Hand hielt er sich an einem der Stahlpfosten fest, um langsam in die Schuhe hineinzuschlüpfen.
Sein Blick fiel auf das Bücherregal; er stutzte.
Softwareschachteln sehen sich fast alle ähnlich. Die Verpackung hatte sich nicht geändert, es war noch immer die auffallende rot-gelbe Werbung auf der Box. Vor ihm stand *Look That*, mittlerweile in der Version 12. Er nahm die Schachtel aus dem Regal und wog sie in der Hand. Er erinnerte sich noch gut an den Lehrgang in Wiesbaden: Diese Software nutzten sie damals, um in fremde Rechner einzudringen.
Das heißt also Computer lernen, dachte er.

Die Diebin steigt von der Handarbeit auf die neuen Technologien um.
Dengler löschte das Licht und betrat Olgas Wohnzimmer. Sein Jackett hing über der Lehne eines Stuhles. Er legte es über den Arm, verließ leise ihre Wohnung und ging hinunter in seine eigene.

26

Die Mücke schien versessen darauf zu sein, ihn zu wecken. Es gelang ihm, den Summton des Insekts in seinen Traum einzufügen: Ein Flugzeug stürzte vom Himmel, der Motorenlärm wurde immer lauter, und er saß in der Kanzel und raste hinunter in eine grüne Hölle, aus der ihm beständig Gegenstände entgegenkamen, ein Propeller, ein Messer, ein Laptop, ein Austernmesser, das Sitzkissen der Lauda-Air, ein Cateringwagen und ein Weinglas, in dem Reste von Rotwein schwappten. Er suchte die Fledermaus, die stets seine Träume begleitet, und da war sie, am äußersten Rand seines Blickfeldes. Sie presste die Flügel gegen den Leib und schoss nun, es dem Flugzeug gleichtuend, hinunter, dem Urwald entgegen.

Die Gegenstände rasten auf ihn zu und er bemühte sich verzweifelt, ihnen auszuweichen, doch so sehr er sich nach rechts oder links warf, es gelang ihm nicht, sich zu bewegen. Je näher die Teile kamen, desto mehr änderten sie ihr Aussehen; sie wurden spitzer, der Laptop zog sich zusammen zu einem Pfeil aus grauem Plastik, das Sitzkissen wurde zu einer zylindrischen Bedrohung, selbst das Weinglas verformte sich zu einem albtraumartigen Geschoss, das ihn an der Nase traf. Er schlug danach, und schon raste die nächste Gefahr auf ihn zu, direkt auf seine Stirn. Er schrie im Schlaf, schlug nach dem Ding und wachte auf, schnell genug, um die Mücke noch zu sehen, die eiligst vor seinen Schlägen floh.

Draußen schien die Sonne. Ein erschrockener Blick auf die Uhr. Viertel nach eins. Er konnte sich nicht erinnern, wann er das letzte Mal so lange geschlafen hatte. Vorsichtig drehte er den Kopf, doch selbst bei der kleinsten Bewegung schien sein Gehirn gegen die innere Schädelwand anzuschlagen und verursachte einen lähmenden Schmerz. Vorsichtig ließ er sich auf das Kopfkissen zurückgleiten.

***

Am Montag Vormittag frühstückte er bereits um neun bei *Brenners*. Er las den neuen *Spiegel* und die *Süddeutsche*. Der Abstieg des SC Freiburg schien besiegelt zu sein. Fünf Jahre hat sich der Club in der obersten Liga gehalten, und in der ersten Hälfte der Saison konnten sie gegen die großen und reichen Mannschaften bestehen, doch nun ging ihnen die Kraft aus. Sie verloren sogar ihre Heimspiele.

Sie werden nur ein Jahr in der Zweiten spielen, dachte Dengler, im nächsten Jahr sind die Jungs von Trainer Finke wieder da. Werde ihnen die Daumen drücken.

Den Rest des Vormittags verbrachte er in der Landesbibliothek. Die freundliche rothaarige Bedienung hatte ihm den Weg erklärt. Er brauchte nur die Brennerstraße hinunterzugehen, am Parkhaus rechts abzubiegen, die Charlottenstraße zu überqueren, an der Städtischen Bibliothek vorbei und am Staatsarchiv. Im Lesesaal fand er, was er suchte.

In einem riesigen Regal standen, fein geordnet, die wichtigsten Zeitungen auf Mikrofiches abgespeichert, der *Spiegel*, die *Zeit*, die *Süddeutsche* und sogar die *FAZ*, seit ihrer Gründung bis heute. Er suchte ab dem 26. Mai 1991 und las alle Artikel über den Absturz der Lauda Air, aber obwohl die Blätter voll mit Berichten über die Flugzeugkatastrohe waren, fand sich die Information nicht, die er suchte – in keinem der Zeitungsartikel auch nur ein Satz darüber, ob die Maschine pünktlich in Bangkok startete.

Schlecht gelaunt zurück ins Büro. Anrufbeantworter abhören. Weder eine Nachricht von Lauda Air noch vom Flughafen Bangkok. Telefonate mit österreichischen Zeitungen. Die meisten Archivare waren freundlich und versprachen ihm, ihre Artikel zu faxen.

Und tatsächlich: Ab vier Uhr nachmittags trudelten die ersten Presseabschnitte ein, und um sechs Uhr hielt er den Ausschnitt in der Hand, auf den er gewartet hatte.

Ein Artikel des *Standard* vom 28. Mai 1991 hatte gemeldet, was er wissen wollte. Das Blatt brachte eine groß aufgemachte Abhandlung über das Unglück:

In Bangkok war es Sonntagabend. Die Lauda Air »Mozart« war mit 125 Passagieren aus Hongkong gekommen, hatte vier Stunden zwischengestoppt und 88 weitere Fluggäste aufgeladen, war dann planmäßig gestartet, planmäßig in die Luft gestiegen, hatte planmäßig die richtige Flughöhe erreicht. 25 Minuten nach dem Start und 9500 Meter über dem Boden passierte es.
Kurz vor Mitternacht (19 Uhr MESZ) war die »Mozart« plötzlich von den Radarschirmen verschwunden. Augenzeugenberichte widersprechen einander.

Er lehnte sich in seinem Sessel zurück. Wenn diese Information stimmte, wurde die Lage immer verworrener. Wie sollten die Koffer von Paul Stein pünktlich in die Maschine gekommen sein – aber er selbst nicht?
Das Fax spie immer neue Artikel aus, aber kein weiterer ging auf diese Frage ein.
Hatte sich seine Klientin den Anruf ihres Vaters nur eingebildet? Er wusste es nicht.
Endlich ein Fax aus Bangkok. Drei Zeilen. Officer Blumperobolh bestätigte den Artikel des *Standard:* Die Boeing der Lauda Air verließ den Flughafen pünktlich zur festgelegten Zeit. *Best Regards*.
Und jetzt?
Vielleicht ging Paul Steins Uhr falsch. Er dachte, er wäre zu spät, aber in Wirklichkeit kam er pünktlich am Flughafen an.
Dengler stand auf und ging einen Stock höher. Er klopfte. Aber niemand öffnete. Er legte einen Zettel vor Olgas Tür: *Würden Sie mir Ihre Software »Look That« ausleihen? Georg.*

27

Olga schlüpfte sofort in seine Wohnung, als er »Herein« rief.
»Geht es Ihnen besser, Georg?«
Er lächelte; sie nannte ihn beim Vornamen.
»Würden Sie mir helfen?«, fragte er sie.
»Mit dem *Look That*?«
»Ja.«
»Ich habe alle verfänglichen Sachen aus meiner Wohnung geräumt, als Frau Lehnard mir sagte, dass ein Polizist einzieht. Aber an das *Look That* habe ich nicht gedacht.«
»Ich kenne eine frühere Version der Software«, sagte er.
»Polizeiausbildung?«
»So ist es.«
»Welche Version?«
»Fünf.«
»Seither änderte sich einiges. Wenn Sie wollen, helfe ich Ihnen. Was wollen Sie tun?«
»Ich muss die Datenbestände von American Express durchforsten. Sehr alte sogar. Von 1991. Ich weiß nicht, ob sie die überhaupt noch haben, aber ich möchte es versuchen.«
»Kommen Sie heute Abend zu mir. Ich werde einige Sachen wieder in meine Wohnung zurückbringen. Kann ich doch, oder?«
»Ja, das können Sie.«
»Um acht?«
»Um acht.«
»Und was sagt Ihre Madonna dazu?« – Sie deutete auf die Muttergottes.
»Sie sagt, wenn Sie dabei sind, kann es nichts Unrechtes sein.«
Sie lachte und ging.
»Danke«, sagte er zur Gottesmutter.
Er stellte sich vor, wie Olga und er nebeneinander vor dem Rechner sitzen würden, vielleicht könnte er sogar …

Telefon. Schrill und ärgerlich.
»Dengler.«
»Ja, hallo, guten Tag, hier ist Anton Föll.«
Scheiße, den hatte er völlig vergessen.
Dengler klickte auf Yahoo-E-Mail.
»Einen Augenblick, Herr Föll, bleiben Sie am Apparat, ich habe noch ein Gespräch auf der anderen Leitung.«
Er legte den Hörer auf den Tisch.
»Sie haben eine ungelesene Mail«, meldete Yahoo.
Noch ein Klick – und er konnte die Nachricht lesen.

»Lieber armer, kranker Doktor! Sind Sie wirklich ein Arzt? Können Sie mir helfen? Ich habe beschlossen, Sie in Betracht zu ziehen. Bitte rufen Sie an, aber unbedingt: NUR TAGSÜBER. Ich bin neugierig auf den kranken Doktor: 0173 947 88 94.«

Dengler nahm den Hörer wieder auf. »Hat Ihre Frau ein Handy?«
»Ja, vom Büro aus bekam sie eines.«
»Wie ist die Nummer?«
»Wollen Sie sie etwa anrufen?« Entsetzen in Fölls Stimme.
»Nein, aber geben Sie mir bitte die Nummer.«
Dengler hörte, wie auf der anderen Seite Papier raschelte.
»0173 947 88 94.«
»Danke«, sagte Dengler und legte auf.
Er sah zur Muttergottes und dachte an Olga.

***

»Ich möchte wissen, ob jemand mit dem Namen Paul Stein seine American Express Karte nach dem 26. Mai 1991, ab 22:45 Uhr Ortszeit Bangkok benützt hat.«
»Das ist eine präzise Frage«, sagte Olga, »aber es ist schon ziemlich lange her.«

»Probieren wir's?«
»Klar«, sagte sie.
Sie rief die Homepage von AmEx auf.
»Wir brauchen zunächst die genaue Adresse unseres Zieles«, sagte sie.
Dengler wusste noch aus dem Seminar beim BKA, dass jeder Rechner eine eigene IP-Adresse hatte. Diese wollte Olga nun finden.
Sie rief *www.internic.com* auf, die Verwaltungsbehörde für US-amerikanische Internetadressen, und fragte nach dem Domainnamen von AmEx. Der Rechner gab die Inhaberdaten der Domain preis und offenbarte eine Nummer: 345.2.120.11 – die erste gesuchte IP-Adresse; ihr folgten mehrere Dutzend weitere. Olga markierte sie mit der Maus und kopierte sie mit der Tastenkombination Strg/C in den Hauptspeicher ihres Rechners.
Olga startete nun *Look That* und erhielt ein Menü mit mehreren Unterpunkten. Sie wählte den Punkt *Scanner starten* aus. In einem Fenster erwartete der Scanner die IP-Adressen, die er überprüfen sollte. Mit der Kombination Strg/V kopierte Olga die Adressen aus dem Rechner in das Feld und startete das Programm.
»Das kann jetzt dauern«, sagte sie.
Dengler wusste, was nun geschah. Olgas Computer baute zu jeder bekannten IP-Adresse eine Verbindung auf und notierte sich die Reaktionen des Zielrechners, gleichzeitig probierte er die bekanntesten Sicherheitslücken aus. *Look That* tastete sich an die aktiven Rechner heran und befühlte sie. Vorsichtig suchte er ihre elektronischen Schutzwände nach Lücken ab.
Zunächst schickte das Programm automatisch einen PING-Befehl an jede bekannte Adresse. Der Befehl PING überprüft die IPs und teilt den Status der verschiedenen Rechner mit.
Im nächsten Schritt überprüfte der Scanner auf jedem Rechner so genannte offene Ports, Ausgänge, die der Computer

für verschiedene Aufgaben öffnen muss, sei es für eine aufgerufene Website, sei es zum Drucken.

»Dieser Scanner ist mit allen bekannten Sicherheitslücken gefüttert«, sagte Olga, »außerdem sucht er falsch konfigurierte Server, egal ob Unix, Linux oder Windows. Falsch konfiguriert heißt: solche, die anonyme Verbindungen zulassen und keine gültigen Benutzernamen und Passwörter benötigen.«

Auf dem Bildschirm quälten sich endlose Zahlenkolonnen von oben nach unten.

»Das wird nicht einfach«, sagte Olga.

Sie starrte auf die flimmernden, vorbeihuschenden Zahlen und Symbole.

Dengler spürte ihre Körperwärme, und je näher er bei ihr saß, desto stärker zog sie ihn an. Wie ein Metallsplitter, der sich dem Magnet zuwenden muss. Er stand auf und behielt das Gefühl des Wohlbehagens, das ihre Nähe in ihm auslöste. Sobald er sich jedoch neben sie setzte, geriet er wieder völlig in den Bann ihrer Ausstrahlung, tauchte ein in diese geheimnisvolle Sphäre, die sein Denken und Wollen gänzlich zu absorbieren schien.

Immer wieder kostete er die Wirkung dieser Anziehungskraft aus. Er beugte sich über sie, unter dem Vorwand, das Gewirr der Ziffern auf dem Bildschirm zu betrachten, und schließlich konnte er dem Bedürfnis, sie zu berühren, nicht länger widerstehen. Sie wandte sich überrascht um, als er seine Hand auf ihre Schulter legte.

»Olga«, sagte er und verfluchte sich, weil seine Stimme belegt klang.

Er sah den Glanz in ihren Augen.

»Ja«, sagte sie ruhig.

»Pling«, sagte der Rechner.

Olga dreht sich abrupt um, das Gewirr auf dem Bildschirm war verschwunden, stattdessen zeigte er nun eine IP-Adresse, darunter einen Punkt, hinter dem zu lesen war: *139 open*.

»Wir haben sie«, sagte Olga.
Sie drehte sich zu ihm.
»Irgendwo auf der Welt haben sie einen Rechner falsch konfiguriert. NetBios lässt uns in diesen Rechner. Weißt du, NetBios ist ein Protokoll, das Windows verwendet, um Dateien und Drucker in einem Netzwerk zu teilen. Aber nicht nur Drucker, sondern auch Modems und Netzwerkkarten.«
Ihre Hände flogen über die Tastatur.
»Wie Boris Becker – ich bin drin.«
Ihre Wangen färbten sich rot.
»Wir sind in ihrem Büro in Lissabon«, sagte sie nach einer Weile.
»Ich suche mir ihre Passwörter, und wenn sie die Daten an die Zentrale übermitteln, schwimme ich mit. Schau, so sieht die Festplatte aus.«
Zum ersten Mal duzte sie ihn.
Drei Stunden später schickte die Filiale Lissabon eine Eilanfrage – *very urgent* – an die Zentrale von AmEx, den ehemaligen Kunden Paul Stein betreffend.
Und ihn schickte sie hinunter in seine eigene Wohnung.

28

»Wie heißen Sie?«
»Georg.«
»Ich bin die Susanne.«
Sie saßen in der *Alten Kanzlei* und tranken Cappuccino. Susanne rührte in ihrer Tasse.
Sie trug einen weißgelblichen Pullover, in dem sie irgendwie verloren wirkte, und eine ehemals schwarze, verwaschene Jeans, die nach der neueren Mode unten breit ausgestellt war.
»Und Sie sind wirklich Arzt?« Dengler nickte.
»Ich bin ausgebildete medizinisch-technische Assistentin«, sagte sie, »und nun verbeamtet.«
»Interessant.«
»Ja, das ist es, bei den Musterungen muss ich die Befunde der jungen Männer auf dem Computer pflegen. Im Besonderen muss ich den Zustand des *Musculus Sphincter* bei den jungen Männern genau untersuchen und in die Datei eintragen. Sie können sich sicher vorstellen, was das für eine riesige Arbeit ist.«
»Das glaube ich gerne«, sagte Dengler, der keine Ahnung hatte, wovon die Frau sprach.
»Wie ist Ihr Verhältnis zu Ihrem Mann?«, fragte er, und er kam sich steif vor wie eine auf der Heizung getrocknete Jeans.
Sie überlegte einen Augenblick.
»Sehen Sie, ich liebe meinen Mann. Und ich liebe meine Kinder. Zwei Jahre lang hatte ich eine Affäre mit einem Lover, der plötzlich verlangte, ich solle meine Familie verlassen und zu ihm ziehen. Das würde ich nie tun. Stattdessen trennte ich mich von diesem Liebhaber. Das ist der Grund, warum ich nun einen verheirateten Mann suche. Ich bin eine gute Ehefrau, aber ich will auf die erotische Seite nicht verzichten, auf das Herzklopfen, die Aufregung, den fremden Körper. Und letztlich: All das kommt dann auch meinem Mann zugute.«

Sie sah auf die Uhr.
»Ich muss gehen«, sagte sie, »meine Mittagspause ist gleich um.«
Dengler winkte den Kellner heran und zahlte.
Als sie draußen auf dem Schillerplatz standen, sagte sie: »Wir werden uns nicht mehr sehen. Ich weiß nicht, was Sie sind, aber ein Arzt sind Sie nicht.«
Sie lachte, als sie Georgs verblüfftes Gesicht sah.
»Lesen Sie nach«, sagte sie, »wenn Sie zu Hause sind, schnappen Sie sich ein Lexikon und schlagen Sie nach: *Musculus Sphincter.*«
Dengler ging direkt in sein Büro zurück und rief google.de auf. Die Suchmaschine warf ihm blitzschnell die Definition aus:
MUSCULUS SPHINCTER; *ringförmiger Schließmuskel (z. B. an der Mündung des natürlichen Ausführungsorgans).*
Dengler lachte, schließlich griff er zum Hörer.
Sein erster Fall war gelöst.
»Föll.«
»Hier spricht Georg Dengler.«
»Und – haben Sie etwas erreicht?«
»Ja, der Fall ist geklärt.«
Ängstliches Schweigen.
»Ich weiß, wer die Anzeige aufgegeben hat«, sagte Dengler.
»Susanne?« Fölls Stimme war ohne Ton.
»Ihre Frau war es nicht.«
Anton Föll atmete endlos aus.
»Ich wusste es«, sagte er mit leiser Stimme, »ich wusste es.«
Dengler legte auf.

29

Das Flugzeug raste in den Dschungel. Die Bäume schlugen gegen das Cockpit. Bums, Bums, Bums. Die Madonna schwebte über der Maschine und wich geschickt allen Hindernissen aus. Ich wusste gar nicht, dass sie Flügel hat, dachte er, und tatsächlich flatterte die Mutter Gottes nun mit Fledermausflügeln vor ihm her. Bums, Bums, Bums.
Das Geräusch kam von der Tür, jemand klopfte.
Dengler torkelte benommen zur Tür.
Er öffnete.
Olga stand vor ihm.
Mit einigen Blättern Papier in der Hand.
»Die Zentrale hat prompt geantwortet«, sagte sie kichernd, »Sie sehen gut aus, schlafen Sie immer nackt?«
Er, noch immer im Dämmerlicht zwischen Schlaf und Wachen, drehte sich um und verschwand im Bad, um mit seinem alten roten Bademantel bekleidet zurückzukommen.
Olga stand immer noch in der Tür, grinsend.
»Ich mache uns einen Espresso.«
»Gerne.«
Sie folgte ihm in die Küche. Während er frisches Wasser in die Maschine goss und das Pulver aus der schwarzen Dose in den Behälter füllte, schwiegen sie beide. Dengler versuchte den Griff in der Öffnung zu justieren, verkantete aber den Halter.
Er fluchte stumm.
»Lassen Sie mich das machen«, sagte sie und nahm ihm den Griff aus der Hand. Zack – mit einer eleganten Bewegung ihres rechten Handgelenks drehte sie den Halter in die Öffnung der Maschine.
Sie schwiegen, bis der Espresso fauchend eingelaufen war.
Sie schob ihm den Ausdruck zu und nahm einen Schluck.
Er griff danach, ohne den Blick zu senken. Nur mit Mühe

gelang es ihm endlich, sich von ihr ab- und den vor ihm liegenden Papieren zuzuwenden. Kaum hatte er die erste Seite überflogen, richtete er sich ruckartig auf.

»Das ist ja ein Ding«, sagte er.

Die Einträge der Liste auf der ersten Seite waren eindeutig: Paul Stein hatte am 26. Mai 1991 um 23:45 Uhr 1000 Dollar am Schalter von American Express in der Silom Street abgehoben; am 27. Mai erneut 1000 Dollar, am nächsten und am übernächsten Tag auch. Die nächsten Seiten waren Kopien der Auszahlungsbelege.

»Hilft Ihnen das weiter?«, fragte sie.

»Es löst meinen Fall.«

Er sah sie dankbar an.

»Schlafen Sie weiter«, sagte sie, »und morgen laden Sie mich zu einem Frühstück ein.«

»Sie haben mehr verdient als ein Frühstück«, sagte er, »wollen Sie mich heiraten?«

Sie lachte.

»Das geht doch nicht«, sagte sie, »ich bin doch schon verheiratet.«

Dann stand sie auf und ging zur Tür. Er bemerkte noch, dass sie vor der Madonna einen Knicks machte.

30

»Mittler.«
Die erste Silbe seines Namens sprach der Mann in normaler Tonhöhe, aber den zweiten Teil zog er hoch wie eine Rakete.
»Dengler, guten Morgen.«
»Ah, der Herr Detektiv. Wie kommen Sie voran?«
»Gut. Ich kann Ihren Auftrag abschließen.«
»So schnell? Vielleicht sollten Sie sich noch ein bisschen Zeit lassen, damit Ihr Bericht glaubwürdiger klingt. Etwa: Nach vielen harten Recherchen konnte ich beweisen, dass Paul Stein doch in dem Flug ...«
»Der Fall ist abgeschlossen. Können Sie mit Ihrer Freundin in mein Büro kommen?«
»Nein, lassen Sie uns essen gehen. Ins *Oggi*. Was halten Sie vom *Oggi*, um eins?«
»Gerne. Benachrichtigen Sie Frau Stein.«
»Klar. Ich rufe sie sofort an.«
»Bis nachher.«

***

Christiane aß überbackene Austernpilze als Vorspeise und spielte mit der linken Hand ununterbrochen an ihrer Halskette aus geschliffenen Holzdrechseleien und braunen Achaten, während sie mit der Rechten unruhig die Pilze aufpickte. Mittler kostete völlig ruhig einen 87er Brunello.
»Herrgott noch mal!«
Sie knallte die Gabel auf den Tisch.
»Können wir jetzt endlich erfahren, was Sie rausbekommen haben?«
»Schatz, lass uns doch erst zu Ende essen. Und beim Kaffee wird uns Herr Dengler ...«

»Scheiße, Hans-Jörg, ich will jetzt wissen, was los ist.«
Mittler holte Luft, um ihr zu widersprechen.
»Ihr Vater saß nicht im Flugzeug«, sagte Dengler.
Sie starrte ihn an. Mittler stieß in einem affigen Ton die Luft aus, ohne ein Wort zu sagen.
»Ihr Vater hob am Tag des Unglücks 1000 Dollar in bar bei einer American-Express-Geschäftsstelle in Bangkok ab, exakt zwei Stunden nach dem Absturz. Das ist der Höchstbetrag, den die Agentur pro Tag auszahlt. In den folgenden drei Tagen hob er jeweils die gleiche Summe ab. Damit war sein Kredit erschöpft.«
Mittler stand der Mund offen. Dengler konnte die Reste von halb zerkauten Crostinis sehen.
»Kann es jemand anders gewesen sein, der die Abhebungen vorgenommen hat, jemand, der seine Papiere … eine kriminelle Sache oder so?«, fragte Christiane nach einer Weile.
»Kaum. Er wies sich bei den ersten beiden Transaktionen mit seinem österreichischem Reisepass aus. Die Mitarbeiter notierten die Nummer des Passes.«
Er reichte ihr die Kopie der Auszahlungsbelege über den Tisch.
»Ist das die Unterschrift Ihres Vaters?«
Sie nickte.
»Mein Gott.« Mittler, völlig bleich, biss sich auf die Lippen; er sah aus, als bekäme er gleich einen Infarkt.
»Finden Sie ihn«, flüsterte Christiane Stein.
Dengler sah in ihre maritimfarbenen Augen und nickte.
»Finden Sie meinen Vater«, wiederholte sie.

Zweiter Teil

31

Paul Stein zog kaum merklich das rechte Bein nach, als er die wenigen Schritte von der Tür bis zum Pult hinaufstieg. Das Manuskript, es waren nur wenige Seiten, trug er in der rechten Hand, die Blätter wie kostbares Gut an den Leib gepresst. Er blickte sich um. Merkwürdig, bei dieser Vorlesung ist der Seminarraum immer voll. Diesmal saßen einige der Studenten sogar auf den Treppen zwischen den beiden größeren Sitzreihen. Stein sah die bereitgelegten Schreibblöcke und blickte in erwartungsvolle Gesichter. Es hatte sich schnell herumgesprochen, dass dies keine gewöhnliche Vorlesung war.

Behutsam legte er die Blätter vor sich aufs Pult. Noch einmal sah er die Studenten an, und dann las er:

»Um zehn Uhr abends stürmte die Bereitschaftspolizei die Fabrik. Nach kurzem symbolischen Widerstand verließen die Arbeiter im gleißenden Licht der Scheinwerfer das Werksgelände. Kameraleute und Pressefotografen belagerten die zweifache Absperrung, um den historischen Augenblick für die Massenmedien einzufangen: den Sieg der rechtsstaatlichen Ordnung über die organisierte Anarchie. Denn die Arbeiter der Uhrenwerke ›Lip‹ in Besançon, der Geburtsstadt des Sozialanarchisten Proudhon (›Eigentum ist Diebstahl‹), hatten an Grundfesten gerüttelt: Sie bemächtigten sich einer ganzen Fabrik und führten sie selbst.«

Paul Stein wartete einen Moment, bis sich bei den Studenten die Einleitung gesetzt hatte; sie waren alle viel zu jung, um sich an die Auseinandersetzungen um das willkürlich geschlossene Uhrenwerk in den französischen Alpen zu erinnern.

Dann fuhr er fort:

»Was in Frankreich in die Knie gehen musste, funktioniert in Österreich seit über zwanzig Jahren; eine Fabrik mit 145 Beschäftigten im Vollbesitz der Arbeitnehmer: das Gerätewerk Matrei.«

Jetzt schauten sie ihn wach und interessiert an. Er legte das Manuskript beiseite und erzählte ihnen von den Anfängen des Werkes. In Matrei an der Brennerstraße, weniger als eine Fahrstunde von diesem Vorlesungssaal entfernt, hatte das Dritte Reich eine Karbidproduktion betrieben. Das Werk war ein kriegswichtiger Betrieb – Karbid ist ein Grundstoff für die Munitionsfabrikation. Als die deutsche Betriebsführung kurz vor der Kapitulation das Weite gesucht hatte, war das Unternehmen herrenlos. Die Arbeiter lungerten herum und wussten nicht, was sie tun sollten. Als einer von ihnen darüber zu sprechen anfing, was man in der leer stehenden Fabrik alles produzieren könne, hörten die anderen zu. Schließlich sagte ein zweiter: »Den Gewinn teilen wir untereinander auf«, und alle schlugen ein.
Dann erzählte Stein den Studenten von den schwierigen Anfängen, von vielen tausend unbezahlten Arbeitsstunden, dem häufigen Verzicht auf Lohn und Gehalt, davon, dass die Männer sich die Maschinen und die Anlagen selbst bauen oder irgendwie ausleihen mussten. Sie produzierten nun keine Rüstungsmaterialien mehr, sondern etwas, das in Österreich Mangelware war: Kochplatten.
Hinzu kamen rechtliche Probleme. Die Arbeiter wählten die Rechtsform einer Genossenschaft, die jedoch in keinem Gesetzbuch stand, und erst am 15. Oktober 1948 übernahm die »Experimentalgenossenschaft« endgültig das Eigentum an den herrenlosen Hallen: Der Hohe Kommissar der Republik Frankreich trug die »Gerätewerk Matrei-Genossenschaft mit beschränkter Haftung« in das Handelsregister ein.
Stein fuhr fort:
»Heute sind die Arbeiter von Matrei Eigentümer eines erstklassigen Mittelbetriebes zur Herstellung von Kochplatten,

Lufterhitzern, Nachtstromspeichern, Brutkästen und Werkzeugen. Und sie beliefern Siemens, Schott und AEG.«
Er sah im Saal umher und wusste, die Studenten hörten ihm immer noch aufmerksam zu. Er erläuterte ihnen: Diese kleine Fabrik sei für die politische Ökonomie von größter Bedeutung, denn die Tiroler Arbeiter widerlegten seit Kriegsende einige der gängigsten Dogmen des Faches.
Paul Stein blätterte in seinem Manuskript.

- *Das Dogma, dass es eine Eigentümerpersönlichkeit geben muss, um eine Firma hochzubringen.*
- *Das Dogma, dass ein Arbeiter, der mit seiner Stimme auf die Geschäftspolitik Einfluss hat, sich anmaßen würde, über Dinge zu entscheiden, die er nicht versteht.*
- *Das Dogma, dass die Mitbestimmung vieler am wirtschaftlichen Schicksal eines Unternehmens zum Chaos führen muss.*
- *Das Dogma, dass Arbeitnehmer als Arbeitgeber die Investitionen zugunsten der Gehälter vernachlässigen würden.*

Die Studenten schrieben eifrig mit. Stein wusste, dass das für die angehenden Wirtschaftswissenschaftler ein harter Brokken war. Trotzdem entsprach alles der Wahrheit. Sein Lehrstuhl untersuchte das Gerätewerk seit einigen Jahren, und er hatte nachgewiesen, dass die Investitionen in dem Werk 7 bis 15 Prozent über dem österreichischen Durchschnitt lagen. Damit war das von den Arbeitern geleitete Werk eines der bestgeführten österreichischen Unternehmen.
Ein Finger aus der vorletzten Reihe schnellte nach oben. Eine dickliche Studentin, die sich schwerfällig auf die Bank stützte, fragte:
»Bestimmt sind die Kommunisten die treibende Kraft bei dieser Sache?«
»Nein«, antwortete Stein, »von allen Parteien steht die KPÖ dem Projekt am ablehnendsten gegenüber. Im Betrieb gibt es, soweit ich weiß, keinen einzigen Kommunisten. Und mir

wurde gesagt, dass der einzige KPÖ-Wähler im Ort vor einiger Zeit verzogen sein soll.«
Die Studenten lachten, und die dicke Studentin in der vorletzten Reihe schrieb seine Antwort auf.
Stein legte noch einmal nach: »Wenn Sie sich das Statut der Genossenschaft genau anschauen, werden Sie sehen, dass es sich bei diesem Modell nicht um die Schaffung von anonymem Massenbesitz handelt, sondern durchaus um persönliches Eigentum. Jeder Einzelne ist konkreter Eigentümer mit konkreten Mitspracherechten. Ich bin davon überzeugt, dass diese Form verantwortungsbewusste, selbstbewusste und selbstständige Menschen heranbildet, die sich nicht für irgendeine Diktatur missbrauchen lassen.«
Nachdenklichkeit bei den Studenten.
»Was machen die Leute denn mit den Gewinnen?«, fragte ein hoch aufgeschossener junger Mann, der trotz der angenehmen Temperatur im Saal mit hochgeschlagenem Kragen in der Vorlesung saß.
Der Mann am Pult erzählte noch einmal von den Anfängen der Fabrik: Die Arbeiter gingen nicht vom maximalen, sondern vom notwendigen, zunächst hart an der Grenze der Rentabilität gehaltenen Gewinn aus. Damit gelang es ihnen, Marktanteile zu erzielen. Doch stiegen die Gewinne von Jahr zu Jahr, und die Beschäftigten verwendeten sie zum eigenen Wohle, statt sie zum Nutzen eines einzigen Eigentümers abzuführen. Die Überschüsse werden in Wohnungen angelegt und in Sonderzahlungen, sodass das Gehaltsniveau im Gerätewerk deutlich über dem allgemeinen österreichischen, wahrscheinlich sogar europäischen Niveau liegt.
»Wird das Modell von den Gewerkschaften oder anderen politischen Parteien unterstützt oder propagiert?«, fragte ein junger Mann in einem hellbeigen T-Shirt mit der Aufschrift »Red Socks«. Paul Stein wusste nicht, wie er diesen Aufdruck verstehen sollte.
»Die Gewerkschaften sind an dem Modell nicht weiter inter-

essiert, da es in Matrei keinen Betriebsrat gibt. Die Mitarbeiter sind Eigentümer und klären alle notwenigen Fragen auf den entsprechenden Versammlungen der Genossenschaft. Auf diesen Versammlungen besitzt jeder Teilnehmer eine Stimme, egal welche Funktion er im Betrieb hat …«
Er stockte. Nun musste er aufpassen, dass er die Frage nicht vergaß, dass er nicht ins Schwärmen geriet, sondern bei all seiner Begeisterung wissenschaftlich nüchtern blieb.
»Die einzige Institution, die das Projekt unterstützt, ist das Bistum Innsbruck. Und das aus gutem Grund. In diesem kleinen Werk ist im Grunde die katholische Soziallehre perfekt verwirklicht. Arbeit und Kapital sind nicht mehr feindlich getrennt, sondern gehören zusammen. Das Werk gehört weder einem einzelnen egoistischen Kapitalisten noch einer anonymen Bürokratie, die beide die Arbeiter auf ihre jeweils unterschiedliche Art ausbeuten.«
Und Stein berichtete von seinen Aufenthalten im Werk, den Gesprächen mit den Mitarbeitern, die sehr sorgsam ihre Mitspracherechte wahrnahmen.
»Kann man das Modell Matrei auf andere Bereiche übertragen?«, fragte Jan Moser, der beste Student im Semester.
»Ja.«
Er nickt zu Jan Moser, als bedanke er sich für diese Frage. Der junge Mann dachte in größeren Zusammenhängen und bereitete sicher schon die Frage vor, die im Raume stand. Aber Paul Stein wollte sie heute nicht beantworten. Sie würden heute Nachmittag mit dem Chef des Instituts und einigen Kollegen darüber reden.
Er legte lieber noch einen kleinen Umweg ein und sagte: »Sie erinnern sich sicher an die Krise von Voechst Alpine, des größten österreichischen Unternehmens, und leider in Staatsbesitz, was ihm nicht gut bekommt. Dieses Werk, Sie erinnern sich vielleicht an die Presseberichte vor einiger Zeit, war pleite. Die Sanierung würde den Steuerzahler riesige Summen kosten. Unser Institut entwickelte einen Sanie-

rungsvorschlag, der vorsah, das Unternehmen nicht an irgendeinen Investor zu verscherbeln, sondern der Belegschaft zu schenken. Wir wurden für dieses Modell ausgelacht.«
Bitterkeit lag nun in seiner Stimme.
»Ausgelacht wurden wir, landauf, landab. Auch von der SPÖ und den Gewerkschaften. Dabei fußte unser Vorschlag auf den exakten Analysen und Erkenntnissen, die wir in Matrei gewonnen hatten. Aber gegen die unterschiedlichen Interessen kamen wir nicht an. Die einen wollten billig privatisieren, die anderen den gleichen unhaltbaren Zustand beibehalten – und alle waren sich daher einig, unseren vernünftigen Vorschlag der Lächerlichkeit preiszugegeben. Damals lernten wir: Es geht hart zu, wenn es um Eigentum geht, sehr hart; und nicht immer ist der beste Vorschlag der willkommenste.«
Die Studenten starrten ihn an. Sie waren sensibel genug, die Verletzung zu spüren, die Paul Stein immer noch mit sich herumtrug.
Doch dann hob sich Jan Mosers Finger erneut.
»Herr Professor«, sagte er, »die Vereinigung Deutschlands steht bevor. Die Regierung Modrow in Berlin hat das Eigentum aller Betriebe der DDR in einer Behörde zusammengefasst. Wäre Ihr Modell nicht auch für die jetzt zu erwartende Umstellung in der DDR ein Vorbild?«
Da war sie also, die Frage. Stein überlegte sich die Antwort lange.
»Das Modell der Produktivgenossenschaften funktioniert am besten in schlechten Zeiten. Mit keinem anderen mir bekannten Modell wären die Beschäftigten bereit, so große Anstrengungen und so enorme Entbehrungen gleichzeitig auf sich zu nehmen.«
»Aber dann passt es doch«, rief Moser, »warum soll das dort nicht funktionieren?«
Die einsetzende Klingel beendete die Vorlesung. Die Studenten sprangen auf und bewahrten Stein davor, diese letzte Frage beantworten zu müssen.

32

Christiane Stein brachte ihn zum Bahnhof. Der ICE würde Stuttgart kurz vor halb zehn Uhr verlassen und fünf Stunden später Hamburg erreichen.
»Ich habe meiner Mutter nicht gesagt, dass mein Vater vielleicht noch lebt. Es würde sie zu sehr aufregen.«
»Und welche Legende haben Sie sich für mich ausgedacht?«
»Sie sind ein Kollege, ein Dokumentarfilmer. Sie recherchieren über Ökonomen, die bei der Treuhand gearbeitet haben. ›Volkswirte der Einheit‹ heißt der Film, den Sie planen.«
»Eine Legende muss wasserdicht sein. Ich verstehe nichts vom Filmen. Da wird sie mir schnell auf die Schliche kommen.«
»Machen Sie sich keine Sorgen – ich habe Sie als Hilfskraft angekündigt.«
»Als Hilfskraft – von wem?«
»Von mir – Sie recherchieren für mich. Ist ja nicht gelogen, oder?«
Er brummte etwas vor sich hin. Eine Legende, die er sich nicht selbst gestrickt hatte, passte ihm nicht. Aber vielleicht hatte sie Recht – in diesem Fall würde es niemand bemerken. Er warf seine Reisetasche über die Schulter und stieg in den wartenden Zug. Christiane wartete, winkte ihm kurz zu, dann ging sie.
Dengler verbrachte die Fahrt im Speisewagen. Er überflog die Fragen, die er Christianes Mutter stellen wollte, verbesserte und ergänzte die Liste. Hinter Fulda schlief er ein, den Kopf an die Scheibe gelehnt, aber die Träume meinten es diesmal gut mit ihm; die Fledermäuse flogen neben dem Zug her und wachten über seinen Schlaf.

***

Taxi vom Hauptbahnhof in die Sierichstraße. Christianes Mutter bewohnte eine große Wohnung in der Nummer 72, die ihre Eltern noch vor dem Krieg gekauft hatten. Sie führte Dengler in einen Salon, brachte Tee und Kekse, bevor sie sich auf einem grünen Sessel niederließ. Sie sah ihn erwartungsvoll an, und Dengler stellte die ersten Fragen.

»Wenn Ihr Mann noch leben würde und frei wählen könnte, in welchem Land er leben wolle – was glauben Sie, welches würde er wählen?«

»Österreich natürlich – und in Österreich unbedingt Innsbruck, das war immer die schönste Stadt der Welt für ihn.«

»Und außerhalb Österreichs?«

»Würde er sicherlich ein südliches Land wählen. Spanien oder Südfrankreich, vielleicht aber auch Italien oder Griechenland.«

»Sprach er einige dieser Sprachen?«

»Ja, Französisch sehr gut, Spanisch passabel, ein wenig Italienisch und kein Wort Griechisch.«

So eröffnete er die Unterhaltung. Nach zwei Stunden wirkte die alte Dame erschöpft. Kleine Schweißperlen bildeten sich um Nase und Stirn; Dengler unterbrach das Gespräch.

»Sie mögen Ringelblumen wohl sehr«, sagte er und wies auf die beiden großen Sträuße, die rechts und links des Fensters in zwei gleich aussehenden chinesischen Vasen standen.

»Ja sehr, es sind die Lieblingsblumen meines verstorbenen Mannes. Er malte mir sogar einmal ein Bild eines Ringelblumenstraußes – wollen Sie es sehen?«

Dengler nickte und folgte Frau Stein in den hinteren Teil der Wohnung. In einem kleineren Raum, Georg vermutete das Esszimmer, hing ein Ölgemälde in einem breiten und reichlich verzierten Goldrahmen. Die Blumen auf dem Gemälde bogen sich weit nach allen Seiten, als wollten sie aus der Vase fliehen. Das Licht fiel von rechts oben auf die Anordnung und hüllte das Bild in eine weiche Frühlingsstimmung.

»Ihr Mann war wohl nicht nur Wissenschaftler, sondern auch Künstler?«
»Na ja, er ging in seiner Arbeit als Wirtschaftswissenschaftler ganz auf, aber am liebsten wäre er doch Musiker geworden.«
»Sie sagten mir – er spielte Bratsche.«
»Leidenschaftlich! Aber er wusste, dass er nicht gut genug spielte, zum Berufsmusiker reichte es nicht.«
»Spielte er denn einmal in einem Orchester?«
»Nein, dazu fehlte ihm leider der Mut, obwohl er sehr gerne einmal mit einem bestimmten Ensemble gespielt hätte.«
»Welchem?«
»Kennen Sie das Freiburger Barockorchester?«
»Nein, leider nicht.«
»Es wurde vier Jahre vor dem Tod meines Mannes gegründet. Paul liebte Barockmusik. Und dieses Orchester spielt Barockmusik auf original alten Instrumenten.«
Sie gingen zurück in den Salon.
Sie setzten sich, und Dengler stellte die verbliebenen Fragen seines Kataloges. Über die Arbeit ihres Mannes bei der Treuhand wusste sie nichts. Oder wollte sie nichts sagen.
»Fragen Sie doch die Sekretärin meines Mannes. Sie lebt in Berlin«.
»Wie heißt Sie? Haben Sie Ihre Adresse und Telefonnummer?«
»Sie heißt Iris Herzen. Ich werde sie anrufen und Ihnen sagen, ob sie Sie empfängt.«
Dengler nickte und notierte sich den Namen: Iris Herzen.
Später rief sie ihm ein Taxi, das ihn zum Bahnhof Dammtor brachte.
Nachts um drei kam er in Stuttgart an. Er lief zu Fuß vom Bahnhof ins Bohnenviertel. Als er vor dem *Basta* stand, schaute er hinauf zu Olgas Wohnung, aber er sah kein Licht mehr; sie schlief sicherlich schon.
Auf dem Anrufbeantworter warteten zwei Nachrichten:

Jürgen Engel bat um einen Rückruf beim BKA, und Christiane Stein wollte wissen, ob ihm ihre Mutter gefallen habe. Dengler ließ sich ins Bett fallen. Sein Kreuz schmerzte. Die Fledermäuse gesellten sich bereits im Halbschlaf zu ihm.

33

Um sieben Uhr saß er bereits an seinem Schreibtisch und wusste nicht, was er tun sollte. Für die Rückrufe bei Engel und Christiane Stein war es noch zu früh.
Er überdachte das Gespräch mit der Frau seiner Zielperson. Paul Stein schien das Idealbild eines Ehemanns zu sein, liebevoll und sorgend gegenüber seiner Frau, erfüllt von seinem Beruf und gleichzeitig Liebhaber von Literatur (am liebsten las er neuere amerikanische Romane), er malte und musizierte. Barockmusik! Wie das wohl klang? Bestimmt hatte das Orchester eine Homepage, vielleicht gab es dort eine Hörprobe. Dengler startete den Rechner und rief die Seite der Citibank auf. Sein letztes Gehalt war immer noch nicht angekommen. Dann rief er *www.google.de* auf. Er tippte »Freiburger Barockorchester« in die Suchmaschine.

Selten ist ein Ensemble so zügig auf Erfolgskurs gegangen wie das Freiburger Barockorchester (FBO). Längst hat das FBO die Nische Alte Musik verlassen und zählt im allgemeinen Vergleich zu den international gefragtesten Kammerorchestern. Dabei zeigen die Freiburger mit offensichtlichem Spaß an musikalischer Gestaltung, dass Musik mit historischen Instrumenten nicht nur auf professionell höchstem Niveau, sondern auch lustvoll gespielt werden kann. Wie wenig alte Musik bei dieser Art zu musizieren also übrig bleibt, beschrieb ein Kritiker anlässlich der Freiburger CD mit Vivaldis Vier Jahreszeiten: »Das ist Avantgarde pur.«

Keine Hörprobe. Er klickte die Rubrik »Termine« an. Das Orchester befand sich gerade auf einer Europatournee; morgen würde es in Wien auftreten, dann folgten Budapest, Basel, dann legten die Musiker drei Tage Pause ein, spielten dann in Cannes und am nächsten Tag gaben sie das Abschlusskonzert in Siena.

Die letzten beiden Termine konnte er erreichen. Er wurde plötzlich ganz wach; seine Brustmuskulatur straffte sich. Vielleicht war das eine Spur?
Er tippte »Ringelblumen« in die Suchmaschine und erhielt 3880 Einträge, bei dem lateinischen Namen »Calendula« waren es 58 900 – zu viele, um etwas Vernünftiges zu finden.
Er griff zum Hörer und wählte Christiane Steins Nummer. Sie meldete sich mit verschlafener Stimme. Er habe eine Idee, die er mit ihr besprechen müsse, sagte er. Um diese Zeit? Sie schlafe noch, er solle doch zum Frühstück kommen, aber nicht sofort. Es tue ihm Leid, dass er sie geweckt habe. Um zehn? Ja, um zehn. Er wisse, wo sie wohne? Ja, im Herdweg. Genau. Bis dann.
Er rief im BKA an. Jürgen Engel saß schon hinter seinem Schreibtisch.
»Na, bist also schon mit dem Flughafen in Bangkok in Kontakt getreten?«, fragte er.
»Woher weißt du das?«
»Das BKA weiß alles – das weißt du doch.«
»Im Ernst, woher weißt du das?«
»Du wolltest von mir doch wissen, ob die Maschine pünktlich von Bangkok abflog? Ich gab diese Frage an meine Kollegen in Thailand weiter, und die fragten beim Flughafen nach. Dort erfuhren sie, dass mit der gleichen Frage ein gewisser Georg Dengler aus Stuttgart sich bei den Flughafenleuten gemeldet hat. Das teilten die Kollegen dann wiederum mir mit.«
»Das Flugzeug startete pünktlich.«
»Ja, ich weiß. Und ich weiß noch mehr.«
»Nämlich?«
»Die Person, nach der du mich befragt hast, dieser Paul Stein …«
»Ja?«
»Der saß in der Maschine.«
»Was?«

»Sein Körper war nicht mehr zu identifizieren, er gehörte zu den siebenundzwanzig Leichen, die in Bangkok bestattet wurden. Aber dass er einer von den siebenundzwanzig war, das wissen wir.«

»Wieso?«

»Passagierliste. Außerdem identifizierten seine Frau und seine Tochter eindeutig sein Gepäck.«

»Mmh.«

»Habe ich dir geholfen?«

»Ja, ich danke dir sehr.«

Sie versprachen sich gegenseitig, sich demnächst einmal zu besuchen; beide glaubten es und wussten doch, dass es nicht geschehen würde.

Sie legten gleichzeitig auf.

34

Pünktlich um zehn Uhr klingelte Dengler an Christianes Wohnung am Herdweg. »Stein/Mittler« stand auf dem Schild über dem Klingelknopf. Als das Schnurren des Türöffners den Weg freigab, stieg er über drei Treppenabsätze um das Haus herum. Christiane stand bereits in der Tür und erwartete ihn.

Sie trug Jeans und einen dunkelgrünen Pulli. Sie schien sich zu freuen, ihn zu sehen. Dengler registrierte, dass sie größer wirkte als bei ihrer ersten Begegnung und – nach einem raschen Blick auf den Pulli – keineswegs so knabenhaft, wie er angenommen hatte.

»Kommen Sie herein; Hans-Jörg ist bereits im Büro. Ich habe uns etwas Gesundes zum Frühstück gemacht.«

Als sie sein Gesicht sah, lachte sie: »Kein Müsli, eine Flasche Veuve Clicquot.«

Er folgte ihr durch die Küche in einen völlig weiß eingerichteten Raum. Ein langer Tisch in der Mitte, auf dem zwei Gedecke standen, zwei Teller, zwei Tassen und zwei Gläser, ein Kühler mit dem Champagner, auf dem Büfett standen ein Käseteller, verschiedene Marmeladen – und ein üppiger Strauß Ringelblumen.

»Öffnen Sie die Flasche?«

»Gerne.«

Dengler drehte das Drahtgestell auf und zog vorsichtig den Korken heraus. Auf halber Strecke kam er ihm entgegen, und die Flasche öffnete sich mit einem freundlichen »Blupp«. Als er beide Gläser gefüllt hatte, kam Christiane aus der Küche. Sie strahlte ihn an, nahm sich ein Glas und fragte ihn, auf was sie nun anstoßen würden. Auch Dengler nahm sein Glas; er schaute sie an, und es verwirrte ihn einen Augenblick lang, welche eigentümliche Mischung das Blau ihrer Augen mit der Wärme ihrer guten Laune einging.

»Auf Ihren Vater.«
Sie nickte, und dann tranken sie.
Christiane Stein leerte das Glas in einem Zug und stellte es vorsichtig auf die Kante des weißen Tisches.
»Wie fanden Sie meine Mutter?« fragte sie.
»Äh, sehr nett. Sie gab mir einen Hinweis, der vielleicht wichtig ist.«
»So, welchen denn?«
»Ihr Vater spielte Bratsche und liebte Barockmusik.«
»Ja, das stimmt. Sonntags zog er sich in sein Arbeitszimmer zurück und hörte Händel. Seinen Töchtern fiel es nicht immer leicht zuzuhören – ich mochte schon damals lieber Rockmusik.«
Sie hielt ihm ihr leeres Glas hin.
Er nahm die Flasche, und der Champagner spritzte in ihr Glas. Er wartete, bis der Schaum sich setzte, und füllte nach. Sie nahm einen Schluck und schaute ihn an.
»Ist das wichtig?«
»Vielleicht; Ihre Mutter erklärte mir, dass er besonders für das Freiburger Barockorchester schwärmte.«
»Und?«
Sie hielt ihm erneut ihr Glas hin, er schenkte nach.
»Sehen Sie«, er räusperte sich, »dieses Orchester ist gerade auf Tournee. Vielleicht sieht sich Ihr Vater dieses Ensemble irgendwo an?«
»Das wird teuer, oder?«
»Ja, Reisekosten, Eintritt, und vor Ort muss ein Fahrzeug zur Verfügung stehen, damit ich Ihrem Vater folgen kann – falls er auftaucht.«
»Wo spielen die denn?«
»Sie geben noch zwei Konzerte, eines in Cannes und das Abschlusskonzert in Siena – die Auftritte in Basel, Budapest und Wien sind leider schon vorüber.«
»Oh, sonst wär's ja noch teurer.«
Sie hielt ihm wieder den leeren Sektkelch entgegen. Ihm

schien, dass ihre Hand etwas schwankte, deshalb hielt er ihren Handrücken fest, während er ihr nachschenkte. Eine feierliche Ruhe entstand. Erst als er sie losließ und sie einen Schluck getrunken hatte, verflog diese kurze Stimmung.
»Machen Sie das«, sagte sie.
»Vielleicht wollen Sie mitkommen?«, fragte Dengler.
Nun lachte sie.
»Das wäre vielleicht sogar sehr schön – Cannes, Siena. Sonne. Musik. – Aber es geht nicht. Ich sitze ab morgen im Schneideraum – muss arbeiten.«
Sie stand auf.
»Vielleicht«, sagte sie, »gibt es ja jemand anderen, der Sie gerne begleiten würde.«
»Ja, ein Freund, der etwas Familiäres am Comer See zu erledigen hat.«
»Keine Frau?«
Sie leckte mit der Zungenspitze einen Tropfen Champagner vom Glasrand und sah ihn neugierig an.
»Nein, im Augenblick nicht«, sagte Dengler und dachte an Olga.
Einen Augenblick trat Stille zwischen ihnen ein.
»Mögen Sie Van Morrison?«
Er nickte, und sie legte eine Platte auf:
Well, it's a marvellous night for a Moondance
With the stars up above in your eyes
Dengler sagte: »Schöne Musik, aber verraten Sie mir, woher haben Sie eigentlich diesen wunderbaren Strauß Ringelblumen?«
»Das möchten Sie wohl wissen, wie?«
Sie schwankte ein wenig, als sie auf ihn zukam.
»Ja, es ist viel zu früh für Ringelblumen. Es ist März. In Deutschland blühen sie noch nicht.«
»Ich habe einen heimlichen Verehrer. Jedes Jahr schickt er mir diese Sträuße.«
»Kennen Sie ihn?«

»Leider, leider nicht. Hans-Jörg ist schrecklich wütend. Ich aber würde ihn gerne kennen lernen. Aber er ist so schrecklich – anonym.«
Sie ist süß, dachte er, auch wenn sie etwas unsicher geht.
»Hat Ihr Verehrer Ihnen die Blumen vor die Haustür gelegt?«
»Nein, das Blumenhaus Mayer, unten in der Nähe des Lindenmuseums, liefert sie immer. Aber sie brauchen dort gar nicht zu fragen, die wissen auch nicht, von wem der Auftrag kommt.«
»Aber vielleicht bekomme ich es heraus«, sagte Dengler und notierte sich die Anschrift des Blumenladens in seinem Notizbuch.
Christiane stützte sich mit der rechten Hand auf der Stuhllehne ab.
»Warum wollen Sie das denn wissen – interessiert Sie denn, wer meine Verehrer sind?«
»Calendula sind … – waren die Lieblingsblumen Ihres Vaters.«
»Und die Lieblingsblumen meiner Mutter! Und es sind auch meine Lieblingsblumen. Deshalb bekam ich sie doch, Herr Detektiv.«
Sie schwankte leicht, als sie in die Küche ging.
»Möchten Sie Kaffee oder Tee?«, rief sie.
»Kaffee.«
»Vollkornbrot oder Baguette?«
»Vollkornbrot.«
»Käse oder Marmelade?«
»Käse.«
»So langsam lerne ich Sie kennen.«
Dann frühstückten sie.

35

Die Ladentür klingelte anhaltend, als Georg Dengler das Blumengeschäft Mayer betrat. Der typisch feucht-schwüle Geruch – wie in einem Gewächshaus. Rechts und links von ihm ragten Fertiggestecke aus engen braunen Töpfen. Im hinteren Teil des Ladens standen Schnittblumen in blauen Vasen, einige in Cellophan eingehüllt.

Er trat an eine helle Theke aus Kiefernholz und wartete.

Nach einer Weile trat eine junge Frau in einer dunkelblauen Kittelschürze durch einen Vorhang in den Verkaufsraum und fragte ihn nach seinen Wünschen.

»Ich suche im Auftrag von Frau Christiane Stein nach dem Absender der Ringelblumen, die Sie ihr vor ein paar Tagen lieferten«, sagte er.

Die Frau blinzelte ihn misstrauisch an.

»Wir sagen nichts über unsere Kunden«, sagte sie.

»Bitte rufen Sie Frau Stein an. Ich handele in ihrem Auftrag. Haben Sie ihre Telefonnummer?«

Die Frau nickte missmutig und verschwand hinter dem Vorhang.

Dengler sah sich im Laden um. Es gab einige Töpfe mit jungen Osterglocken und einige Primeln. Sonst sah er keine Frühlingspflanzen. Keine Spur von Ringelblumen.

Nach einigen Minuten erschien die Frau wieder.

»Ja, das ist so«, sagte sie. »Wir haben dic Blumen von einem Großhändler auf dem Blumenmarkt bekommen. Zwei Bünde und einen Umschlag mit dreißig Euro. Damit wir einen schönen Strauß machen und ihn anliefern sollten. An die Adresse von Frau Stein.«

»Stand ein Absender auf dem Umschlag?«

Die Frau schüttelte den Kopf.

»Wissen Sie, wer den Auftrag gegeben hat?«

Sie schüttelte erneut den Kopf.

»Wie heißt der Händler, der Ihnen das Geld und die Blumen gegeben hat?«
»Der Roth, der Blumen Roth auf dem Großmarkt.«
Dengler notierte sich den Namen.
»Da müssen Sie aber früh aufstehen, wenn Sie den treffen wollen«, sagte sie.
Dengler sah sie fragend an.
»Um fünf macht der Markt auf.«
»Fiel Ihnen irgendetwas Besonderes an den Blumen auf?«, fragte er.
»Schon«, sagte sie zögernd.
Dengler wartete.
»Es waren zwei Bünde«, sagte die Frau, »und beide waren außergewöhnlich hochwertig.«
Sie bemerkte Denglers fragenden Blick: »Die Blätter an den Stielen waren sauber entfernt, die Stiele gleich dick und lang, die Blüten alle gut und gleich groß. So was fällt auf, die gleiche Qualität. Man hat ja einen Blick für so was.«
Dengler bedankte sich und verließ den Laden.
Die Klingel schrillte erneut laut und hässlich.

36

Um kurz nach eins kam Dengler wieder im *Basta* an. Er nahm zwei Stufen auf einmal und rannte pfeifend über den kleinen Flur zu seiner Wohnung. Bevor er öffnete, lauschte er, ob ein Geräusch von oben, von Olgas Wohnung nach unten drang. Er hörte nichts und ging vorsichtig die Treppe hoch.

Er klopfte.

»Herein!«

Er öffnete die Tür. Olga saß hinter ihrem Rechner, blickte aber nicht auf den Bildschirm, sondern in ein Buch, das aufgeschlagen neben ihr lag.

»Störe ich?«

»Nein, kommen Sie nur herein.«

»Ich möchte mich noch einmal bei Ihnen bedanken. Sie ahnen nicht, wie sehr Sie mir geholfen haben. Nehmen Sie eine Einladung zum Essen an?«

Sie stand auf. Kam auf ihn zu.

»Wissen Sie was«, sagte sie, »ich heiße Olga. Wenn wir Nachbarn sind und schon gemeinsam in fremde Rechner eingedrungen sind, können wir uns auch duzen.«

»Gerne, ich heiße Georg.«

»Der heilige Georg, der den Drachen tötet.«

»Genau der.«

Er überlegte, ob er sie nun küssen sollte.

»Und gehen Sie mit ... sorry, gehst du mit mir essen?«

»Gerne. Wohin?«

»Wie du willst: zum *Fröhlich* oder zum *Vetter* oder wo immer Sie hin wollen.«

Verschmitzt fügte er hinzu: »Vielleicht heute Abend?«

»Nein, heute Abend habe ich Martin versprochen, ihm bei den Horoskopen zu helfen. Er schreibt nun auch für Karl ...«

»Karl?«

»Ja, das ist so ein Macho-Männermagazin. ›Wie bekomme ich innerhalb von zwei Minuten zwei Frauen ins Bett‹, in diesem Stil ist das Blatt. Martin findet nicht den richtigen Ton, und deshalb muss eine Frau ran, die was von Machos versteht. Aber vielleicht können wir ja übermorgen …«
»Nein, ich verreise, jedoch nur für ein paar Tage.«
Nun erzählte er ihr von der Suche nach dem verschwundenen Mann, von seiner Tochter und seiner Hoffnung, dieser Mann würde sich ein Konzert des Freiburger Barockorchesters ansehen.
Olga setzte sich und hörte ihm zu.
»Und was war mit der Bekanntschaftsanzeige?«, fragte sie.
Dengler erzählte ihr von dem »Fall« Föll.
»Und haben Sie… hast du die Frau an ihren Mann verraten?«
»Nein, mir schien es für beide besser, wenn es so bleibt, wie es ist.«
»Bravo«, sagte sie.
»Bist du wirklich verheiratet?«
Sie sah ihn überrascht an.
»Soll diese Frage bedeuten: Bist du noch zu haben?«
»Ich weiß nicht, zunächst bedeutet sie, ob du tatsächlich verheiratet bist.«
»Ja.«
»Und wo ist dein Mann?«
»Ich weiß es nicht. Ich habe ihn schon lange nicht mehr gesehen.«
Kleine Pause.
»Ich bin auch nicht gerade scharf darauf, ihn wiederzusehen.«
Sie sah Dengler an: »Weißt du, Georg, mein Leben gehorchte nicht immer den üblichen Naturgesetzen.«
»Ich kann es mir denken.« Er ging auf sie zu, doch sie stand schnell auf.
»Melde dich, wenn du wieder da bist«, sagte sie.
Sie küsste ihn federleicht auf die Wange.

Bin ich für diese Frau auf die Welt gekommen?
»Komm doch einfach mit! Mein Freund Mario und ich fahren nach Cannes, dann nach Siena und schließlich an den Comer See.«
Sie lächelte und schien über sein Angebot nachzudenken. Er sah es ihren Augen an, wie sie alle Für und Wider erwog.
»Klingt gut«, sagte sie, »vielleicht komme ich mit. Lass mir einen Tag Bedenkzeit.«
Dann sah sie ihn wieder an und ahnte nicht, welche Orkane ihr Blick in ihm auslöste.
»Geh jetzt«, sagte sie, und er schwebte die Treppe hinab.
Unten legte er noch einmal Junior auf:
Oh, Hoodoo, Hodoo man,
Make this woman understand.

37

Professor Anders hastete in die Bibliothek. Er kickte die Tür mit dem Fuß zu, knallte seine braune Schweinsledertasche auf den Tisch und ließ sich in den Sessel am Tischende fallen. Erwartungsvoll blickte er in die Runde und erwartungsvoll blickten drei Professoren und vier Assistenten zurück.
»Es geht um eine ernste Sache«, sagte er und kramte in der Aktentasche.
Er zog einen Stapel Papiere hervor und wuchtete sie auf den Tisch. Die Sonne blendete ihn, und er blinzelte die Mitarbeiter über den Rand seiner Brille hinweg an.
»Der Herrgott gab uns dieses Elixier. Er wird sich schon etwas dabei gedacht haben, dass er es ausgerechnet vor unserer Haustür abgestellt hat. Wir müssen nun entscheiden, ob wir es benutzen oder ob wir es versauern lassen.«
Paul Stein schmunzelte. Ihm gefiel der Einfall, das Modell der Produktivgenossenschaft Matrei mit einem Elixier zu vergleichen.
Stein kannte Professor Anders genau; er arbeitete nun schon im achten Jahr mit ihm zusammen. Er wusste, wie er dachte. Der Zusammenbruch der Planwirtschaften im Osten Europas und vor allem die erklärte Absicht der DDR, der Bundesrepublik Deutschland beizutreten, stellte die gesamte Zunft der Wirtschaftswissenschaftler vor riesige Herausforderungen.
Wie sollte der Übergang von einer Staats- zu einer Privatwirtschaft organisiert werden? Vor allem eine Frage diskutierten sie immer wieder: Wie konnte verhindert werden, dass die technisch und organisatorisch rückständigen Betriebe des Ostens in dem rauen Wettbewerb mit den Firmen des Westens nicht sofort untergingen? Sie produzierten nicht nur um ein Vielfaches aufwendiger als ihre westlichen Konkurrenten, sie besaßen auch nicht deren gewachsene und er-

probte Vertriebsstrukturen, nicht die Marketing- und Werbemöglichkeiten und vor allem nicht die über hundertjährige Erfahrung im Kaufen und Verkaufen.
Die meisten Fachleute waren sich einig, dass die Ostfirmen für eine Zeit des Übergangs unter einen wirksamen Schutz gestellt werden mussten, wenn sie nicht in kürzester Zeit zusammenbrechen sollten.
Und nun lag die Lösung für diese gewaltigen Probleme ausgerechnet vor ihrer Tür. Das Institut befasste sich schon lange mit der Produktivgenossenschaft Matrei. Anders schrieb in den letzten Jahren unzählige Fachartikel, hielt Vorträge, initiierte Rundfunksendungen und Artikel in österreichischen Zeitungen. Stein hielt Vorlesungen über das Thema und versuchte innerhalb der Kirche das Modell publik zu machen. Aber alle diese Versuche waren nicht erfolgreich. Die österreichischen Gewerkschaften interessierten sich nicht für das Modell Matrei; das Unternehmen brauchte keinen Betriebsrat, die Beschäftigten wählten schließlich die Unternehmensführung selbst. Die SPÖ engagierte sich nicht, weil die Gewerkschaften daran kein Interesse hatten, und die Kommunisten konnten bei den gut katholischen Tiroler Arbeitern nie einen Blumentopf gewinnen.
Die Öffentlichkeit nahm all diese Informationen, Publikationen und engagierten Auftritte mit dem gleichen Interesse zur Kenntnis wie die Nachricht von der Entdeckung einer neuen Käfersorte in Borneo.
Bei der Krise um das hoch verschuldete Stahlwerk Voechst hatte das Institut einen Vorschlag zur Sanierung eingebracht, der auf ihren Untersuchungen des kleinen Werkes in Matrei beruhte. Stein erinnerte sich, wie sie Nächte lang rechneten, verschiedene Entschuldungs- und Privatisierungsmodelle prüften – und schließlich genau nachweisen konnten, dass das günstigste Modell sei, das Werk einfach den Beschäftigten zu überschreiben. Dies sei auch für die Überlebenschance von Voechst das Beste, denn nur, wenn die Arbeiter und

Angestellten wirklich Eigentümer des Werkes seien, seien sie auch bereit, eigene große Opfer zu bringen, bis die Fabrik wieder profitabel arbeite.
Alles genau belegt. Alles berechnet. Bis auf den letzten Schilling. Über dreihundert Seiten umfasste die Studie.
Es wurde ein Desaster. Die Presse goss Kübel von Hohn über Professor Anders aus: Das Werk den Arbeitern zu schenken – so ein Quatsch! Selbst innerhalb der ÖVP, deren Mitglieder Anders und Stein waren, sah man sie an, als litten sie an schwerer geistiger Zerrüttung.
Stein wusste, dass Anders bleibende Verletzungen aus dieser Kampagne davongetragen hatte, die auch dadurch nicht gelindert wurden, dass sie – Anders und alle seine Mitarbeiter – mit ihren Prognosen Recht behalten hatten. Die Sanierung von Voechst kostete die Steuerzahler viele Millionen Schilling, und viele Beschäftigte verloren ihren Arbeitsplatz.
Die Wunde war noch offen.
Und nun stand eine erneute Herausforderung an – unvergleichlich größer als die erste, verlorene.
»Ich sprach vor drei Tagen lange mit dem Präsidenten der Treuhand«, sagte Anders nun.
»Rohwedder will die DDR-Betriebe sanieren. Er denkt daran, sie mit Staatsbeteiligungen auszustatten, bis sie auf eigenen Füßen stehen. Sie sollen in der Sanierungsphase ihre gewachsenen Verbindungen zu den Märkten im Osten nicht verlieren, sodass Deutschland nach der Sanierungsphase eine machtvolle Bastion in diesen Märkten aufgebaut hat. Deutschland hätte dann dort nach erfolgreicher Umstellung mehr Einfluss als die Amerikaner.«
Er fuhr fort: »Die ungelöste Frage ist: Warum sollen die Beschäftigten die unabsehbaren Mühen der Umstellung auf sich nehmen, wenn sie nichts zu sagen haben? Das Eigentum wurde der Treuhand übertragen, und die ist weit weg.«
Paul Stein unterbrach ihn: »Und hier könnte unser Elixier wirken?«

»Es würde viele Probleme lösen.«
Nach einer Pause sagte er: »Wir können es aber nicht so machen wie bei Voechst. Eine gute Studie vorlegen und hoffen, dass die besseren Argumente siegen. Dafür habe ich alle Hoffnung verloren. Diesmal müssen wir direkt hinein.«
Sie sahen ihn fragend an.
»Die Treuhand braucht dringend Leute aus der Wissenschaft, solche wie uns. Wir müssen hineingehen. Für eine gewisse Zeit zumindest – und das Elixier von innen verabreichen.«
Anders sah Stein an: »Wären Sie bereit, für zwei oder drei Jahre nach Berlin zu gehen?«
»Alleine?«
»Nein, wir werden einen kleinen Trupp bilden – die Sturmtruppe Gottes.«
Alle lachten; dann steckten sie die Köpfe zusammen und berieten, wer sich beurlauben ließe, um für einige Zeit zur Treuhand zu wechseln.
Drei Wochen später flog Paul Stein zu seinem neuen Arbeitsplatz nach Deutschland, Jan Moser begleitete ihn als sein Assistent.

38

Es war noch stockdunkel, als er an der Pforte des Großmarktes aus dem Taxi stieg und den Fahrer bezahlte.
Fünf Flutlichtmasten arbeiteten das Pförtnerhaus und die Durchfahrt mit der geöffneten Schranke aus dem Dunkel. Ein uniformierter Sicherheitsmann stand an der Einfahrt und winkte die kleinen weißen Lkws herein, die ohne Unterlass auf das geräumige Gelände schossen.
Dengler sah mehrere Hallen, durch deren Deckenfenster helles Licht nach außen drang.
Der Pförtner wies ihm den Weg: »Halb rechts, durch die Gemüsehalle, dann sind Sie im Blumengroßmarkt.«
Dengler schob sich durch das Gedränge der ersten Halle. Bauern aus der Umgebung räumten die grünen Kisten mit ihren Produkten hin und her und stapelten Kartoffeln, Möhren und Gurken. Dazwischen gingen die Einkäufer, manche zielbewusst, andere schlenderten von Stand zu Stand, prüften die Qualität mit einem knappen Griff. Überall wurde lautstark gehandelt und bar bezahlt.
Ein schwäbischer Basar, dachte Dengler.
In der Blumenhalle empfing ihn ein feuchter Geruch. Unter einem großen Schild mit der Aufschrift »Schnittblumen« wogte ein buntes Meer von Rosen, Gerbera und Nelken. Eine Bäuerin, gebeugt vom Alter, sortierte auf einem kleinen Pult beschriebene Zettel, die gichtverknotete Hand ließ den schweren schwarzen Geldbeutel dabei nicht los. Die meisten Händler trugen grüne Schürzen oder grüne Pullover. Die Kunden, die sich in den Gängen drängten, schoben mannshohe, feuerverzinkte schmale Wagen mit metallenen Einlegebrettern vor sich her, in die sie schwarze Kübel mit Schnittblumen, orange Untersetzer mit Osterglocken und Paletten mit Stiefmütterchen luden.
An der Decke und an den Wänden hatten die Gärtner ihre

Firmenbezeichnungen angebracht. Dengler sah Rosen aus Hegnach, Sumpfpflanzen aus Benningen, Usambaraveilchen aus Schöneich. Neben einem Imbisswagen fand er den Stand der Gärtnerei Roth.

Dengler stellte sich einem älteren Mann vor, der mit wachem Gesicht die vorbeiziehenden Kunden musterte.

»An die beiden Bünde Calendula erinnere ich mich gut«, sagte der Mann.

»Bekommen Sie öfters solche Aufträge?«, fragte Dengler.

Der Mann kicherte.

»Nein, das war nur eine Gefälligkeit für unseren italienischen Händler. Der rief mich an und bat mich, die Bünde an ein Blumengeschäft in Stuttgart weiterzugeben, das einen schönen Strauß daraus machen und sie auch sicher abliefern würde.«

»Verraten Sie mir die Adresse Ihres italienischen Händlers?«

Der Mann nickte und zog aus der Gesäßtasche ein zerfleddertes Notizbuch, schlug eine Seite auf und zeigte sie Dengler.

»Sonst kaufen wir unsere italienischen Blumen nur aus San Remo. Dieser Händler kommt aus … Schreiben Sie's selber ab – das Italienische ist nix für mich.« Dengler schrieb die Adresse eines Blumengroßhändlers in der Nähe von Siena in sein Buch.

Dann fragte er den alten Mann: »Fiel Ihnen an den Sträußen irgendetwas Besonderes auf?«

»Gute Ware«, sagte der Mann. Dann: »Von diesem Erzeuger haben wir weder vorher noch nachher Ware bekommen.«

»Sie meinen: Sie können den Blumen ansehen, von welchem Gärtner sie kommen?«

Der Mann nickte.

»Schauen Sie«, sagte er, »jeder Gärtner bindet seine Sträuße mit einem anderen Material.«

Er fischte einen Bund Gerbera aus einem schwarzen Plastikeimer.

»Wir verwenden immer das breite weiße Gummiband«, sagte er und zeigte es Dengler.
»Der da«, der Mann deutete auf den Stand nebenan, »verwendet auch weißes Gummiband, aber dünner – das muss er drei Mal um die Stiele wickeln. Andere nehmen Klebeband in Blau, andere in Schwarz, manche verwenden noch Draht, aber das stirbt weg – ist zu teuer.«
»Und die beiden Calendula-Bünde?« Dengler sah den Mann an. Würde er ihm jetzt eine Spur liefern?
»Draht mit Karton drumrum, wie man ihn früher verwendete. Er muss noch einen Rest davon haben. Das verwendet kein Mensch mehr sonst.«
»Danke«, sagte Dengler, »Sie haben mir sehr geholfen.«
»Wollen Sie ein paar Blumen kaufen?«
»Ja«, sagte Dengler und kaufte dem Mann zwei große Sträuße roter und gelber Rosen ab.
Für Olga, dachte er, und einen für Christiane.
Dann ging er zum Ausgang zurück.
Noch zwei Stunden Zeit, dann fuhr sein Zug nach Berlin.
Der Pförtner rief ihm ein Taxi. Er bat den Fahrer, zunächst den Herdweg anzufahren. In der Innenstadt herrschte reger Berufsverkehr, wie jeden Morgen, und mitten im Wagenburgtunnel standen sie im Stau. Im Schritttempo erreichte das Taxi den Bahnhof, und erst dann waren die Straßen wieder normal befahrbar. Vor Christianes Wohnungstür legte er einen der beiden Sträuße, zusammen mit einem Zettel: »Diesmal von mir – Georg Dengler«.
Dann brachte ihn der Wagen zum *Basta* zurück. Er legte den zweiten Strauß vor Olgas Tür und ging hinunter in seine eigene Wohnung.

39

Der ICE erreichte den Ostbahnhof pünktlich um 13.04 Uhr. Schönes neues Gebäude, hell und klar; große Halle, viele Läden, wenig Leute. Irgendjemand musste diese riesigen Einkaufspassagen im Osten doch subventionieren, von den wenigen Leuten, die hier auf und ab gingen, konnten die nicht leben.
An einer Segafredo-Bar nahm Dengler einen doppelten Espresso mit etwas warmer Milch und rief Mario an.
»Wir fahren nach Italien«, sagte er zu ihm.
»Prima«, freute sich Mario, »wann geht's los?«
Dengler erläuterte ihm seinen Plan.
Dann rief er Olga an.
Sie schien sich über seine Nachfrage zu freuen. Ihre Stimme klang freundlich, wie frisch gebadet.
»Waren die Blumen von dir?«, fragte sie ihn. »Ich habe schon lange keine Blumen mehr geschenkt bekommen.«
Dengler freute sich an ihrer Stimme. Ob sie sich entschieden habe, mit ihm und Mario nach Italien zu fahren?
Ja, sie fahre gerne mit ihm und seinem Freund in den Süden.
Merkwürdigerweise rastete sein Herz nicht aus. Er staunte über sich selbst, weil er nur ein leichtes, betäubtes Gefühl registrierte, während er die Verbindung trennte.

***

Taxi in die Mahlbergstraße. Gerne, junger Mann, sülzte der Fahrer.
Plattenbauten. Nicht grau und dunkel, wie er sich die Gegend vorgestellt hatte, sondern in gedämpften Tönen gestrichen, hell, grün, aber kaum Menschen auf der Straße, zwei alte Männer in grauen Blousons schlurften den Bürgersteig

entlang, und eine junge Frau schob in großen Schritten einen Kinderwagen an ihnen vorbei. Das Autoradio brachte Nachrichten eines der unzähligen Berliner Lokalsender. Die ehemalige Tagesschausprecherin Susanne Stahnke ließ ihre Darmspiegelung live im Fernsehen übertragen, berichtete ein Reporter mit deutlich hörbarer Aufregung in der Stimme. Na, wenn das Gesicht nicht mehr reicht, dachte Dengler. Dann waren sie da. Dengler zahlte, stieg aus und klingelte bei Herzen im 9. Stock.

Iris Herzen bat ihn hinein und ging selbst vor. Der Flur war kurz und dunkel. An einer kleinen Holzgarderobe, einer Querlatte mit einigen Knöpfen, registrierte Dengler zwei Mäntel, einen dunkleren schweren Damenmantel und einen hellbeigen Staubmantel, aus dessen Ärmel ein blau und rot gestreiftes Halstuch hing. Auf der rechten Seite stand ein halbhoher Spiegel, der von einer Plastikimitation von Buchenholz umschlossen war und an dem ein Schirmständer aus schwerem Gusseisen befestigt war, der zwei Schirme enthielt, einen großen schwarzen Herrenschirm mit festem, poliertem Griff aus Holz und einem kleinen roten Damenknirps, wie ihn jede Drogerie verkaufte.

»Wohnen Sie allein?«, fragte er die Frau.

Sie antwortete nicht, sondern führte ihn in das Wohnzimmer. Er blieb einen Augenblick erstaunt stehen. Die Wände waren ockerfarben, die Farbe offenbar mit einem Schwamm aufgetragen und dann verwischt, sodass das Zimmer ihn an eine toskanische Bauernstube erinnerte. An den Wänden hingen mehrere Originale, abstrakte Kunst, nur in Rot, Gelb und Blau gehalten, die den mediterranen Charakter des Raumes unterstrichen. Eine moderne weiße Couch aus festem Stoff mit klassisch klarer Form an der Längsseite, zwei Sessel, grün bespannt, mit hohen Lehnen standen der Couch gegenüber. An der Querseite sah Dengler einen kleinen Tisch mit Kristallkaraffen, die mit unterschiedlich farbigen Getränken gefüllt waren.

Dengler setzte sich in einen der beiden grünen Sessel. Iris Herzen nahm ihm gegenüber auf der Couch Platz. Sie zog das rechte Bein auf die Sitzfläche und versteckte es unter ihrem linken Oberschenkel. Sie trug eine schwarze Hose aus fein geripptem Cord, Baumwollsocken, die grob und selbst gestrickt wirkten, und ein dunkelgrünes, von vielem Waschen bereits gebleichtes Sweatshirt, das sie sicherlich bis zu den Knien ziehen konnte. Ihr Haar war grau, schon fast weiß, halb lang und zu einem Pferdeschwanz gebunden. Ihr Gesicht wirkte trotz der Falten um Augen, Mund und Stirn mädchenhaft.
Sie starrte ihn neugierig an und eröffnete dann das Gespräch. »Paul Steins Frau«, sie verbesserte sich sofort, »seine Witwe, sie bat mich, mit Ihnen zu sprechen. Sie sagte mir auch, dass Sie in den alten Geschichten herumwühlen werden. Ich habe das alles lange hinter mir und rede nicht mehr darüber – schon lange nicht mehr und mit niemandem.«
Dengler wollte die Unterhaltung nicht in dieser Tonlage fortführen.
Er sagte: »Ich stehe noch ganz unter dem Eindruck dieses Zimmers. Nie hätte ich in dieser Gegend einen solch schönen toskanischen Raum erwartet.«
Er war erleichtert, als sie lächelte.
»Sie haben es erkannt? Gefällt es Ihnen? Die Farben habe ich aus Grosseto mitgebracht. Es war meine erste Reise, nachdem die Mauer gefallen war. Entschuldigen Sie, dass ich Sie noch nicht gefragt habe: Möchten Sie eine Tasse Kaffee?«
»Gerne.«
»Espresso oder Cappuccino?«
»Darf ich mir etwas wünschen?«
Sie lachte: »Sicher.«
»Dann hätte ich gerne einen doppelten Espresso mit ein bisschen Milch.«
Sie erhob sich mit einer fließenden Bewegung, und Dengler dachte, dass sie bestimmt seit vielen Jahren Yoga praktiziere.

Er folgte ihr in die Küche. Er bemerkte, dass sie die gleiche kleine schwarze Krups-Espressomaschine benutzte wie er. Allerdings bediente sie das Gerät schneller, geübter und fließender, irgendwie italienischer, fand er und sagte es ihr. Sie lachte und erzählte, dass sie jedes Jahr zwei oder drei Monate in Italien lebe, seit sie in Rente gegangen sei.
»Sie wirken auf mich nicht wie eine Rentnerin.«
»Das bin ich schon lange. Kurz nach dem schrecklichen Unfall von Paul wurde die Abteilung aufgelöst oder umorganisiert und alle, die nicht auf der neuen Linie lagen, verschwanden irgendwie – ich in Rente.«
»Erzählen Sie mir von der Abteilung.«
Sie gab ihm seine Tasse mit dem doppelten Espresso, und sie gingen zurück ins Wohnzimmer. Dengler setzte sich wieder in den grünen Sessel. Iris Herzen kletterte erneut auf die Couch und sah ihn nachdenklich an.
»Ich will von dieser Zeit nichts mehr wissen.«
Er nahm einen kleinen Schluck Espresso; er schmeckte stark, schwarz und süß und gab ihm das Gefühl, auf einer Piazza in der Sonne zu sitzen, und das sagte er ihr.
»Es war eine Schlangengrube«, sagte sie leise.
Dengler verstand zunächst nicht, was sie meinte, und sie sah es ihm an.
»Unsere Abteilung«, wiederholte sie, »war die reinste Schlangengrube.«
Dengler wartete.
»Ich arbeitete in der Grundsatzabteilung der Treuhand und war dort die Sekretärin von Paul Stein. Die Abteilung hatte von unserem Präsidenten einen klaren Auftrag, den ich immer noch auswendig aufsagen kann: Welche strategischen Maßnahmen müssen ergriffen werden, damit die Betriebe der ehemaligen DDR erhalten bleiben und ihre gewachsenen Verbindungen zu den Märkten Osteuropas und der Sowjetunion gehalten und ausgebaut werden? Für diese Fragestellung interessierten sich die meisten Referenten der Abteilung

nicht. Sieben von ihnen kamen aus Westbetrieben, drei aus dem Hochschulbereich, wie Paul Stein von der Universität Innsbruck, dann waren da noch ein Alibi-Mensch von den Gewerkschaften und zwei ehemalige Direktoren von DDR-Betrieben, die ihr Fähnchen nach dem jeweiligen Wind hängten. Die Wirtschaftsvertreter schrieben unentwegt Papiere, dass man die DDR-Betriebe nicht sanieren, sondern verkaufen müsse, und zwar billig und am besten an ihre Konkurrenten, die über das nötige Know-how verfügen würden. Allein Paul und der Gewerkschaftsvertreter und manchmal einer der beiden Direktoren nahmen den Auftrag der Abteilung ernst – alle anderen torpedierten ihn.«

Sie sprang auf und lief im Zimmer umher.

»Paul war der Fleißigste«, fuhr sie fort, »sein Denken kreiste um den Erhalt der Betriebe und der Arbeitsplätze. Ich weiß es; ich habe seine Papiere getippt und viele Stunden mit ihm diskutiert.«

Sie sprach zögernd weiter: »Wissen Sie, ich bin kein religiöser Mensch. Paul war katholisch, überzeugt katholisch, ihn trieb eine Mission, die ich nicht immer verstanden habe. Er sah in seiner Aufgabe bei der Treuhand die Chance … etwas Sinnvolles zu tun.«

Sie blieb still im Zimmer stehen und sah aus dem Fenster. Ihre Stimme klang nun sanft: »Dabei war er in den letzten Wochen vor dem schrecklichen Mord so zuversichtlich, so voller Optimismus. Er sagte mir sogar, dass diesmal die Guten gewinnen würden. Ich glaube, er war glücklich.«

»Sie meinen, dass er sich gegen die Industrievertreter durchsetzen konnte?«

»Ja, davon war er überzeugt. Er hatte einen Termin mit dem Präsidenten und seinem früheren Professorenkollegen arrangiert – nur wenige Wochen, bevor Rohwedder ermordet wurde. Als er aus dem Büro des Präsidenten zurückkam, schwenkte er eine Flasche Champagner. Wir haben gewonnen, rief er, und dann tranken wir beide die ganze Flasche aus. Am nächsten Tag fing er an, mir die Liste zu diktieren.«

»Welche Liste?«

»Es waren Namen und Adressen, Umsatzzahlen von Betrieben in den neuen Bundesländern. Paul telefonierte viel, erkundigte sich über das Unternehmen, bevor er mir die Daten diktierte. Die Liste war ihm sehr wichtig. Zur besseren Unterscheidung musste ich sie auf blaues Papier drucken.«

»Eine blaue Liste«, Dengler sagte es ruhig vor sich hin, »irgendwo ist mir diese Liste schon begegnet.« Doch wo? Er durchkämmte sein Gedächtnis, aber es fiel ihm nicht ein.

»Als die Liste fertig war«, fuhr Iris Herzen fort, »schrieb er eine Art Vorwort: über die Vorteile von Genossenschaften, wie sie der Treuhand helfen könnten, Arbeitsplätze zu erhalten und eine schwierige Zeit zu überstehen. So etwas in dieser Richtung. Als alles fertig war, trug ich die Blaue Liste selbst hinüber zum Büro des Präsidenten. Paul wollte sie nicht der Hauspost anvertrauen.«

Jetzt standen ihr Tränen in den Augen, und nur mühsam gelang ihr der nächste Satz.

»Und drei Wochen später wurde der Präsident erschossen. Und Paul wurde paranoid. Er fühlte sich selbst bedroht – als wäre er für die Terroristen wichtig! Ich habe ihn manchmal ausgelacht deshalb. Doch nur ein paar Wochen später war auch Paul tot.«

Ein Weinkrampf verbog ihre Schultern.

»Frau Herzen«, sagte Dengler, so weich er konnte. Es gab noch so viele Fragen.

»Bitte gehen Sie; ich wollte nicht mehr über diese Zeit sprechen.«

Sie setzte sich auf die italienische Couch, zusammengekrümmt, wie unter schweren Krämpfen.

»Wie heißt der Gewerkschaftsvertreter? Und nennen Sie mir bitte auch die anderen Namen.«

Sie wischte sich mit dem Handrücken die Tränen aus den

Augen: »Ich erinnere mich nicht mehr an alle. Gott sei Dank. Ich habe versucht, das alles zu verdrängen. Auch all diese Namen von damals. Der von den Gewerkschaften hieß Gerhard Heidrich – und …«, sie überlegte, »einer der Industrieleute, der hieß Hänsel, ja, Peter Hänsel. Und von den VEB-Genossen lebt nur noch einer – Hans Bierlein, glaube ich. Aber ich weiß wirklich nicht, wo er oder die anderen heute leben.«

»Ich finde sie schon«, sagte Georg Dengler, erhob sich und verließ ihre Wohnung.

40

Gerhard Heidrich war schon fünf Jahre im Ruhestand. Er empfing Dengler in seinem Haus in der Friedrichstraße in Dossenheim bei Heidelberg. Ein Jahr lang habe er »die Hütte« umbauen lassen, sagte er, und führte Dengler durch ein komplett neu renoviertes Altstadthaus, drei Stockwerke, die auf Dengler unerträglich sauber und steril wirkten. Nirgendwo sah er etwas Ungeplantes, Ungewolltes, einen gebrauchten Teller, einen vergessenen Scheuerlappen oder einen einzelnen Schuh.

Schließlich standen sie im Wohnzimmer, und Heidrich bot dem Detektiv Platz auf einer strahlend weißen Ledercouch an. Vorsichtig setzte sich Dengler.

Heidrichs Frau, eine fünfzigjährige Blondine mit wettergegerbten Gesichtszügen, stellte wortlos eine grüne Flasche ohne Etikett mit zwei Sektkelchen auf ein kleines Tischchen neben der zweiten Couch. Dann verließ sie das Zimmer.

Heidrich, ein großer Mann, dessen Bauch sich über dem Gürtel wölbte, öffnete umständlich die Flasche und goss die beiden Gläser voll.

»Winzerabfüllung aus der Pfalz«, sagte er. Und: »Die Pfälzer Sekte werden immer unterschätzt.«

Man stieß an. Dengler trank nur einen kleinen Schluck.

Heidrich leckte sich die Lippen. »Guter Tropfen, oder?« Dengler nickte und stellte sein Glas auf den kleinen Tisch zurück.

»Sie wollen also etwas über Paul Stein erfahren.«

»Ja, ich habe gehört, dass Sie beide in der Treuhand so etwas wie Freunde waren.«

Heidrich lachte: »Freunde! Ich glaube nicht, dass man in dieser Atmosphäre Freundschaften schließen konnte.«

»Warum nicht?«

»Da ging es um viel Geld!«

»Und worin bestand Ihre Aufgabe?«

»Ich war schon immer Gewerkschafter, IG Chemie. Hab beim Chemiewerk in Mannheim gelernt. Jugendvertreter, freigestellter Betriebsrat, dann hab ich lange beim DGB in Düsseldorf geschafft. Kurz bevor ich in Rente ging, wurde ich zur Treuhand geschickt. Ich sollte dafür sorgen, dass das alles möglichst sozialverträglich abläuft, diese ganzen Umstrukturierungen und so weiter.«
»Und – lief es sozialverträglich?«
Heidrich starrte ihn verblüfft an und sprang dann aus dem Sessel.
»Wer weiß, wie es ausgegangen wäre, wenn wir nicht mitgemacht hätten. Man muss die Sachen immer mitmachen, um noch Schlimmeres zu verhindern. So hab ich es mein Leben lang gehalten. Immer noch Schlimmeres verhindern. Das ist nicht immer leicht.«
Er füllte sein Glas erneut.
»Paul Stein teilte diese Absicht?«, fragte Dengler.
»Stein, Stein, Stein!« – Heidrich rannte in seinem Wohnzimmer auf und ab.
»Paul war ein Utopist! Er hatte völlig unrealistische Vorstellungen. Wollte mit dem Kopf durch die Wand«, sagte er.
»Welche?«
Heidrich blieb abrupt stehen und starrte Dengler an.
»Er wollte, dass die Leute Eigentümer ihrer Werke bleiben, so was in dieser Richtung. Ein frühutopischer Sozialist und dazu stockkatholisch. Hohe Ideale und nicht kompromissfähig.«
Er trank den Sekt aus und goss sich sofort nach.
»Aber gehörten die Werke denn nicht den Bürgern? Stand das denn nicht im Treuhandgesetz?«
»Die Leute waren doch gar nicht in der Lage, einen Betrieb zu verwalten. Vorher hat die SED alles gemacht. Ich kenne das ja alles. Hier!« – Heidrich rannte an sein Bücherregal und zog einige Bücher heraus und schob sie wieder zurück. Er wurde immer hektischer. Schließlich gab er auf.

Er sagte: »Ich weiß doch alles. Irgendwo stehen doch noch die Bände von Rosa Luxemburg.«
Dengler sah ihn fragend an. Das brachte ihn noch mehr in Fahrt.
Heidrich sagte: »Die Menschen waren doch entmündigt. Die brauchten gute Leute, die ihre Interessen in die Hand nahmen. Die sich kümmern. Strukturen! Die können doch nicht einfach alles selber machen. Betriebsräte! Vertreterversammlungen. Ausschüsse. Paritätische Kommissionen.«
Er schwitzte jetzt und stürzte noch ein Glas hinunter. Sein Gesicht war nun gefährlich gerötet. Bluthochdruck, vermutete Dengler.
»Haben Sie je gesehen, dass Stein an einer Liste arbeitete, auf blauem Papier gedruckt?«
Heidrich verzog fragend das Gesicht. Er hatte offensichtlich nichts von einer blauen Liste mitbekommen.
Dengler erhob sich: »Stein meinte, die Menschen könnten für sich selbst sorgen?«
»Das meinte er. Alles Quatsch. Sehr edel, aber alles Quatsch.«
Dengler sagte: »Aber Sie haben doch auch gut für sich sorgen können.« Und beschrieb mit einer Geste Heidrichs Haus, seine teuren Möbel und den Alkohol.
Dann ging er.

***

»Stein war ein gefährlicher Utopist. Einer, der sich für andere aufopfert, einer, dem nur die höchsten Werte gut genug waren. Obwohl er Wirtschaftswissenschaftler war. Normalerweise wissen die, wie die Sache läuft. Und in der verrückten Zeit damals hätte er beinahe Erfolg gehabt.«
»Wieso?«
»Der damalige Präsident wollte die Betriebe der alten DDR sanieren. Und dann erst privatisieren. Das bedeutete: neue

Konkurrenten, keine Ausdehnung der Märkte. Und dann kam Stein mit seinen Genossenschaften.«
»Sie hielten ihn für gefährlich?«
Dengler sah Peter Hänsel mit hochgezogenen Brauen an.
»Seine Ideen, Herr Dengler. Seine Ideen waren gefährlich, hochgefährlich. Wenn sein Konzept umgesetzt worden wäre – es hätte einen Flächenbrand ausgelöst. Nirgends hätten wir einen unrentablen Laden dicht machen können, weil die Leute ihn dann in eigener Regie weiterführen wollten. Stein spielte mit dem Feuer. Er selbst war ein schmaler älterer Herr, der niemandem etwas zuleide tun konnte. Aber er war ein Eiferer.« Er lehnte sich in seinem schwarzen Ledersessel zurück und warf einen Blick aus dem großen Fenster – von hier oben hatte er einen grandiosen Überblick über die Frankfurter City; Dengler sah von weitem den Henninger-Turm.
»Wissen Sie, Herr Dengler, Leute mit Ideen, mit Idealen, sind per se gefährlich. Utopisten sind Terroristen. Wie die Taliban, oder wie diese Verrückten in Afghanistan mit ihren Bärten da heißen. Der Mensch strebt nach Geld. So ist er nun mal; er denkt nur an sich selbst, vielleicht noch an seine Kinder. Aber dann ist Schluss. Manche finden das schlimm, aber das macht ihn auch berechenbar. Stein wollte etwas für andere tun. Das machte ihn völlig unkalkulierbar. Wie wollen Sie mit einem Mann über Geschäfte reden, der das Wohl der Menschheit im Auge hat?«
»Was wollte Stein denn genau?«
»Der hätte gerne das gesamte Volksvermögen an die Ossis verteilt.«
»Aber gehörte es denn denen nicht?«
»Den Montagsdemonstrierern! Die Ossis haben uns damals genug Ärger gemacht.«
Dengler sah sich in Hänsels Büro um. Sie saßen an einem Besprechungstisch aus Mahagoni. Sein Schreibtisch stand zehn Meter dahinter. Ein Stapel Postmappen lag auf der spie-

gelblanken Fläche. An der Wand hingen mehrere Originale, Dengler glaubte einen Grieshaber zu erkennen.
»Da kam Ihnen der Tod des Präsidenten ja gerade recht«, sagte Dengler.
Hänsel hob die Hände: »Eine schreckliche Sache. Besser wäre gewesen, er wäre irgendwie abberufen worden.«
Sie schwiegen eine Weile.
»Habe ich Ihnen helfen können?«, beendete Hänsel das Gespräch.
»Eine Frage noch: Haben Sie während Ihrer Zeit bei der Treuhand gesehen, dass Stein an einer Liste auf blauem Papier arbeitete? Wissen Sie etwas davon?«
Sein Gesprächspartner sah ihn irritiert an: »Blaues Papier? Nein, wirklich nicht.«
Dengler stand auf und verabschiedete sich.

***

Den ehemaligen Direktor des Elektronik-Kombinates besuchte er in der Rehabilitationsklinik in Radolfzell. Das große Gebäude der LVA erhob sich schwer gegen das silberne Band des Bodensees zum Himmel. Hans Bierlein empfing Dengler in der Cafeteria der Klinik.
Er war früher ein stattlicher Mann gewesen, doch jetzt wirkte er eingefallen und hilflos. Der hellgraue Trainingsanzug schlotterte um seine Beine; nur der mächtige Schädel mit den grauen Borsten wirkte nicht geschrumpft.
Bierlein erhob sich mühsam und stützte sich auf einen schwarzen Stock, als Dengler ihm in die Hand gab.
Als er sich setzte, fuhr die Luft mit einem melancholischen Pfeifen aus seinen Lungen.
»Sie wollen mit mir über die Zeit bei der Treuhand reden«, sagte er zu Dengler. »Das war keine gute Zeit.«
»Warum?«

»Mögen Sie lieber *cash cow* oder *cash flow*?«
»Bitte?« Dengler verstand den Mann nicht.
»Ziehen Sie *Kaizen* oder *Total Quality Management* vor?«, fragte Bierlein.
Dengler runzelte die Stirn und wartete.
»*Kompetenz entwickelt sich nur durch Konvergenz*«, sagte Bierlein nun.
Er fixierte Dengler.
»So ging es mir bei der Treuhand«, sagte er nun, unterbrochen von einem Hustenanfall, der ihm eine ungesunde Röte ins Gesicht trieb.
»Ich verstand kein Wort von dem, was die Wessis dort redeten. Die sprachen halb Englisch, halb Deutsch, und ich hatte in der Schule nur Russisch als Fremdsprache. Jeden Abend besuchte ich einen Buchladen am Kurfürstendamm und versuchte den Sinn dieses Gequatsches zu entschlüsseln.«
Er hustete wieder und sein Gesicht verfärbte sich erneut bis zum Kragenrand.
Als der Anfall abklang, fuhr er fort: »Jeden Tag neue Wörter. Ich hatte wirklich keine Ahnung, von was die da sprachen. Und dabei ging es doch um unsere Betriebe. Und über die redeten junge Schnösel in einer unverständlichen Sprache.«
»Und Paul Stein?«
Bierleins Gesicht überzog ein erinnerndes Lächeln.
»Paul«, sagte er, »mit dem konnte ich reden. Der verstand auch unsere Begriffe; der wusste, was Mehrwert ist, und der kannte das Gesetz vom tendenziellen Fall der …«
Wieder unterbrach ihn ein Hustenanfall.
»Es geht zu Ende mit mir – die Gewinner haben schon zu Ende gefeiert. Und wir liegen noch ein paar Tage in den Krankenstationen.«
»Haben Sie je erlebt, dass Stein eine Liste auf blaues Papier schrieb?«
Bierlein sah ihn überrascht an. Er schüttelte den Kopf, bevor ihn ein neuer Hustenfall ereilte.

***

»Jürgen, würdest du mir noch einmal helfen? Es wäre sehr wichtig.«

»Na ja, wenn ich dir helfen kann.«

»Ich bräuchte dringend einen Einblick in die Tatortdokumentation der Kommission Düsseldorf. Du weißt, mein alter Job.«

»Ich habe keine Zugriffsberechtigung.«

»Du stellst ganz normal einen Antrag bei Scheuerle, und ich sorge dafür, dass er unterschrieben wird.«

»Und das klappt?«

»Ja.«

»Worum geht es?«

»Das klingt vielleicht merkwürdig: Aber ich glaube, dass ich der Lösung des Falles sehr nahe bin.«

»O.K., ich mach's.«

»Ich danke dir.«

***

»Hallo Marlies, hier ist Georg.«

»Georg? Georg Dengler?«

»Ja, genau.«

»Diese Überraschung ist dir gelungen. Willst du dich mit mir verabreden?«

»Ich bitte dich um einen Gefallen.«

»Na, dir hab ich doch viel zu viele Gefallen getan.«

»Es geht um den Fall Düsseldorf.«

»Georg, du bist doch nicht mehr bei uns.«

»Kennst du Hauptkommissar Engel vom Identifizierungskommando?«

»Nein, müsste ich den kennen?«

»Er bringt dir einen Antrag vorbei. Er wird Einsicht in die

Akten der Kommission Düsseldorf beantragen. Sei so lieb, schummele den Antrag in die Postmappe von Scheuerle, unter die Spesenabrechnungen und Überstundenformulare – so wie wir das früher gemacht haben.«
»Scheuerle soll das blind unterschreiben?«
»So ist es.«
»Worum geht es?«
»Vielleicht kann ich den Fall doch noch lösen.«
»Er geht dir nicht aus dem Kopf, oder?«
»Stimmt.«
»Und ich, ich gehe dir wohl schon lange nicht mehr im Kopf herum?«
»Marlies ...«
»Ich tu's. Aber ich will, dass du mich wieder einmal besuchst.«
»Marlies ...«
»So schlimm war das ja wohl früher nicht. Hast du eine neue Freundin?«
»Marlies, nein. Hab ich nicht.«
»Also, dann erst recht – du besuchst mich, und ich besorge dir die Unterschrift vom Scheuerle. Einverstanden?«
»Einverstanden.«
»Dann sag deinem Kommissar Engel, er soll seinen Antrag vorbeibringen. Sieht er gut aus?«
»Attraktiv und glücklich verheiratet.«

***

Ein paar Tage später übergab die Doku-Abteilung Hauptkommissar Engel zwei DVDs, auf der alle Unterlagen der Kommission gespeichert waren. Engel und Dengler telefonierten, und der Hauptkommissar schickte seinem Freund per Mail drei Fotos des Tatorts und eine Excel-Tabelle mit den Gegenständen, die am Tatort und im Büro des Präsiden-

ten aufgefunden wurden, sowie eine Aufstellung der Asservate, die das BKA bewahrte.
Die Aufnahmen waren schwarz-weiß, und Dengler verglich die Gegenstände auf dem Bild mit den in der Tabelle aufgeführten Gegenständen. Neben dem Bücherregal in dem Arbeitszimmer des Präsidenten sah er auf dem ersten Foto ein Blatt Papier liegen, das nicht in der Tabelle erfasst war. Auf dem zweiten Bild konnte er erkennen, es handelte sich um mehrere Seiten, die mit einer Büroklammer zusammengehalten wurden. Er vergrößerte das Bild, aber es gelang ihm nicht, den Text zu lesen. War das nun die Blaue Liste, von der Iris Herzen gesprochen hatte? Er wusste es nicht, aber er hatte keine Erklärung dafür, warum dieses Dokument nicht in den BKA-Unterlagen erfasst war. Zweifel blieben.
Dengler prüfte erneut die Tabelle. Sie führte das Schriftstück nicht auf, obwohl sie 321 Positionen umfasste. Dengler studierte sie alle; der Teppich, der Tisch – einfach alles war detailliert aufgeführt. Auch die Dinge auf dem Schreibtisch hatten die Kollegen fein säuberlich notiert: ein kristallener Füllfederhalter, ein Locher, der silberne Rahmen mit Familienfotos.
Konnte es sein, dass er früher das Fehlen des Dokuments in der Tatortsbestandstabelle übersehen hatte? Das wäre ihm aufgefallen! Aber vielleicht ist mir dieser Fehler doch unterlaufen. Aber wenn das Papier früher in der Tatortdokumentation stand und jetzt nicht mehr, dann musste es jemand gelöscht haben.
Warum?

41

Dengler überlegte einen Augenblick und rief dann die Auskunft an. Es überraschte ihn, dass Dr. Schweikerts Nummer so einfach zu erfragen war.

»Darf ich Sie nach der Ansage gleich weiterverbinden?«, fragte die weibliche Stimme.

»Ja, bitte.«

Nach zweimaligem Läuten meldete sich Dr. Schweikert, als habe er gerade auf einen Anruf gewartet. Er schien sich zu freuen, als er Denglers Stimme erkannte.

»Und, sind Sie noch bei der Truppe?«, wollte er wissen.

»Nein, ich habe mich selbstständig gemacht, bin immer noch Ermittler, aber privater.«

»Schwieriges Brot«, Schweikert pfiff durch die Zähne, und Dengler grinste am anderen Ende der Leitung. Sein Chef hatte sein Wahrzeichen, diesen atmenden Pfiff durch die Zähne, mit in Pension genommen.

Schweikert fuhr fort: »Ich bedauere, dass das BKA Sie verloren hat. Sie waren, entschuldigen Sie, Sie *sind* ein guter Fahnder. Ein bisschen zu ehrlich vielleicht.«

»So wie Sie. Was ich in Wiesbaden gelernt habe, habe ich von Ihnen gelernt.«

»Na ja«, Schweikert hüstelte verlegen, »Sie haben mich bestimmt nicht angerufen, damit wir Komplimente austauschen.«

»Nein, ich brauche Ihren Rat.«

Kleine Pause.

»Ich ermittle in einer Sache, die ich nicht verstehe und die vielleicht eine Nummer zu groß für mich ist.«

Er legte erneut eine kleine Pause ein und überlegte, wie er seinem früheren Vorgesetzten den Fall Stein schildern könne.

»Erinnern Sie sich an den Absturz einer Maschine der Lauda-Air im Mai 1991?«

Dr. Schweikert pfiff durch die Zähne.
«Da haben Sie sich aber ein Ding vorgenommen.«
»Wissen Sie etwas über dieses Unglück?«
Dr. Schweikert überlegte einen Augenblick und sagte dann:
»Wissen Sie was, Dengler, kommen Sie nach Freiburg, besuchen Sie mich. Freiburg ist nicht nur für pensionierte Kriminalbeamte eine schöne Stadt. Und ich würde mich freuen, Sie wiederzusehen – nach all den Jahren.«
Sie verabredeten sich für den übernächsten Abend im *Markgräfler Hof*, und Dengler legte den Hörer auf.

***

Zwei Tage später kam Georg Dengler mit dem ICE Sybille Merian bereits am Mittag in Freiburg an. Wie lange war es her, dass er in dieser Stadt gelebt hatte? Zehn Jahre, wahrscheinlich länger.
Damals in Altglashütten, aus der Kinderperspektive gesehen, hatte die Stadt Freiburg etwas Sonntägliches, etwas, das großer Vorbereitung bedurfte und einer gebügelten Hose sowie eines frischen Hemdes, etwas, das der kleine Junge am besten fest an der Hand der Mutter betrat. Sie fuhren häufig sonntags mit der Bahn hinunter und mussten, aufregend genug, in Titisee einen größeren Zug nehmen.
Sie stiegen manchmal schon in Littenweiler aus, um den Rest der Strecke mit der Straßenbahn zurückzulegen. Zunächst empfand er die Menschen in der Tram als fremd und merkwürdig, da sie völlig anders gekleidet waren als er oder irgendjemand in Altglashütten, das galt auch für die Kinder in seinem Alter. Dann aber, durch ihre schiere Überzahl in der Straßenbahn und erst recht in der Stadt, als sie am Bertholdbrunnen ausstiegen, wuchs in ihm zunächst der Verdacht und dann die Gewissheit, dass er es war, der anders war als die anderen, kleiner auf jeden Fall; das Wort geringer fiel

dem Kind noch nicht ein, und doch war es genau das, was er fühlte. Noch vor einer Stunde war er stolz auf seine braune Sonntagshose gewesen; jetzt hätte er sie sich am liebsten vom Leib gerissen.
Zum ersten Mal in seinem Leben sah er auch seine Mutter anders, nicht mehr als den selbstverständlichsten Teil seiner selbst, sondern mit den Augen der anderen, die ihr steifes, schwarzes Kostüm mit dem kürzesten Blick prüften, den er je gesehen hatte. Einen Atemzug lang schämte er sich für seine Mutter und löste seine Hand aus der ihren. Doch sofort, Dengler erinnerte sich genau, als er den Freiburger Bahnhof verließ, um auf die überfüllte Eisenbahnstraße zu treten, übermannte ihn eine Welle der Scham über diesen Verrat, sodass er sie von vorn umklammerte, den Kopf in ihren Rock verkroch und seine erste Liebeserklärung mehr stammelte als sprach.
Später wurde ihm die Stadt vertraut und die Mutter fremd. Vielleicht, dachte er, als seine Schritte ihn über die Kaiser-Josef-Straße zum Münsterplatz lenkten, lag es an der Musik. Der alte Lehrer Scharach, der alle Kinder des Ortes in einem einzigen Raum unterrichtete, die oberen Klassen vormittags und die Schüler bis zur vierten Klasse nachmittags, hatte der Mutter geraten, den Jungen auf die Realschule in die Stadt zu schicken. Nun musste er sich im Kreis neuer Freunde bewähren, nach Regeln, die er seiner Mutter nicht erklären konnte. Er fand schnell heraus, dass die Jungen, die am meisten verachtet wurden, die Rattles und die Lords gut fanden, dass die Beatles-Liebhaber die breite Masse bildeten, über die die Rolling-Stones-Anhänger jedoch die Nase rümpften. Eine kleine Gruppe von älteren Schülern, nicht mehr als drei oder vier, hielt ihren Musikgeschmack geheim. Von ihnen hieß es, dass sie selbst in einer Band spielten und samstags im Keller von Ritchies Eltern probten. Darüber, was Ritchie und seine Freunde hörten, gab es in der Klasse die wildesten Spekulationen. Nur einmal und sicher nur, um ihn zu demütigen,

zischte Ritchie ihm beim Verlassen des Schulhofs zu, ob er schon mal etwas von John Mayall gehört habe.
»Sicher«, log Georg und errötete sofort. Aber er merkte sich den Namen.
Seiner Mutter berichtete er von diesen Unterschieden, halb stolz, weil er ihr etwas aus einer Welt erzählen konnte, die ihr fremd war, halb hintersinnig, damit sie endlich den Dual-Plattenspieler kaufte, mit deren Anschaffung er ihr schon so lange in den Ohren lag. Schließlich gab sie nach, und zu Weihnachten packte er aus weiß glänzendem Papier mit grünen Tannenzweigen das innig ersehnte Gerät. Er wusste es wohl, und seine Mutter wiederholte es Mal um Mal, dass sie sich die Anlage »vom Mund abgespart« habe. Ihr leichtes Seufzen, wenn er stolz über das durchsichtige Plastik der Abdeckhaube strich, die bittere Leidensmiene, wenn er den Schwenkarm anhob, machten ihm unmissverständlich klar, dass für ihn Freude nicht ohne Schuld zu haben war.
Deshalb spielte er ihr geduldig »Satisfaction« von den »Stones« vor, wie er die Band mittlerweile fachkundig nannte, als abschreckendes Beispiel präsentierte er ihr »Hoppla Di, Hoppla Da« von den Beatles und als Krönung »Turning Point« von John Mayall mit dem zehnminütigen Mundharmonikasolo in »Room To Move«. Sie verstand die Unterschiede nicht, und so legte er erneut beharrlich die Platten auf, erklärte ihr, was er wusste oder ahnte, doch wenn er zu ihr hinsah, erkannte er nur stummes Grauen in ihren Augen.
Zwei Tage später teilte sie ihm mit, dass sie ihn von der Schule nehmen werde, und er sagte ihr ebenso ruhig, dass er nicht mehr in Altglashütten leben wolle, sondern künftig in der Stadt wohnen werde.
Die Jahre in Freiburg waren schwierig. Mit Schüler-BaföG und kleinen Jobs hielt er sich notdürftig über Wasser, aber es reichte meist nicht. Schon nach kurzer Zeit brach er in Baubuden ein und stahl die leeren Flaschen. Mit dem Pfand besserte er seine Kasse um ein paar Groschen auf. Aber erst, als

er mit einem Handbrecheisen Zigarettenautomaten aufbrach und die Münzen stahl, hatte er genug Geld, um bis spät in der Nacht in *Webers Weinstube* zu sitzen. Hier las ihn Romy auf, eine Medizinstudentin. Er kam von einem kleinen Raubzug zurück und hatte die Hosentaschen voller Markstücke. Später sagte sie, dass ihr das Verwegene an seinem Gesichtsausdruck gefallen habe.

Dengler schloss die Augen und dachte zurück. »Ich werde dich schulen, mein kleiner Arbeiter- und Bauernheld«, sagte sie damals und schlüpfte zu ihm unter die Bettdecke. Er wendete sich ihr zu, schloss die Augen und sein Gesicht folgte ihrem Duft.

»Warum riechst du so gut?«, fragte er, und sie lachte leise.

»Das Erste, was du lernen musst, mein edler Bauernkrieger, ist, dass der Kapitalismus nicht seit ewig da ist und auch nicht ewig bleiben wird«, flüsterte sie und biss ihm sanft ins Ohrläppchen, als wolle sie damit ihre Lektion vertiefen. Eine prickelnde kleine Welle löste sich von seinem Ohr, kreiselte über die Kopfhaut zu seinen Wangen und richtete die wenigen und kaum sichtbaren Haare auf seiner Brust auf.

»Ganz am Anfang war der Urkommunismus«, wisperte sie, »es gab keine Herrschaft und keine Knechtschaft unter den Menschen. Manche sagen, dass die Frauen damals bestimmten.«

Sie biss ihn erneut, und Georg konnte die Welle bis zu den Kniekehlen verfolgen.

»Wenn es keine Herrschaft gibt«, sagte er schläfrig, »sollte niemand bestimmen, auch nicht die Frauen.«

»Und jetzt das Wichtigste.« Diesmal verebbte der Schauer erst in seinem großen Zeh. »Diese Freiheit konnte nur entstehen, weil es kein Privateigentum an Grund und Boden gab. Jeder Stamm oder jede Gemeinde …«

»Dann weiß ich, wo es noch Reste des Urkommunismus gibt«, murmelte er.

»Ja, es gibt Untersuchungen von Magret Mead über Gesellschaften in der Südsee …«
»Nicht in der Südsee«, unterbrach er sie, »in Altglashütten.«
Sie lachte ihn aus und küsste ihn auf den Bauch, doch Georg Dengler erinnerte sich noch genau, wie er sich ernst zu ihr umdrehte und ihr nun von den Sommerwiesen erzählte, die allen Bauern im Ort gemeinsam gehörten. In jedem Frühjahr bezahlten sie zusammen einen Tagelöhner, der morgens ihre Kühe hinaustrieb und abends wieder zurück ins Dorf brachte. Die Kühe seiner Mutter trotteten immer am Ende der Herde, und Georg holte sie von der Straße ab, brachte sie in den Stall, wo seine Mutter schon mit Eimer und Melkschemel wartete.
Romy lag still neben ihm.
Er erzählte ihr von der Wärme der Tiere, ihrem Geruch nach Salbei und Butterblumen und der Geborgenheit im Stall zwischen den großen Tieren. Der Viehhirt bekam Kost und Logis frei; er wohnte immer abwechselnd bei einer Familie und nach vierzehn Tagen zog er zu der nächsten. Sein Taschengeld bezog er aus der Bauernkasse, in die jeder Hof einzahlte, der größere Bauer mehr und seine Mutter weniger.
Er berichtete von den ernsthaften Gesprächen der Bauern untereinander, wie viel der Hirte in dieser Woche gegessen habe und wie wenig in der letzten Woche bei dem anderen Bauern.
Und dann erzählte er ihr von der Pfarrstelle, einem Hof, der wie die Sommerwiesen allen Bauern des Ortes gemeinsam gehörte. Der Pächter der Pfarrstelle brauchte keine Pacht zu entrichten, aber er musste fünf Bullen unterhalten, zu denen die Bauern ihre Kühe treiben konnten, ohne dafür zu bezahlen.
Georg erzählte und bemerkte nicht, wie die Schatten im Zimmer länger wurden.
Irgendwann sah er sie an.
»Du weinst ja«, sagte er.

***

Dengler stand an der Fischerau, jenem Teil der Stadt, der ihm immer schon am südlichsten erschien. Die kleinen einstöckigen Häuser waren blau, weiß oder rosa gestrichen, wirkten aufwendig renoviert und ließen teuere Mieten vermuten. Der Gerberbach rauschte vorbei, als flösse er in Pisa oder in einer anderen italienischen Stadt.

Hier irgendwo musste die kleine Wohnung zu finden sein, in der Romy ihn zum Mann gemacht hatte. Entweder ließ ihn jedoch sein Gedächtnis im Stich, oder die Fassaden waren nicht nur neu gestrichen, sondern auch umgebaut, er fand die schwarze Holztür nicht mehr, durch die er damals so oft und immer mit zitterndem Herzen eingetreten war.

Romys Wohnung bestand aus einem Zimmer, in dem das große Bett, bezogen mit braunem Cord, den meisten Platz einnahm. Am Fenster, mit Blick auf den Bach, stand ein kleiner, wackeliger Schreibtisch mit der Olympia-Reiseschreibmaschine, die ihr ganzer Stolz gewesen war und auf der sie mit »zehn Fingern blind« schreiben konnte, wie sie ihm im Verschwörerton ins Ohr flüsterte. Direkt neben der Tür befanden sich eine kleine Kochnische und ein Waschbecken, in dem sich immer ungespülte Teller und Tassen stapelten. Gegenüber ihrem Bett hatte Romy einen mannshohen Spiegel angebracht, der zugleich als Ablage und Halterung für ihren Schmuck diente und der mit Halsketten und Tüchern behangen war, in Farben und Formen, die Georg noch nie gesehen hatte. Neben dem Spiegel eine runde, schwarz lackierte chinesische Holzschatulle, in der sie eine unüberschaubare Zahl bunter Ohrringe aufbewahrte.

Dengler lehnte sich gegen das Geländer, hinter dem der Gerberbach entlangschoss.

Er hielt die Augen geschlossen und reckte das Gesicht der Frühlingssonne entgegen. Sie wärmte seine Stirn, die Nase nicht, zum Ausgleich dafür wiederum Wangen und Mund.

Er entsann sich nicht mehr, wie er in jener Nacht in das Zimmer in die Fischerau gekommen war. Seine Erinnerung setzte erst ein, als sie nackt in dem Cordbett lagen, Romy auf dem Rücken und er auf der Seite, rechts neben ihr und ihr zugewandt. Jetzt, nach so vielen Jahren, konnte er sich noch genau an das sprachlose Erstaunen erinnern, das er damals beim Anblick ihres Körpers empfand.
Es dauerte eine Weile, bis er es wagte, mit beiden Händen sanft ihren Konturen nachzufahren, und er erinnerte sich, dass die Tal- und Hügellandschaften, die seine Handflächen erforschten, ihn in eine Art stumme Andacht versetzten. Er staunte. Er staunte über die Farben ihrer Brustknospen, die von einem erdigen Braun in der Mitte zu einem himmlischen Rosa an den Rändern changierten. Er betrachtete sie lange und bemerkte, dass ihre linke Brust, wie schön, sich mehr zur Seite neigte als ihre rechte, obwohl sie nicht größer war oder schwerer als ihre Schwester. Dadurch entstanden an ihrer Unterseite drei feine Falten, denen er mit einer leichten Berührung seines Zeigefingers ehrfürchtig nachfuhr. Wenn in diesem Augenblick ein Windhauch durchs Zimmer gezogen wäre, er hätte Romys Brüste sanft hin und her wogen lassen, wie der Sommerwind den Schachtelhalm in den Wiesen seines Heimatdorfs.
Er staunte über die Mildheit der Kurve, die sich von ihrem Rippenbogen abwärts sanft in die Taille hinabließ und dann in einem warmen Bogen hinaufschwang zu Romys Hüfte und auslief, leicht abfallend zu Po und Oberschenkel. In seiner Erinnerung streifte er erneut dieser Linie entlang, wie damals, mal mit einer Hand auf ihrer rechten Seite, dann mit beiden Händen auf beiden Seiten, einmal sanft, sodass sie die Berührung mehr ahnte als spürte, dann griff er fester zu und sie belohnte ihn durch ein Stöhnen voller Wonne.
Überhaupt: Bis zu dieser Nacht war er der unausgesprochenen Überzeugung gewesen, dass Sex etwas sei, das Frauen besitzen und das Männer haben wollen, und dass er es nur

durch Überredung, Betrug oder Gewalt jemals bekäme. Dass Romy sich unter seinen Berührungen glückselig wand, kam ihm einer religiösen Erfahrung gleich und steigerte seinen stummen Rausch.

Er wollte ihr gefallen; um jeden Preis das Richtige tun. Und so achtete er sorgsam auf jede ihrer Reaktionen, fand heraus, dass es sie erregte, wenn er ihr mit der Linken den Mund verschloss und sie gleichzeitig mit der rechten Hand etwas kräftiger an den Halswirbeln fasste. Er lernte, ihren Hals mit zwei Fingern zu streicheln und die Gegend um das Schlüsselbein mit der ganzen Hand. Er fand heraus, dass ihre Brüste nicht so empfindlich waren, wie er anfangs vermutete, sondern dass Romy die richtige Festigkeit seines Griffes mit einem innigen Seufzen beantwortete, das seine Erregung steigerte und alles Denken in ihm vertrieb, sodass beide Leiber in ihren gegenseitigen Reaktionen zu einem einzigen, sich selbst unentwegt berührenden Organismus verschmolzen.

Als sie seinen Kopf zu dem ihren zog und ihn küsste, hielt sie einen Augenblick inne und brach dann in ein perlhelles Lachen aus.

»Du kannst nicht küssen, stimmt's?«

Er schämte sich sofort und wollte den Kopf wegziehen, doch sie gab ihn nicht frei.

»Komm«, flüstere sie, »ich zeig's dir.«

Sie lagen nun Bauch an Bauch, und ihre Lippen suchten und fanden die seinen, doch es dauerte lange, bis er Vertrauen fasste und seinen zusammengepressten Mund öffnete und zunächst vorsichtig begann, ihre Unterlippe zu schmecken, und schließlich ihrer Zunge gestattete, jeden Winkel zu erkunden, den sie für notwendig hielt.

Dengler fiel auch wieder ein, wie seine rechte Hand ihren Bauch hinunterfuhr, um zu entdecken, was er sich aufgehoben hatte, wie sein Zeigefinger einige ihrer Schamhaare umrollte, wie er die Augen schloss, nicht zu atmen wagte und dann mit der ganzen Handfläche den Hügel hinauffuhr, noch einen Zentimeter weiter – und erschrak. Unvermutet fiel die Landschaft jäh ab, stürzte steil hinunter zu der rosa Spalte, die er, leicht über sie gebeugt, bereits sehen konnte. Mit diesem Sturz hatte er nicht gerechnet, und er zog die Hand eilig fort. Etwas schien nicht zu stimmen, war falsch. In der Topographie ihres Körpers gab es fürderhin nur sanft anwachsende Berge und Hügel und keine schroffe Senkung. Romy jedoch nahm seine Hand und führte ihn sicher den kurzen Weg hinab und zeigte ihm jede Einzelheit dieses Tals der Glückseligkeit.

Georg erschien es in jener Nacht, als schnurrte die ganze Welt auf die Größe von Romys Leintuch zusammen. Es schien ihm unwichtig, vielleicht sogar unwahrscheinlich, dass eine andere Welt jenseits dieses Bettes existierte.

Was kann ein Mann in einer Nacht lernen? Im Rückblick, nach so vielen Jahren, wusste Georg Dengler nicht mehr, ob sich in seine Erinnerung an die eine Nacht nicht die Erfahrungen vieler Nächte mischten. Er wusste nicht einmal Auskunft zu geben, wie viele Tage, Nächte, Wochen sie sich in ihrer kleinen Wohnung trafen, um sich selbstvergessen zu lieben.

Er fragte sich nicht, warum Romy häufig im Morgengrauen verschwand. Er schlief dann noch einige Stunden und verließ erst dann ihre Wohnung.

Doch dann kam jener Morgen, als er sich unvorbereitet und schläfrig erkundigte, wo sie hinginge, es sei doch mitten in der Nacht, und sie unschuldig, ja fast fröhlich antwortete, sie ginge nun zu ihrem Freund.

Herzstillstand, dachte Georg Dengler, damals blieb mein Herz einfach stehen. Oder war es die Lunge, die sich weigerte, weiter zu atmen? Er lag gelähmt in ihrem großen Bett, während sie sich unbekümmert anzog.

Als sie sich zur Tür wandte und sich noch einmal umdrehte, erlebte er sie zum ersten Male wütend. Sie erklärte, dass sie sich von ihm keine Vorschriften machen lasse, und »sexuelle Freiheit« kam in ihrer Rede dreimal vor.

An diesem Tag ging Georg nicht zur Schule, sondern lungerte um zehn in der Herrenstraße vor dem Buchladen *Libro Libre* herum. Als Hartmut erschien, um den Laden zu öffnen, sah er Georg nur kurz über seine Brille hinweg an und winkte ihn hinein. Georg kannte den jungen Buchhändler kaum; er hatte jedoch Romy dreimal begleitet, als sie hier einige bestellte Bücher abholte.

Irgendwann sagte Hartmut: «Nun, du weißt es ... mit Romy?«

Georg nickte, und Hartmut schloss den Buchladen. Sie gingen hinüber in die Eisdiele in der Herrenstraße, die er sonst nie besuchte, weil er Eisdielen nicht ausstehen konnte.

Von Hartmut erfuhr er alles Weitere. Romy war seit Beginn ihres Studiums mit dem Anführer einer kleinen politischen Gruppe zusammen, in der sie auch Mitglied war. Beide studierten Medizin und würden bestimmt einmal gute Ärzte werden, sagte Hartmut.

Als Romy und Georg sich das nächste Mal trafen, bestand Georg darauf, sie zu begleiten.

»Klar«, sagte Romy.

Sie setzte sich auf den Gepäckträger von Georgs rotem Mofa, und er fuhr sie grimmig durch die nächtliche Stadt. Romy saß hinter ihm, umklammerte ihn und doch spürte er sie kaum. Seine rechte Hand drehte den Gaszug so weit auf, dass sein Handgelenk schmerzte, und der kalte Fahrtwind verfing sich in seiner blauen Kunststoffjacke und blähte sie an beiden Seiten auf, als wären es kleine Segel.

Sie dirigierte ihn den Lorrettoberg hinauf. Das Mofa kletterte nur widerwillig die Stefanienstraße hinauf. Oben, vor einem zweistöckigen Haus, vor dem er die Schatten eines verwilderten Gartens erkannte, rief sie »Stopp« und sprang vom Gepäckträger. Georg hielt an und stellte das Mofa ab. So standen sie vor der Treppe des Hauses, beide verlegen.

»Komm mit«, sagte Romy schließlich, nahm seine Hand und führte ihn um das Haus zu einer kleinen Gartenpforte.

»Ich muss jetzt gehen«, sagte sie, küsste ihn und rührte sich nicht von der Stelle.
»Wo wohnt er?«, fragte Georg.
Romy wies auf ein Zimmer im zweiten Stock, in dem noch das Licht einer Schreibtischlampe brannte.
Er wollte cool bleiben, aber plötzlich krallte er sich an ihr fest, riss sie an sich, küsste sie und bemerkte den salzigen Geschmack seiner eigenen Tränen kaum.
Sie küsste ihn mit der gleichen wilden Verzweiflung zurück.
»Komm, wir gehen zurück.«
Sie schüttelte den Kopf.
»Dann geh jetzt zu ihm hinauf.«
Sie schüttelte wieder den Kopf.
Als er in die Stadt zurückfuhr, überdachte er seine Lage. Wenn er mit seinen Einbrüchen fortfuhr, würde er irgendwann einmal festgenommen werden. Und Romy?
Als er das Mofa an der *Wolfshöhle* abstellte, wusste er, dass sein Leben eine neue Richtung einschlagen musste. Zwei Tage später gab er seine Bewerbung für den Polizeidienst ab und wurde zu seinem Erstaunen sofort angenommen. Nach drei Tagen verließ er die Stadt.

***

Georg Dengler arbeitete sich schwer aus den alten Gedanken hinaus und sah auf die Uhr. Es war Zeit. Er machte sich auf den Weg hinüber zum *Markgräfler Hof*.
Dr. Schweikert saß bereits an einem runden Ecktisch, etwas abseits, und las die *Badische Zeitung*. Als er Dengler eintreten sah, faltete er das Blatt zusammen, legte es beiseite, stand auf und reichte ihm die Hand.
Dengler freute sich, seinen früheren Chef zu sehen. Er schien unverändert, nur die Falten um Augen und Mund hatten sich in der Zwischenzeit etwas tiefer eingegraben. Seine

Augen blickten ihn klar und nachdenklich an, wie sie es in Wiesbaden auch getan hatten. Die Haare, grau und nach hinten gekämmt, wuchsen immer noch einen Zentimeter über die Länge hinaus, innerhalb derer man Dr. Schweikert für einen seriösen Beamten halten konnte. Sogar seinem Drang nach Cordhosen und weiten Pullovern hielt er die Treue, Dengler fühlte sich ihm sofort wieder nahe.
Dr. Schweikert empfahl Dengler Badische Hechtklößchen, er nahm Bodenseefelchen mit neuen Kartoffeln und zur Vorspeise eine Wildkaninchenterrine; Dengler bestellte einen Feldsalat. Sie einigten sich auf eine Flasche Grauburgunder von Franz Keller.
»Nun sind Sie also unter die Schwaben gefallen«, sagt Dr. Schweikert.
»Ach, ich finde sie besser als ihren Ruf. Vor allem sind sie so angenehm extrem.«
Sein früherer Chef sah ihn überrascht über die Brillenränder hinweg an. »Extrem? Dafür sind die Schwaben nun nicht gerade bekannt.«
Die Hechtklößchen waren ausgezeichnet.
»Nun erzählen Sie mir von Ihrem Fall«, sagte Dr. Schweikert, als der Kellner die Teller abräumte.
»Sie wissen, dass ich die Kommission Düsseldorf übernahm, als Sie in Pension gingen.«
»Ja.«
»Ich löste den Fall nicht.«
»Ich weiß; keiner der Fälle der dritten RAF-Generation wurde aufgeklärt.«
»Ich frage mich, ob es ein Zufall ist, dass sechs Wochen nach dem Attentat auf Rohwedder ein Flugzeug abstürzt, in dem ein enger Mitarbeiter von ihm sitzt. Es gibt einige Probleme mit der Identifizierung. Diesen gehe ich gerade nach.«
»Und von mir wollen Sie wissen, ob das BKA ...«
»Das BKA stellte einen erstaunlich großen Trupp bei dem Absturz der Maschine, über vierzig Leute. Das finde ich be-

merkenswert; es handelte sich um eine österreichische Maschine, und es waren nur wenige Deutsche an Bord.«

»Sie haben den Verdacht, dass bei dem Absturz jemand nachgeholfen hat.«

»Könnte das der Fall sein?«

»Was das BKA betrifft, können Sie es ausschließen. Ich kenne das Amt und kenne auch die Abteilungen des Innenministeriums genau, die das BKA führen. Das Amt hat sich gewandelt, die Aufgaben scheinen sich sehr geändert zu haben.«

»Wieso?«

»Es gab ja zwei Mythen. Erstens: der RAF-Mythos mit Baader und seiner Gang. Es gab aber auch den BKA-Mythos mit dem faustischen Herold an der Spitze und seinen Supercomputern. In Wirklichkeit machten wir gute alte Polizeiarbeit, und wir sammelten Baader und seine Leute schnell ein. Heutzutage denkt man, die hätten jahrelang die Bundesrepublik unsicher gemacht. In Wirklichkeit schnappten wir sie schnell. Nach der Befreiung von Andreas Baader am 14. Mai 1970 schaffte es der harte Kern der Roten Armee Fraktion gerade mal zwei Jahre, im Untergrund zu überleben. Die meiste Zeit übrigens unter unserer Kontrolle. Wir überwachten sie lange vor ihrer Festnahme, und als sie die erste Bombe warfen, nahmen wir sie fest; am 11. Mai 1972 ging diese Bombe hoch, und bereits zwanzig Tage danach rollten wir sie auf: Am 1. Juni 1972 verhafteten wir Andreas Baader, Jan Carl Raspe und Holger Meins, kaum eine Woche später Gudrun Ensslin und vierzehn Tage später Ulrike Meinhof. Der Kampf der ersten RAF-Generation endete in den Gefängnissen, bevor er richtig anfing.« Er schwieg einen Augenblick.

Er fuhr fort: »Heute scheint das anders zu sein. Das BKA wurde aufgebläht. Mehr Geld, mehr Beamte, mehr Einrichtungen, aber ihm gelingen keine Festnahmen mehr. Es funktioniert heute anders, scheint mir.«

Dann sagte er: »Das Amt ist ein Sprachrohr. Das ist seine

wirkliche Definition. Ein Stempel. Wir stempeln die großen Verbrechen und deuten sie. Wir zeigen, aus welcher Richtung die Gefahr kommt. Wir legen die Schuldigen fest. Das heißt noch lange nicht, dass wir die Täter fassen. Es heißt noch nicht einmal in jedem Fall, dass wir die Täter auch fassen wollen.«

»Die Ermittlungsunterlagen der Kommission Düsseldorf wurden gefälscht«, sagt Dengler, »können Sie sich vorstellen, wer das tun konnte?«

Er sah den fragenden Blick seines früheren Chefs.

»Ein Mitarbeiter der Treuhand, ein Professor aus Innsbruck, erstellte eine Liste. Sie muss für ihn wichtig gewesen sein; denn er ließ sie auf blaues Papier drucken, der besseren Unterscheidung wegen. Der ermordete Präsident nahm diese Liste mit in sein Haus, sie liegt nicht bei den Asservaten, sie kommt in der Tatortbeschreibung nicht vor. Es gibt nur ein undeutliches Foto. Die Spur dieser Liste wurde getilgt. Nur dieses Foto wurde übersehen.«

Dr. Schweikert sah Dengler über seine Brille hinweg an.

»Sie sollten sehr vorsichtig sein«, sagte er.

»Warum?«

»Eine Zwischenfrage: Wie haben Sie die Kollegen in den Landeskriminalämtern eingeschätzt?«

»Na ja«, sagte Dengler, »das waren die zweitbesten Kriminalbeamten.«

»Genau, die Besten waren wir in Wiesbaden. Die Beamten in den Landesbehörden nahmen wir nicht immer ernst, verachteten sie stets ein wenig, nicht zu viel; aber wir waren besser.«

Dr. Schweikert trank noch einen Schluck.

»Und genau so gibt es andere, die uns verachtet haben. Die Leute in den Verfassungsschutzbehörden, bei der GSG9 und so weiter, die fühlten sich uns überlegen, weil sie sich nicht an Gesetze halten müssen, jedenfalls nicht so strikt wie wir.«

»Ich ahne, was Sie mir sagen wollen.«

»Ja, dass es vielleicht noch andere Einrichtungen gibt, die die offiziellen Geheimdienste mit der gleichen Verachtung behandeln, wie wir die Landeskriminalämter.«
Dr. Schweikert schaute in sein Glas.
»Dengler, als Bad Kleinen passierte, waren Sie noch nicht in meiner Abteilung. Ich gehörte zu den Einsatzleitern vor Ort. Während der Schießerei, bei der Uwe Krems … starb, stand ich auf der Aussichtsplattform des Stellwärterhäuschens. Ich konnte alles genau sehen. Zwei Männer in der gleichen Uniform wie die Einsatzkräfte liefen über die Gleise und schlichen sich von hinten an Krems, der wurde angeschossen und fiel auf die Gleise. Die beiden stürmten auf ihn zu, einer setzte sich auf seine Brust und exekutierte ihn. Nahschuss. Keine fünf Zentimeter. Eine Frau im Bahnhofskiosk sah die Sache genau wie ich. Aber es wurde alles umgedeutet. Irgendeine Staatsanwaltschaft in Norddeutschland führte die Untersuchung und regelte das. Im BKA waren wir fassungslos. Der Vorgänger von Dr. Scheuerle sprach intern – der *Spiegel* druckte es – von einer Verschwörung.«
»Sie meinen … es gibt eine geheime Truppe, die …«
»Ich kann es mir nicht anders erklären.«
»Ich muss wohl sehr vorsichtig sein.«
»Genau das sage ich Ihnen.«
Dr. Schweikert winkte dem Kellner und bat um die Rechnung.

42

Paul Stein verließ die Telefonzelle am Rande der Abfertigungshalle des Bangkoker Flughafens, als sich die Nachricht vom Absturz der Boeing wie ein schnell wirkendes Gift im Flughafen verbreitete. Hinter dem Schalter der Lauda Air saßen zwei asiatisch wirkende Frauen, eine telefonierte, dabei schrie sie grelle hohe Töne in den Hörer, die Stein nicht verstand, ihre Kollegin saß wie in Trance neben ihr. Er sprach die versteinert wirkende Frau an – sie reagierte nicht.
Plötzlich verließen alle Beschäftigten nach und nach ihre Plätze hinter den Abfertigungsschaltern und kamen langsam zu dem Lauda-Terminal und umringten ihn und die beiden Frauen. Niemand sprach ein Wort, nur die telefonierende Frau schrie weiterhin gellende Laute in den Hörer.
Nun schienen auch einige der umstehenden Gäste zu begreifen. Plötzlich schrie eine japanische Frau in gelbrotem Kimono laut auf, die eben ihren Mann zum Abflug nach Wien gebracht hatte.
Stein sprach einen Steward der Lufthansa an. Der Mann rang um Fassung, aber er sagte ihm, die Maschine der Lauda Air sei abgestürzt. Ich habe die Crew noch gesehen, sagte er, es ist noch keine Stunde her.
»Vor zehn Minuten sind sie abgestürzt.«
Paul Stein setzte sich auf einen der unbequemen braunen Wartesessel.
Er wusste nicht, wie lange er dort saß. Erst als die Abflughalle von zwei Kamerateams in gleißendes Licht getaucht wurde, erhob er sich mühsam und schleppte sich zum Ausgang.
Er ließ sich in das erste Taxi fallen. Der Fahrer fuhr sofort los, ohne ihn nach dem Ziel zu fragen.
Erst als er am Ende der Vipavadi Rangsit Road die Stadtgrenze von Bangkok erreichte, wurde ihm bewusst, in welch tödlicher Gefahr er immer noch schwebte.

»Kennen Sie das American Express Büro in der Silom Street?«, fragt er den Fahrer.
»Bringen Sie mich dorthin«, sagte er, als der Fahrer nickte.

***

Patpong ist kein Aufenthaltsort für einen katholischen Professor, es sei denn, er will die Hölle studieren, und dazu bietet die kleine Verbindungsstraße zwischen der Silom Street, dem Finanzzentrum des Landes, und der Surawong Road reichlich Anschauungsmaterial.
Bar an Bar, jede ein Puff, reiht sich in Patpong, und in jeder, die Paul Stein betrat (er besuchte jede), arbeiteten Dutzende Mädchen, fast alle kaum dem Kindesalter entwachsen. Sie präsentierten sich nackt oder halb nackt auf Sofas aus geschundenem Plüsch oder tanzten freudlos um die silbernen Stangen, die auf kleinen Podesten befestigt waren. Sie lächelten ihn jedes Mal auf die gleiche einstudierte Weise an, wenn er das Lokal betrat.
Er *musste* diese Lokale aufsuchen. Wie sonst konnte er sich in Bangkok falsche Papiere beschaffen? Er zog eine Woche lang durch die Stripteasebars und Bumslokale, jeden Tag, jede Nacht, die Mädchen kannten ihn bereits und grüßten ihn nicht mehr, kein Geschäft mit ihm zu machen, und so sparten sie sich das Lächeln.
Er saß meist an der Theke und beobachtete die Männer, die hier den Ton angaben. Manchmal standen sie direkt hinter dem Tresen, meist aber saßen sie an einem Tisch, immer im Schatten. Im *Thai-Paradies* wagte er den Anfang. Er konnte den Chef des Ladens identifizieren. Ein etwa fünfzigjähriger Thai, jeden Tag in dunkelblauem Anzug, weißem Hemd, roter Krawatte, spielte Abend für Abend Karten mit vier jüngeren Männern, die Jeans trugen oder weite schwarze Hosen, die ihn merkwürdigerweise an die Uniformen des Vietcong

erinnerten, und immer trugen sie bunt bedruckte Hawaiihemden.
Am siebten Abend trat er an ihren Tisch.
»I want to talk with you.«
»Talk, talk«, sagte der Alte.
»Alone.«
Eine kaum wahrzunehmende Bewegung mit dem kleinen Finger der rechten Hand, und die Männer in den bunten Hemden verschwanden.
»Talk, talk«, wiederholte der Alte.
»I need a new passport«, sagte Stein.
»Take girls, take girls.«
»No, I need a passport, a brandnew one.«
»Take girls, take girls.« Eine müde Handbewegung zu den Mädchen hin.
»No ...«
»Take girls, take girls.« Diesmal ohne Handbewegung.
Das Spiel wiederholte sich. Hier war er falsch.
»I'll come back.« Stein suchte eine Spur von Verstehen im Gesicht des Alten.
»Take girls, take girls.«
Nichts wie weg.
In der *Orient Gogo Bar* standen plötzlich zwei kleine drahtige Männer neben ihm, als er den Chef hinter der Bar ansprach.
»Go«, sagte der Erste und stellt sich so dicht neben ihn, dass er seinen Schweiß riechen konnte.
»Go«, sagte der Zweite.
Wieder allein in Patpong. Eine Gruppe fetter dänischer Touristen. Begleitet von Mädchen, schön wie exotische Schmetterlinge. Die Kerle betrunken und laut. Widerlich. Leuchtreklamen. Grüne Farben. Rote Farben. Neonröhren formten sich zu Thai-Mädchen mit absurd großen Brüsten, und inmitten des Sündenbabels bog sich die wuchtigste Leuchtröhre zu einem Bildnis des Königs.
Wieder in den Bars.

»I need a passport.«
Wo sollte er noch hin?
Chinatown?
»I need a passport.«
Niemand schien ihn zu verstehen. Oder verstehen zu wollen. Einmal hielt er es nicht mehr länger aus und ließ sich von der Rezeption des Hilton eine Verbindung nach Österreich schalten. Seine Frau meldete sich, und in der ersten Zehntelsekunde erkannte er die endlose Trauer ihrer Stimme. Sie sagte noch einmal »Hallo, wer ist da?«, und dann legte er auf. Er durfte sie nicht gefährden. An diesem Abend verzichtete er auf seinen Rundgang durch die Bars. Er lag auf dem Rücken in dem klapprigen Bett seines *guesthouse* und rief sich wieder und wieder ihre Stimme in Erinnerung. Er wollte sie nie vergessen.
Chinatown.
Im Gewimmel der kleinen Straßen, der unzähligen Geschäfte verlief er sich. Auch hier hörte ihm keiner zu, wenn er seine Frage stellte. Alles schien es hier zu geben. Nur keinen Pass.
Er würde das Land mit seinen österreichischen Papieren verlassen müssen. Das war gefährlich, aber ging es anders?
»Gehen Sie Tee mit mir trinken.«
Stein drehte sich um. Neben ihm auf der Bangkok Road stand ein junger Thai. Er hatte Stein auf Englisch angesprochen.
Paul Stein winkte ab, aber der Mann zeigte ihm blitzschnell einen Pass. Stein schloss zu dem Mann auf, und sie gingen eine Weile schweigend nebeneinander her.
Der Thai trug Jeans, amerikanische Turnschuhe und den in Bangkok üblichen weißen Mundschutz.
Er blieb plötzlich stehen und öffnete die Hintertür eines japanischen Wagens. Stein überlegte nur kurz, dann ließ er sich auf einen der Rücksitze fallen. Der junge Thai warf die Wagentür zu, und das Auto fuhr sofort los.
Der Nissan nahm die Richtung zum Wat Po. In dem hölli-

schen Verkehr Bangkoks kamen sie nur im Schritttempo voran. Die Abgase waberten wie giftige Nebel durch die großen Straßen, und Stein sah die verwahrlosten Gehwege, aufgerissen und nur provisorisch abgedeckt, auf denen zahllose Fußgänger eilten, den Blick starr auf den Boden gerichtet, um den riesigen Schlaglöchern auszuweichen und nicht in die Abwasserkanäle zu stürzen, deren Öffnungen häufig ohne Kanaldeckel auskommen mussten.
Er sehnte sich zurück nach Innsbruck.
Der Wagen hielt in einer Seitenstraße. Der Fahrer öffnete ihm die Tür und führte ihn in ein kleines Haus, durch einen Flur, und schließlich stand Paul Stein in einem Garten.
Er sah einen mannshohen Weihnachtsstern und einen kleinen Tempel für den Hausgeist, vor dem drei Räucherstäbchen glommen. Und für einen Augenblick, nur für einen kleinen Moment im Banne dieser Atmosphäre fiel die Last der vergangenen Tage von ihm ab. Als er sich langsam umdrehte, erblickte er den Mann, der an einem kleinen Tisch saß. Grauer Anzug, weißes Hemd, Sonnenbrille, sein Alter nur schwer zu schätzen.
Er winkte ihn zu sich heran. Stein ging auf ihn zu und setzte sich an den Tisch.
Die beiden Männer sahen sich an.
»Sie brauchen einen Pass«, sagte der Mann in tadellosem Englisch.
»Ja.«
»Welche Nationalität?«
»Österreich.«
»Das kann ich Ihnen nicht beschaffen. Ich liefere Ihnen einen deutschen Reisepass und einen deutschen Personalausweis, wenn Sie wollen.«
»Ja.«
»Das kostet Sie 1000 Dollar. 500 geben Sie mir heute noch und die restlichen 500, wenn ich liefere.«
Der Mann sah ihn an.

»Einverstanden«, sagte Paul Stein.
»Haben Sie das Geld bei sich?«
»Nein.«
»Wie alt sind Sie?«
»Fünfundfünfzig.«
»Mein Fahrer bringt Sie zurück. Geben Sie ihm das Geld.«
»Welche Sicherheiten habe ich, dass Sie mir die Papiere auch besorgen?«
»Vertrauen Sie.«
»Und noch etwas«, sagte der Mann, »gehen Sie nicht mehr nach Patpong. Bleiben Sie in Ihrem Haus und warten Sie.«
»Wie lange?«
»Zwei Wochen. Drei Wochen. Nicht länger.«
Der Mann stand auf, ein zweiter erschien wie aus dem Nichts und brachte ihn zur Tür, vor der der Nissan bereits wartete. Der Fahrer brachte ihn zur Khao San Road, ohne dass sie ein Wort wechselten. Sie wussten also, wo er wohnte.
Stein ging in sein Apartment und gab dem Fahrer 500 Dollar. Der Nissan fuhr davon.
Die nächsten beiden Wochen verbrachte Stein wie ein Tourist. Er besuchte den Königspalast, Wat Po, den goldenen Buddha. Abends lag er in seinem Feldbett und unterdrückte den Impuls, seine Frau anzurufen. Die Zeitungen schrieben nichts mehr über den Absturz der Maschine.
Während er wartete, setzte sich eine wohl erprobte Maschinerie in Gang. Steins Alter wurde telefonisch einer professionellen Agentur in Berlin übermittelt. Dreihundert Dollar wurden in Bangkok auf ein Konto der Deutschen Bank eingezahlt, und eine Kopie des Einzahlungsscheines wanderte per Fax nach Berlin.

***

In der Wrangelstraße, im Herzen von Berlin-Kreuzberg, unterhielt Walter Steinberg in seiner Wohnung ein kleines

Büro. Nachdem ihn seine Frau vor zwei Jahren verlassen hatte, war das große Zimmer neben dem Bad frei geworden. Die Trauerzeit verkürzte sich für Steinberg drastisch, da seine Frau bisher durch ihre Stellung als Lehrerin den größten Teil zum Unterhalt der gemeinsamen Wohnung beigetragen hatte und er diese Lücke nun in kurzer Zeit füllen musste. Er verfluchte sie. Steinberg, der sein Studium der Geschichte kurz vor dem Examen an den Nagel gehängt hatte, übernahm hin und wieder kleine Aufträge auf dem Gebiet der Ahnenforschung. Durch sein Studium waren ihm Archive wohl vertraut, und er mochte den Mief großer Papierablagen, den Geruch von Staub und Schimmelpilz, den gerade die standesamtlichen Register Ostberlins dämmerig verströmten.

In einem Archiv in Friedrichsfelde war er zwei Mormonen in schwarzen Anzügen begegnet, die jedoch des Deutschen nicht mächtig genug waren, um sich in der komplizierten Verschlagwortung zurechtzufinden. Er half den beiden fast einen halben Tag lang, und aus diesem Kontakt ergaben sich hin und wieder lukrative Nachforschungsaufträge eines mormonischen Instituts aus Salt Lake City.

Mit ihnen verdiente er genügend Geld, um nicht nur die Raufasertapete des verlassenen Zimmers seiner Frau neu zu weißen, sondern es reichte auch für ein Metallschild mittlerer Größe, das er an der Hauswand, direkt neben der Eingangstür, anbringen ließ. Ein Stempelfabrikant hatte es angefertigt und darin eingraviert:

Walter Steinberg, Ahnenforschung, 3. Stock.

Vielleicht verdankte er diesem Schild den Besuch der beiden Männer, die ein stark amerikanisch geprägtes Englisch sprachen und ihm ein Angebot machten, das alle finanziellen Sorgen vertrieb. Steinberg ahnte, dass es keine legalen Geschäfte waren, stellte aber keine Fragen.

Die beiden Amerikaner sah er nie wieder. Er erhielt seine Instruktionen per Telefon, wie an jenem warmen Junitag im Jahre 1991. Der Anrufer drückte sich knapp aus, wie immer, teilte ihm nur Alter und Geschlecht mit: fünfundfünfzig Jahre, männlich; aber das genügte ihm, mehr brauchte er nicht zu erfahren. Steinberg wusste, wonach er suchen musste.
Drei Tage verbrachte er abwechselnd im Archiv der *Berliner Zeitung* und in dem der Berliner Landesbibliothek. Sorgfältig studierte er die Todesanzeigen in den Zeitungen vor fünfundfünfzig Jahren. Schließlich fand er, was er suchte.

† Volker Below
geb. 2. März 1936 – gest. 1. April 1936
Unser kleiner Engel ist gegangen.
Nur wenige Wochen nach der Geburt
nahm der Herr unseren Sohn Volker wieder zu sich.
In tiefer Trauer:
Michael und Doris Below
Berlin-Pankow, 3. April 1936

Er kopierte diese Anzeige und fuhr gut gelaunt mit der U-Bahn zurück nach Kreuzberg. In seinem Büro entwarf er ein Briefpapier auf den Namen Volker Below. Er dachte sich für ihn eine Adresse aus: Frankfurter Allee 101. Er kannte dieses Gebiet in Lichtenberg, und für diesen Fall konnte er sich keine bessere Adresse ausdenken. Hier lebte – oder besser überlebte – ein buntes Völkchen aus allen Ländern des Ostens: Deutsche auch, aber hauptsächlich Russen, Ukrainer, Polen und Vietnamesen, fast alle ohne Namensschild an der Tür. Eine Gegend, um die selbst Gerichtsvollzieher einen großen Bogen machen.
Am Nachmittag fuhr er zum Bezirksbürgermeisteramt Lichtenberg und ließ sich vom Pförtner ein Anmeldeformular geben. Wieder zurück nach Kreuzberg. In seinem Büro füllte er das Formular auf den Namen Volker Below aus. Er ließ ihn

von Frankfurt/Oder nach Berlin umziehen, das Geburtsdatum entnahm er der Todesanzeige. Das Formular steckte er in einen Umschlag, vergaß nicht 20 Mark Bearbeitungsgebühr beizulegen und schickte es per Post an das Bezirksrathaus. Am nächsten Tag ging der Antrag ein, wurde weitergeleitet. Zwei Tage später wurde Volker Below Berliner Bürger. Steinberg fuhr jedoch noch am selben Tag nach Charlottenburg und beantragte in dem dortigen Postamt einen Nachsendeantrag. Alle Zustellungen für Volker Below, Frankfurter Allee 101, gingen nun zum Bahnhof Zoo, postlagernd. Nun ließ er vier weitere Tage verstreichen. Dann schrieb Volker Below aus Lichtenberg, Frankfurter Allee 101, einen Brief an das Rathaus Pankow und bat um eine beglaubigte Kopie der Geburtsurkunde, einen frankierten Rückumschlag legte er ebenso bei wie 20 Mark Bearbeitungsgebühr. Die Behörde überprüfte routinemäßig den Wohnsitz des Antragstellers. Es gab nichts zu beanstanden, da er ordnungsgemäß an der von ihm angegebenen Adresse gemeldet war. Zwölf Tage benötigte das Amt, um den Antrag zu bearbeiten, und versendete eine beglaubigte Kopie aus dem Urkundsbuch an den Bürger in der Frankfurter Allee. Die Post vergaß den Nachsendeauftrag nicht, und so holte Steinberg den Brief vierzehn Tage später postlagernd beim Bahnhof Zoo ab. Einen Umschlag mit einer neuen, nur ihm bekannten Adresse hatte er vorbereitet, sodass das Dokument noch in der gleichen Stunde eine weitere Reise antrat. Über mehrere Stationen hinweg landete es nur vier Tage später in Bangkok.

***

Paul Stein wusste nicht mehr, ob er Betrügern aufgesessen war, die sich mit 500 Dollar zufrieden gaben und von denen er nie wieder etwas hören würde. Sich am Morgen aus dem

Bett zu erheben, kostete ihn viel Anstrengung, und abends unterdrückte er mit der gleichen Anstrengung den Wunsch, seine Frau und seine Töchter anzurufen. Er besuchte Tag für Tag die Wats und Pagoden, Buddhas und Parks, doch er vergaß alles sofort. Wie in einem schmerzlichen Taumel durchlebte er die Zeit, bis der Nissan ihn erneut abholte.
Der Wagen brachte ihn zu demselben Haus, er ging durch den denselben Flur, befand sich dann in demselben Garten und traf denselben Mann, der denselben grauen Anzug trug.
»Haben Sie die 500 Dollar dabei?«
Paul Stein nickte.
Der Mann schob ihm ein Blatt Papier über den Tisch. Stein nahm es und hielt eine Kopie aus dem Urkundsbuch in der Hand, ausgestellt von der Stadt Berlin auf den Namen Volker Below.
»Was soll ich damit?«, fragte er.
»Damit gehen Sie in vier Tagen auf das deutsche Konsulat. Bangkok ist eine schlimme Stadt. Sie wurden ausgeraubt; alle Ihre Papiere sind weg, aber Sie haben glücklicherweise diese Urkunde dabei. Sie werden neue Papiere bekommen. Gültige Papiere. Echte Papiere! Besser als aus der besten Fälscherwerkstatt.«
Und als er den skeptischen Blick Steins sah, lachte er und sagte: »Wir verwenden die gleiche Methode, mit der Geheimdienste ihren Leuten eine neue Identität verpassen. Ihre neuen Papiere werden echt sein. Perfekte Legende. Nirgends werden Sie Ärger bekommen. Und noch etwas: Verschwinden Sie aus Ihrem guesthouse. Quartieren Sie sich heute noch im Bangkok International ein. Unter Ihrem neuen Namen. Als Volker Below. Machen Sie sich keine Sorgen – es ist alles vorbereitet. Sie werden dort ein Zimmer bekommen.«

***

Der Besuch bei der Deutschen Botschaft erstaunte ihn, weil alles so einfach war. Zwei Familien und fünf Rucksacktouristen drängten sich im Wartesaal der Botschaft, als er eintrat. Alle waren sie überfallen worden – die Ausbeute einer Nacht. Die Beamtin, deren Augenmerk den jungen Reisenden galt, die sie alle für Schnorrer hielt, welche sich hier ein paar Dollar erschleichen wollten, schien froh, dass er kein Geld von ihr wollte.

»Gut, dass Sie Ihre Geburtsurkunde retten konnten«, sagte sie zu ihm. Sie rief im Berliner Rathaus an und erhielt die Bestätigung, dass die Urkunde gültig sei; erst vor zwei Wochen habe man sie ausgestellt. Sicherheitshalber rief sie auch die Rezeption des *Bangkok International* an und erfuhr: Volker Below ist hier abgestiegen. Falls sie je Zweifel gehegt hatte, nun waren sie beseitigt.

Als Paul Stein am Nachmittag die Botschaft verließ, trug er einen neuen Reisepass und einen neuen Personalausweis, ausgestellt auf den Namen Volker Below, in der Innentasche seines Jacketts.

Ein Taxi fuhr ihn im üblichen Schritttempo zum Bangkok International. In seinem Zimmer brach er zusammen. Er lag zwei Tage ohne zu essen auf seinem Bett und weinte.

Am dritten Tag nahm er einen Wagen zum Flughafen Don Muang und flog am gleichen Tag zurück nach Europa.

43

Sixt bot den günstigsten Wagen. Dengler war froh, dass es ein Saab 9^5 war, und freute sich auf die lange Fahrt. Er fuhr den Wagen vorsichtig die enge Wagnerstraße hoch und stoppte vor dem *Basta*. Olga schien ihn bereits erwartet zu haben. Sie stand mit einer riesigen blauen Reisetasche an der Bar. Sie nahm die Griffe in beide Hände und zerrte die Tasche auf die Straße. Aber da erreichte Dengler sie bereits, nahm ihr das Gepäck ab und wuchtete es in den Kofferraum.
Dann rannte er im Laufschritt die Treppe hinauf in seine Wohnung und warf die nötigsten Sachen in den braunen Lederkoffer.
Reisepass nicht vergessen.
Einen guten Anzug für das Konzert. Koffer zu und wieder hinunter auf die Straße. Olga saß auf dem Rücksitz. Dengler setzte sich ans Steuer und startete den Wagen.
Mario erwartete sie bereits vor der Haustür seiner Wohnung in der Mozartstraße. Er tänzelte zum Klang einer unhörbaren Musik auf dem Bürgersteig und winkte ihnen schon von weitem zu. Dengler hielt neben ihm an. Mario hob einen eleganten Koffer aus dunklem Leder in den Kofferraum und schwang eine gelbe Stofftasche, gefüllt mit italienischen CDs und Musikkassetten, auf den Rücksitz neben Olga. Eine Kassette zog er aus der Hosentasche und schob sie in das Abspielgerät. Kaum fuhren sie auf der Autobahn, sang er lauthals mit.

Bandiera rossa trionferà,
bandiera rossa trionferà,
Bandiera rossa trionferà!
Evviva comunismo e libertà!

Er drehte sich zu Olga um und animierte sie zum Mitsingen. Er wiederholte den Text für sie, lies das Band zurücklaufen. Olga lachte und sang mit; ihr schien es zu gefallen.
Dengler sah zu Olga in den Rückspiegel. Sie wirkte frei, gelöst; ja, diese Frau gefiel ihm. Doch sofort schoben sich ernste Überlegungen vor seinen beginnenden Tagtraum. Es gab zwei Spuren, die ihn zu Paul Stein führen konnten. Die Blumenspur, so nannte er den Weg zu dem unbekannten Spender der Ringelblumen. Die Musikspur nannte er die zweite, die er über das Freiburger Barockorchester verfolgte.
Sie würden zunächst nach Cannes fahren, wo das Freiburger Barockorchester einen Auftritt im Festivalpalast hatte. Am nächsten Tag würden sie nach Siena weiterfahren. Dort war der Lieferant der Ringelblumen, und dort spielte das Orchester das letzte Konzert seiner Tournee.
Wie hoch waren die Chancen, Stein zu finden? Selten konnte er den Erfolg einer Aktion so schlecht abschätzen wie bei der Suche nach Paul Stein. Stein war der Autor der Blauen Liste. Warum war dieses Papier aus der Tatortdokumentation seines Falles verschwunden – des Falles, an dem er gescheitert war?
Als sie bei Schaffhausen die Schweizer Grenze überquerten, studierte Mario mit Olga bereits das dritte italienische Volkslied ein. Dengler sah im Rückspiegel, wie sie lachte, aber auch wie sie hin und wieder zu ihm sah.
In Zürich hielt Dengler den Wagen in der Nähe des Bahnhofs an. Die beiden Männer nahmen Olga für die wenigen Schritte zu einem Café in die Mitte. Mario erzählte Geschichten aus ihrer Kindheit in Altglashütten. Gerade war er dabei, von dem Kuh-Bingo zu erzählen, mit dem Georg und er die betrunkenen Bergleute um ein paar Groschen erleichtert hatten.
In Ligurien verließ Dengler die Autobahn an der Ausfahrt Imperia und fuhr hinunter zum Meer. Sie hielten vor einem

kleinen Fischrestaurant am Hafen. Dengler schloss den Wagen ab, während Mario und Olga schon auf den Eingang zugingen. Dengler, der nun einige Schritte hinter ihnen ging, bemerkte, dass Mario seinen wiegenden Cowboygang eingeschaltet hatte, während er eng neben Olga einherschritt. Diese Art zu gehen – Dengler kannte das nur zu gut – signalisierte eindeutige Absichten. Dengler registrierte das erstaunt und eher belustigt, als dass es ihm etwas ausmachte.

***

Die Sonne schien noch, als sie Cannes erreichten: Hier regierte schon der Frühling. Die Sonne wärmte ihn. Die Vögel auf den Palmen und Zypressen übten nicht mehr; sie lärmten in einer unverständlichen Sprache, und die Geräusche der Menschen waren nicht laut genug, sie zu übertönen. Er wusste nicht warum, die Sonne minderte seine Einsamkeit, und ihm schien plötzlich, als fahre er durch den ersten guten Tag seit vielen Jahren.
Hinter dem Carlton stellte er den Saab ab. Sie betraten das ehrwürdige Foyer des legendären Hotels, den Schauplatz vieler berühmter Filme. Reges Kommen und Gehen; livrierte Diener schleppten Koffer. Es hätte ihn nicht gewundert, wenn Cary Grant plötzlich an der Rezeption gestanden hätte, oder Rock Hudson. Oder Elizabeth Taylor. Er sog die Atmosphäre noch einen Augenblick in sich auf, und dann verließen sie das Hotel durch einen Seiteneingang. Es wurde Zeit, den Ort des möglichen Geschehens zu inspizieren.
Sie benötigten vom Carlton zum Gebäude des Festivals nur wenige Minuten. Die Meerluft schmeckte nach Salz und Freiheit, und er wunderte sich immer noch, wie sorgenfrei er sich plötzlich fühlte.
Die Aufgabe würde ihm heute nicht schwer fallen. Es gab nur einen Eingang für die Besucher. Sie mussten die steile

Treppe hinauf, die Dengler aus dem Fernsehen kannte. Mit rotem Teppich ausgelegt, schritten die Stars und Sternchen während des Festivals den gleichen Weg.
Die Wartezeit verbrachten sie im *Astoux et Brun*. In der Auslage präsentierte der Besitzer in zwei Holztrögen riesige Mengen von Austern. Ein kleiner Junge, kaum älter als dreizehn, schleppte in einem Eimer neue Muscheln heran und kippt sie in die Tröge. Zwei Algerier standen daneben und öffneten sie mit einem kurzen Messer. Sie trugen im Gegensatz zu Mario keinen Kettenschutz für die linke Hand, aber vielleicht brauchten sie ihn auch nicht. Sie stießen die Messer blitzschnell zwischen die Muschelschalen, es krachte, und schon griffen sie nach einer neuen Auster.
Dengler trank einen doppelten Espresso mit ein wenig Milch und wartete. Kurz vor halb sieben verabschiedete er sich von Olga und Mario und schritt zügig hinüber zum Festivalpalast. Kurz danach erschienen die ersten Besucher. Dengler stand neben der Treppe. Es war ein gemischtes Publikum, das neben ihm die Treppen hinaufging: ältere Männer in Smokings mit Frauen in teuren Abendkleidern; Jüngere in Straßenanzügen und einige in Jeans und Hemd, viele junge Frauen.
Paul Stein sah er nicht.
Er wartete, bis der letzte Besucher hinter den großen Türen verschwunden war. Sollte er nun selber in den Saal gehen? Er wartete. Falls Stein verspätet war, würde er ihn hier am besten sehen. Das Orchester begann zu spielen, und aus dem Saal wehten die ersten Streicherklänge zu ihm herüber. Langsam stieg er die Treppe hinauf. Als er die Tür öffnen wollte, kam ein Ordner. Zu spät, er durfte nicht mehr hinein. Dengler blieb neben der Tür stehen und hörte der Musik zu. Streicher, Flöten, Cembalo. Er hing seinen eigenen Gedanken nach, dachte an Olga, an seinen Fall, an die Blaue Liste. Er musste Paul Stein finden. Er wollte wissen, warum diese Liste so gefährlich war. Warum verschwand sie aus den Ermittlungsakten?

Die Musik beruhigte ihn. Er dachte nach. Die Luft war mild, und auf dem Meer vor der Croisette sah er die Lichter der ankernden Yachten.
Als die Vorstellung endete, stand er wieder neben der Treppe und beobachtete die herausströmenden Menschen. Stein war nicht dabei.
Olga und Mario saßen immer noch am gleichen Tisch im *Astoux et Brun*. Sie lachten wie ein Liebespaar, und auf ihrem Tisch standen drei leere Flaschen Weißwein, und mehrere Teller mit Austern und anderen Meeresfrüchten stapelten sich um sie herum.
»Ich habe zum ersten Mal Seeigel gegessen«, empfing Olga ihn strahlend. Mario zauberte ein frisches Glas herbei und ein neue Flasche, und bald saßen sie zu dritt und tranken und erzählten und lachten, als seien sie Geschwister, die viel zu lange voneinander getrennt waren.
Die Nacht verbrachten sie in einer kleinen Pension in Le Carnet. Sie waren glücklich und müde, gingen sofort auf ihre Zimmer, sogar die kleine Bar neben der Pension lockte sie nicht mehr. Am frühen Morgen brachen sie nach Siena auf. Sie erreichten die Stadt am Mittag.

***

Im *Jolly Hotel Siena* an der Piazza la Lizza 1 nahe der Piazza del Campo hatte Georg drei Zimmer reserviert. An der Rezeption lag ein Konzertticket bereit, und eine Nachricht von Hertz unterrichtete sie, dass die Autovermietung ihnen morgen früh das bestellte Motorrad liefern würde.
Das Orchester würde am Abend unter freiem Himmel spielen, direkt auf der Piazza del Campo, auf dem sonst das Palio stattfand, das traditionelle Pferderennen. Die Stadtverwaltung hatte mehrere hundert Stuhlreihen aufstellen lassen, die in der Mittagssonne verloren wirkten.

Siena und sein legendärer Il Campo – doch Georg konnte die Schönheit der mittelalterlichen Platzanlage nicht genießen. Das Konzert bereitete ihm Sorgen. Anders als bei der Festivalhalle in Cannes konnten die Zuschauer hier durch vier verschiedene Zugänge auf den eingezäunten Platz strömen. Die gesamte Altstadt ist autofrei, und die Zielperson muss ihren Wagen unterhalb der Stadt parken – falls sie mit dem Auto anreist. Da Georg nicht an jedem Parkplatz einen Leihwagen abstellen konnte, hatte er geplant, das gemietete Motorrad vor dem Konzert in den inneren Kreis der Absperrung zu schmuggeln, um direkt von hier die Verfolgung aufzunehmen.
Es wurde bereits dunkel, als sie ein Lokal am Rande der Piazza del Campo aufsuchten. Mario wählte fachkundig einen Chianti classico aus, der in der Gegend angebaut wurde. Olga bestand auf Spaghetti alio e olio. Sie bestellten drei Portionen und planten die nächsten Tage.

***

Die großen italienischen Blumenanbaugebiete liegen bei San Remo. In der Gegend um Siena werden nur ausnahmsweise Schmuckpflanzen gezüchtet – dies hier ist Getreide- und Weinland. Das würde es einfacher machen, hoffte Georg, den Anbaubetrieb zu finden, der die beiden großen Calendulabünde nach Stuttgart transportieren ließ.
Ein kaum achtzehnjähriger Junge brachte ihnen am Morgen das Motorrad, eine kräftige Honda mit 650 Kubikzentimetern. Zwei schwarze Helme waren am Gepäckhalter befestigt. Dengler ließ die Maschine an, und Mario schwang sich auf den Rücksitz. Ein blasser Mann mittleren Alters an der Rezeption hatte Mario umständlich den Weg erklärt und ihm sogar eine kleine Skizze auf der Rückseite eines Anmeldeformulars angefertigt. Diese Skizze hatte Mario nun vor

sich, und er kommandierte Dengler mit lauter, den Fahrtwind übertönender Stimme südlich aus der Stadt.
Der Blumengroßhändler Andrea Savinio betrieb sein Geschäft inmitten des kleinen Industriegebietes südlich der Stadt in einem Gebäude, das Dengler eher an eine Spedition erinnerte als an ein Unternehmen, das mit Blumen handelte. Er sah sieben große Rampen, mit großen Ladeklappen, drei davon geöffnet, vor denen weiße Lkws mit den gleichen grünen und roten Beschriftungen standen.
Die beiden Freunde stiegen von der Honda, schoben sie vor einen kleinen Glaskasten, den Eingang der Firma. Sie zogen ihre Helme ab und betraten etwas steifbeinig den Empfangsraum. Eine etwa vierzigjährige Brünette sah die beiden über eine Lesebrille hinweg misstrauisch an.
Mario sprach mit ihr. Dengler hatte ihn instruiert, und so wusste er, dass er sich nach dem Gärtnerbetrieb erkundigen sollte, der die hochwertigen Calendula nach Stuttgart exportiert hatte. Er gab Dengler und sich als Blumenhändler aus, die einen Blumenladen in Stuttgart betrieben und diese Waren kaufen wollten. Die Brünette griff zum Telefon und bat sie dann in ein kleines Besuchszimmer hinter ihrem Büro.
Nachdem sie wenige Minuten in dem kahlen Raum gewartet hatten, erschien der Eigentümer, Andrea Savinio. Er bot ihnen einen Espresso an, und bald war er mit Mario in ein Palaver vertieft, das sich – so schien es Dengler, der seine Unruhe nur mit Mühe unterdrücken konnte – schon bald vom Thema Blumen abgewendet hatte. Die beiden unterhielten sich prächtig – und Dengler begriff: Sie fachsimpelten leutselig über Essen und gute Weine.
Schließlich wandte sich Mario zu ihm: »Er will uns den Namen seiner Lieferanten nicht nennen, aber bietet uns an, die Blumen direkt von ihm zu beziehen, und er garantiert uns, dass es die Ware des Lieferanten ist, der die beiden Sträuße nach Stuttgart schaffen ließ. Allerdings sei dieser Betrieb

nicht sehr groß. Wenn wir viele Blumen kaufen wollten, müsste er zusätzliche Lieferanten einschalten, aber er würde persönlich für die Qualität der Produkte gerade stehen.«
»Sag ihm, wir würden gerne einen Bund als Probe sehen.«
Mario wandte sich wieder dem Händler zu, und die beiden versanken erneut in ein endloses Gespräch. Dann stand der Mann auf und verschwand für einige Minuten. Als er den Raum wieder betrat, sprach er nur noch kurz mit Mario.
»Was sagt er?«, wollte Dengler wissen.
Mario sagte: »Alles klar. Wir bekommen heute Abend um sechs Uhr einen Bund Calendula. Signore Savinio betreibt einen Blumenladen in der Altstadt. Dort sollen wir ihn abholen.«
Sie verabschiedeten sich und fuhren zurück ins Hotel.

***

Das Café *Tutta La Vida* liegt dem Floristengeschäft *Flora Toskana* gegenüber. Hier saßen sie beide und beobachteten den Eingang, nachdem Dengler sich überzeugt hatte, dass der Blumenladen keinen Hintereingang hatte.
Sie befanden sich in der Innenstadt Sienas, und die Touristenströme verdeckten ihnen häufig die Sicht auf den Eingang von *Flora Toskana* schräg gegenüber. Mario war nervös, doch er bemühte sich tapfer, seine Unruhe vor seinem Freund zu verbergen und ihn in der neuen Rolle als Assistent des Ermittlers nicht zu enttäuschen. Abwechselnd schaute Mario hinüber zum Blumengeschäft und auf die vor ihm liegenden Fotos, die Georg von Christiane erhalten und die Mario seit der Abfahrt aus Stuttgart immer wieder betrachtet hatte.
Um fünf Uhr verzog sich die Sonne, und wie auf ein vereinbartes Kommando hin verließen die Touristen die Stadt, und eine heilsame Stille legte sich über die geplagten Mauern. Erst jetzt, so schien es, wagten die Bewohner langsam, Besitz

von ihrer Stadt nehmen, und die Straße änderte ihr Erscheinungsbild. Italienische Frauen kauften ein, junge Paare schlenderten durch die engen Gassen, und ein alter eleganter Mann in dunkelblauem Anzug und braunen Schuhen strebte zielsicher zu einer Verabredung.

Sie sahen Paul Stein gleichzeitig. Mario stieß Georg mit dem Ellbogen heftig in die Seite, doch auch Dengler hatte das Gesicht erkannt, das zwischen den beiden riesigen Blumensträußen hervorlugte, die Stein die enge Gasse hinauftrug.

»Hol das Motorrad«, flüsterte er Mario zu, der sofort verschwand.

Er ist älter geworden, dachte Georg. Steins Gesicht wirkte viel schmaler als auf den Fotos, die Christiane ihm mitgegeben hatte. Schmaler und durchgeistigter. Seine Haare waren nicht mehr braun, sondern weiß, und er ging leicht gebückt, in den Schultern vornübergebeugt.

Stein ging in den Laden und gab die beiden Sträuße einem jungen Mann, der scheinbar schon auf sie gewartet hatte. Dengler sah durch das Ladenfenster, wie die beiden sich unterhielten, dann gaben sie sich die Hand. Stein ging zur Tür. Wo blieb Mario?

Dengler, der im Café nach jeder Bestellung sofort bezahlt hatte, legte zwei Euro für den letzten doppelten Espresso auf den Tisch und stand auf, als Stein den Laden wieder verließ. Wo zum Teufel war Mario?

Stein ging die enge Gasse hinunter. Dengler verließ das Café und wollte ihm folgen. Bestimmt hatte Stein unterhalb der autofreien Altstadt einen Wagen geparkt. Dengler brauchte das Motorrad. Er drehte sich um und rannte los. In Richtung Hotel. Nach einer Minute sah er Mario. Er schob das Motorrad den Weg hinauf, hochrot das Gesicht vor Anstrengung. In wenigen Sprüngen war Dengler bei ihm. Er nahm den Lenker und schob selbst. Mario stemmte sich gegen den Gepäckträger. So erreichten sie den Scheidepunkt der Gasse. Dengler sah hinunter. Von Stein keine Spur mehr.

Er musste es tun. Er hielt den Lenker mit beiden Händen und stützte den rechten Fuß auf den Anlasser. Durchtreten. Nichts! Noch einmal treten. Nichts! Noch einmal. Die Maschine sprang an. Handgas geben. Nicht zu viel. Er schwang sich auf die Honda und fuhr. Umstehende protestierten. Ein älteres Ehepaar schimpfte; der Mann schlug ihm seinen Spazierstock auf den Rücken.
Die Maschine suchte sich den Weg zwischen den Passanten hindurch; ein Mann gab der Maschine einen Stoß, das Motorrad schien zu kippen. Gas geben, sie zog wieder an. Eine junge Frau sprang aus dem Weg.
Jetzt die Gasse hinunter, am Ausgang sah er Paul Stein, der sich mit anderen empört nach ihm umdrehte. In eine Seitengasse. Anhalten. Maschine abgewürgt. Maschine umdrehen. In die Gasse zurückschieben. Paul Stein ist verschwunden. Im Laufschritt die Gasse weiter hinunter. Dort – ein Fiat verlässt den Parkplatz direkt vor dem Palazzo Communale; Stein am Steuer.
Motorrad wieder anlassen – hinterher.
Stein bog auf die Straße nach Grosseto. Dengler registrierte in alter BKA-Routine die Uhrzeit: Aufnahme der Verfolgung um 18:35 Uhr, notierte er im Geist. Er hielt den weitestmöglichen Abstand zu dem Fiat. Über fünf Kilometer fuhren zwei Wagen, ein Renault und ein Mercedes, zwischen ihnen, aber als erst der Mercedes und dann der Renault in einen Seitenweg einbogen, fuhr er wieder direkt hinter Steins Fiat.
Hoffentlich schöpft er keinen Verdacht.
Dengler nahm das Gas weg, vergrößerte den Zwischenraum, ließ sich weiter zurückfallen. So fuhren sie in gleich bleibendem Abstand auf der 223. Die Straße war dunkel, einsam, und nur hin und wieder kam ihnen ein Fahrzeug entgegen.
Hinter der Abzweigung nach San Galgano stieg die Straße zu einem kleinen zypressenbedeckten Hügel allmählich an, um auf der anderen Seite sanft abzufallen. Als Steins Fiat den

Hügel erreichte, verlor Dengler ihn aus den Augen. Er gab Gas, und die Honda zog so schnell an, dass er sich am Lenker festkrallen musste.
Er erreichte den Hügel, aber er sah die Rücklichter von Steins Wagen nicht mehr. Jetzt jagte er die Honda den Berg hinunter, in die nächste Linkskurve, die in eine lange, gerade Allee mündete. Keine Spur von Stein.
Dengler wendete. Hundert Meter, nachdem die Straße abfiel, bog ein kleiner Feldweg in den Wald. Dengler stoppte das Motorrad und lauschte. Er hörte keinen Motor. Er schaltete das Licht aus und fuhr langsam in den Weg hinein.
Es dauerte eine Weile, bis er sich im Mondlicht orientieren konnte. An einer Abzweigung hielt er wieder an und lauschte. Jetzt hörte er den leicht asthmatischen Motor des Fiat. Vorsichtig fuhr Dengler weiter. Nach einer Weile sah er die Rücklichter von Steins Wagen. Er kam an sechs unterschiedlichen Abzweigungen vorbei, und er prägte sich jede einzelne fest ein, wohl wissend, am Tage würden sie anders aussehen.
Nach 35 Minuten Fahrt auf dem Feldweg bog Stein ab. Er fuhr nach rechts auf einen noch kleineren Weg und nach 500 Metern in die Toreinfahrt eines Gehöftes. Automatisch schloss sich ein Tor hinter ihm.
Dengler hatte die Honda bereits gestoppt. Motor aus. Vorsichtig absteigen, Maschine aufbocken. Dann näherte er sich langsam der Einfahrt.
Das Tor war über zwei Meter hoch, rechts und links gingen stachlige Büsche ab. Er kniete sich und griff unter den Busch. Seine Hand bahnte sich einen Weg, bis er Draht spürte. Tatsächlich: In dem Busch versteckte sich ein in den Boden eingelassener Zaun.
Paul Stein hatte sich verbarrikadiert wie ein englischer Bankräuber.
Dengler fingerte das Handy aus der Hosentasche und wählte Christiane Steins Nummer, doch er bekam keinen Anschluss. Paul Stein residierte in einem Funkloch.

Dann kläffte es auf der anderen Seite des Busches. Er stand still, lauschte dem Gebell und unterschied drei verschiedene Hunde.
Schnell stand er auf und ging zum Motorrad zurück. Die Tiere bellten noch, als er die Maschine anließ und ohne Licht den Weg zurückfuhr. An jeder Kreuzung kerbte er den ersten Baum, der in Richtung seines Weges stand, hüfthoch auf der Rückseite ein. Diese Zeichen würden ihn zurückführen.

***

Die Rückfahrt nach Siena verlief ohne Probleme. An einer Tankstelle hielt er an und kaufte sich eine kräftige Gartenschere. Nach anderthalb Stunden Fahrt betrat er das *Jolly Hotel*. Er wählte Christianes Nummer, aber es nahm niemand ab.
Er betrat das Lokal, das zu dem Hotel gehörte. Er sah auf die Uhr: elf Uhr – aber die Gäste saßen immer noch an den Tischen, viele Familien mit Kindern; Dengler fragte sich, warum Kinder in Italien so lange aufbleiben dürfen. Mario saß allein an einem Tisch. Die Reste eines Hühnchens lümmelten sich auf einem Teller. Kein Wein auf dem Tisch. Dengler setzte sich zu ihm und unterrichtete ihn. Olga sei in der Stadt unterwegs und wolle sie nicht stören, sagte Mario. Dengler sah seinen Freund nachdenklich an. Nachdem sie ihr weiteres Vorgehen besprochen hatten, riefen sie den Kellner.
»Sprechen Sie Deutsch oder Englisch?«
»Si si, yes, ja – ein bisschen.«
»Wir brauchen aus der Küche drei große Stücke Fleisch – roh.«
»Roh?« Der Kellner zuckte zusammen. Ein 20-Euro-Schein wanderte in seine Hand und verschwand in einer Seitentasche. Ein kurzes Signal mit dem Kopf – Dengler und Mario

folgten dem Mann in die Küche. Lautstarke Debatte mit einem schwindsüchtig wirkenden Koch. Der öffnete schimpfend die Tür zu einem Kühlraum, ging hinein und kam mit drei blutigen Fleischstücken zurück, nur notdürftig in Zeitungspapier eingewickelt. Der Koch stopfte das Paket in eine Plastiktüte, reichte es Mario. Der prüfte das Fleisch und sagte etwas schnell und auf Italienisch, das Dengler nicht verstand. Die zweite 20-Euro-Note wechselte den Besitzer.
Mit dem Motorrad fuhren sie hinunter zur Piazza del Mercato. Fünf gelbe Taxis standen hintereinander am Taxistand. Dengler stieg ab und Mario kletterte auf den Fahrersitz.
Dengler ging langsam an den Taxis vorbei und musterte die Männer, die hinter dem Steuer vor sich hin dösten oder den *Corriere dello Sport* studierten. Schließlich stieg er bei einem pakistanisch aussehenden Fahrer ein, dessen Wagen als dritter in der Reihe stand. Der Mann schüttelte den Kopf und deutete auf den ersten Wagen in der Reihe: Sie müssen das erste Taxi nehmen! Als Dengler mit einer 50-Euro-Note winkte, legte er sofort den ersten Gang ein, schoss aus der Reihe der Taxis und fädelte sich in den Verkehr ein. Dengler sah durch das Rückfenster und stellte beruhigt fest, Mario folgte dem Taxi.
Dengler erklärte dem Mann auf Englisch, was er suchte. Der Pakistani drehte sich überrascht um und studierte Denglers Gesicht, dann streckte er seine Hand aus. Dengler legte den 50-Euro-Schein hinein. Der Mann drehte sich um, und sie fuhren schweigend unterhalb der Altstadt abwärts in den nicht historischen Teil der Stadt.
An einem unbeleuchteten Park hielt das Taxi an. Dengler sah hinaus, konnte aber nichts erkennen. Der Pakistani machte eine Handbewegung: hinaus. Dengler öffnete die Wagentür und stieg aus. Das Taxi fuhr sofort wieder an. Mario hielt mit der Honda am Straßenrand. Dengler gab ihm mit der Hand ein Zeichen zu warten und betrat den Park.
An der Stelle, an der der Pakistani ihn abgesetzt hatte, führte

ein unbeleuchteter und von großen dunklen Eukalyptusbäumen gesäumter Weg in den Park. Die Zikaden veranstalteten ein unheimliches Konzert in permanent gleich bleibender Lautstärke, sodass er den knirschenden Kies unter seinen Sohlen kaum hörte. Eine Fledermaus zog für einen Augenblick mit ihrem gezackten Flug seine Aufmerksamkeit auf sich, von Ferne lockte eine Nachtigall.

Es war dunkel, nur hin und wieder färbte der Mond den Park silbern. Dengler ging aufrecht und wachsam.

Schon von weitem sah er eine Wegkreuzung und einen abgeschalteten Springbrunnen, um den drei Schatten lagerten. Eine Zigarette glomm kurz auf. Dengler wechselte in die Mitte des Weges und trat fester auf. Er wollte die drei Männer nicht überraschen; sie sollten ihn schon von weitem sehen. Dengler blieb stehen, zündete ein Streichholz an und ließ es zu Boden fallen. Dann ging er weiter.

Die Männer warteten. Es waren drei Schwarzafrikaner, die in dunklen Jeans und schwarzen Pullovern auf dem Sockel des Springbrunnens saßen.

»Haschisch?«, sagte schließlich der Mittlere, als Dengler vor ihnen stand.

»No, H«, antworte Dengler.

Der Schwarze pfiff leise durch die Lippen und sah ihn an. Die drei musterten ihn. Nichts schien zu passieren.

»O.K.« Der Mittlere federte vom Boden auf. Im Mondlicht sah Dengler für einen Augenblick sein Gesicht. Es kam ihm sehr jung vor; der Mann war sicher nicht älter als zweiundzwanzig, höchstens fünfundzwanzig.

Er wandte sich zu dem Weg, der nach rechts führte. Dengler folgte ihm.

Während er dem jungen Mann hinterhereilte, blickte er sich noch einmal um. Die beiden anderen Männer waren verschwunden. Er musste vorsichtig sein.

Der Junge ging schnell, und Dengler musste ab und an in einen kurzen Trott fallen, um ihm folgen zu können. Nach ei-

nigen Minuten erreichten sie endlich ein kleines Gartenhaus.
Der Junge bedeutete ihm, stehen zu bleiben, und verwand. Nach zwei Minuten stand er wieder vor ihm und winkte ihn zum Eingang des kleinen Hauses. Dort stand ein Mann, ein Italiener, in Jeans, Jeansjacke, mit krausem schwarzen Haar und langen Koteletten. Er stellte eine kurze Frage auf Italienisch.
»Spricht jemand Englisch?«, fragte Dengler.
»Ich«, sagte der Schwarze.
»Ich brauche einen Schuss«, sagte Dengler, »nicht mehr – und gleich hier.«
Die beiden sprachen auf Italienisch miteinander. Dengler rätselte, worüber sie so lange diskutierten.
»Zweihundert Euro«, sagte der Italiener schließlich.
Dengler hatte keine Zeit zum Verhandeln. Er zog seinen Geldbeutel und trat einen Schritt in den Schatten zurück, sodass die beiden ihn nicht sehen konnten. Er zog zwei 100-Euro-Noten heraus, steckte die Börse wieder ein und zeigte den beiden die Geldscheine. Der Typ in der Jeansjacke griff danach, doch Dengler zog sie sofort zurück. Er machte die Bewegung des Spritze-Aufziehens.
Der Mann drehte sich um und winkte ihm. Dengler gab dem jungen Afrikaner ein Zeichen, dass er vor ihm hergehen sollte. Der lachte und tat, was Dengler verlangte.
Hinter dem Haus hielten sie. Der Mann öffnete ein Päckchen, hatte plötzlich einen kleinen Brenner zur Hand, einen Löffel, dann erhitzte er das Heroin.
Schließlich zog er es auf eine Spritze auf, deren Nadel völlig verbogen war; sie hatte sicher schon viele Venen von innen gesehen.
Er reichte Dengler ein Gummiband, damit er sich den Arm abbinden könne, doch Dengler schüttelte den Kopf. Er öffnete die Plastiktüte und zog die blutigen Klumpen heraus.
Der beiden Männer starrten ihn entgeistert an. Dengler leg-

te die Fleischstücke vor sich auf das Zeitungspapier. Dem Italiener nahm er die Rotandspritze aus der Hand und senkte die Nadel in den ersten Brocken Fleisch. Er drückte den Kolben ein wenig herunter und setze dann die Nadel an einer anderen Stelle an. Dreimal injizierte er das Fleisch. Der junge Schwarze kicherte hell und irre. Der Ältere konnte den Blick nicht von ihm lassen, als wohne er einer religiösen Zeremonie bei. Dann wandte Dengler sich dem nächsten Fleischfetzen zu, tat das Gleiche, und schließlich bekam auch der dritten Happen drei Einstiche. Er legte die Spritze zur Seite, packte das Fleisch wieder ein, legte die beiden Scheine auf den Boden, und dann verschwand er schnell im Dunkel des Parks.

***

Fünfzehn Minuten später saß er auf dem Rücksitz der Honda, die Mario in Richtung Grosseto lenkte. Der Anstieg der Straße wies ihnen die richtige Abzweigung, und Dengler fand das Haus von Paul Stein, ohne seine Wegzeichen an den Bäumen zu bemühen. Das Motorrad stellten sie weit vor dem Anwesen ab, aber die Hunde bellten sofort. Dengler lief schnell den Weg hinunter, und auf der anderen Seite des Zauns folgte ihm die Meute. Er horchte und war sich nun ganz sicher, es waren drei Hunde. Am Ende des Weges zielte er sorgfältig und warf das Fleisch über den Zaun.
Es folgte ein Knurren, mit dem die Tiere sich über das Fressen hermachten, ein Knurren und ein Schmatzen. Sie fraßen.
Dengler ging zurück zum Motorrad und wartete. Wenn das Heroin über den Magen aufgenommen wird, dauert es fünfzehn oder zwanzig Minuten, bis es im Gehirn ankommt und seine Wirkung entfaltet.
Georg holte die Gartenschere aus dem Staufach des Motorrads und steckte sie in die Tasche. »Bleib hier und warte auf

mich«, flüsterte er Mario nach einer Viertelstunde zu und ging erneut zum Zaun. Auf der anderen Seite war es ruhig. Dengler griff nach der Gartenschere und bückte sich. Er trennte die Gewächse direkt über dem Boden durch und zog sie so weit hoch, dass er darunter durchklettern konnte.
Er konnte die abgeschnittenen kleinen Stämme wieder hinter sich zuziehen wie eine Tür. Von den Hunden hörte er nichts mehr. Langsam zerschnitt er auch die Drähte des Zauns direkt über dem Boden. Nach einer halben Stunde hatte er einen genügend großen Durchschlupf geschaffen. Er kletterte durch Busch und Zaun auf das Grundstück und schloss die Lücke im Zaun hinter sich.
Er stand auf einer Wiese mit Olivenbäumen. Von Ferne sah er das Haus im Dunkeln. Die Hunde lagen nur ein paar Meter von ihm entfernt. Gebückt rannte er zu ihnen; es waren ein Rottweiler mit gekürztem Schwanz, ein Deutscher Schäferhund und ein Exemplar, das er für eine Mischung zwischen allen großen Rassen dieser Welt hielt. Die Tiere winselten, der Rottweiler versuchte aufzustehen, gab es aber sofort wieder auf.
In der gleichen gebückten Haltung lief Dengler zum Haus hinüber, hielt aber Abstand, weil er mit Alarmanlagen rechnete. Er bewegte sich nur dort, wo er auch Hundespuren sah. Neben dem Haus sah er ein längeres schmales Gebäude. Er lief zu ihm hinüber, und ihm schlug ein lang vergessener Geruch in die Nase. Paul Stein züchtete Schweine. Nun hörte er auch das schlaftrunkene zufriedene Grunzen. Er kontrollierte die Außenwände des Stalls, fand die Schweinekoppel, die Futtertröge, Suhlstellen und Wassertränken. Dann schlich er zum Wohnhaus zurück, umkreiste es zweimal, um sich die Lage des Hauses und seinen Grundriss einzuprägen. Als er zum Zaun zurückkam, stand der Schäferhund bereits unsicher, taumelte leise bellend und glückselig unter den Olivenbäumen. Dengler kroch durch die Lücke zurück und verschloss sorgfältig Zaun und Busch.

Als sie im Hotel ankamen, erschien bereits der Tag hell schimmernd am Horizont. Dengler bat den verschlafenen Nachtportier, sie um zehn Uhr zu wecken, und ging zu Bett.

44

Als das Telefon klingelte, kämpfte er sich durch einen schweren Traum, in dem er von taumelnden Hunden und Fledermäusen angegriffen wurde. Er war dem Portier für den Weckruf dankbar.
Nackt und mit geschlossenen Augen schleppte er sich ins Badezimmer und drehte den Kaltwasserhahn der Dusche bis zum Anschlag auf. Er hielt die Luft an, zählte langsam bis drei und sprang unter den Strahl. Schlagartig war er hellwach.
Dann packte er seine Tasche, bezahlte an der Rezeption die Rechnung und reservierte sich ein Zimmer für den Abend.
Er griff erst zu seinem Handy, als er in der Bar neben dem Hotel den ersten doppelten Espresso getrunken hatte. Christiane nahm beim zweiten Läuten ab.
»Ich habe Ihren Vater gefunden«, sagte er.
Er hörte ihr Atmen über die lange Distanz.
»Warum kommt er nicht zurück?«, fragte sie tonlos.
Dengler wartete eine Weile, bevor er sagte: »Ich weiß es nicht; er lebt hier offenbar äußerst zurückgezogen und gut gesichert. Ich weiß nicht, warum er sich hier so sehr schützen muss.«
»Ich komme«, sagte sie leise.
Und dann lauter: »Ich rufe Sie an und sage Ihnen, wann mein Flugzeug landet. Holen Sie mich ab?«
»Sicher«, sagte Dengler und trennte das Gespräch.
Kurz darauf erschien Mario. Er trug einen weißen Anzug und hatte sich frisch rasiert. Er wirkte italienischer, als Dengler ihn je gesehen hatte. Sie gingen in das kleine Café neben dem Hotel. An einem langen Tisch saß Olga bereits und frühstückte. Sie empfing die beiden Freunde mit einem Wangenkuss.
Dengler bestellte gerade einen zweiten doppelten Espresso

mit einem Schluck Milch, als sein Handy klingelte. Es war Christiane.
»Ich komme heute Abend um 19:05 Uhr in Mailand an, auf dem Flughafen Malpensa.«
»Ich hole Sie ab«, sagte er.
Olga hatte ihn beobachtet. »Fahren wir?«, fragte sie.
Dengler nickte, und dann gingen sie zum Saab.

***

Die Fahrt zum Comer See verlief ruhig. Mario hörte keine Musik mehr, sondern starrte ernst geradeaus. Dengler sah hin und wieder zu seinem Freund auf dem Beifahrersitz und sah die kleinen Schweißperlen, die sich auf dessen Nase und Stirn entwickelten. Er reichte Mario ein Taschentuch, das der Freund schweigend entgegennahm. Mit einer hastigen Bewegung wischte er sich den Schweiß aus dem Gesicht. Olga saß auf dem Rücksitz und schwieg.
Während alle ihren Gedanken nachhingen, brachte der Saab sie zügig über das Mailänder Autobahnkreuz in Richtung Norden. Sie verließen die Autobahn in Richtung Comer See und sahen sein Wasser zum ersten Mal bei Lecco. Mario schwieg noch immer, und Dengler reichte ihm ein neues Taschentuch.
Dengler schob eine Live-CD mit Muddy Waters und Jonny Winter in den CD-Player. Die harten Gitarren der beiden Bluesveteranen lenkten sie ab. Marios rechter Fuß schlug bald den Takt auf dem Bodenblech, und Dengler trommelte mit dem Daumen aufs Lenkrad. Sie hatten alle Fenster heruntergelassen, und als ihnen am Straßenrand zwei Mädchen in luftigen Kleidern zuwinkten, entspannte sich Mario endlich.
»She's Nineteen Years Old«, sang Waters und ließ die Gitarre krachen.

Sie erreichten den Nordzipfel des Sees und fuhren auf der anderen Seite zurück.
»Bald sind wir da«, sagte Mario, und Dengler reichte ihm ein neues Taschentuch.
Gravedona schmiegt sich um eine kleine Bucht. Von weitem winkte ihnen die Taufkirche Santa Maria del Tiglio mit ihrem Turm zu.
»Hier müssen wir abbiegen«, sagte Mario.
Sie ließen die kleinen Plätze und die Gassen des Ortes hinter sich und fuhren nach Norden auf die Hügelkette zu, die sich schützend um den Ort legt.
»Jetzt rechts«, sagte Mario, und sie fuhren in den Hof eines Hotels, das offensichtlich geschlossen hatte. Georg hielt an, und sie stiegen aus.
Der Parkplatz war leer. Nur ein einziger Wagen, ein blauer Passat, stand etwas abseits. Sein Kofferraum war geöffnet, und ein alter Mann mit einem eisgrauen Dreitagebart lud Kartons mit Lebensmitteln aus und trug sie zu dem Küchengebäude neben dem Haus.
Der Eingang des Hotels befand sich in einem Vorbau, auf den Mario nun zusteuerte. In der rechten Hand trug er ein altes Foto. Er zeigte es Georg, bevor er die Tür öffnete.
Sie war nicht verschlossen.
»Das ist das Bild meines Papas, das ich in den Unterlagen meiner Mutter fand«, sagte er.
Dengler sah das Portrait eines jungen Mannes mit lockigen Haaren, lachend über das ganze Gesicht, vollen Lippen, dunklen Augen, vielleicht achtundzwanzig Jahre alt, vielleicht auch schon dreißig. Die Ähnlichkeit mit Mario war nicht zu übersehen.
Dengler nickte, und sie betraten den Vorbau des Hotels. Mario ging vornweg, gefolgt von Dengler, dann kam Olga. Sie standen in einem Gang. Das Licht war trüb, da schwere ockerfarbene Vorhänge die Fenster verschlossen und Licht und Sonne aussperrten. Ein schwerer Sisalteppich führte sie

voran. Mario tappte zwei Schritte vor und blieb verlegen stehen. Er drehte sich zu einem Bild an der Wand, einer Fotografie, und blieb davor stehen. Die Aufnahme zeigte die Fußballmannschaft des Ortes. Die Spieler in zwei Reihen hintereinander, die erste Reihe in der Hocke. Der Tormann hielt den Ball in den Händen. Auf der linken Seite stand der Trainer in einem dunkelblauen Sportanzug. Es war ein alter Mann mit eisgrauem Bart – zweifellos derselbe Mann, der draußen die Lebensmittel aus dem Passat in die Küche trug.
Das nächste Foto zeigte die gleiche Mannschaft im Jahre 2001. Der Trainer trug einen ähnlichen Anzug, aber keinen Bart. Auf dem Bild von 2000 trug er den silbernen Pokal.
Sie gingen den Gang weiter und betrachteten die Bilder der Fußballmannschaften des Ortes, immer mit dem gleichen Trainer.
Am Ende des Ganges bogen sie links in einen weiteren Flur ein, der in Sichtweite auf die Tische der Rezeption endete. Auch in diesem Teil waren die Wände mit den Aufnahmen von Fußballmannschaften bedeckt.
Dengler sah sich Bild für Bild an. Olga stand neben ihm. Die Spieler blieben Jahr für Jahr gleich alt, immer um die zwanzig – nur der Trainer wurde nun von Bild zu Bild jünger. Dengler sah zu Mario hinüber, der noch keinen Verdacht geschöpft zu haben schien. Er ging noch immer ruhig von Foto zu Foto, und selbst als die Farbbilder in Schwarz-Weiß-Aufnahmen wechselten, bemerkte er noch nichts. Der Trainer war nun ein junger Mann.
Doch nun ging Mario schneller von Mannschaft zu Mannschaft, und dann lief er zu dem letzten Bild und verglich es mit dem Foto in seiner Hand. Als Dengler hinzutrat, zitterte sein Freund. Es bestand kein Zweifel: Der junge Trainer an der Wand, mit den Locken und mit den dunklen Augen, war derselbe Mann wie auf dem Bild in Marios Hand.
Dengler legte seine rechte Hand dem zitternden Freund auf die Schulter und dreht ihn sachte um: An der Rezeption

stand der alte Mann und sah Mario an. Dengler blieb stehen, als die beiden langsam aufeinander zugingen und sich schließlich in den Armen lagen.

***

Es wurde ein langer Nachmittag. Marios Vater kochte, er rief seine Familie zusammen, seine Frau, eine schöne dunkelhaarige Römerin, und ihren gemeinsamen Sohn, der sich wunderte, plötzlich einen Halbbruder aus Deutschland zu haben. Mario erzählte, plauderte auf Italienisch und übersetzte es Olga, die neben ihm saß, ins Deutsche. Dengler betrachtete die beiden und zog sich zurück. Im Schatten eines großen Kastanienbaumes wurde der Kaffee serviert, als Dengler sich von ihnen verabschiedete.

***

Die Fahrt nach Mailand dauerte eine Stunde. Der Flughafen Malpensa liegt in einem Gewirr von Fabriken, Straßen, alten und neuen Lagerhäusern, keine schöne Gegend. Christiane kam pünktlich mit dem Flug um 19:05 Uhr; Dengler stand am Ausgang, als sie durch die Schwingtür die riesige Flughalle betrat. Ihre Gesichtszüge wirkten streng und konzentriert, und sie unterstrich diese Strenge durch den hellbraunen, klassisch geschnittenen Leinenanzug noch mehr. Sie sprachen nicht miteinander, als er sie zum Saab brachte, und auch unterwegs wollte keiner das erste Wort sagen.

»Können Sie sich das Ganze erklären?«, unterbrach sie das Schweigen schließlich.

»Nein.« Dann berichtete er von dem Grundstück, von seinem Einbruch, von der Betäubung der Hunde mit Heroin, und von der Schweinezuchtanlage.

»Wahrscheinlich Öko-Schweine«, sagte er.
Sie schüttelte verwundert den Kopf.
Von seinen Nachforschungen in Bezug auf die Blaue Liste sagte er nichts. Aber er würde Paul Stein danach fragen.
Um Viertel nach eins erreichten sie Siena. Der Nachtportier stand bereits hinter dem Tresen der Rezeption.
»Wir brauchen noch ein Zimmer für die Lady«, sagte Georg.
»Wir sind leider ausgebucht.«
»Gibt es irgendwo anders noch freie Zimmer in der Stadt?«
»Ich werde telefonieren.«
»Reservieren Sie ein freies Zimmer für mich«, sagte sie und zu Dengler gewandt: »Lassen Sie uns fahren!«
Dengler sah sie an.
»Sie wollen jetzt noch zu dem Hof Ihres Vaters?«
Sie nickte. Dengler bat sie, sich einen Augenblick in dem Vorraum zu setzen, er nahm ihren Koffer und ihre Reisetasche und brachte beide nach oben in sein Zimmer.
Er fand ihre Idee absurd, es war Nacht, aber sie war seine Auftraggeberin, und ihren Wunsch, den Vater so schnell wie möglich zu sehen, konnte er gut verstehen.
Er winkte ihr zu, als er wieder aus dem Aufzug neben der Rezeption trat. Sie stand auf und folgte ihm zu dem Wagen, den er neben der Hotelauffahrt geparkt hatte.
Dengler startete den Saab. Der Motor schnurrte und ließ den schweren Wagen sanft die Auffahrt hinabgleiten. Sie bogen rechts ab, um wenig später die große Straße zu erreichen, die nach Grosseto führt.
Sie bemerkten den Alfa Romeo nicht, der sich hinter ihnen von der gegenüberliegenden Straßenseite löste und ihnen folgte.
Dengler schwieg. Schweigen – das kann ich am besten, dachte er bitter. Warum kann ich nicht charmant plaudern – das würde Christiane jetzt helfen, zumindest ablenken.
Aber mal wieder fiel ihm nichts ein.
Er sah zu ihr hinüber. Sie starrte geradeaus. Sie sah müde aus.

Sie wappnet sich, dachte Dengler, sie wappnet sich gegen die Überraschung, die uns nun bevorsteht.
Hinter dem Anstieg der Straße fuhr er in den Feldweg. Diesmal ließ er die Scheinwerfer an und fuhr vorsichtig weiter.
Der Alfa Romeo wartete einen Augenblick und schaltete die Scheinwerfer aus, bevor er ebenfalls in den schmalen Weg einbog.
Im Innern saßen drei Männer. Der Mann auf der Rückbank, ein durchtrainiert wirkender Fünfzigjähriger mit fahlgelbem Bürstenhaarschnitt, reichte dem Fahrer ein olivfarbenes Nachtsichtgerät. Der stülpte es über den Kopf und justierte die Gläser, bis er den Feldweg deutlich vor sich sah. Dann gab er Gas und fuhr weiter, ohne das Licht wieder einzuschalten.
Hundert Meter vor der Einfahrt zu Steins Haus hielt Dengler und schaltete das Standlicht ein. Er stieg aus, ging um den Wagen herum und öffnete die Beifahrertür. Christiane Stein blieb sitzen und starrte weiter geradeaus.
»Kommen Sie«, sagte Dengler.
Nun stieg sie aus, und ihm kam die junge Frau vor, als handele sie in Trance. Sie schien ihn nicht mehr zu sehen. Schweren Schrittes ging sie auf den Zaun um Steins Haus zu. Sie wies auf die Hofeinfahrt, deren Tor geschlossen war.
»Hier wohnt er?«
»Ja.«
Sie wendete sich um und schritt den Weg hinab. Dengler rannte ein paar Schritte, um zu ihr aufzuschließen. Auf der anderen Seite des Zauns hörte er Schnaufen und unterdrücktes Kläffen – die Hunde folgten ihnen, aber schlugen nicht an. Schweigend umrundeten sie das Anwesen und schweigend fanden sie zum Saab zurück. Christiane stieg wieder in den Wagen. Dengler setzte sich hinter das Steuer und ließ den Motor an. Er wendete an der Toreinfahrt und fuhr zurück. Die Hunde bellten nicht.
Der Alfa bog hinter ihnen aus einem Forstweg und folgte ihnen.

***

Die Tür zum Hotel stand offen. Den Nachtportier sah Dengler nirgends. Christiane ließ sich in den Sessel neben dem Eingang fallen.
»Ich muss etwas trinken«, sagte sie.
Dengler stieg die Treppe neben dem Eingang hinunter. Die Tür zum Restaurant war verschlossen, aber er schob den Riegel mit seiner Scheckkarte nach innen und ging hinein. Er sah die Flaschen an der Bar und griff sich eine der Chiantiflaschen, die vor dem Spiegel standen. Neben der Spüle lag ein Korkenzieher. Er nahm die Weinflasche und den Korkenzieher und stieg die Stufen hinauf, zurück in die Lobby.
Christiane saß in der gleichen Haltung im Sessel, wie er sie verlassen hatte. Er winkte mit der Flasche, sie stand auf und kam zu ihm hinüber. Dengler hatte bereits den Aufzug gerufen, und gemeinsam fuhren sie hinauf in den zweiten Stock.
In seinem Zimmer öffnete er den Rotwein und goss Christiane ein Glas ein. Sie nahm es schweigend und setzte sich in den Sessel vor dem kleinen Tisch. Er schenkte sich ebenfalls ein Glas ein und ließ sich auf die kleine Couch fallen.
Sie schwiegen. Christiane trank.
»Was sind Sie eigentlich für ein Mensch, Dengler?«, sagte sie.
»Das möchte ich manchmal auch wissen.«
»Sie treten mit einem Schlag in mein Leben und werfen alles um. Ich weiß nicht, ob ich mir wünschen sollte, ich hätte Sie schon früher kennen gelernt, oder ob es für mich besser wäre, ich hätte Sie nie getroffen.«
Sie sah ihn mit ihrem marineblauen Blick an.
»Ich weiß es auch nicht.«
»Aber ich möchte doch wissen, was das für ein Mann ist, der mein Leben so durcheinander schüttelt.«
Sie stand auf, immer noch mit dem Glas in der Hand, und ging um die Couch herum, ohne ihn aus den Augen zu lassen. Dann blieb sie hinter ihm stehen.

Dengler rührte sich nicht. Er spürte die Frau hinter seinem Rücken wie ein angenehmes Gewicht. Er hatte Angst, sich umzuwenden. Auf einmal lagen ihre Arme um seinen Hals, und ihr Gesicht ruhte in seinen Haaren. Die hellen Ärmel ihres sommerlichen Leinenanzugs schimmerten vor seinen Augen, er roch ihren Duft. Sich nicht rühren! Sie nahm ihre rechte Hand und streichelte sanft seine Wange, dann glitten ihre Finger seinen Nasenrücken entlang, prüften die Haut seiner Stirn und wanderten zurück zu seiner Wange. Auch ihre linke Hand streichelte sanft sein Gesicht. Immer noch bewegte er sich keinen Millimeter, sondern lauschte dem verwirrenden Gemisch von Duft und Berührung.
Sie fuhr sanft der geraden Linie seines Nacken entlang und schritt, ohne die Berührung zu unterbrechen, um die Couch herum. Sie setzte sich auf seinen Schoß und nahm sein Gesicht in beide Hände. Er sah ihre Augen, die ihn immer noch fragend ansahen, aber schon mit einem feuchten Schleier überzogen waren. Nun nahm er sie in seine Arme und beide küssten sich.
Dann glitten sie hinüber ins aufgeschlagene Bett.

***

Dengler erwachte früh. Er lag nackt auf dem Rücken. Christiane schmiegte sich an seine rechte Seite, den Kopf hatte sie in seiner Halskuhle geborgen. Sie schlief und atmete gleichmäßig sanft.
Nennt man so etwas eine Offenbarung? Sie hatten sich in der Nacht erforscht wie zärtliche Entdeckungsreisende, und jede Auffindung übertraf die eigene Erwartung an Schönem und Unerwartetem. Es war, als hätten sie sich schon lange gekannt, ohne jedes Missverständnis liebten sie sich, bis es hell wurde.
Dengler lag still und betrachtete die Frau in seinem Arm. Ihr

Gesicht wirkte jung, ihr Zutrauen, ausgedrückt in der schläfrigen Umarmung, rührte ihn. In alle Ewigkeit wünschte er diesen Augenblick zu verlängern.
Irgendwann regte sich Christiane. Die Rückkehr der Erinnerung formte sich in ihrem Gesicht. Hoffentlich erschrickt sie nicht, wenn sie mich sieht. Aber sie lächelte, als sie die Augen öffnete, und schmiegte sich fester an ihn.
Nun sah er in ihren Augen auch die Erinnerung an den Grund ihrer Reise nach Italien zurückkehren und die ersten Wolken traten in ihr Gesicht.
Sie legte die Spitze ihres Zeigefingers auf seine Nasenspitze und drehte sie sanft.
»Du bringst mich heute zu meinem Vater«, sagte sie.
Er nickte und wünschte sich, dass sie ihm etwas über die vergangene Nacht sagen würde. Stattdessen warf sie die Decke zurück und schwang sich mit einem Satz aus dem Bett. Sie lief zum Bad. Denglers Blick folgte ihr.
Als sie später in der Bar unterhalb des Hotels frühstückten, wandelte sich die Stimmung. Christiane bestellte einen Panino mit Käse, aber sie biss nur einmal hinein und legte ihn sofort wieder zur Seite. Dengler hatte ihr seinen Lieblingskaffee empfohlen, einen doppelten Espresso mit etwas Milch, den sie nun mit schnellen Schlucken trank.
»Lass uns fahren«, sagte Dengler.
Sie nickte. Blass schimmerte ihr Gesicht.
Auf den wenigen Metern zum Saab hakte sie sich rechts bei Dengler unter.

***

Während der Fahrt sprachen sie nicht miteinander. Schließlich bog Dengler vorsichtig in den Feldweg ein. Christiane starrte steif geradeaus und schluckte, als müsse sie gleich weinen.

Sie hatten Glück, das Tor stand offen, als sie ankamen. Dengler fuhr den Saab langsam in den Hof.

Der Innenhof bestand aus einem gepflasterten Weg, der sich vor dem Haus zu einer Wendeplatte weitete. Rechts und links der Anfahrt sah Dengler zwei Reihen mit Zypressen, die eine schmale Allee bildeten, auf deren rechter Seite der Olivenhain war. Rechts befand sich zwischen der Baumreihe ein Durchgang, dem sich ein typisch toskanisches Haus anschloss.

Zwanzig Meter vor dem Haus stoppte Dengler den Saab. Er sah die aus Naturstein gemauerten Wände, zwei Stockwerke hoch mit einem grauen Giebeldach. Die grünen Blätter von wildem Wein rankten sich bis zum obersten Stockwerk und griffen schon nach den Fensterläden, die in der gleichen Farbe gestrichen waren wie die Ranken.

An das Haus schmiegte sich ein schmalerer Bau an, von dem Dengler bereits wusste, dass es der Schweinestall war. Zwischen beiden gab es einen überdachten Gang, in dem allerlei Werkzeuge, Heugabeln, Rechen und Spaten sowie ein großer Rasenmäher standen.

Der Stallung schloss sich eine größere Scheune an, die sogar das Wohnhaus überragte. Auf der linken Seite blühte ein großes Calendulafeld, das wiederum von dem hohen Buschzaun eingegrenzt wurde.

Im Saab herrschte regungslose Stille. Christiane griff zur Wagentür und zog die Hand sofort wieder weg. Dengler überlegte, ob er rückwärts wieder aus dem Hof fahren sollte, als sich die Scheunentür öffnete und Paul Stein auf den Hof trat.

Er trug große schwarze Gummistiefel, eine dunkle feste Hose und einen Pullover aus grober blauer Wolle. In der rechten Hand hielt er eine langstielige Schaufel, an der noch Stroh und Schweinemist klebten. Hier, in dieser Umgebung, sah er gebräunter und bäuerischer aus als in der Gasse in Siena. An diesem Ort wirkte er nicht fremd.

Die Sonne schien ihn zu blenden. Er legte den Arm über die Augen, um den fremden Wagen auf seinem Hof besser sehen zu können. Christiane öffnete schlafwandlerisch die Autotür und stieg aus. Als sie ein paar Schritte gegangen war, ließ Stein plötzlich das Werkzeug fallen und stieß einen heiseren Schrei aus, der nicht menschlich klang. Beide rannten nun aufeinander zu, und Christiane rief etwas, das keinen Sinn ergab – dann lagen sich Vater und Tochter in den Armen.
Dengler blieb im Wagen sitzen. Er sah den beiden zu, die sich aus ihrer Umklammerung nicht mehr befreien wollten, und er dachte daran, wie er diese Frau in der Nacht auf eine ganz andere Art umklammert hatte. Die beiden schienen ihn jedoch nicht zu sehen, als sie sich endlich voneinander lösten, führte Stein seine Tochter ins Haus. Dengler sah, dass sich das Tor zur Hofeinfahrt hinter ihm schloss. Er wartete.

***

Warten ist das Los des Fahnders. Tagelang in einem Wagen sitzen und auf eine geschlossene Tür starren – so beschrieb er einmal seinen Alltag, als Hildegard unbedingt etwas über seine Arbeit erfahren wollte. Nein, in einem Auto zu sitzen und auf etwas zu warten, das machte ihm nichts aus – wenn man von den Rückenschmerzen absah, die er sich beim Observieren zuzog.
Als die Sonne den Saab erwärmte, fuhr er ihn in den Schatten unter den Zypressen und versank wieder in seinen Gedanken. Innerhalb eines Tages fanden zwei Menschen zu ihrem vermissten Vater zurück! Was war mit ihm? Was war mit seinem Sohn? Würde auch Jakob den Weg zu ihm finden? Was war mit ihm und Christiane? Aber dann drängten die alten Fragen wieder an die Oberfläche: Was stand in der Blau-

en Liste? Warum war sie nicht in der Tatortbeschreibung? Wer entfernte sie? Vor allem: Warum wurde die Asservatenliste im BKA geändert?

Dengler wartete. Er musste mit Paul Stein reden.

45

Zwei Stunden ließen sie ihn warten, aber schließlich traten sie zur Haustür heraus, Vater und Tochter, und beide strahlten. Stein ging dynamischer und wirkte wie von einem inneren Glück erfüllt.

Christiane winkte ihm zu: Komm raus aus dem Auto! Und Dengler stieg aus und näherte sich den beiden verlegen. Doch sie kam ihm entgegen, hakte sich bei ihm unter, und seine Zweifel zerstoben wie ein Funkenflug. Nun wurde auch ihm leicht ums Herz.

Sie führten ihn in ein im italienischen Stil eingerichtetes Wohnzimmer: dunkle, etwas steife Stühle, Kamin, langer Tisch, zwei alte Schränke. Ein großes Panoramafenster, das auf einem halben Meter hohen Sims ruhte, gab einen bezaubernden Blick auf den Olivenhain frei. Auf dem Tisch standen Wasser, Wein und eine Kaffeekanne sowie zwei Tassen. Der alte Stein brachte eine dritte Tasse.

»Am liebsten trinkt er einen doppelten Espresso mit einem Schluck Milch«, sagte sie, und ihr Vater ging zurück in die Küche. Dengler betrachtete Christiane: Das Starre und Unsichere, das ihn während der Herfahrt beunruhigt hatte, war völlig verschwunden. Sie sieht aus, dachte Dengler, als hätte ich sie wieder geliebt – jünger, entspannter im Gesicht und mit leuchtend blauen Augen. Sie blickte ihn an und griff schnell seine Hand, küsste sie.

Stein brachte ihm eine Tasse mit dem Espresso. Dengler nahm einen Schluck und lobte ihn.

»Mein Gott«, sagte Stein, »ich habe vergessen, die Hunde aus dem Zwinger zu lassen. Wenn ich im Haus bin, dürfen sie auf dem Grundstück herumlaufen. Es wäre gut, wenn ihr mitkommt – damit sie sich an euch gewöhnen.«

Sie erhoben sich und gingen ins Freie. Die Tiere waren in einem Auslauf hinter dem Haus untergebracht.

»Bleibt dicht bei mir«, sagte Stein und schloss den riesigen Zwinger auf. Die Hunde stürmten ins Freie, aber sie rannten nur wenige Meter, dann drehten sie um und bestürmten Dengler. Der Rottweiler sprang an ihm hoch und versuchte sein Gesicht zu lecken; der Schäferhund schnüffelte an seiner rechten Hand, während der dritte Hund sich an sein Bein schmiegte.
»So haben sie noch nie einen Fremden begrüßt«, sagte Stein und schüttelte den Kopf. Christiane feixte.
Die Hunde umringten Dengler und ließen sich von ihm klopfen und streicheln. Stein, immer noch kopfschüttelnd, schritt ihnen voraus ins Haus zurück; Christiane und Dengler, immer noch von den drei Hunden umsprungen, folgten ihm. Die Tiere ließen sich auch vor der Haustür nicht abschütteln, sodass Stein sie – immer noch kopfschüttelnd – mit ins Haus nahm. Sie legten sich sofort zu Denglers Füßen auf den Boden.
Stein nahm die Karaffe und goss sich ein Glas Wein ein.
»Sie haben sicher viele Fragen«, sagte er zu Dengler.
»Warum saßen Sie nicht im Flugzeug?«
Stein sah ihn an: »Sie wissen wahrscheinlich: Ich war Professor an einem wirtschaftswissenschaftlichen Institut in Innsbruck. Im Mai 1991 traf sich eine Arbeitsgruppe unseres Instituts zu einer Beratung in Bangkok. Der Leiter des Instituts beriet damals das thailändische Königshaus in ökonomischen Fragen – Sie wissen vielleicht, der König von Thailand unterhält eine ausgedehnte landwirtschaftliche Produktion; Fischzucht, Reisanbau und solche Sachen.«
Stein schien einen Augenblick nachzudenken. Er sah seine Tochter und Dengler an.
»Wisst ihr, was ein Tuk-Tuk ist?«
Dengler dachte, Stein sei irre – das würde vieles erklären.
»Das Tuk-Tuk ist ein Zwischending zwischen einem Moped und einem Auto. Vorne hat es ein Rad und einen Lenker wie ein Moped, aber hinten hat es eine Achse mit zwei Rädern,

und über dieser Achse ist eine überdachte Bank für zwei Personen angebracht. Eine Motorradrikscha gewissermaßen – ich kenne sie nur aus Bangkok. Wann immer ich durch die Stadt fuhr – ich nahm ein Tuk-Tuk. Mit diesen Dingern fuhr ich durch Bangkok. Da sie schnell sind und die Fahrer sich selten an die Verkehrsregeln halten, macht es einen Mordsspaß – auch wenn man mir erzählte, dass sie leicht umkippen und auch sonst oft in Verkehrsunfälle verwickelt sind.«
Er schien den Faden verloren zu haben, überlegte einen Augenblick und atmete tief ein.
»Am 26. Mai abends wollte die gesamte Gruppe zusammen nach Wien zurückfliegen. Das Hotel stellte uns einen Shuttlebus zum Flughafen zur Verfügung. Ich aber wollte noch einmal mit dem Tuk-Tuk fahren. Deshalb gab ich meine Koffer dem Bus mit, ein Kollege muss sie dann wohl am Flughafen für mich aufgegeben haben. Und ich – ich setzte mich in ein grünes Tuk-Tuk und winkte ihnen zum Abschied zu. Ich sah sie nicht mehr wieder.«
Dengler sah, wie Steins Augen feucht wurden.
»Bei Tuk-Tuk-Fahrten muss man immer beachten: Die Fahrer kommen aus den entferntesten Provinzen und sprechen kein Englisch. Daher ist es ratsam, sich das Fahrziel von der Rezeption in Thai auf einen Zettel schreiben zu lassen. Das machte ich auch. Ich ging zu der Dame an der Rezeption und bat sie auf einen Zettel ›Flughafen‹ zu schreiben. Das tat sie.«
Er unterbrach sich und trank einen Schluck Wein.
Dann fuhr er fort: »Diesen Zettel zeigte ich dem Fahrer in dem grünen Tuk-Tuk. Ich fragte ihn noch, ob er es verstanden habe, und er nickte. Also stieg ich ein.«
Er nahm noch einen Schluck.
»Dieser Fahrer stammte wohl von einer Minderheit aus dem Norden, er konnte weder Englisch noch Thai. Und: Wie viele Asiaten hielt er es für unhöflich, ›Nein‹ zu sagen oder einem Gast zu widersprechen. Vielleicht konnte er auch nicht lesen. Er hatte keine Ahnung, wo ich hinwollte, als er losfuhr.«

Christiane legte ihm ihre Hand auf den Arm und sagte: »Diesem armen Teufel sollte man ein Denkmal setzen.«
Stein nickte: »Ja, er rettete mir das Leben. Irgendwann merkte ich, dass wir in einer völlig falschen Gegend waren; ich sah das Wat Po von weitem. Ich schrie ihn an, er solle halten, und das tat er dann auch. Ich zeigte ihm den Zettel und fragte und fragte, und er lächelte nur und nickte immer wieder. Wahrscheinlich war ihm aber genau so ungemütlich in seiner Haut wie mir in meiner. Schließlich fuhr ein zweiter Tuk-Tuk-Fahrer vorbei; der wurde angehalten, und dann besahen sie sich zu zweit den Zettel und redeten ununterbrochen in einer sehr schnellen asiatischen Sprache. Und ich schrie dazwischen: Airport, Airport! Irgendwann wurde mir klar, dass es mit dem Tuk-Tuk keine Chance gab, zum Flughafen zu kommen. Also schrie ich ihm ins Ohr: Taxi, Taxi. Der Mann lächelte und nickte, und wir fuhren wieder los. Die Richtung schien mir falsch. Ich klopfte ihm auf den Rücken und wies in die Richtung, wo ich Downtown vermutete. Er lächelte und nickte und wechselte tatsächlich die Fahrbahn. Wir fuhren ewig, aber die Gegend wurde städtischer und schließlich sah ich ein Taxi. Ich gab dem Fahrer ein Zeichen und, mein Gott, dieses Mal begriff er und hielt am Straßengraben an. Nun bezahlte ich wütend meinen Tuk-Tuk-Mann und ließ mich ins Taxi fallen. ›Airport please‹, sagte ich, und der Wagen fuhr los. Die Richtung stimmte. Ich rannte zum Schalter, aber die Maschine war schon fort. Ich rief Christiane an, verfluchte den Tuk-Tuk-Fahrer – und dann kam die Nachricht von dem Absturz der Maschine. Ich saß irgendwo auf einem Stuhl und konnte es nicht fassen. Meine Freunde, meine engsten Kollegen, Professor Anders, mit dem ich seit zwanzig Jahren zusammenarbeitete und den ich mehr als jeden anderen Menschen verehrte – alle tot. Erst als ich im Taxi saß und nach Bangkok zurückfuhr, konnte ich langsam wieder denken. Ich glaubte nicht an einen Zufall. Erst der Präsident und nun dies – nein, ich glaubte

nicht an einen Zufall.« Er schüttelte den Kopf. »Es stand viel zu viel auf dem Spiel.«
»Sie haben die Blaue Liste geschrieben«, sagte Dengler, »was stand in diesem Papier?«
Stein sah ihn überrascht an.
Plötzlich richtete sich der Schäferhund mit einem Satz unter dem Tisch auf und knurrte laut. Der Rottweiler rannte zur Tür und knurrte ebenfalls. Dann stand auch der dritte undefinierbare Köter neben dem Schäferhund und bellte.
»Was haben sie denn plötzlich?«, fragte Christiane.
»Ich weiß es nicht«, sagte ihr Vater, »aber wir werden es gleich wissen.«
Er öffnete die Tür, und die drei Hunde schossen hinaus.
Dengler stand auf und sah durch das Panoramafenster. Die Hunde waren um das Haus gelaufen und rannten über die Wiese zu den Olivenbäumen. Dengler verlor sie schnell aus den Augen.
»So heftig schlagen sie selten an«, sagte Stein.
»Warum hast du dich nicht ein einziges Mal gemeldet?«, fragte Christiane.
Von ferne hörten sie lautes Bellen.
»Ich sehe mal nach den Hunden«, sagte Dengler und trat durch den hellen Flur hinaus auf den Hof. Auch er umrundete den Hof und nutzte den schmalen Durchgang, um auf die andere Seite des Hauses zu kommen. Langsam ging er auf die Olivenbäume zu.
Von weitem hörte er die Hunde wütend bellen. Die Laute der Hunde wehten von dem kleinen Weg her, der sich um das Anwesen zog. Dengler rannte.
Auf dem halben Weg zum Zaun lag der Rottweiler. Ein Geschoss hatte ihn in die Stirn getroffen und ihm den Kopf zerrissen. Ein Gewehr mit Schalldämpfer und Munition mit Dum-Dum-Wirkung, konstatierte Dengler. Wenn der Schuss von der Ecke kam, wo er jetzt die Hunde wütend vor dem Zaun bellen hörte, mussten die Eindringlinge über ein sehr

gutes Auge oder ein Zielfernrohr verfügen. Oder über beides. Plötzlich verstummte das Gebell. Dengler schlich vorsichtig hinüber zum nächsten Baum. Die Entfernung zum Zaun schätzte er auf nicht mehr als zwanzig Meter. Etwa hundert Meter weiter endete das Grundstück, und der Zaun bog um 45 Grad die Höhe wieder hinauf. An dieser Ecke, dem am weitesten vom Haus entfernten Punkt, mussten die Einbrecher eingedrungen sein.

Dengler glitt zum nächsten Baum, der etwas weiter abwärts stand, und kam dem Zaun einige Meter näher.

Er stoppte. Nur noch ein paar Meter trennten ihn vom Zaun. Er rannte zum nächsten Olivenbaum, der ihm hinter seinem breiten Stamm gute Deckung bot. Wieder wechselte er die Deckung und huschte zum nächsten Baum, der so schmal war, dass er Georg kaum verbarg. Weiter zum nächsten. Aus dieser Richtung sah er die Ecke noch nicht. Zum nächsten Baum.

Die beiden Hunde lagen vor dem Knick, den der Zaun an dieser Stelle machte. Von den Einbrechern keine Spur. Dengler stand still. Er lauschte. Ein paar Lerchen standen am Himmel und trillerten, und von ferne klagte ein Fasan. Sonst nichts. Nichts zu hören und nichts zu sehen. Die Einbrecher mussten schon auf dem Gelände sein.

Dengler gab die Deckung auf und rannte. Die Hunde lagen vor einem akkuraten Quadrat, das die Einbrecher in den Zaun geschnitten hatten. Er untersuchte kurz die Einschusslöcher. Pistole, wahrscheinlich 9-mm-Munition. Ebenfalls mit Schalldämpfer. Beiden Tieren war aus nächster Nähe in den Kopf geschossen worden, das Fell und die Haut waren verbrannt und abgeschmolzen. Vielleicht standen die Schützen noch hinter der Zaunöffnung.

Vorsichtig sah er durch das Loch. Ein silberner Alfa stand direkt daneben auf dem schmalen Weg. Die Gangster fühlten sich sicher, denn sie hatten niemanden zur Bewachung des Wagens zurückgelassen.

Dengler kletterte durch die Öffnung und zog sein Schweizer Messer. Er stach in beide Vorderreifen, und die Luft entwich pfeifend den Pneus.
Dann kletterte er auf Steins Grundstück zurück.
Die Einbrecher mussten an dem Zaun entlang nach oben gegangen sein. Sie würden dann hinter der Scheune und der Stallung ankommen und vom Wohnhaus nicht zu sehen sein. Als ihm bewusst wurde, dass er auf dem direkten Wege noch vor ihnen am Wohnhaus sein könnte, rannte er bereits.
Wie viele Männer können es sein, überlegte er. Mindestens zwei, einer mit Gewehr und einer mit einer Pistole, maximal fünf, mehr nahm der Alfa nicht auf.
Er sah die drei Männer nicht, die sich zielstrebig dem Zaun und der kleinen Anhöhe entlang arbeiteten. Einer ging voraus und sicherte nach zehn Metern, der zweite überholte ihn und sicherte die nächsten zehn Meter. Dann kam der dritte.
Die Männer steckten in eng anliegender schwarzer Kleidung und trugen schwarze Wollmasken. Ihr Vordringen wirkte einstudiert, wie ein tödliches Ballett.
Sie erreichten nun den oberen Punkt des Grundstücks und befanden sich auf der Rückseite der Scheune. Einer der Männer gab den beiden anderen ein Zeichen mit der Hand. Gebückt und nebeneinander liefen sie nun auf das Gebäude zu. Zwei trugen Pistolen, der dritte das Gewehr mit dem Schalldämpfer.
Als sie die Scheune erreichten, winkte der Anführer dem Mann mit dem Gewehr. Er löste sich von der Gruppe und schlich vorsichtig links an der Scheune vorbei, die Olivenbäume als Deckung suchend, zu der Hinterseite des Wohnhauses, dort wo die große Panoramascheibe war. Die beiden anderen suchten sich den Weg zur Vorderseite des Hauses.
Dengler stürzte in die Eingangstür. Er fluchte, weil kein Schlüssel im Schloss steckte. Er hastete durch den Flur und riss die Tür zum Wohnzimmer auf.
Stein und seine Tochter saßen noch an den gleichen Plätzen.

Christiane hielt die Hand ihres Vaters und weinte still. Beide sahen ihn erschrocken an.
Als er ins Zimmer stürzte, sah er durch das Fenster die Silhouette des Mannes hinter einem Baum hervortreten. An der Art, wie er den Kopf seitwärts hielt, erkannte Georg, dass der Mann zielte. Georg sprang.
Eine instinktive Reaktion: Christiane schützen. Er würde zwei Meter durch die Luft fliegen, waagerecht, und dann über Christiane landen, sie vom Stuhl reißen und ihren Körper mit dem seinen schützen. Noch mitten in diesem Flug erinnerte er sich an Stein, und mit einer unvermuteten Reaktion seines Fußes gab er ihm einen Tritt, der ihn samt Stuhl auf den Boden fegte.
In dem Moment, als er Christiane schon berührte, sah er, wie sich der Kopf des Schattens an dem Baum ruckförmig aufrichtete – der Rückschlag des Gewehrs. Mehr konnte er nicht mehr tun.
Den nächsten klaren Gedanken fasste er in dem Durcheinander von splitterndem Holz und dem überraschten Schrei von Paul Stein. Wo waren die anderen Männer? Christiane regte sich energisch unter ihm. Sie schien wütend. Dengler zeigte auf die Panoramascheibe, welche auf Kopfhöhe ihrer eben noch innegehabten Sitzposition ein kleines Loch aufwies, umrahmt von einem Spinnennetz an Sprüngen. Dengler spürte, wie sich ihr Körper verkrampfte, und nahm sie in den Arm.
Stein, der nur einen Meter entfernt von ihnen zu Boden gegangen war, murmelte Undeutliches und wollte sich wieder hochrappeln.
»Liegen bleiben, wir werden beschossen«, zischte ihm Dengler zu. Stein lag sofort still.
Dengler sah sich um. Der einzige Schutz war das Halbmeter hohe Sims, auf dem die Panoramascheibe des Fensters ruhte. Niemand durfte sich über dieses Sims erheben. Er sagte es den beiden.

Er zog sein Handy aus der Innentasche des Jacketts. Keine Verbindung. Stein schüttelte den Kopf, und Dengler erinnerte sich, dass sie hier in einem Funkloch saßen.
Er wusste nicht, ob der Schütze seinen Sprung gesehen hatte. Vielleicht war er nicht sicher, ob er getroffen hatte. Einerseits war Stein sofort nach dem Schuss nicht mehr zu sehen, was der Mörder als Erfolg zählen musste, andererseits wird er sich nicht erklären können, dass Christiane genauso schnell verschwunden war. Der Schütze würde noch lauern. Doch wo versteckt sich sein Helfer? Vor der Eingangstür, vermutete er. Dort könnte der nächste Angriff erfolgen. Er musste in den Flur.
»Bleib hier hinter dem Sims liegen«, flüsterte er zu Christiane. Stein gab er ein Zeichen. Dann robbten die beide Männer, sich nahe am Boden haltend, auf den Flur zu. Dort konnten sie aufstehen.
»Wo steht das Telefon?«
Stein deutete auf eine kleine Kommode, auf der ein altmodisches grünes Telefon stand, noch mit Wählscheibe. Stein hob den Hörer ans Ohr und gab ihn dann an Dengler weiter. Tot. Leitung gekappt.
»Haben Sie im oberen Stock irgendeinen schweren Gegenstand?«, fragte er Stein, aber der stand noch unter Schock und schien die Frage nicht zu verstehen.
Dengler stieg vorsichtig, sich an die Wand drückend, die Treppe hoch und erreichte die Galerie im ersten Stock. Er öffnete die nächste Tür und befand sich in einer Art Salon. Sein Blick fiel auf einen schweren Ledersessel. Er schien für seinen Plan geeignet.
In diesem Zimmer gab es kein Panoramafenster, sondern die üblichen kleineren toskanischen Holzfenster. Trotzdem achtete Dengler darauf, dass er von außen nicht beschossen werden konnte, als er den Sessel nach draußen in den Flur wuchtete. Nun schob er das schwere Möbelstück auf der umlaufenden Galerie so weit, bis es oberhalb der Eingangs-

tür stand. Er untersuchte das Geländer. Es schien nicht sehr stabil. Drei feste Tritte – und eine ausreichend große Lücke war offen.
Er schob den Sessel an den Rand der Galerie. Unten sah er Paul Stein stehen. Der alte Mann zitterte. Vorsichtig umrundete Dengler die Galerie und ließ sich bäuchlings die Treppen hinuntergleiten.
»Ich brauche ein Werkzeug, mit dem ich die Tür öffnen kann, ohne dass ich getroffen werde, wenn sie von außen schießen.«
Stein nickte. Er wandte sich zurück in den Flur. Dengler gab ihm ein Zeichen, dass er sich auf den Bauch legen sollte. So schlichen sie bäuchlings in den Flur. Rechts, die Tür zum Wohnzimmer, ließen sie unbeachtet, sondern krochen links in die Küche.
Die Küche war ein mittelgroßer Raum. Rechts neben dem großen Herd stand ein rustikaler Tisch, darauf fünf Korbflaschen mit Olivenöl. Auch auf dem Boden standen etliche der gleichen Behälter. An der Wand links befanden sich Schränke aus dunklem Holz.
Dengler prüfte die Höhe des Fensters. Sie durften sich nicht aufrichten, und er signalisierte Stein dies mit einer Handbewegung. Stein verstand. Sie robbten bis an einen Küchenschrank, Stein hob die Hand und zog eine Schublade heraus. Er wühlte mit der rechten Hand darin herum und schien die verschiedenen Bestecke zu prüfen. Er zog eine Spaghettizange mit einem langen Griff heraus und zeigte sie Dengler. Der nickte. Stein reichte ihm die Zange.
Er spürte eine Berührung am Bein, und seine Faust zuckte hinunter. Er sah Christianes blauen Blick und stoppte den Schlag.
»Bleib hier«, flüsterte er ihr zu, und er deutete auf den Herd und die Flaschen mit dem Öl. Er flüsterte ihr eine Anweisung ins Ohr. Als sie nickte, kroch Dengler zurück in den Flur. Stein schob sich bäuchlings hinter ihm her. Vor der Haustür angelangt, gab er Stein mit dem Kopf ein Zeichen, dass er

die Treppe hinaufschleichen solle – zu dem Sessel. Stein tat, was er verlangte. Dengler erhob sich und stand nun neben der Tür. Langsam schob er die Spaghettizange zum Türöffner. Als er nach dem dritten Versuch sicher war, dass er sie fest genug gepackt hatte, drückte er den Knauf nach unten und öffnete die Tür.

Das Holz splitterte. Zwei Geschosse durchschlugen die Tür und bohrten sich in die Wand gegenüber. Die Tür stand nun einen Spalt offen. Schnell zog er die Hand zurück und kroch nun, wieder auf dem Bauch liegend, die Treppe hoch. Er rutschte auf der Galerie entlang, bis er hinter dem Sessel lag, wo Stein schon wartete. Hoffentlich bleibt Christiane in der Küche ruhig liegen, dachte er.

Christiane lag vor dem Herd auf dem Boden. Sie hob den Arm und drehte den Herd an. Einen langstieligen Topf füllte sie mit Öl. Vorsichtig und den Oberkörper nur leicht erhoben, setzte sie das metallene Gefäß auf die sich schnell erwärmende Platte.

Georg sah von der Galerie nach unten auf die geöffnete Tür. Ein Lichtstrahl der Mittagssonne fiel durch den Spalt. Draußen pfiffen unzählige Spatzen ihre Lieder. Alle warteten.

Nur wenige Minuten später hob Dengler den Zeigefinger an den Mund. Vor der Tür bewegte sich etwas. Langsam stand er auf und half Stein ebenfalls aufzustehen. Sie standen hinter dem Sessel, über den Dengler sich beugte, um die Tür im Auge zu behalten.

Wieder führte er den Zeigefinger an den Mund. Beide hielten den Atem an. Tatsächlich: Vor der Tür knirschte leise der Kies.

Sie konzentrierten sich.

Dann knallte die Tür auf. Ein Mann sprang in den Flur, ging sofort in die Hocke. Er hielt den Revolver vor sich wie ein Suchgerät, sicherte rechts und fuhr sofort links herum.

»Schade, dass dein Ausbilder dich nicht sehen kann«, dachte Dengler und schob den Ledersessel über den Rand. Das Mö-

belstück traf den Mann mit voller Wucht auf dem Kopf und brach ihm das Genick – ein dumpfer Schlag und ein kurzes, trockenes Geräusch.
Der Maskierte fiel der Länge nach hin, der Sessel blieb verkantet auf seinem Oberkörper stehen. Dengler beobachtete den Flug der Pistole, als der Mann sie losließ: Sie fiel auf die Terrakottaplatten des Flurbodens und rutschte gegen die Wand. Dort blieb sie liegen. Genau im Sichtwinkel der Tür. Wenn noch ein zweiter Mann vor der Tür stand, konnte der jeden erschießen, der die Waffe aufhob.
Eine bleierne Stille senkte sich über das Anwesen.
Jetzt hörten sie Stimmen. Vor dem Türeingang sprach ein Mann. Er rief einem anderen etwas zu, das Dengler nicht verstand. Der andere Mann antwortete, aber auch dies war im Haus nicht zu verstehen. Aber sie sprachen nicht das musikalische Italienisch – sie sprachen Deutsch.
Wieder senkte sich tödliche Stille über das Gehöft.
Die Lage hatte sich verschlechtert. Ihnen fehlte ein schwerer Gegenstand, um einen erneuten Angriff auf die Tür abzuwehren.
»Gibt es noch einen zweiten Sessel?«, fragte er Stein, aber der schüttelte den Kopf. Dengler rannte zurück in den Salon.
Das einzig Brauchbare schien ein Tisch zu sein. Er hob ihn an einem Ende hoch und zog ihn an den Platz in der Galerie, an dem vor ein paar Minuten noch der Sessel gestanden hatte. Der Tisch würde ihnen nicht viel helfen. Er würde einen zweiten Eindringling nicht töten, noch nicht einmal aufhalten.
Er musste an die Pistole kommen.
Aber wie?
In diesem Augenblick explodierte etwas. Es dauerte eine Zehntelsekunde, bis Dengler begriff, dass die Panoramascheibe im Wohnzimmer geborsten war. Die Männer griffen von der anderen Seite an.
Von der Seite, die nun völlig ungeschützt war.

Das Splittern des Glases verebbte. Ein Mann, vielleicht aber auch beide Männer mussten nun im Wohnzimmer sein – nur wenige Meter von ihnen entfernt. Er gab Stein ein Zeichen. Beide duckten sich hinter den Tisch.
Sie konnten sich nur noch verstecken. In der Platte des Tisches entdeckte Dengler einen kleinen Riss, durch den er schauen konnte.
Die Tür zum Flur krachte auf. Dengler sah einen schwarz maskierten Mann mit einem Gewehr. Der Mann drehte sich um, und Dengler sah, wie der Mann den umgestürzten Tisch erblickte, sofort das Gewehr hob und schoss.
Mit dem Plopp des Schalldämpfers hörte er gleichzeitig das Splittern des Holzes. Und einen gedämpften Schrei Steins. Der alte Mann blutete am Arm.
Der Schütze hörte den Schrei und hob die Waffe erneut.
Das ist das Ende.
Plötzlich war Dengler ruhig. Schade, dass ich die Lösung dieses Falles nicht erfahren werde, schoss es ihm durch den Kopf. Er sah, wie der Maskierte den Lauf noch ein wenig höher hob und den Finger am Abzug krümmte.
Als die leichenblasse Christiane hinter dem Maskierten auftauchte, glaubte er eine Schimäre zu sehen. Sie hielt einen langstieligen Topf über dem Kopf des Mannes und schüttete eine gelbe Flüssigkeit über ihn.
Der Schuss bohrte sich weit über Steins Kopf in die Wand. Der Einschlag wurde von dem Gebrüll des Mannes übertönt. Er schrie wie ein sterbendes Tier. Hielt sich die Hände an den Kopf. Das Gewehr lag auf dem Boden. Dengler sprang von der Galerie. In der gleichen Sekunde, in der seine Füße den Boden berührten, riss er mit der rechten Hand die Waffe an sich und nutzte die Fliehkraft, um sich sofort in den Flur zu katapultieren. Er landete auf dem Bauch, hielt das Gewehr im Sturz hoch, damit es nicht beschädigt wurde, und legte den Sicherungshebel um. Christiane hockte an der Wand. Ihre Augen schienen leer.

Der Mann im Flur schrie immer noch, unmenschlich laut. Dengler schob vorsichtig die Tür auf. Die Maske hatte er sich vom Gesicht gerissen, aber da war kein Gesicht mehr zu erkennen. Es waren nur rote und blaue Blasen in einem unzusammenhängenden Geflecht sich bewegender Muster zu erkennen – keine Augen mehr, keine Nase und keine Ohren.

Die Tür flog auf. Der dritte Mann stand mit der Pistole im Anschlag im Rahmen und ließ sich sofort mit einer Rolle vorwärts auf den Boden fallen. Als er neben dem Sessel hochkam, prallte er mit seinem verbrühten Kumpanen zusammen, der ihn sofort umklammerte. Und immer noch schrie. Der dritte Mann bog dem Verbrühten einen Finger zurück und dann den nächsten. Er schrie auf ihn ein, doch der Mann ließ ihn nicht los. Die beiden wirkten, als führten sie schreiend einen bizarren Tanz auf. Der dritte Mann versuchte sich von dem Verbrühten loszureißen, und als das nicht gelang, hob er die Pistole und schoss in das Muster der farbigen Blasen mit dem dunklen Loch, das diese schrecklichen Töne ausstieß. Der Verbrühte fiel zu Boden.

Der Mann suchte sich noch zu orientieren, als Dengler ihn erschoss.

Dengler hob die Hand. Er blieb still stehen und lauschte. Erst als er nach unendlich langer Zeit keinen Laut mehr von draußen hörte, sagte er: Es ist vorbei.

***

Später wussten weder Christiane noch Georg, wie lange sie im Flur gestanden und sich zitternd umarmt hatten. Irgendwann erinnerten sie sich an Paul Stein und traten, sich immer noch an den Händen haltend, in den Flur und gingen die Treppe hinauf.

Paul Stein lag hinter dem Tisch. Mit der rechten Hand hielt

er sich die Wunde am Arm, aus der immer noch ein dünnes Rinnsal Blut floss. Stein zitterte. In großen Wogen wurde er von Schüttelkrämpfen erfasst. Gleichzeitig klapperte er mit den Zähnen. Laut. Seine Lippen waren blau; die Augen weit geöffnet. Christiane beugte sich über ihn und nahm ihn in den Arm.
Dengler sah Christiane zu, und er fühlte nichts anderes als Wärme und Liebe. Dann gaben seine Füße nach und er rutschte mit dem Rücken die Wand hinab. Für einen kurzen Augenblick verlor er das Bewusstsein.

***

»Keine Polizei«, sagte Stein. Er lag auf der Couch im oberen Stock. Dengler verband seine Wunde.
»Keine Polizei«, wiederholte Stein.
Dengler nickte.
Er ging in den unteren Stock und untersuchte die drei Leichen. Keine Papiere. In der Hosentasche des Verbrühten befanden sich die Autoschlüssel. Er überprüfte ihre Handys. Welche Nummern hatten sie zuletzt gewählt? Doch die Männer hatten vor dem Überfall alle Einträge gelöscht – Profis, dachte Dengler. Instinktiv entnahm er den Apparaten die Chipkarten, obwohl er keine Möglichkeiten mehr hatte, die Daten darauf sichtbar zu machen, und steckte sie in seine Hosentasche.
Christiane kam die Treppe herunter, als Georg sie zur Seite nahm.
»Wem hast du erzählt, dass du hierher fährst?«
Sie sah ihn erstaunt an. Dengler wiederholte die Frage.
»Niemandem habe ich davon erzählt«, sagte sie.
Dengler zog dem dritten Mann die Baumwollmaske vom Kopf. Ein schmales Gesicht, etwa fünfzig Jahre, fahlgelbe Haare, kurz geschnitten.

Christiane schrie auf.
»Der saß mit mir im Flugzeug«, rief sie.
Dengler schob den schweren Sessel von dem Toten, der immer noch im Flur lag. Auch ihm zog er die Maske vom Gesicht.
»Der auch«, schrie sie.
Sachte berührte er sie an den Schultern und fragte: »Wem hast du erzählt, dass du hier bist?«
»Niemandem, Georg, wirklich niemandem, ich bin ja gleich losgeflogen. Mit niemandem habe ich darüber gesprochen, nur …«
Entsetzen verzerrte plötzlich ihr Gesicht, und erneut flossen Tränen über ihre Wangen. »Mein Gott … nur Hans-Jörg.«
Dengler nickte.
»Wir müssen hier weg. So schnell wie möglich.«

***

Sie saßen im Wohnzimmer.
»Jemand muss die Schweine versorgen«, sagte Stein.
»Nachbarn?«
Stein schüttelte den Kopf: »Ich lebe hier völlig zurückgezogen.«
»Ich kümmere mich darum.«
Christiane fuhr den Alfa mit den platten Vorderreifen zur Straße nach Crosseto und stellte ihn dort in einer Parkbucht ab.
Dengler zog die drei Leichen aus. Die Kleider stopfte er in einen großen grauen Müllsack. Unterwegs würde er in einer Mülltonne verschwinden.
Dann zog er den ersten Toten hinüber in den Schweinestall. Stein kam hinzu und schloss die Tür auf. Gemeinsam wuchteten sie die Leiche in den ersten Trog. Dann schleppten sie die beiden nächsten herbei und warfen sie hinterher. Als sie

den dritten Toten über die Brüstung der Box warfen, schnupperten die Tiere bereits an dem Verbrühten.
Stein schlug ein Kreuz und betete still für einen Moment.
Dann schloss er den Stall ab und steckte den Schlüssel ein.
Eine Stunde später saßen sie im Saab auf der Rückfahrt nach Stuttgart.

46

Um Grenzkontrollen auszuweichen, wählte Dengler die Route durch Frankreich und vermied den schnelleren Weg durch die Schweiz. Über Besançon, Mullhouse, Kehl und Karlsruhe kamen sie nach siebenstündiger Fahrt spätabends in Stuttgart an. Während der Fahrt sprach keiner von ihnen. Christiane saß neben Dengler auf dem Beifahrersitz, und ihre linke Hand ruhte während der gesamten Fahrzeit auf seinem Oberschenkel. Stein verbrachte die Fahrt auf dem Rücksitz. Er hing seinen Gedanken nach, hin und wieder nickte er kurz ein.

Von Zuffenhausen kommend fuhren sie in die Stadt. Am Bahnhof lenkte Dengler den Saab nach rechts und stellte ihn auf dem Parkplatz des Hotels an der Liederhalle ab.

»Es ist besser, wir bleiben hier, vorläufig«, sagte er, und Christiane nickte.

Sie mieteten zwei zusammenhängende Zimmer. Dengler ließ zwei Flaschen Chianti heraufbringen. Dann saßen sie zu dritt um den kleinen Tisch.

»Mit der Angst vor einem solchen Überfall lebte ich all die Jahre«, sagte Stein und setzte das Glas mit dem Rotwein ab. »Als ich am Flughafen von Bangkok saß und die ersten Informationen über den Absturz der Boeing sich zur Gewissheit verdichteten, glaubte ich keine Sekunde an einen Zufall. Später, in Italien, habe ich alles gesammelt, was ich über das schreckliche Unglück finden konnte. Und immer noch bin ich davon überzeugt, dass es ein geplanter Anschlag war. Ein hydraulisches Ventil schaltete die Schubumkehr ein. Der Rückstoß der linken Turbine wurde über Gestänge nach vorne umgeleitet. Dieses kleine Ventil war gewissermaßen schuld an dem Tod von zweihundertunddreiundzwanzig Menschen – fast aller meiner Kollegen, viele, die mir nahe waren wie Brüder.«

Er stand auf und ging zu seinem Koffer, der noch unausgepackt auf dem Bett lag. Er öffnete die Schnappverschlüsse und zog aus einer Innentasche ein kleines zerfleddertes Buch heraus.

»Das ist ein Erinnerungsband von Lauda«, sagte er und fuchtelte mit dem schmalen Bändchen in der Luft herum. Es hatte einen roten Umschlag, auf dem Dengler trotz Steins Gefuchtel das Gesicht des ehemaligen Rennfahrers erkennen konnte.

Stein blätterte nervös in den Seiten.

»Hier«, rief er dann, »ich hab's gefunden.«

Er zog das Buch heran und las vor:

»Neun Monate nach dem Unfall wurde das Richtungskontrollventil gefunden und gegen Belohnung abgegeben. Es wurde unter allen Sicherheitsvorkehrungen nach Seattle gebracht und dort unter Aufsicht von NTSB- und FAA-Leuten untersucht. Vor dem Auseinandernehmen der Teile wurde das Ventil in Computer-Tomographie erfasst. ... Beim Auseinandernehmen stellte sich allerdings heraus, dass das Ding schon vorher geöffnet und daran manipuliert worden war. Es gab keine Erklärung dafür, aber keiner maß der Sache große Bedeutung zu.« Stein klappte das Buch wieder zu und verstaute es in seinem Koffer.

»Ich maß der Sache große Bedeutung zu«, sagte er, »nicht eine Sekunde glaubte ich an einen Unfall.«

»Was hat das alles mit eurem Institut in Innsbruck zu tun?«, fragte Christiane sanft.

»Wir in unserem Institut in Innsbruck glaubten, die Lösung für den Transformationsprozess Ostdeutschlands zu einer Marktwirtschaft gefunden zu haben. Nur ein paar Kilometer vor unserer Tür, in Matrei am Brenner, steht eine kleine Fabrik, die nach dem Krieg von den Arbeitern übernommen wurde. Sie gründeten eine Produktivgenossenschaft. Das Werk wurde nach dem Krieg unter unglaublichen Entbehrungen der Beschäftigten aufgebaut, sie konnten sich oft keine oder nur kleine Löhne auszahlen. Bekamen keine Kredi-

te. Mussten sich die Werkzeugmaschinen selber bauen oder die Maschinen ausleihen.
Alle diese Entbehrungen konnten sie nur auf sich nehmen, weil die Fabrik ihr Eigentum war. Das ist der Schlüssel ihres Erfolgs. Denn irgendwann schafften sie es. Heute sind sie Marktführer in ihrer Branche. Ein Betrieb mit den meisten Innovationen, jeder trägt zum Erfolg bei. Da niemand die Gewinne abschöpft, investieren sie mehr als normale Unternehmen, und es ist der Betrieb mit den besten Sozialleistungen – wahrscheinlich in ganz Mitteleuropa.«
Stein schwieg erschöpft und fuhr dann fort: »Wir glaubten an dieses Modell. Wir sahen in ihm die Verwirklichung der katholischen Soziallehre. Kapital und Arbeit – nicht mehr feindlich geteilt. Die Arbeit – nicht mehr ausgebeutet. Und das Wunderbarste war – es funktioniert.«
Er strich sich eine Strähne aus dem Gesicht.
»Wir schrieben viele Aufsätze über das Werk. Aber es interessierte niemanden. Dann löste sich die DDR auf, und wir sahen in unserem kleinen Modell ein Elixier, das Deutschland helfen konnte, die Wiedervereinigung erfolgreich und würdevoll zu bewerkstelligen. Unser Institutsleiter nahm Kontakt zu den führenden Stellen der Treuhand auf. Der damalige Präsident hatte ein offenes Ohr für Professor Anders, unseren Institutsleiter. Sie trafen sich.
Der Präsident hatte eine Vision für die neuen Bundesländer. Er wollte die Betriebe sanieren, Arbeitsplätze erhalten und verhindern, dass Zehntausende ihre Heimat verlassen mussten.
Er wusste, dass der Osten viel Geld kosten würde: Die SED investierte schon lange nichts mehr in ihre Kombinate. Sie auf Vordermann zu bringen, würde Geld kosten. Und so wollte der Präsident die Ostfirmen mit Staatsbeteiligungen ausstatten, sie sanieren. Die Betriebe sollten ihre angestammten ökonomischen Verbindungen mit den Nachbarländern des Ostens, Tschechien, Russland, den baltischen

Staaten erhalten und ausbauen. Und wenn die Sanierung abgeschlossen wäre, hätte Deutschland eine mächtige Bastion in diesen Ländern.«

Stein lehnte sich zurück.

»Das war ein guter Plan«, sagte er. »Und unsere Vorschläge ergänzten ihn. Es war das fehlende Teilstück. Schließlich gehörten die Betriebe den Bürgern der ehemaligen DDR – zumindest auf dem Papier.«

Sie tranken einen Schluck Rotwein und hörten Stein weiter zu.

»Rohwedders Plan war richtig, aber nicht überall beliebt. Hinter seinem Rücken sammelten sich westdeutsche, amerikanische und englische Wirtschaftsleute, die ganz andere Pläne verfolgten. Sie wollten sich selbst die Fabriken aneignen, die Grundstücke, die Arbeitsplätze und nicht zuletzt die Märkte. In der Vizepräsidentin fanden sie ihre ideale Vertreterin. Kennen Sie die Dame?«

Dengler schüttelte den Kopf.

Stein sagte: »Die Verwandlung von Gemeineigentum in privates Eigentum ist ihre große Spezialität. Zwölf lange Jahre war sie Wirtschafts- und Finanzministerin in Niedersachsen und verscherbelte in dieser Zeit alles, was nicht niet- und nagelfest war: Verkehrsbetriebe, Stadthallen, Museen, Schwimmbäder und die Müllabfuhr – alles stand auf ihrer Verkaufsliste. In ihrer Amtszeit stieg die Verschuldung Niedersachsens dennoch um das Fünffache auf vierzig Milliarden Mark. Gleichzeitig sank das Einkommen der Bürger dieses Bundeslandes 10 Prozent unter den Bundesdurchschnitt. Können Sie sich vorstellen, was wir erwarteten, als diese Frau Chefin wurde?«

Stein bebte vor Empörung. Christiane nahm seine Hand in die ihre.

Aber er ließ sich nicht mehr unterbrechen: »Es war überhaupt ein Fehler, das Eigentum der DDR in einer Institution zu vereinen – ein schwerer Fehler der Regierung Modrow.

Denn – sich einer Behörde zu bemächtigen, das ist doch für die westlichen Industrieleute eine der leichtesten Aufgaben. Kinderleicht. Die Stalinisten konnten aber gar nicht anders denken, als zentral alles zu lenken. Selbst als klar war, dass ihre Tage gezählt waren, gaben sie das Besitztum nicht an die Gesellschaft zurück. Warum gaben sie das Eigentum nicht direkt an die Beschäftigten in den vielen neu gegründeten GmbHs? Sie kamen nicht einmal auf die Idee! Diese dummen Tröpfe! Sie servierten dem Westen das Eigentum der DDR-Bürger auf dem silbernen Tablett.
Nach dem Tod des Präsidenten wurde alles anders. Der schlimmste Fall trat ein: Rohwedders Stellvertreterin übernahm das Ruder. Einen Tag nach seinem Tod veröffentlichte die Treuhand ein Testament des erschossenen Präsidenten unter der Überschrift: Privatisierung ist die beste Sanierung. Und alles wurde verkauft, geschlossen; die großen und die kleinen Haie, die eben noch mühevoll im Zaum gehalten wurden, stürzten sich auf das, was ihnen nicht gehörte.«
»Die Blaue Liste«, sagte Dengler, »was hat es mit dieser Liste auf sich?«
Stein starrte ihn an. Er sah erschöpft aus. Er strich mit einer müden Geste eine Strähne aus der Stirn.
Er sagte: »Ich war mit dem Präsidenten einig, dass wir unser kleines Modell ausprobieren wollten. Nur in dreißig Betrieben. In Unternehmen, die schwierig dastanden. Wir wollten es probieren. Und es hätte geklappt. In der Blauen Liste standen die Informationen und Adressen von dreißig Firmen, die den Beschäftigten übergeben werden sollten.«
»Es hätte geklappt«, wiederholte er, »alles wäre anders verlaufen.«
Christiane stand auf und ging ins Nebenzimmer. Dengler folgte ihr, und bald schliefen sie alle drei.

***

Als sie am nächsten Tag beim Frühstück saßen, fragte Christiane ihren Vater: »Warum habt ihr euch eigentlich in Bangkok getroffen?«

»Professor Anders arbeitete dort. Nach dem Attentat auf Rohwedder änderte seine Nachfolgerin sofort die Politik der Treuhandanstalt. Für Deutschland war dieser Wechsel wichtiger als ein Regierungswechsel durch eine Bundestagswahl. Ich arbeitete in der Grundsatzabteilung, zusammen mit einem Studenten aus Innsbruck, der mein Assistent war. Wir mussten uns beraten, wie wir weiterarbeiten könnten – unser Konzept hatte nun kaum Aussicht auf Erfolg. Deshalb flog ich nach Bangkok, wo der Institutsleiter sich aufhielt. Es war eine schwierige Beratung. Wir beschlossen, uns an die deutschen Bischöfe zu wenden und, falls das nichts nutzte, auch an die Öffentlichkeit. Wir wollten auf den dreißig Betrieben der Blauen Liste bestehen.«

Er sah Christiane nachdenklich an.

Er sagte: »Erst auf dem Flughafen in Bangkok wurde mir klar, wie gefährlich dieses Projekt war. Ich glaubte keine Sekunde an einen Unfall. Nur durch den überhöflichen Tuk-Tuk-Fahrer blieb ich am Leben. Niemand durfte je erfahren, dass ich dem Inferno entkam – deine Mutter nicht und du auch nicht.«

»Doch nun scheint es sich herumgesprochen zu haben«, sagte Dengler.

»Ich kann mir immer noch nicht vorstellen, dass Hans-Jörg etwas damit zu tun haben soll«, sagte Christiane.

»Wir werden es bald wissen«, sagte Dengler.

47

»Ich möchte zu Herrn Hans-Jörg Mittler.«
Das Bankgebäude, in dem Mittler arbeitete, liegt am Ende der Fritz-Elsas-Straße, schon in Sichtnähe zur Liederhalle. Der moderne Gebäudekomplex beherbergt im Erdgeschoss das italienische Restaurant *Fellini* und in einem Seitenflügel das *Kino am Bollwerk*, Stuttgarts bestes Lichtspielhaus. Wahrzeichen des Komplexes ist die große Glaswand, die von der mittleren Höhe des Bürohauses aus schräg in den Innenhof abfällt, der aus einem quadratisch eingefassten Teich besteht.
»Haben Sie einen Termin?«
»Ja.«
»Melden Sie sich bitte im Zimmer 402. Der Fahrstuhl ist um die Ecke.«
Zimmer 402 erwies sich als Sekretariat. Eine junge Frau, kaum älter als zwanzig, fragte ihn mit unerträglicher Viva-Moderatorinnenstimme nach seinen Wünschen.
»Ich suche Hans-Jörg Mittler.«
»Herr Mittler ist in einer Besprechung. Um was geht's denn?«
»Sagen Sie ihm, dass ich auf ihn warte. Mein Name ist Georg Dengler. Und«, er fixierte das Mädchen, »sagen Sie es ihm am besten gleich.«
Der Ton in Denglers Stimme veranlasste die junge Frau, sich sofort auf den Weg zu machen. Nach zwei Minuten kehrte sie zurück, Mittler kam hinter ihr zur Tür herein.
»Ach, der Herr Dengler. Das ist ja gut, dass Sie wieder da sind. Wo ist Christiane?«
»Können wir uns allein unterhalten?«
»Sicher, kommen Sie mit in mein Büro.«
Er öffnete eine Tür, ließ Dengler eintreten und schloss sie hinter sich.
Er ging zu seinem Schreibtisch.

»Wem haben Sie erzählt, dass ich Christianes Vater gefunden habe?«
»Bitte?«
»Wem?«
»Ich verstehe Ihre Frage nicht.«
»Sie verstehen ganz genau. Sie haben irgendjemandem erzählt, dass ich Christianes Vater gefunden habe. Christiane wurde beschattet und die Männer, die ihr folgten, haben versucht, Christiane, mich und ihren Vater umzubringen.«
Mittler starrte Dengler entgeistert an.
»Das kann doch nicht wahr sein«, sagte er.
»Doch. Wem haben Sie davon erzählt?«
»Dengler, ich versichere Ihnen, niemals habe ich ...« Es war genug. Dengler fasste blitzschnell Mittlers rechtes Ohr und zog ihn vom Stuhl. Der Banker schrie auf. Dengler riss ihn am Krawattenknoten wieder hoch. Er sah, dass genau unterhalb von Mittlers Fenster die schräge Glasfläche begann, die unten im Wasser endete. Mit der rechten Hand öffnete er das Fenster und zog Mittler mit der Linken am Schlips zu sich heran. Er drehte ihn so um, dass er aus dem Fenster sah.
Mittler keuchte.
»Wem?«
»Niemand. Wirklich!«
Dengler bückte sich blitzschnell, packte mit dem rechten Arm Mittlers Beine in Höhe der Kniekehlen, mit dem linken Arm umfasste er Mittlers Leib und wuchtete seinen Körper auf den Fensterrahmen, sodass Mittler nun bäuchlings auf dem Fensterrahmen lag. Er ruderte mit den Armen, trat verzweifelt strampelnd mit den Beinen nach hinten aus, doch Dengler stand längst links neben ihm, sodass ihn die Tritte nicht trafen, und schob Mittlers Körper mit beiden Händen an Kragen und Hosengürtel hinaus. Als Mittler bereits die Scheibe hinabzurutschen drohte, fasste Dengler ihn Jackettkragen. Mittlers Schreie gingen in ein Röcheln über. Unten auf dem Gehweg blieben die ersten Passanten stehen und

deuteten mit dem Finger auf Mittler, der bäuchlings, immer noch mit den Armen rudernd auf der Glasscheibe lag, nur noch von Georg am Kragen gehalten.

»Wem?«

»Dengler, sind Sie verrückt geworden?«

»Auf mich wurde geschossen, Mittler.«

Er ließ eine Hand los. Der Stoff von Mittlers Jackett knirschte und riss unter seinem Ärmel.

»Wem?«

»Dr. Malik. Kurz nachdem Sie in Berlin bei den ehemaligen Treuhand-Leuten recherchiert haben, musste ich zu ihm. Er bat mich, ihm jeden Fortschritt Ihrer Ermittlungen mitzuteilen. Mehr war nicht, Dengler – ziehen Sie mich um Gottes willen wieder hoch!«

»Wer ist Dr. Malik?«

»Der Vorstandsvorsitzende der Bank hier.«

»Und Christiane haben Sie nichts davon gesagt?«

»Nein, ich musste unterschreiben, dass ich niemandem, nicht einmal Christiane etwas davon sagen würde. Dengler, ich ahnte nicht …«

»Arschloch.«

»Nein, das heißt doch, ja, bin ich. Ganz wie Sie wollen …«

Georg Dengler ließ ihn los. Er sah noch, wie Mittler kopfüber und langsam die riesige Scheibe hinunterrutschte. Das Aufklatschen Mittlers im Teich hörte er nicht mehr.

Dann schloss er das Fenster; klopfte sich die Hände ab und ging ins Vorzimmer zurück. Die Sekretärin saß vor dem PC und spielte Solitär.

»Welche Telefonnummer hat Dr. Malik?«

»1010«, sagte sie, ohne sich umzudrehen.

Dengler griff nach dem Telefon auf ihrem Tisch und wählte.

»He«, empörte sich nun die Frau, »Sie können doch nicht …«

»Doch, ich kann«, sagte Dengler.

»Vorstandssekretariat Dr. Malik«, meldete sich eine Frauenstimme.

»Mein Name ist Georg Dengler. Ich möchte Herrn Dr. Malik sprechen.«
»Herr Dengler! Wir haben Ihren Anruf schon erwartet. Können Sie um 17:00 Uhr bei uns im obersten Stock sein?«
»Ich werde kommen«, sagte Dengler.
Ihm war kalt.

48

Es ist kurz nach elf, als Dengler im *Basta* ankommt. Martin Klein sitzt an dem kleinen Tisch am Fenster. Dengler lässt sich in den Stuhl ihm gegenüber fallen.
»Lesen Sie mir mein Horoskop für den heutigen Tag vor«, sagt er zu ihm.
»Gerne!«
Er nimmt eine schwarze Aktentasche und wirft sie auf den Tisch, öffnet sie und zieht einen Stapel Papiere heraus, in denen er sofort hektisch blättert.
»Hier! Widder! *Der heutige Tag ist für Sie der vielleicht wichtigste Tag in Ihrem Leben. Seien Sie vorsichtig, klug und übereilen Sie nichts.* Und was Liebesdinge betrifft, steht hier …«
»Das weiß ich schon«, sagte Dengler und stand auf.
Als er in seinem Büro ankam, öffnete er den Safe. Zum ersten Mal seit langer Zeit nahm er die Smith & Wesson in die Hand und prüfte sie. Er nahm zwei Magazine aus dem Tresor, eines schob er in die Waffe. Dann steckte er die Waffe in den Hosenbund.
Aus dem Anrufbeantworter tönte Marios Stimme. Er sei gut aus Italien zurückgekommen – und er bedankte sich dafür, dass Georg ihn begleitet hatte. Ob er am nächsten Samstag zu ihm zum Essen käme. Von Olga sagte er kein Wort. Die IPEX-Werke baten um einen Rückruf. Ein dritter Mann sagte mit belegter Stimme: »Ich glaube, ich benötige die Hilfe eines Privatdetektivs. Bitte rufen Sie mich zurück.« Dengler notierte sich eine Nummer mit Ludwigsburger Vorwahl. Ihn rief er zuerst an.
Der Mann hieß Robert Sternberg. Er erzählte Dengler seine Geschichte, aber er hörte kaum zu. Sternberg habe in den Unterlagen seines Vaters einen Vertrag von 1945 gefunden. Darin übertrug sein Großvater jemandem das Eigentum an einem Hotel. Ohne ersichtliche Gegenleistung. Der Anwalt

habe ihm empfohlen, die Hintergründe dieser Transaktion zu klären; vielleicht könne man dann die Schenkung noch anfechten.
»Ich rufe Sie wieder an«, sagte Dengler und legte auf.
Um ein Uhr stand er vor der Schule. Jakob kam als einer der ersten inmitten eines Pulks von Schülern aus dem Gebäude. Er blinzelte, als er seinen Vater erkannte, und kam mit schlurfenden Schritten auf Dengler zu. In seinem Gesicht zeichnete sich keine Regung ab, aber plötzlich wusste Georg, wie es in dem Kind aussah. Er erinnerte sich an seine eigene Regungslosigkeit, mit der auch er als Kind seine Gefühle verborgen hatte.
Sie standen sich gegenüber.
»Wilhelma?«, fragte Georg, und der Kleine nickte.
Sie sahen nicht viel von den Tieren des Zoos. Die meiste Zeit saßen sie im Affenhaus, und Jakob erzählte von der Schule, dem Fußballspielen und seinen Freunden in der Klasse. Von seiner Mutter erzählte er nichts. Georg erzählte ihm, dass er nun in Stuttgart lebe, und gab ihm Adresse und Telefonnummer. Jakob nickte und steckte den Zettel sorgfältig in eine Tasche seines Anoraks.
Um Viertel nach vier winkte Dengler ein Taxi herbei, bezahlte den Fahrer im Voraus, und der Junge stieg ein.
»Du wirst jetzt sicher Ärger zu Hause bekommen.«
Der Junge schüttelte den Kopf: »Krieg ich schon hin.« Dengler sah dem Wagen nach und machte sich dann auf den Weg in die Bank.

***

Eine Sekretärin in einem kurzen grünen Kleid brachte ihn in den obersten Stock. Dort übergab sie ihn einer Frau in einem dunkelblauen Kostüm, die ihn in ein Besprechungszimmer führte.

Der Raum, in dem er sich nun befand, ragte aus der Bank heraus; er war über die Fritz-Elsas-Straße gebaut. Die Wände bestanden nur aus Glas, sodass Dengler den Verkehr auf dem Berliner Platz beobachten konnte. Die Frau führte ihn durch den Raum auf eine Sitzgruppe zu, in der drei Männer in blauen Anzügen saßen.
Einer der drei, ein weißhaariger schlanker Mann, sprang auf und stellte sich als Dr. Werner Malik vor, Leiter der Stuttgarter Niederlassung.
»Dies ist Dr. Gülden, mein Stellvertreter, und dies ist Heinz Merkel. Herr Merkel berät die Bank in Sicherheitsfragen.«
Dengler sagte nichts.
»Ich komme gleich zur Sache: Wir haben von Ihren Nachforschungen erfahren. Wir möchten Sie bitten, diese alten Geschichten ruhen zu lassen. Selbstverständlich nicht unentgeltlich.«
Er schlug das rechte Knie über das linke und zupfte die Bügelfalte gerade.
»Haben Sie die drei Killer beauftragt, mich zu ermorden?«
»Hören Sie mal ...« Der Mann, der ihm als Heinz Merkel vorgestellt worden war, sprang auf.
Dengler beachtete ihn nicht.
»Wollten Sie mich umbringen lassen?«, wiederholte er seine Frage.
»Ich glaube, wir beenden dieses Gespräch«, sagte Dr. Malik und stand auf.
Vielleicht waren es die Anspannungen der letzten beiden Tage, vielleicht war es die betont sachliche Arroganz dieser Männer oder die Kombination aus beidem. Dengler griff mit der Linken Dr. Malik am Kragen und zog ihn zu sich heran. Mit der Rechten zauberte er die Smith & Wesson in seine Hand und hielt sie an die Schläfe des Direktors.
»Ich möchte eine Antwort.«
Merkel federte aus dem Sessel und griff unter sein Jackett. Ohne sich ihm unmittelbar zuzuwenden, schlug Dengler in

seine Richtung kurz und heftig zu und traf ihn mit dem Lauf am Ohr. Merkel schrie auf, krümmte sich, er blutete am Ohr, aber die Bewegung seiner Hand war sofort eingefroren.

»Meine Herren, ich bitte Sie!«

Dengler fuhr herum.

Aus einer schwarzen Ledercouch im hinteren Teil des Raumes erhob sich ein Mann. Er klatschte zweimal in die Hände und ging auf sie zu.

Das Licht, das durch das Panoramafenster einfiel, blendete Dengler; er sah den Mann erst, als er knapp vor ihm stand und selbst, als er ihn nun erkennen konnte, dauerte es einige Augenblicke, bis er wusste, dass er ihn bereits einmal gesehen hatte.

Es war der Banker, der im Frühstücksfernsehen die Zusammenlegung von Arbeits- und Sozialhife gefordert hatte. Der Mann sprach überraschend leise und trotzdem mit rau klingender Stimme: »Lassen Sie mich doch einen Augenblick mit Herrn Dengler allein.«

Die drei Männer bewegten sich zögernd, Merkel immer noch ein Taschentuch gegen sein blutendes Ohr drückend. Der Bankier begleitete sie bis zur Tür und bat sie, im Vorzimmer auf ihn zu warten. Dann schloss er behutsam die schwere, doppelt gefasste Tür und schritt zur Tischgruppe zurück, wo Dengler immer noch mit der Waffe in der Hand stand.

Der Bankier war kleiner, als es sein Fernsehauftritt vermuten ließ, kaum ein Meter siebzig, schätzte Dengler, dunkelblauer Anzug, maßgeschneidert, blütenweißes Hemd mit hellroter Krawatte, die Dengler zu schreiend erschien, schüttere graue Haare, sorgfältig nach hinten gekämmt, und eine teuer wirkende goldene Brille. Etwas in der Statur des Mannes schien Dengler nicht stimmig, und er nahm seine Kontur noch einmal in sich auf. Der Kopf, dachte er, der Kopf ist zu groß für den kleinen Körper, kleine Ärmchen, der Körper

erscheint wie ein Anhängsel an einen zu groß geratenen Schädel.
»Dillmann«, stellte sich der Mann vor, »ich habe in der letzten Zeit einiges von Ihnen gehört, Herr Dengler.«
Dengler schwieg.
Dillmann schien nachzudenken.
»Ich möchte mit Ihnen über das Geld sprechen.«
»Über das Geld? Welches Geld?«
»Das Geld. Ja.« Dillmann trat an das große Panoramafenster und blickte über die Stadt. Dann drehte er sich mit einer erstaunlich geschmeidigen Bewegung um.
»Sehen Sie, das Geld hat ein eigenes Wesen.«
Er fixierte Dengler mit unbeweglichen blauen Krokodilsaugen.
»Es hat Bedürfnisse, leidet Hunger und Durst und kennt sogar Emotionen, wie jedes andere Wesen auch.«
Er ist durchgeknallt, dachte Dengler.
Dillmann fuhr fort: »Aber das Geld hat ein Problem, das es von Menschen und Tieren unterscheidet. Es hat weder Arme noch Beine und vor allem: Es hat keinen Mund, mit dem es sprechen und seine Wünsche äußern kann.«
Dengler wartete.
Der Bankier fuhr sich mit einer schnellen Bewegung an die Nase und sagte: »Trotzdem sind diese Bedürfnisse da. Und wie jede andere Gattung auch, will das Geld in erster Linie wachsen, größer werden und sich vermehren.«
In diesem Augenblick verschwand die Sonne hinter der Horizontlinie Stuttgarts und die Panoramascheibe flutete goldrotes Licht in den Raum, gegen das sich Dillmann schwarz und schattig abhob. Dengler konnte sein Gesicht kaum mehr erkennen.
»Wie soll das Geld seinen Willen nun kundtun?«, fuhr der Bankier fort. »Ich versichere Ihnen, es hat einen absoluten Überlebenswillen, genauso stark wie der eines Löwen.«
Oder einer Hyäne, dachte Dengler.

»Die Antwort ist einfach«, fuhr Dillmann flüsternd fort.
Das obere Profil seines Kopfes wurde von dem schwächer werdenden Licht der untergegangenen Sonne nun mit flachen roten Streifen gezeichnet, als wäre es bemalt.
»Das Geld sucht sich Menschen, die für es sprechen können. Menschen, die sich äußerst empfindsam in das Wesen des Geldes hineinversetzen, mehr spüren als wissen, was es braucht – die Bankiers.«
Georg Dengler fröstelte.
»Wir formulieren, was das Geld uns aufträgt. Der Bankier, wissen Sie, nimmt sich selbst nicht wichtig. Er ist ein Diener, ein Diener des Geldes. Je mehr er sich in das Wesen des Geldes einfühlt, desto besser übt er seinen Beruf aus.«
»Und das Geld befiehlt Ihnen von Zeit zu Zeit einen Mord oder einen Massenmord?«
Dengler sah, dass Dillmann vor der großen Fensterscheibe tief durchatmete, als würde eine Schaufensterpuppe plötzlich zum Leben erwachen. Sein Gesicht lag jedoch nun gänzlich im Dunkeln, nur hin und wieder warf die goldene Brille einen kurzen Reflex durch den sich nun verdüsternden Raum.
»Die Dinge, die Sie hier ansprechen, lieber Herr Dengler, geschahen vor mehr als zwölf Jahren. Das Geld war zu diesem Zeitpunkt außer Rand und Band. Der Fetzen Fleisch, der urplötzlich vor seiner Nase lag, war zu groß, zu roh. Es konnte nicht stillhalten. Es ging um sehr viel. Historisch einmalig. Das Geld ließ sich nicht mehr im Zaum halten. Ein ganzes Land, unzählige Fabriken und Arbeitskräfte, wertvolle Immobilien – stellen Sie sich das nur vor.« Er machte eine kleine Pause, um dann fortzufahren.
»Normalerweise beherrschen wir dieses Wesen. Wir achten darauf, dass alles den normalen Regeln folgt, dass die Gesetze eingehalten werden und so weiter. Schließlich sind wir alle zivilisierte Menschen.«
Er hüstelte verlegen.

»Aber in den Jahren nach 1990 war das Geld nicht mehr unter Kontrolle. Es stand zu viel auf dem Spiel.«
»Ich sprach von Mord«, sagte Dengler.
»Lieber Herr Dengler, all diese Zeit liegt jetzt hinter uns. Auch das Geld hat an diesen Fragen kein besonderes Interesse mehr. Es hat bereits alles verdaut. Und das meiste ist schon wieder ausgeschieden.«
»Die deutsche Wiedervereinigung hat nur einen Toten gekostet. Ich habe mich als Kriminalbeamter bemüht, den Mord an Detlef Carsten Rohwedder aufzuklären. Es ist mir nicht gelungen. Ich habe den Eindruck, dass ich in diesem Augenblick der Lösung des Falles näher bin denn je.«
»Sie irren sich, mein lieber Herr Dengler. Die damaligen Akteure leben nicht mehr. Was die Bank betrifft … Sie wissen doch, dass ein großer Bankier sein Leben in den Wirren dieser Jahre gelassen hat.«
Georg Dengler erinnerte sich gut an die Kommission im BKA, die das Sprengstoffattentat auf einen Banker untersuchte und mit den gleichen Problemen kämpfte wie seine Truppe.
Dillmann fuhr fort. »Erst seit ein paar Jahren spreche ich für diese Bank. Aus der damaligen Zeit lebt niemand mehr. Es gibt keine Schuldigen. Diese Schlacht ist geschlagen. Wir füttern das Wesen nun mit anderen Dingen. Und seien Sie froh, dass wir es füttern.«
Dengler kam sich plötzlich lächerlich vor mit der Pistole unter dem Arm und dem Messer am Bein.
»Es war eine Phase zugespitzter Geschäftstätigkeit«, sagte Dillmann, der sich jetzt kaum mehr von der dunklen Scheibe abhob.
Dengler lachte bitter.
»Auf mich wurde vor zwei Tagen geschossen. War das auch ›zugespitzte Geschäftstätigkeit‹?«
»Ich habe davon gehört. Sicherlich kein sehr angenehmes Erlebnis. Herr Dengler, die Bank wird tun, was sie kann, da-

mit Sie diese Erfahrung nicht wiederholen müssen. Aber wir wollen nicht, dass diese alten, erledigten Akten wieder aus dem Archiv geholt werden. Verstehen Sie, was ich Ihnen vorschlage?«

Mit dir mache ich keine Geschäfte, dachte Dengler, dem die Übelkeit vom Magen durch die Speiseröhre aufstieg. Er dachte an Christiane.

»Ich möchte, dass Paul Stein nichts geschieht«, hörte er sich sagen.

»Und Sie garantieren, dass diese alten Geschichten dort bleiben, wo sie sind?«

»Solange Stein nichts geschieht.«

»Gut. So soll es sein.«

Der Bankier federte sich von der Glasscheibe ab und durchquerte den Raum, öffnete die Tür und sagte zu den draußen Wartenden: »Ich habe Herrn Dengler ein Privatissime in Geldtheorie gegeben. Ansonsten sind wir uns einig geworden.«

Dann fiel die Tür zu und Georg Dengler war allein in dem großen Raum.

My whole life has been one big fight
Born under a bad sign
I been down since I begin to crawl
If it wasn't for bad luck, I wouldn't have no luck at all

Müde stand er auf. Der Vorraum war leer. Er verzichtete auf den Aufzug und ging zu Fuß die Treppen hinunter. Albert Kings Rhythmus begleitete ihn bis zu der Glastür im Foyer.

Als er auf der Straße stand, wehte ein milder Frühlingswind. Bald würden Flieder und Weißdorn blühen.

Sein Handy läutete.

Es war Jakob.

»Gehen wir bald wieder in die Wilhelma?«

»Sicher. So oft du willst.«
Sie verabredeten sich für den übernächsten Tag, und Dengler trennte das Gespräch.
Ich muss meine Mutter anrufen, dachte er.
Dann wählte er Christianes Nummer.

Nachwort

Finden und Erfinden

Dieses Buch ist ein Werk der Fiktion, auch wenn sich Fiktion und Wirklichkeit in der »Blauen Liste« tief ineinander verschränken. Die Figuren, mit Ausnahme der Personen der Zeitgeschichte, sind erfunden. Sofern die Personen der Zeitgeschichte in meinem Buch handeln oder denken wie Romanfiguren, ist auch das erfunden.
Der Plot hat jedoch mich gefunden, und die Geschichte dieses Buches beginnt mit dem Besuch von Paul Merker (er bat mich, seinen Namen zu ändern) und mit einer durchzechten Nacht irgendwann im Sommer 2000. Er erzählte mir eine unglaubliche Story.
Paul ist ein außergewöhnlicher Typ. Er ist Österreicher, Publizist, ehemaliger Priester und der einzige Mensch, den ich kenne, der trotz einer streng katholischen Sozialisation seinen Gottesglauben nicht verloren hat. Über ihn kann ich ruhigen Gewissens das Gleiche sagen, was Thomas Mann über seinen Serenus Zeitblom schrieb: Seine katholische Herkunft modelte und beeinflusste selbstverständlich seinen »inneren Menschen«, ohne dass dies jedoch in Widerspruch zu seiner humanistischen Weltanschauung geriet.
In jener Nacht – Gabrielle war schon lange zu Bett gegangen – erzählte er von einer Reportage, in der er über das Gerätewerk Matrei berichtete. Er hatte sich schon lange für die Produktivgenossenschaft am Brenner begeistert. Im Rahmen seiner Recherchen lernte er einen Professor der Universität Innsbruck kennen, der einige wissenschaftliche Arbeiten über das Werk geschrieben hatte und der in dieser kleinen österreichischen Fabrik die Verwirklichung der katholischen Soziallehre sah, die Einheit von Arbeit und Kapital.
Die beiden lernten sich näher kennen, und Paul folgte einigen Einladungen, die der Professor zu unterschiedlichen Themen abhielt. 1990 – das Jahr des Umbruches in Deutschland: Selbstverständlich fragte Paul den Professor irgendwann, ob er denn nicht auch glaube, das Modell Matrei könne der deutschen Wiedervereinigung ein

guter Pate sein. Ja, dieser Ansicht sei er auch, antwortete der Professor, besonders in wirtschaftlich schwierigen Situationen seien Produktivgenossenschaften ein richtiger »dritter Weg«. Er nahm Paul beiseite und sagte ihm, er verfolge diesen Weg bereits und er habe seine Leute auch schon in der Treuhand untergebracht.

Wenige Monate später war er tot – abgestürzt in jener schlimmen Nacht über Thailands Dschungel.

Diese Geschichte hat mich nicht mehr losgelassen.

Der Professor, einer der bedeutendsten österreichischen Volkswirtschaftler, hielt jährlich sechzig und mehr Vorträge zu Wirtschaftsthemen, die meisten davon in Deutschland. Er kannte die gesamte deutsche Wirtschaftselite und natürlich auch das Management der Treuhand und deren Präsidenten. Über was werden sich die beiden Männer unterhalten haben? Spielte das Modell Matrei eine Rolle?

Die Figur Paul Stein entspringt aus der Bemerkung, der Professor habe »seine Leute schon in der Treuhand untergebracht« – er ist einer davon.

***

Detlef Carsten Rohwedder lernte ich bei einer Veranstaltung der Nixdorf Computer AG auf der CeBit in Hannover kennen. Er war damals, soweit ich mich erinnere, noch Chef von Hösch. Im Gegensatz zu seinen Mitdiskutanten auf dem Podium war er witzig, sehr wach, schlagfertig und trotz seines schweren Jobs spürbar sozial engagiert. Es ist meine feste Überzeugung: Die deutsche Vereinigung hätte einen anderen, besseren Verlauf genommen, wenn er länger im Amt geblieben wäre.

Das Attentat auf ihn ist bis heute nicht aufgeklärt. Die Tatwaffe war ein militärisches Präzisionsgewehr, das vorher von RAF-Attentätern nicht verwendet worden war. Der erste Schuss auf Rohwedder war tödlich. Er zerstörte vier lebenswichtige Organe: Aorta, Speise- und Luftröhre sowie das Rückgrat. Der Treuhandpräsident war tot, bevor er zu Boden stürzte. Er war nicht mehr in dem hochtechnischen Zielfernrohr des Täters zu sehen, als dieser ein zweites Mal schoss und die ins Zimmer stürzende Ehefrau des Treuhand-

Präsidenten am Arm verletzte. Dann gab der Mörder einen weiteren »sinnlosen« Schuss in das Bücherregal ab. Warum? Vielleicht um den professionellen Charakter des ersten Schusses zu verdecken?

***

Als ich mich bereits mit diesem Stoff beschäftigte, veröffentlichte das Bundeskriminalamt am 16. Mai 2001 eine Presseerklärung, in der behauptet wurde, das BKA habe nun, nach mehr als 10 Jahren, ein Haar molekulargenetisch untersucht, ein Haar, das in einem Handtuch gefunden wurde, das am Tatort lag, unweit vom Bekennerschreiben. Das Haar sei zweifelsfrei dem mit Haftbefehl gesuchten und in Bad Kleinen zu Tode gekommenen Wolfgang Grams zuzuordnen. Auf meiner Homepage (www.schorlau.com) findet der Leser einen Link zu dieser Presseerklärung sowie eine Vielzahl von Materialien, auf die ich »Die Blaue Liste« stütze.
Wolfgang Grams ist vor allem durch die Arbeiten von *Andres Veiel*, sowohl durch dessen Film *Black Box BRD* als auch durch das gleichnamige Buch (Deutsche Verlagsanstalt Stuttgart, 2002), das bestbeschriebene RAF-Mitglied. Er tritt uns im Film und in *Veiels* Buch als typischer 70er-Jahre-Junge entgegen, der harte Konflikte mit den Eltern (vor allem mit dem Vater) austrägt, gerne einen Joint raucht, auf der Gitarre klampft, sich durch die Wiesbadener Wohngemeinschaften vögelt und sich zunehmend radikalisiert.
Aber: ein Scharfschütze? Ist er jemand, der aus einer Distanz von fast 70 Metern von einem Gartenstuhl aus einen solchen Meisterschuss anbringen kann? Scharfschütze zu sein erfordert Training und Übung und ist mit einem Lehrberuf gleichzusetzen. Wann soll er das gelernt haben?
Die Arbeiten von *Veiel* waren mein wesentliches Material für die Schaffung der Figur des Uwe Krems. Ich lege Wert auf die Bemerkung: Für die Figuren von Krems' Eltern und auch für Kerstin gab es keine Vorbilder; sie sind reine Erfindung – und auch Krems ist nicht Grams.

***

Wenn man über Rohwedder schreibt, muss man auch über Bad Kleinen schreiben. Die Vorgänge auf dem Bahnhof dieses kleinen Ortes bei Wismar sind offiziell nicht aufgeklärt, aber es existieren verschiedene Versionen der Geschehnisse vom 27. Juni 1993. Die wichtigsten davon kann man auf meiner Homepage (www.schorlau.com) nachlesen, aber die lächerlichste ist die offizielle: Grams habe, unmittelbar nachdem er angeschossen wurde, im Fallen rückwärts sich selbst erschossen.
Die meisten Medien berichteten über die Erschießung von Wolfgang Grams in Bad Kleinen als chaotisch abgelaufene Polizeiaktion. Vielleicht aber ist alles ganz planmäßig verlaufen. Wir wissen es nicht, und wahrscheinlich werden wir es so lange nicht wissen, bis einige der an der Aktion beteiligten Beamten mannhaft genug sind, ihre Erlebnisse der Öffentlichkeit zugänglich zu machen.

***

Der Mord an Detlef Carsten Rohwedder – dazu gibt es zwei Erklärungsversionen: die offizielle, die der RAF den Mord zuschreibt, und eine weitere, die hartnäckig behauptet, dies sei eine Geheimdienstoperation gewesen. Letztere erhält zunehmend Unterstützung, zuletzt von *Andreas von Bülow*, ehemals Staatssekretär und Minister im Kabinett von Helmut Schmidt und unter anderem Mitglied in der Parlamentarischen Kontrollkommission des Bundestags für die Geheimdienste (*Im Namen des Staates. CIA, BND und die kriminellen Machenschaften der Geheimdienste*, Piper 2000).
Falls es die RAF war, kommt zu der Empörung über diesen feigen Mord das Kopfschütteln über die maßlose Dummheit der Täter, die offensichtlich nicht wussten, wem oder was sie den Weg freischossen.
Der Autor kann nur eine Geschichte erzählen, aber wenn Polizei, Justiz und Politik versagt haben, muss es dem Geschichtenerzähler erlaubt sein zu sagen: Es ist nur eine Geschichte, aber vielleicht war es so.

Hilfen

Beim Schreiben dieses Buches lieferten eine Reihe von Arbeiten wertvolle Hilfen. Auf *Das RAF-Phantom* von *Wisnewski/Landgraeber/Sieker* (Knaur 1997) stützte ich mich bei der Beschreibung des Attentats und der Abfassung des Bekennerschreibens. Die Skizzierung der Politik von Rohwedders Nachfolgerin durch Paul Stein ist ebenso ein indirektes Zitat aus diesem Buch wie die Presse- und Fernsehmeldungen nach der Tat. Die Passage, die Paul Stein aus dem Buch von *Niki Lauda* vorliest, ist ein Zitat aus *Das dritte Leben* von *Niki Lauda* (Heyne Sachbuch 1996), dort auf Seite 171/172 zu finden. Das Zitat aus dem *Standard*, das Dengler Auskunft über die Abflugzeit gibt, ist kursiv gesetzt und ein Originalzitat aus diesem Blatt. Der Text der Vorlesung Paul Steins im Kapitel 31 stammt aus dem Artikel *Das heilige Experiment* der Zeitschrift *Profil – Das unabhängige Magazin Österreichs* vom 7. März 1974. Die wörtlich zitierten Textpassagen habe ich kursiv gesetzt. Die Absätze über Robert Johnson stützen sich auf den jedem Blues-Liebhaber zu empfehlenden Band von *Werner Gissing*, den mir Wolfgang Kallert freundlicherweise auslieh: *Mississippi Delta Blues. Formen und Texte von Robert Johnson*, der 1986 in der Akademischen Druck- und Verlagsanstalt Graz erschienen ist. Nicht zufällig gleichen sich die Ausführungen von Martin Klein über das Nichtfunktionieren einer privaten Ermittlerfigur in deutschen Kriminalfilmen und -büchern mit Teilen des klugen Aufsatzes *Aus dem Reich der Untoten* von *Detlef Michel*. Er erschien in der Aufsatzsammlung *Jenseits von Hollywood: Drehbuchautoren über ihre Kunst und ihr Handwerk. Essays und Gespräche /Hg. von Christiane Altenburg und Ingo Fließ* im Verlag der Autoren, Frankfurt 2000. Das Gespräch zwischen Dengler und Dr. Scheuerle ist inspiriert von einem ähnlichen Dialog, den *Lino Ventura* zu führen hatte – soweit ich mich erinnere, in *Die Macht und ihr Preis*.

In *Die Blaue Liste* schlägt sich der Einfluss einiger Autoren nieder, die ich während der Niederschrift des Romans las. *Uwe Timm* hat mir mit einem Nebensatz in seinem Roman *Rot* die Bekanntschaft mit Ludwig Reiners vermittelt, und dafür bin ich ihm dankbar. *Philip Roth* nahm mir die Angst vor Rückblenden. Einen anderen Roth lernte ich (leider erst) zur gleichen Zeit kennen. *Joseph Roth* begeistert mich immer wieder; seine Kunst, Figuren zu beschreiben, ist verehrungswürdig. Wenn der Leser glaubt, hie und da ein indirektes Zitat oder eine Anspielung auf den *Radetzkymarsch* zu finden, dann hat er Recht.

Die Internetsuchmaschinen liefern unter »Georg Dengler« fast hundert Einträge. Aus einem früheren, meinem Freiburger Leben kenne ich einen leibhaftigen *Georg Dengler.* Ich habe ihn immer (und nicht nur) um seinen wohlklingenden, soliden Namen beneidet und hoffe sehr, er nimmt es mir nicht übel, dass ich ausgerechnet einen Stuttgarter Ermittler nach ihm benenne.

Danke

Ich bin einigen Menschen für ihre Unterstützung dankbar. Neben *Paul Merker*, der dieses Buch ebenso gut oder besser hätte schreiben können, sind dies:

Gerhard Dietsche, der wie mein Held in Altglashütten aufwuchs und dem ich alles zu verdanken habe, was ich über Altglashütten schreiben konnte. Danke *Detsch*!

Wolfgang Kallert aka *The Colored Wolf*, der beste Blueser Stuttgarts, für die Durchsicht und Verbesserung der Konzertbeschreibung in der Royal Albert Hall (siehe auch: www.colored-wolf.de).

Ulrike Soldner führte mich frühmorgens (mir erschien es: mitten in der Nacht) durch den Blumengroßmarkt in Stuttgart – und alles, was ich über Ringelblumen weiß, stammt von ihr.

Ich bedanke mich sehr herzlich bei *Brigitte Gersch* von der Universität Innsbruck und bei *Dr. Rüdiger Nolte*, Dramaturg des Barockorchesters Freiburg für den Proben- und Konzertbesuch des Orchesters in Stuttgart und viele nützliche Hinweise.

Mario Ohno betreibt wirklich das »St. Amour«, mehr als ein Ein-Zimmer-Restaurant: Essen bei ihm ist ein Kunstereignis; sein Wohnzimmer ist einer meiner liebsten Stuttgarter Orte. Ihm verdankt das Buch das Rezept, und ich verdanke ihm viele Gespräche über Kunst, Küche, die Liebe natürlich, und immer wieder über Joseph Beuys. Wer sich über »St. Amour« informieren möchte, lese auf meiner Homepage nach, dort findet sich auch seine Telefonnummer.

Ich bedanke mich herzlich bei einem »richtigen« Detektiv für die unermüdliche Beratung. Ohne *Tom Jüptner* hätte Paul Stein niemals seine falschen Papiere in Bangkok erhalten. Von ihm stammen viele Ideen in polizeilicher und detektivischer Hinsicht.

Unendlich dankbar bin ich *Jochen Wolf* für seine Mühe und dramaturgische Beratung, und unendlich traurig bin ich, dass er das Erscheinen des Buches nicht mehr erleben konnte. Aber ich hoffe, dass er es mag – wo immer er jetzt ist.

Für dramaturgische Hinweise bedanke ich mich bei *Detlef Rönfeldt* und *Michael von Mossner*.

Vielfältige Hinweise und Tipps erhielt ich von *Monika Plach* (vielen Dank für das Gemetzel im Heer der Rechtschreibfehler), *Edgar Buck*, *Christine Rossmy*, *Uli Geis* und *Hansl Schulder*.

Auf dem Weg des Manuskripts zum Verlag halfen: *Heinke Hager*, *Michael Schneider* und *Reinhold Joppich*.

Nicht zuletzt bedanke ich mich für vielfältige Ermutigungen bei: *Hansl Schulder*, *Herbert Glowalla*, *Kamran Sardar Kahn*, *Wolfgang Dauner* (speziell für das aufbauende Zitat von Schönberg: *Kunst kommt nicht von Können, sondern von Müssen*), *Randi Bubat* und *Fred Breinersdorfer* für seinen Rat und seine Freundschaft. Zu danken habe ich auch *Fotis* und *Janis* und der gesamten Belegschaft des *Vinum* in Ludwigsburg, die mir auch dann noch ihre sensationellen Spaghetti aglio e olio und ein Glas Brunello servierten, als ich schon längst wieder anschreiben lassen musste.

Mit wem auch immer ich im Verlag Kiepenheuer & Witsch zu tun hatte: Immer fand ich eine lockere und zugleich hochkonzentrierte Arbeitsatmosphäre. Das gilt besonders für meinen Lektor *Lutz Dursthoff*, einen kompetenten und engagierten Ansprechpartner in all den vielen verschiedenen Fragen, mit denen ich ihn behelligte.

Gerne bedanke ich mich bei allen Mitarbeiterinnen und Mitarbeitern der Württembergischen Landesbibliothek in Stuttgart, in deren Lesesaal dieses Buch zum größten Teil entstand. Diese Bibliothek halte ich für eine der besten Einrichtungen des Landes

Baden-Württemberg. Möge sie von allen Etatkürzungen und Haushaltssperren verschont bleiben.

Danny Krausz danke ich für den doppelten Mut, diesen Stoff in die Kinos zu bringen – und mir das Schreiben des Drehbuches anzuvertrauen.

Ich las in manchen Nachworten, dass der Autor dem Lektor für seine akribische Tätigkeit dankt. Aber wie akribisch ein Lektor wirklich sein kann, erfuhr ich erst durch die Arbeit, die *Nikolaus Wolters* meinem Text antat. Mir wäre es zum Beispiel nicht aufgefallen, dass Georg Dengler ausgerechnet an einem Samstagvormittag zum ersten Mal beim BKA anruft. Ich hoffe, der Verlag bezahlt ihn anständig.

Vor allem aber bedanke ich mich bei Gabrielle: Ohne Dich, das weißt Du, wäre dieses Buch nicht geschrieben, nicht einmal *gedacht* worden.

Wolfgang Schorlau
Ludwigsburg, den 1. Juni 2003

Weitere Fälle mit Georg Dengler:

Wolfgang Schorlau. Das dunkle Schweigen. Denglers zweiter Fall. KiWi 918

Wolfgang Schorlau. Fremde Wasser. Denglers dritter Fall. KiWi 964

Wolfgang Schorlau. Brennende Kälte. Denglers vierter Fall. KiWi 1026